周均平◎著

美学追求

中国社会科学出版社

图书在版编目（CIP）数据

美学追求／周均平著 . —北京：中国社会科学出版社，
2016. 12
　ISBN 978 - 7 - 5161 - 7995 - 6

　Ⅰ. ①美… 　Ⅱ. ①周… 　Ⅲ. ①文艺美学—文集
Ⅳ. ①I01 - 53

中国版本图书馆 CIP 数据核字（2016）第 074826 号

出 版 人　赵剑英
责任编辑　郭晓鸿
特约编辑　席建海
责任校对　张依婧
责任印制　戴　宽

出　　　版　中国社会科学出版社
社　　　址　北京鼓楼西大街甲 158 号
邮　　　编　100720
网　　　址　http：//www．csspw．cn
发 行 部　010 - 84083685
门 市 部　010 - 84029450
经　　　销　新华书店及其他书店

印　　　刷　北京明恒达印务有限公司
装　　　订　廊坊市广阳区广增装订厂
版　　　次　2016 年 12 月第 1 版
印　　　次　2016 年 12 月第 1 次印刷

开　　　本　710×1000　1/16
印　　　张　26.25
插　　　页　2
字　　　数　339 千字
定　　　价　109.00 元

凡购买中国社会科学出版社图书，如有质量问题请与本社营销中心联系调换
电话：010 - 84083683

目录 Contents

第三辑　审美教育探究

第一辑

美学前沿问题反思

审美乌托邦研究刍论

乌托邦作为人类最重要的精神现象之一，是一个涉及广泛领域的重大理论和实践问题，乌托邦及其精神植根于人的本质，为人所特有，是人类前进的精神原动力之一。在一定意义上说，没有对指向完美的乌托邦的追求，就没有人类的进步。作为一种"元叙事"，它几乎贯穿人类世界的整个历史，构成了人类想象世界与现实生活的特殊一隅。近年来，审美乌托邦作为乌托邦最重要的表现形态，逐渐成为国内外学术研究的热点和新趋向。所以如此，有多重成因。对审美乌托邦进行全面系统的探讨，具有重要的学术价值和实践意义，并且是一项艰巨而长期的学术任务。本文拟在对国内外乌托邦研究，特别是审美乌托邦研究现状简要梳理的基础上，概括阐明对审美乌托邦研究的初步看法，抛砖引玉，是为刍论。

一

国外对乌托邦的研究起步很早且源远流长。陈周旺《正义之善：论乌托邦的政治意义》认为，真正将乌托邦这一现象独立出来，对其进行审视和研究的成果，最早可追溯到古希腊亚里士多德的《政治学》。文艺复兴时期有记载的乌托邦研究是一位名叫阿雷菲尔多的学者在 1704 年出版的拉丁文著作。其后有更大发展。路易斯·雷勃在 1840 年首次提出"乌托邦社会"概念，摩尔则列举了柏拉图以来的 25 种乌托邦，试图结合政治学的方法对之加以研究。恩格斯的《社会主义从空想到科学》则成为这一时期乌托邦研究的代表性著作。恩格斯用"空想"来概括乌托邦的特征，认为乌托邦只是少数天才头脑中的产物，是非历史的，根本不可能进入历史发展进程，因为其道路是虚幻的。在恩格斯看来，随着资本主义社会发展的成熟，乌托邦必然会被更科学和成熟的理论所取代。第二次世界大战后乌托邦研究蓬勃发展，法国学者雷蒙鲁耶在 1950 年从心理学的角度首次提出"乌托邦精神"的概念；雅克·沙维尔在 1967 年出版的小册子中，结合社会学和心理学的方法，对乌托邦的历史进行分析；拉斯基的《乌托邦与革命》则是运用社会学与政治学方法研究乌托邦的重要尝试。20 世纪上半叶两次世界大战的空前危机、斯大林主义在苏联所受到的批判、欧美学生运动的失败以及福利国家的困境，表明乌托邦时代正逐渐走向衰落，哈贝马斯称之为"乌托邦力量的穷竭"。而乌托邦研究恰恰是在这一时期走向了成熟。赫茨勒在 1923 年出版的《乌托邦思想史》是较早的以编年史形式对乌托邦进行研究的著作，而卡尔·曼海姆在 1929 年出版的《意识形态与乌托邦》则运用知识社会学的方法对意识形态和乌托邦进行了详细的分析和区分，赋予乌托邦全新的政治意义。由此，乌托邦引起了学术界更为广泛的兴趣。20 世纪 70 年代以来，由于研究方法特别是由于研究价值取向上肯定、否定、既肯定又否定的不统一，乌托邦研究逐渐走向多样化。肯定者如布洛赫的《乌托邦精神》和《希望的法则》以及蒂里希的《政治期望》，都企图在信仰贫乏的年代高扬乌托邦精神，把乌托邦直接置于人类生存状态的终极关怀上。乌托邦对政治现实的超越，被看成一种意味着历史的创造和人的解放的积极力量。否定者如英国的哈耶克和卡尔·波普。哈耶克的《通往奴役之路》和卡尔·波普的《开放社会及其敌人》

均从对立的角度研究乌托邦，把乌托邦与极权主义在价值层面等同起来，将乌托邦看成是对个人自由的压制和对人类理性的羞辱。还有一些"价值中立"的、持客观研究立场的学院派研究者，如曼努尔兄弟和库玛。曼努尔兄弟的《西方世界的乌托邦思想》和库玛的《现代的乌托邦与反乌托邦》坚持对乌托邦作"整体性"的纯学术性考察，在肯定乌托邦的价值意义的同时，也探讨乌托邦的局限性。①

国内对乌托邦的研究起步较晚且相对滞后。大体上可分为三个阶段：新中国成立至"文化大革命"主要研究空想社会主义。托马斯·莫尔、康帕内拉、圣西门、傅立叶和欧文等人的著作相继被译介出版。译介的主要目的在于使人们通过对作为马克思主义来源的三个组成部分之一并作为科学社会主义对立面的空想社会主义的了解乃至批判，更充分深入地认识和把握马克思主义。虽然也有一些学者专门从事空想社会主义的理论研究，但囿于当时特定的目的，而且空想社会主义只是乌托邦思想演变发展的一个阶段或类型，因此，这种研究既未上升到整体和全面的乌托邦研究的高度，又在早期受到苏联学者很大的影响，具有明显的片面性和局限性。"文化大革命"结束至20世纪90年代初，虽然乌托邦研究在改革开放的新的历史条件下，逐步扩大，缓慢发展，不仅对西方乌托邦思想的一些新老代表人物如柏拉图、莫尔、布洛赫、弗洛姆、马尔库塞和哈贝马斯等进行了初步研究，而且论及中国古代、近代的乌托邦问题，论及西方以及西方与中国典型个案的比较研究，等等。但出于对"文化大革命"惨剧和东欧剧变的反思，就基本态度和主流倾向而言，大多以反乌托邦为主要取向，对乌托邦严厉拒斥和简单否定。20世纪90年代中期以来，不少学者认识到乌托邦的价值并对此进行了重新思考和再认识，不仅继续翻译评价

---

① 陈周旺：《正义之善：论乌托邦的政治意义》，天津人民出版社2003年版，第2—6页。

出版国外研究乌托邦问题的著作，如乔·奥·赫茨勒的《乌托邦思想史》，卡尔·曼海姆的《意识形态与乌托邦》，奈森·嘉内尔斯的《乌托邦之后》，莫里斯·麦斯纳的《毛泽东与马克思主义、乌托邦主义》，拉塞尔·雅各比的《不完美的图像：反乌托邦时代的乌托邦思想》等，而且出现了大量的论文。在中国知网中国学术期刊网络出版总库检索标题包含"乌托邦"的相关论文：1979—2009 年共有 1427 篇，其中 1990—2009 年共 1371 篇；2006—2009 共 728 篇，其中 2006 年 150 篇，2007 年 161 篇，2008 年 201 篇，2009 年则达到了 216 篇。甚至出现了大量学位论文，出版了若干相关著作。据检索，标题含"乌托邦"的相关学位论文有 114 篇，其中博士论文 19 篇，硕士论文 95 篇。出版相关学术著作，如衣俊卿的《历史与乌托邦——历史哲学：走出传统历史设计之误区》，陆俊的《理想的界限："西方马克思主义"现代乌托邦社会主义理论研究》，陈周旺的《正义之善：论乌托邦的政治意义》，张康元的《总体性与乌托邦——人本主义马克思主义的总体范畴》，贺来的《现实生活世界——乌托邦精神的真实根基》，谢江平的《反乌托邦思想的哲学研究》，陈刚的《大众文化与当代乌托邦》，周宁的《永远的乌托邦》和《孔教乌托邦》；等等。这些成果分别从哲学、政治学、社会学、历史学、文化学等方面对乌托邦问题做了较为深入的探讨，代表了世纪之交中国对乌托邦问题理论思考的水平。

需要特别指出的是，在这个多样化的认识过程中，近年来，审美乌托邦作为乌托邦最重要的表现形态，在世界范围内前所未有地凸显出来，越来越受到人们的重视，逐渐成为国内外学术研究的热点和新趋向。学界对这个术语使用越来越频繁，研究面也越来越广，不仅发表了颇多论文，而且出现了不少相关著作。

就国外而言，对审美乌托邦的研究主要表现在审美乌托邦理论和乌托邦文学艺术现象两方面。有研究者曾对作为审美乌托邦组成部分之一的乌托邦文学研究的情况做过较细的梳理，认为：虽然乌托邦文学的历史久远，但将这一文学现象自觉地上升到乌托邦的层面进行研究，还是近代才开始出现的。国外自觉意义上的乌托邦文学研究从 20 世纪 30 年代起缓慢地发展，到近 20 年形成高峰。西方（包括苏联）出版了近百种研究乌托邦文学的著作，乌托邦作品多达 2000 余种，有比较丰硕的研究成果。其中对乌托邦文学进行整体研究的，如保罗·哈斯恰克所著的《乌托邦/反乌托邦文学：文学批评参考索引》，是一本非常重要的、总揽式的研究指南，基本涵盖了 20 世纪近一百年来英美及世界各国用英文表述的乌托邦文学研究的资料来源，为研究提供了便利。英美著名的文学史，都对西方各国乌托邦文学作过分阶段的、比较简要的介绍和评价。1995 年斯诺格拉斯主编的《乌托邦文学百科全书》，将西方世界（主要是欧美）的乌托邦文学作品、主要人物、主要作家、常见主题、常见类型收录其中，试图做全景式的扫描。对乌托邦文学进行分阶段研究的专著，有戴维斯的《乌托邦和理想社会：1516—1700 英国乌托邦作品》，阿贝鲍姆的《十七世纪英国的文学和乌托邦政治》，奥尔森的《科学的王国：1612—1870 文学乌托邦和英国教育》，利斯的《乌托邦想象和十八世纪小说》等，而布克尔的《作为社会批评的小说：现代文学的反乌托邦冲动》以及琼斯等编的《女性主义、乌托邦和叙事》等，则对乌托邦文学的不同类型进行了研究。除了专门著述外，还有大量的文学研究刊物及登载其上的大量研究论文。美国的《乌托邦研究》期刊，专门研究世界范围内的乌托邦文学作品；英美一些主要文学研究期刊，也刊登或摘登了近 70 年来英美 70 多种刊物上的有关乌托邦文学、乌托邦文学作家和对作品的批评研究论文[①]。有人感叹："只要你向 google 这类搜索引擎键入'乌托邦文学'或'文学乌托邦'

---

① 李小青：《永恒的追求与探索：英国乌托邦文学的嬗变》，博士学位论文，四川大学，2006 年。

（utopian literature or literatary utopia）这样的字眼，至少会发现有十万个以上的网页或网站在等待着你去访问。想想，十万是一个什么样的概念！"①作为审美乌托邦研究组成部分的乌托邦文学研究兴旺尚且如此，作为审美乌托邦研究整体的盛况就可想而知了。

就国内来说，审美乌托邦研究也发展迅速，出现了前所未有的高潮。据统计，在近年发表的 700 多篇论文中，约有 50 篇在标题上直接使用了"审美乌托邦"，如邹强的《乌托邦与审美乌托邦》、颜翔林的《论审美乌托邦》、马睿的《走向审美乌托邦》、刘月新的《意境与审美乌托邦》、赵文薇的《劳伦斯审美乌托邦的本体论研究》等，有些虽然未在标题上直接运用，但所论对象或问题，实际应属审美乌托邦研究，如王一川的《语言乌托邦之诞生——语言学转向与 20 世纪西方美学》、刘康的《普遍主义，美学，乌托邦》、姚文放的《美学与乌托邦》、刘晓文的《乌托邦精神与忧患意识》、刘月新的《艺术接受与乌托邦体验》等。还有大量研究乌托邦文学、艺术的论文。有的从总体上研究乌托邦文学，如姚建斌的《乌托邦文学论纲》和《乌托邦小说：作为研究存在的艺术》、赵渭绒的《试析世界文学中的乌托邦现象》、覃庆辉的《论世界文学中乌托邦的审美意义和现实价值》、李志斌的《欧洲文学的乌托邦情结》、李霞的《西方乌托邦文学的发展与变异》等；有的研究不同国别、时期、思潮、流派的乌托邦文学，如麦永雄等的《乌托邦文学的三个维度：从乌托邦、恶托邦到伊托邦笔谈》、刘象愚的《反面乌托邦小说简论》、田俊武、王庆勇的《从天堂到地狱——论乌托邦文学在英国的发展和嬗变》、董晓的《乌托邦与反乌托邦：苏联文学中的两种精神》、胡传胜的《水泊梁山与肉蒲团：中国文化的两个乌托邦》、伍方斐的《论新时期小说欲望叙事的乌托邦倾向》；有的则从作家、作品类型等方面研究乌托

---

① 姚建斌：《乌托邦小说：作为研究存在的艺术》，《北京师范大学学报》2003 年第 2 期。

邦文学，如王维燕的《金庸笔下的性别乌托邦——论〈神雕侠侣〉中的两性世界》、胡昌平的《幻灭的乌托邦——"革命+恋爱"小说之革命论》、何红斌的《〈神曲〉：诗性的乌托邦》；有的侧重中西乌托邦文学的宏观或个案的比较研究，宏观如徐爱琳的《中西文学之"乌托邦"现象概论》、伍辉的《解读英国文学中乌托邦类型的中国形象》，微观如王曼平的《"桃花源"与"乌托邦"》、彭小燕的《走近"乌托邦"——〈边城〉、〈魔沼〉比较探析》；有的研究乌托邦艺术，如《从乌托邦到怀旧——新世纪中国电影的情感变化》《乌托邦舞蹈的证据》《乌托邦和歌舞世界》《爱情乌托邦——流行音乐批判》《建筑与乌托邦》《园林乌托邦》《京剧乌托邦》《乐园：游的乌托邦》《电子乌托邦》《数字乌托邦》《网络乌托邦》《明星崇拜与乌托邦》等。在研究乌托邦的学位论文中，审美乌托邦研究也占了较大比重。如在19篇博士学位论文中，就有高伟光的《英国浪漫主义的乌托邦情结》、李小青的《永恒的追求与探索：英国乌托邦文学的嬗变》、周黎燕的《中国近现代小说的乌托邦书写》、张伟的《詹姆逊与乌托邦理论的建构》、孟岗的《消费时代的身体乌托邦——比较文论视域中的"身体写作"研究》、欧翔英的《西方当代女权主义乌托邦小说研究》等13篇可以视作审美乌托邦的研究。在95篇硕士学位论文中，有50多篇也属此类。如邹强的《雅典娜之光——法兰克福学派审美乌托邦研究》、陶淑兰的《总体性追求与审美乌托邦的建构》、冯学雨的《席勒、马尔库塞审美乌托邦之比较》、吴爱红的《艺术：乌托邦的守护神》、范亚丽的《网络艺术与新审美乌托邦》、朱海军的《浅议中国文学中的乌托邦精神及其表现》等，而且这些论文都是新世纪以来写成的。更值得关注的是相关著作陆续问世，如李春青的《乌托邦与诗——中国古代士人文化与文学价值观》、宋伟杰的《从娱乐行为到乌托邦冲动——金庸小说再解读》、马睿的《未完成的审美乌托邦：现代中国文学自治思潮研究》、武跃速的《西方现代主义文学的个人乌托邦倾向》、武庆云的《中国和英语文学乌托邦中的女性作用》等。这些成果不仅涉及审美乌托邦的理论形态和形象形态，而且涉及不同国别、思潮、流派、作家作品、不同的类型及倾向等，特别是对西方马克思主义及法兰克福学派代表人物审美乌托邦思想的研究，更成为这一研究趋向的一个显著标志。

二

走向审美乌托邦研究有着多重成因和重要意义。

首先，从研究现状来看，走向审美乌托邦研究是弥补以往乌托邦研究薄弱环节的需要。应该说审美乌托邦研究是既具有基本理论研究性质，又具有重大现实实践价值的前沿性文艺美学课题。如前所述，近年来审美乌托邦问题虽然受到学界较大的关注，发表和出版了一些相关成果，为进一步探讨提供了继续研究的生长点，但从总体来看，目前关于乌托邦的研究从社会学、政治学、心理学、历史学、哲学、文化学层面或角度研究得较多，而从美学角度，在审美层面上研究较少。在审美和文艺范围内，局部的个案的研究较多，而整体的全面的研究则极为罕见；具体现象的研究较多，而理论的研究则很少；至于对审美乌托邦的"元理论"研究，则就更少了。这种状况与审美乌托邦的实际地位和影响极不相称，迫切地需要从理论上给予全面系统的研究。对这一重要理论、实践问题，在研究思路上，应在乌托邦和审美乌托邦问题上的多重矛盾、悖论的统一和超越中，更注重从认识论到价值论，从社会学到美学，从政治理论到艺术理论，从外部研究到本体研究，从一般性研究到特殊性研究，从局部零散研究到整体系统研究，特别突出本体性、特殊性、比较性和系统性，从而在更深广的学术视野和更宽厚的学术基础上，推动乃至实现应有形态的审美乌托邦理论的建构。在研究方法上，应在对象与方法的相互制约和相互适应中，总体运用辩证思维和系统方法，坚持历史与逻辑的统一和理论与实践统一的方法论原则，以价值论方法为中心，融合语义分析方法、形态学方法、比较方法和个案分析方法等方法，真正实现方法上的一元与多样的统一，力求达到对审美乌托邦问题的全方位理论把握。

其次，从词源学分析，乌托邦原初就有"美好"之意。众所周知，乌托邦一词出自英国人文主义者托马斯·莫尔写于1516年的《关于最完美的国家制度和乌托邦新岛》（简称《乌托邦》）一书。莫尔根据古希腊语臆造了"utopia"这个词。此后"乌托邦"被人们不断地阐释、解读，乃至有意无意地"误解"和"误读"，或在修辞意义上使用，其含义不断扩大、泛化。除上文所列之外，尚有《艺术教育乌托邦》《自由乌托邦》《生态乌托邦》《绿色乌托邦》《空间乌托邦》《对话乌托邦》《物质乌托邦》《市场乌托邦》《时尚乌托邦》《明星乌托邦》《安全乌托邦》《医学乌托邦》《气功乌托邦》《汽车乌托邦》等，诸如此类，不一而足。时至今日，众说纷纭，歧义迭出。以致有人说"乌托邦仿佛是个'大箩筐'，什么东西都可以往里装"①，使我们难见其庐山真面目。从词源学的角度分析，"utopia"是由"u"和"topia"两部分组成的。"u"来自希腊文"ou"，表示否定，"topia"来自希腊文"topus"，意思是地方或地区，两部分合起来意指"不存在的地方"。同时，"u"也可以和希腊文的"eu"联系起来，而"eu"有好、完美的意思，于是"utopia"也可以理解为"eutopia"（优托邦），即完美、理想的地方②。这里，乌托邦的词义呈现出"美好"与"乌有"的二重悖论性意义结构，这些双关含义本来都是乌托邦的应有之义。但当乌托邦一词的适用范围逐渐扩展，成为人文科学和社会科学（尤其是政治学、社会学和历史学）领域各种想象中的理想社会或

---

① 姚建斌：《乌托邦文学论纲》，《文艺理论与批评》2004年第2期。
② ［美］吉列斯比：《欧洲小说的演化》，胡家峦、冯国忠译，生活·读书·新知三联书店1987年版，第28页。

理想境界的通行语时，人们由于种种原因，把乌托邦视为一种从来未实现或永不可能实现的虚幻的或不切实际的构想，是"空想""幻想"及"无意义"的代名词，往往忽略、遮蔽乃至消解了其本身具有的双关义中的"美好"内涵，而仅剩"乌有"之义。在这个意义上说，审美乌托邦研究不过是把被忽略的重视起来，把被遮蔽的敞亮开来，把被消解的恢复过来，还乌托邦以本来的完整的面目。

再次，从表现形式或文体渊源来看，乌托邦经常是以乌托邦文学或乌托邦小说等文学艺术形式形象显现出来的，这为审美乌托邦研究提供了丰富的历史资源和有力的历史支撑。克瑞杉·库玛曾指出：从定义上讲，所有的乌托邦都是小说，与历史著作不一样，前者处理的是可能的世界，而不是实际世界。就这个意义而言，它们同想象的文学的所有形式相似①。库玛的概括并不一定准确，但它至少说明所有的乌托邦都有审美的因素，与文学有形式上的某些相似性，而乌托邦小说或乌托邦文学则更无疑义。乌托邦文学在西方源远流长，其渊源可追溯到柏拉图的《蒂迈欧篇》，至少自托马斯·莫尔以来已成为自觉运用的一种叙事文体，至今其创作、研究方兴未艾。乌托邦文学在我国也丰富多彩，刘明华的《大同梦》、孟二冬的《中国文学中的"乌托邦"理想》、朱海军的《浅议中国文学中的乌托邦精神及其表现》、胡传胜的《水泊梁山与肉蒲团：中国文化的两个乌托邦》等对此做了初步研究。不仅如此，有些学者已直接提出了关注和研究乌托邦文学的文学性和审美特性的问题。从他们对乌托邦小说和乌托邦文学的界定可以看出这一趋向。如姚建斌认为：乌托邦小说（含反乌托邦）是一种叙述体的文学样式，它借助高度惊人的想象力展开叙述，以独特的虚构笔法描绘的一个理想社会或它的反面为中心，通过与旅行或航海

---

① Kumar, Krishan, *Utopianism*, Miltm, Keynes, Open University Press, 1991, p. 25.

等相关的故事情节的描写，深刻地反映人们对美好未来的向往或对噩梦般的未来的拒绝，以艺术的手段来研究人的存在①。李小青则倾向于用一种宽泛的、具有包容性的方式，将乌托邦文学看成是一种普世人类追求的反映，是绵延不断的传统，它的核心价值是批判现存社会状态、追求美好生存的乌托邦精神。这一核心是恒定的，其表现方式则是丰富的、变动不居的，也就是不限于小说，而中心内容关注社会，但不是仅仅着眼于制度的整体设计，也表现处于社会关系中的个体生存状态，以折射对社会的批判或憧憬。作为一种文学表现形式，乌托邦文学的本质是虚构，对读者的影响主要表现在精神领域，更多地具有安抚、教育和批判的功能，力图让人们心中的希望之火永不泯灭②。虽然审美乌托邦和乌托邦文学或乌托邦小说不能简单地等同，但乌托邦文学或乌托邦小说具有审美特性或是审美乌托邦的重要表现形态则是显而易见的。这实际昭示了在乌托邦文学丰富的历史根源的基础上，走向审美乌托邦研究已成为拓展和深化乌托邦研究的必然选择。

复次，从当下审美和文艺创造实践观照，是对乌托邦背离、消解或缺失的一种反拨。对当前审美和文艺创造现状不如人意的状况，不少学者和批评家作过痛心疾首和触目惊心的描述。如凤群、洪治纲指出，在晚生代作家群中，拒绝乌托邦式的写作几乎已成为一种时尚。他们以绝对认同的方式再现、复制庸常的现实人生，甚至首肯、鼓噪那些为实利而东奔西走的都市平民的价值形态。作为创作主体，他们普遍地放弃"知识精英"这一理想化的社会角色，撤离了自我作为社会意识形态中坚分子的生存区域。在背离乌托邦的诗意观照之后，不仅使他们的写作陷入无法超越既成

---

① 姚建斌：《乌托邦小说：作为研究存在的艺术》，《北京师范大学学报》2003 年第 2 期。

② 李小青：《永恒的追求与探索：英国乌托邦文学的嬗变》，博士学位论文，四川大学，2006 年。

现实的怪圈之中，同时也使他们失去对各种生存现实进行审度和批判的勇气。不仅实际上大大地削减了他们自身的艺术表达空间，使他们的许多作品都在既成现实面前变得更加忍气吞声，成为现实生活的简单复制，而且缺乏对人的存在性进行必要的深层分析。不仅导致他们的作品普遍缺乏创新的审美倾向，也使他们丧失了应有的激情及其独特的人格魅力。更令人遗憾的是，晚生代作家不仅没有对自己所处的写实困顿境况有所警醒与反思，相反，大多数作家还仍然陶醉于对市场化所引动的那些争名逐利的社会现象进行热情的追踪和临摹，或者干脆以更激进的思想推销欲望化的生存法则，唯恐自己的时势意识和价值观念落后于大众心态，从而把乌托邦精神当成了一种嘲笑的对象。像晚生代作家这样明确地拒绝甚至嘲讽乌托邦精神存在的必要性，把乌托邦从自我心理结构之中剔除得干干净净，这无疑是一种失败的写作。所以晚生代作家尽管人数如此之广（同时崛起的约有十余人）、作品如此之多（几乎占据了当前所有重要刊物的显著位置），却无法同余华、格非们相抗衡。他们既没有什么公认的富有经典意义的作品，也没有一个具备领袖特质的人物，这的确是一种悲哀①。金秋也指出，反乌托邦情结作为中国"后新时期"文学创作的一种精神向度，表现在不少作家醉心于精神与情感的卑微，排除一切价值观念，拆解人类的艺术良知，永无节制地渎神弑神，消除精神的乌托邦情怀。进入20世纪80年代中期，"理想"与"崇高"日渐尴尬，并成为文坛中人执意嘲弄和消解、颠覆的最大对象。无论是新潮和后新潮小说家们的革新和试验，先锋诗人的"表演性"写作，还是新写实小说家对"直接经验"的追求，新批评家对主体已死亡的文化策略的选择，都表明后现代主义是以文化因子的方式渗透、存在于中国文坛之中。作家们接受"怎样都行"的创作主

---

① 凤群、洪治纲：《乌托邦的背离与写实的困顿——晚生代作家论之二》，《文艺评论》1996年第3期。

张，刻意消解文学最本质的思想启示和审美的双重功能，任意摧毁文学赖以存在的历史和现实依据，将文学作品的价值和意义虚无化，从而具有明显的后现代文化品性。其表现为：深度意义的消失，历史意识被抹去，主体的跌落等①。对这种审美和文艺创造状况造成的根本原因进行反思时，不少学者和批评家不约而同地把它归结为对乌托邦的背离、消解或缺失。因为，乌托邦就是一种理想，是一种纯精神性的、对存在目标的形而上的假设，是从未实现的事物的一种虚幻的表现，是一种不在场的存在。在审美心理结构中，它只是作家主体的假想之物，是为了满足人们对精神理想的某种期待。也正因为这样，人类才始终在乌托邦的构想中保持了一种尚未实现的可能性理想。乌托邦精神之所以至今不死，人类之所以还要时常提及这种形而上的乌托邦情怀，正是人们需要拒绝理想、情感、爱情、艺术、友谊等生命特质不断被物化的命运。对于一个真正的作家，这种乌托邦情怀正是其不可或缺的审美内质。在文艺创造中，无论是在精神深层和宏观整体的理想层面上洞悉和确立人类生存与发展的种种新的可能性动向，还是话语方式的选择与话语深度的建构，乃至艺术表现细节的创造性处理，乌托邦精神都居于核心地位，发挥着关键作用。真正的乌托邦精神的确立，可以帮助作家拓宽表达视野，引导他们洞悉人类存在的多重可能性，并支撑他们对抗物欲增值的现实对人心灵的盘压，对抗经验主义的平庸和工具理性的世俗化状况，保持作家自我独特的声音，拥有自我独立的艺术理想而不被社会热流所吞噬。这种乌托邦精神的守卫者在近期的文坛上不乏成功的范例。② 这些论析，虽然不无偏激、失谨之处，但总体来看，

<hr>

① 金秋：《乌托邦情结的消解——中国"后新时期"文学创作的一种精神向度及其文化品性》，《广州师范学院学报》2000 年第 6 期。
② 凤群、洪治纲：《乌托邦的背离与写实的困顿——晚生代作家论之二》，《文艺评论》1996 年第 3 期；金秋：《乌托邦情结的消解——中国"后新时期"文学创作的一种精神向度及其文化品性》，《广州师院学报》2000 年第 6 期；米学军：《审美乌托邦的缺失——论中国 20 世纪 80 年代以来的文学创作》，《商丘职业技术学院学报》2008 年第 3 期。

应该说是针砭时弊，切中要害的。它从审美创造实践的侧面凸显了审美乌托邦的重要意义。

最后，从本体论来看，走向审美乌托邦研究，是由审美乌托邦不可替代的重要性质、内容、地位和价值决定的。乌托邦及其精神植根于人的本质，为人所特有，是人类前进的精神原动力之一。在一定意义上说，没有对指向完善的乌托邦的追求，就没有人类的进步。审美乌托邦则是乌托邦最重要的表现形态，是人们对完美的历史化永恒追求的情感形象表现及其理论表征。无论是在宏观上进行美好理想社会的建构，还是具体进行美的欣赏、美的评价、美的创造和美的研究，审美乌托邦都居于不可替代的地位，起着极为重要的作用。审美乌托邦的研究内容大多是学界未曾探讨或未曾系统深入探讨的，因此，很多问题是有待突破的难题。如审美乌托邦何以可能？即审美乌托邦的存在依据和基础是什么？换句话说，有没有审美乌托邦？虽然学界已越来越频繁、越来越广泛地使用这一术语，但并不能说这个问题已经解决。解决这一问题难度很大，它至少涉及审美乌托邦与乌托邦、审美乌托邦与审美理想、审美乌托邦与审美主义、审美乌托邦与人文精神、审美精神和艺术精神、审美乌托邦与审美现代性、审美乌托邦与审美意识形态，审美乌托邦有没有独特的性质、特征、作用等一系列问题。又如，审美乌托邦主要包括哪些形态类型？从横向静态来看，到底它是只有理论形态还是只有形象形态，或者兼而有之？从纵向历史发展看，它有哪些主要的历史形态？等等。再如，中国到底有没有乌托邦和审美乌托邦？如果有，它与西方的同异是什么，为什么？等等。为此，在研究的主要内容上，应根据新世纪乌托邦研究发展走向的迫切要求，针对审美乌托邦研究相对薄弱的现状，多元综合创新，在分析、鉴别、比较的基础上，科学地借鉴和吸收中外相关研究成果，对审美乌托邦进行系统深入的研究，全面探讨审美乌托邦的理论渊源、多重基础、性质特征、形态类型、功能效用、当代趋向等诸多规律及中西异同，建构体现时代水平和应有形态的审美乌托邦理论，丰富当代乌托邦理论和美学理论。审美乌托邦研究虽属基础理论研究，但却具有突出的前沿性、前瞻性和现实针对性。它对于全面辩证地认识乌托邦及审美乌托邦，自觉合理地发挥审美乌托邦的作用，活跃审美活动，推动审美创造，塑造完美人格，促进当代审美文化健康发展和尽善尽美的和谐理想社会的建设，都有重要的实践价值。

（发表于《文学评论》2010 年第 3 期）

审美乌托邦：乌托邦研究的新趋向

　　乌托邦及其精神植根于人的本质，为人所特有，是人类前进的精神原动力之一。在一定意义上说，没有对指向完善的乌托邦的追求，就没有人类的进步。作为一种"元叙事"，它几乎贯穿人类世界的整个历史，构成了人类想象世界与现实生活的特殊领域。

　　国外对乌托邦的研究起步很早且源远流长，最早可追溯到古希腊亚里士多德的《政治学》。文艺复兴后有更大发展，20 世纪上半叶乌托邦时代逐渐走向衰落，而乌托邦研究恰恰走向了成熟并于第二次世界大战后蓬勃发展。20 世纪 70 年代以来，由于研究方法特别是由于研究价值取向上肯定、否定、既肯定又否定的分歧，乌托邦研究逐渐走向多样化。

　　国内对乌托邦的研究起步较晚且相对滞后。大体上可分为三个阶段：新中国成立至"文化大革命"主要研究空想社会主义；"文化大革命"结束至 20 世纪 90 年代初以反乌托邦为主流；90 年代中期以来，不少学者认识到乌托邦的价值并对之进行了重新思考和再认识，不仅继续翻译评价出版了国外研究乌托邦问题的著作，而且发表了大量的论文。在中国知网、中国学术期刊网络出版总库检索标题含"乌托邦"的相关论文：1979—2008 年共 985 篇，其中 1990—2008 年共 930 篇，2006—2008 年共 339 篇。

甚至出现了大量学位论文，出版了若干相关著作。据检索，标题含"乌托邦"的相关博士学位论文有 16 篇，优秀硕士学位论文有 67 篇，相关著作近 20 部。这些成果分别从哲学、政治学、社会学、历史学、文化学等方面对乌托邦做了较为深入的探讨，代表了世纪之交中国对乌托邦问题理论思考的水平。

需要特别指出的是，在这个重新思考和多样化的认识过程中，近年来，审美乌托邦作为乌托邦最重要的表现形态，在全世界范围内前所未有地凸显出来，越来越受到人们的重视，成为国内外学术研究的热点和新趋向。

关于国外的审美乌托邦研究，我们从作为审美乌托邦组成部分之一的乌托邦文学研究的情况可略窥一斑。李小青博士曾对此做过较细的梳理。她认为，虽然乌托邦文学历史久远，但将这一文学现象自觉地上升到乌托邦的层面进行研究，还是近代才开始出现的。国外自觉意义上的乌托邦文学研究从 20 世纪 30 年代起，缓慢地发展，近 20 年来形成高峰。西方（包括苏联）出版了近百种研究乌托邦文学的著作，乌托邦作品多达 2000 余种，有比较丰硕的研究成果。其中对乌托邦文学进行整体研究的有保罗·哈斯恰克的《乌托邦/反乌托邦文学：文学批评参考索引》、斯诺格拉斯主编的《乌托邦文学百科全书》等。英美著名的文学史，都对西方各国乌托邦文学作过分阶段的、比较简要的介绍和评价。对乌托邦文学进行分阶段研究的，有戴维斯的《乌托邦和理想社会：1516—1700 英国乌托邦作品》等。除了专门著述外，还有大量的文学研究刊物及登载其上的大量研究论文。美国的《乌托邦研究》期刊，专门研究世界范围内的乌托邦文学作品；英美一些主要文学研究期刊，都刊登或摘登了近 70 年来英美 70 多种刊物上的有关乌托邦文学的批评研究论文。以致青年学者姚建斌感叹："只要你向 google 这类搜索引擎键入'乌托邦文学'或'文学乌托邦'（utopian literature or literary utopia）这样的字眼，至少会发现有十万个以上的网页或网站在等待着你的访问。想想，十万是一个什么样的概念！"乌托邦文学研究兴旺尚且如此，作为审美乌托邦研究整体的盛况就更可想而知了。

国内审美乌托邦研究也发展迅速，出现了空前的高潮。据统计，在近年发表的 600 多篇论文中，约有 50 篇在标题上直接使用了"审美乌托邦"，如邹强的《乌托邦与审美乌托邦》、颜翔林的《论审美乌托邦》、马睿的《走向审美乌托邦》等，有些虽然未在标题上直接运用，但所论对象或问题，实际应属审美乌托邦研究。还有大量研究乌托邦文学、艺术的论文：有的从总体上研究乌托邦文学，如姚建斌的《乌托邦文学论纲》和《乌托邦小说：作为研究存在的艺术》、覃庆辉的《论世界文学中乌托邦的审美意义和现实价值》等；有的研究不同国别、地域、时期、思潮、流派的乌托邦文学；有的则从作家、作品类型等方面研究乌托邦文学。在研究乌托邦的学位论文中，审美乌托邦研究也占了较大比重。在 16 篇博士学位论文中，就有高伟光的《英国浪漫主义的乌托邦情结》等 9 篇可以视作审美乌托邦的研究。在 67 篇优秀硕士学位论文中，有 32 篇也属此类，如邹强的《法兰克福学派审美乌托邦研究》等。而且这些论文基本上都是新世纪以来写成的。更值得关注的是相关著作陆续问世，如李春青的《乌托邦与诗——中国古代士人文化与文学价值观》、宋伟杰的《从娱乐行为到乌托邦冲动——金庸小说再解读》、马睿的《未完成的审美乌托邦：现代中国文学自治思潮研究》、武跃速的《西方现代主义文学的个人乌托邦倾向》等。这些成果不仅涉及审美乌托邦的理论形态和形象形态，而且涉及不同国别、思潮、流派、作家作品、不同的类型及倾向等，特别是对西方马克思主义及法兰克福学派代表人物审美乌托邦思想的研究，更成为这一研究趋向的一个显著标志。

审美乌托邦研究成为乌托邦研究的新趋势有着多重成因。

首先，从词源学分析，乌托邦原初就有"美好"之义。众所周知，乌托邦一词出自英国托马斯·莫尔写于 1516 年的《关于最完美的国家制度和乌托邦新岛》（简称《乌托邦》）一书。莫尔根据古希腊语臆造了"utopia"这个词。此后"乌托邦"被人们不断地阐释、解读，乃至有意无意地被"误解"和"误读"，其含义不断扩大、泛化。时至今日，众说纷纭，几乎无所不包，以致有人说：乌托邦仿佛是个"大箩筐"，什么东西都可以往里装，使我们难见其庐山真面目。但据美国学者芒福德考证，从词源学看，"utopia"是由"u"和"topia"两部分组成的，"u"来自希腊文"ou"，表示否定，"topia"来自希腊文"topus"，意思是地方或地区，两部分合起来意指"不存在的地方"。同时，"u"也可以和希腊文的"eu"联系起来，而"eu"有美好、完美的意思，因此，"utopia"也可以理解为"eutopia"（优托邦），即完美、理想的地方。这里，乌托邦的词义呈现出"美好"与"乌有"的二重悖论性意义结构，这些双关含义本来都是乌托邦的应有之义。但长期以来，由于种种原因，人们把乌托邦视为一种从未实现或永不可能实现的虚幻的或不切实际的构想，是"空想""幻想"及"无意义"的代名词，往往忽略、遮蔽乃至消解了其本身具有的双关含义中的"美好"，而仅剩"乌有"之义。在这个意义上说，审美乌托邦研究不过是把被忽略的重视起来，把被遮蔽的敞亮开来，把被消解的恢复过来，还乌托邦以本来的完整的面目。

其次，从表现形式或文体渊源来看，乌托邦经常是以乌托邦文学或乌托邦小说等文学艺术形式、形象显现出来的，这为走向审美乌托邦提供了丰富的历史资源和有力的历史支撑。克瑞杉·库玛曾指出：从定义上讲，所有的乌托邦都是小说，与历史著作不一样，前者处理的是可能的世界，而不是实际世界。就这个意义而言，它们同想象的文学的所有形式相似。

乌托邦文学在西方源远流长，可追溯到柏拉图的《蒂迈欧篇》，至少自托马斯·莫尔以来已成为自觉运用的一种叙事文体，至今其创作、研究方兴未艾。乌托邦文学研究在我国也丰富多彩，刘明华的《大同梦》、孟二冬的《中国文学中的"乌托邦"理想》等对此做了初步研究。不仅如此，有些学者已直接提出了关注和研究乌托邦文学的文学性和审美特性的问题。虽然审美乌托邦和乌托邦文学不能简单地视为一体，但乌托邦文学具有审美特性或是审美乌托邦的重要表现形态则是显而易见的。这实际昭示了在乌托邦文学丰富的历史资源的基础上，走向审美乌托邦研究已成为拓展和深化乌托邦研究的必然选择和发展趋势。

再次，从研究现状来看，是弥补以往乌托邦研究薄弱环节的需要。近年来审美乌托邦问题虽然受到学界较大的关注，发表和出版了一些相关成果，为进一步探讨提供了生长点，但从总体来看，目前关于乌托邦的研究从社会学、政治学、心理学、历史学、哲学、文化学层面或角度研究得较多，而从美学角度，在审美层面上研究较少。在审美和文艺范围内，局部的、个案的研究较多，而整体的全面的研究则极为罕见；具体现象的研究较多，而理论的研究则很少；至于对审美乌托邦的"元理论"研究，就更少了。这种状况与审美乌托邦实际地位和影响极不相称，迫切地需要从理论上给予全面系统的研究。

最后，从本体论来看，是由其不可替代的重要性质、内容、地位和价值决定的。审美乌托邦是乌托邦最重要的表现形态，是人们对完美的历史化永恒追求的情感形象表现及其理论表征。无论是在宏观上进行美好理想社会的建构，还是具体进行美的欣赏、评价、创造和研究，审美乌托邦都居于不可替代的地位，起着极为重要的作用。审美乌托邦研究的内容大多是学界未曾探讨或未曾系统深入探讨的，很多问题是有待突破的难题。为此，应全面探讨审美乌托邦的理论渊源、多重基础、性质特征、形态类型、功能效用、当代趋向等诸多规律及中西异同，建构体现时代水平和应有形态的审美乌托邦理论。审美乌托邦研究虽属基础理论研究，但却具有突出的前沿性、前瞻性和现实针对性。它对于全面辩证地认识乌托邦及审美乌托邦理论，自觉合理地发挥审美乌托邦的作用，活跃审美活动，推动审美创造，塑造完美人格，促进当代审美文化健康发展和尽善尽美的理想社会的建设，都有重大的实践价值。

（发表于《文艺报》2008 年 10 月 23 日第 5 版）

转型研究：20 世纪 90 年代中国美学话题

在中国美学领域，如果说打倒"四人帮"后最突出的是美学奇迹般的复苏，20 世纪 80 年代中期最突出的是几度美学热的话，那么 90 年代以来最突出的就是美学转型问题的研究。世纪之交，美学向何处去已成为中国美学研究的主导潮流或核心话题。它提出的观点之多、涉及面之广、情况之复杂均是前所未有的，至今仍在拓展深化。可以说，不了解美学转型问题的研究，就不了解 20 世纪 90 年代美学研究的根本态势和总体趋向。因此，从宏观上把握美学转型问题研究的多重背景和多种动因，自觉反思主要研究取向和成果的得失利弊，合理评价其价值和作用，就成为 20 世纪中国美学学术史研究必不可少的理论任务。

一　美学转型研究的多重背景和多种动因

美学转型研究在中国蓬勃兴起并在短期内取得迅速发展，有着多重背景和多种动因。

从世界总体格局来看，世界多层次、多方位的转型和人类共同的人与自然、人与社会、人与人、人的心灵四大冲突的新变化，是美学转型研究的宏观背景和间接动因。20 世纪后半叶以来的当代文化明显表现出如下的特征和趋势——文化性质：从工业社会转向信息社会；文化主体：由区域文化转向全球文化；文化权力：由垄断性文化转向平民性文化；文化传递方式：由纵向传递向横向和逆向传递转变；文化方法：由分析文化走向综合文化；文化精神：由人生的量的扩张转向质的提高。仅以西方世界而言，在 20 世纪后半叶就经历了由工业社会到后工业社会，由现代主义文化到后现代主义文化，由现代哲学到后现代哲学，由现代美学到后现代美学，由现代主义文艺到后现代主义文艺的发展嬗变。西方的美学转型研究，正是随着这种由工业社会向后工业社会，由现代文化思潮到后现代文化思潮的发展而产生的。世界当代社会文化这一系列重大变化以及西方的美学转型研究，不能不对中国美学转型研究的形成和发展产生重要的影响。

就国内情况而言，中国社会指向现代化的史无前例的全方位转型，是美学转型研究兴起发展的中观背景和直接动因。中国社会转型是指社会类型总体、全面、根本性的变迁。有的学者把它概括为六大转变：从产品经济、计划经济体制向商品经济、市场经济体制转型；从农业社会向工业社会转型；从乡村社会向城镇社会转型；从封闭、半封闭社会向开放社会转型；从同质的单一性社会向异质的多样性社会转型；从伦理型社会向法理型社会转型。[①] 有的学者认为：这场深度与广度均属空前的社会转型的内容包括三个层次：其一，从农业文明向工业文明转化，这种社会结构的变化是当代中国社会转型的基本内容。其二，从国家统制式的计划经济向社会主义市场经济转化，这种经济体制的转轨与上述社会结构的变化同时并进，正是现代转型的中国特色所在。其三，从工业文明向后工业文明转化，已经实现工业化的发达国家正在进行的这一转变所诱发的问题，有全

---

① 包心鉴主编：《发展——跨世纪中国的战略选择》，济南出版社 1997 年版。

球化趋势，当下中国也不可回避地面对诸如环境问题、人的意义的危机问题、诸文明间的冲突问题等，这又增加了转型的普适性内容。① 上述概括对把握中国当时社会转型的基本内容和特点，无疑是有启发性的。这些重大变化直接影响到社会生活的各个领域和整个社会的精神面貌，影响到每个人的思想、情感的方方面面，为美学转型研究的兴起和发展提供了现实土壤。

这里需要特别提出的是中国美学转型研究的兴起与中国社会现状、文化性质及其与西方后现代文化的关系问题。这是学者们分歧最大、争论最多的问题。绝大多数学者都不讳言美学转型研究的兴起与西方后现代文化的影响有关。但对这种影响的认识和评价差异很大。有的侧重强调现象之同、本质之异，强调中国当今社会与西方后工业社会的根本不同，坚决反对把西方后现代的文化概念照搬到中国来。② 有的侧重强调表面之异、深层之同，提出"东方后现代"的概念。该学者指出：乍一看中国当代的社会背景同西方后现代主义背景有着许多根本的差异，但中国所以会接受、借鉴甚至横移西方后现代主义，固然同第一世界的文化霸权主义、文化渗透政策关系密切，但更重要的还是因为中国在很大程度上具备了与西方后现代主义相同的背景。这种惊人的相似性可以从两者的整体比较中见出。西方后现代主义的总体社会背景是晚期资本主义。其总体特征可简要地概括为五个方面：两次世界大战彻底毁灭了人的理性、信仰、终极目标和价值理论；过度激化的劳资矛盾转化为技术矛盾和管理矛盾；商品化原则垄断了一切，控制了一切；信息爆炸，一切都被程式化、精密化、电脑化；高科技的发展带来了大规模的机械复制，从此不再有真实和原作，一切都成为类像和虚假。与此相比照，中国当代社会的背景也可从五个方面加以

---

① 冯天瑜：《略论中西人文精神》，《中国社会科学》1997 年第 1 期。

② 聂振斌：《什么是审美文化》，《北京社会科学》1997 年第 2 期。

描述："文化大革命"的剧烈震荡和商品经济大潮的有力冲击，其意义和影响同两次世界大战对西方人的震荡与冲击有许多相似之处；以阶级斗争为中心转变为以经济建设为中心；商品化原则成为社会的中心原则；现代社会的信息化、程式化、电脑化；文化工业化和生活虚假化。① 有的则强调同中有异、异中有同。该学者一方面认为：近年来在美学理论的内部和外部，我们都感受到西方称之为后现代主义文化的多方面影响，事实上中国美学正处在后现代主义文化的影响之下；同时又指出：同样不容否认的是，西方后现代主义文化的社会基础与当代中国的社会现实之间存在着多方面、多层次的差别。这种差别不仅表现在社会制度、意识形态机制、文化生产和消费模式等方面，而且还表现在美学的理论问题的特殊"差异"。因此，后现代主义文化对当代中国美学的影响，无论其范围和深度如何，都不可能为当代中国美学提供一个预设的理论模式和轻松的出路。②

　　上述情况表明，受中国社会发展特定历史进程的制约，中国目前的社会现实和文化语境确实呈现出多元并存、多质混合的特点。正如有的学者所描述的："本世纪80年代末、90年代初以来，中国社会在一定程度上进入到一个空前复杂的交织了多元文化因素的状态，前工业时代、工业时代以及后工业时代的诸多文化特性及其价值实践，在一种相互间缺少逻辑的过程中，却又奇特地相互聚合在一个社会的共时体系上……因而使得任何一种单一的文化因素和文化现象都丧失了或根本不存在其典型性。"③ 这就是当下中国社会现实和文化的特殊性。看不到这种历史特殊性，看不到这种具体规定性，就很容易把复杂的问题简单化，对当代中国文化性质和美学研究的基本问题做出片面的判断，开出不对症的药方。如有的根据所谓

---

① 曾艳兵：《东方后现代》，广西师范大学出版社1996年版。
② 王杰：《审美幻象研究》，广西师范大学出版社1995年版。
③ 王德胜：《审美文化研究：美学转型的要求与现实》，《人民政协报》1997年6月12日。

"前工业时代"的文化现象，主张所谓"新启蒙"；有的根据"工业时代"的文化性质，强调所谓"现代性"；有的根据"后工业社会"的文化特点，突出所谓"后现代性"。这些看法，显然忽略了中国美学转型研究的兴起是多种文化元素和多种文化性质在特定历史时空中奇特聚合所形成的合力的结果。

从美学学科本身来看，中国当代美学在迅疾变化的时代面前力不从心、难尽人意的现状，则是美学转型的微观背景和内在动力。

总之，中国美学转型研究的兴起和发展，是国际、国内社会全方位转型的外部压力和美学学科克服自身局限的内部要求等多重背景和多种动因综合作用的结果。这种多元多质的综合特性，既在一定意义上规定了中国20世纪90年代美学转型研究与国外美学转型研究的某种一致性，同时也规定了中国美学转型研究的某种特殊性。

二 美学转型研究的多元取向与多种建构

只要关注一下 20 世纪 90 年代中国的美学论著，就会发现，"超越……"的美学、"走向……"的美学、"建构……"的美学、"重建……"的美学之类的呼声此起彼伏，层出不穷，汇成了一曲多声部的转型大合唱。在这名目繁多、声调各异的多声部大合唱中，我们认为最有影响、最值得注意的，是围绕着对"实践美学"的反思提出来的"改造完善实践美学取向""超越实践美学取向"，以及与关于实践美学的论争既有密切联系，又有相对独立性的"审美文化取向""中国古典美学取向"和"辩证和谐美学取向"这五大取向。其中任何一种取向，都包含着倡导者对现有美学状况的反思和对原有观点体系的估价、对所取方向的历史和逻辑的论证、对该方向发展的初步设想或整体建构，有的还涉及其他取向对该主张的评论或批评。这里，我们便循此思路择要予以述评。

（一）"改造完善实践美学取向"

这是在关于"实践美学"问题的论争中出现的代表性观点。在讨论初期，又可细分为"坚持派"与"改造派"。但是，随着对问题讨论的深入，"坚持派"也注意到"实践美学"的缺陷，提出发展、修正的看法，两派认识逐渐趋于合流。有鉴于此，我们依据相关言论的相似方面，把这种观点概括为"改造完善实践美学取向"。

该取向认为，"实践美学"在 20 世纪 50 年代的"美学大讨论"中发轫，并且逐渐占据了中国美学界的主导地位；到 80 年代的"美学热"中则进一步聚集了众多学者的研究力量，形成了相对完整的美学理论体系和蔚为壮观的宏大气势。究其原因，是由于它找到了"实践"这一联系审美主体与审美对象的中介环节，找到了沟通物质世界与心灵世界的真正桥梁，从而得以超越是对象决定主体还是主体决定对象的二元对峙局面，在真正意义上实现了"主客体统一论"者所未能达到的目的。正因为这样，"实践美学"成为迄今为止中国最有理论价值，也最有发展前景的一派学说。同时，该取向也承认，已有的"实践美学"成果确实存在某些缺陷，甚至是较为严重的问题。如陈炎就指出："在实践的性质上过多地强调主体的群体特征而忽视其个体的独特价值；在实践的过程中过多地强调理性的必然法则而忽视感性的偶然作用；在实践的结果上过多地强调历史的积淀功能而忽视其现实的突破意义。"[1] 朱立元认为：论争中学者们"对'主体性实践美学'与'人类学本体论美学'本身就隐含着逻辑上不可克服的自相矛盾，'积淀说'背后日益滋长的文化保守主义倾向，片面强调审美活动中的理性、群体性、人类性的批评，都是切中要害"的。[2] 王德胜则

---

[1]　陈炎：《实践美学与实践本体》，《学术月刊》1997 年第 6 期。
[2]　朱立元：《在具体分析的基础上修正实践美学》，《光明日报》1997 年 7 月 12 日。

指出："实践美学存在种种结构上的缺失。"① 然而，这些学者在指出上述缺憾的同时，又一致认为，这些问题只能在"实践美学"的内部，即在"实践美学"的根本基点上和总体框架内加以纠正，不应该也不可能在诸如"生存"和"生命"等"前实践"范畴内得到解决。作为特定历史条件下的思想体系，"实践美学"也许终将被更高的理论形态所超越，但这种超越必须建立在更高的哲学背景上，而在此之前，"改造"较之"超越"更为稳妥。

如何改造、完善"实践美学"呢？该取向从不同角度提出了初步设想。朱立元从宏观上提出：第一，为其确立真正的实践本体论（而非主体性实践哲学或人类学本体论）的哲学基础；第二，对"实践"概念进行新的阐释，不局限于物质生产实践，而是人生实践，即人在世界中的全部生存活动及方式；第三，在人生的实践基础上展开人与世界的审美关系，即审美活动的方方面面。② 陈炎在强调对"实践美学"的主要命题进行必要的清理和重新厘定的同时，着重论析了"实践美学"的进一步发展对重建哲学本体论的重要意义："它既不是从经验出发，用有限的现象来描述或囊括无限的本体；它也不是从主观幻想出发，用超验的幻想来解释或界定存在的意义；它要真正抓住人与自然、人与社会之间的中介环节，从实践入手而将破碎的世界重新统一起来。由实践而造成的有限与无限、经验与超验、现象与本体之间的逻辑鸿沟，也只有通过'实践'，在现实上观念上和情感上加以填平。而'实践'既是群体的也是个体的，既是理性的也是感性的，既是自然的也是社会的，既是承继历史的也是面向未来的……真正的实践本体论绝不应是一种外在于感性个体的文化宿命论，而是与'此在'的'在世结构'密切相关的文化继承论和文化发展论。正因如此，

---

① 王德胜：《实践美学需要发展而非超越》，《光明日报》1997 年 7 月 12 日。
② 朱立元：《在具体分析的基础上修正实践美学》，《光明日报》1997 年 7 月 12 日。

'实践美学'的最大意义不在美学本身，而是从美学角度为实践本体论所提供的支持。"① 王德胜则认为发展实践美学问题的关键是：实践美学有必要在人类实践的整体性上，更加充分地重视个体的地位，重视个体的感性价值，在个体实践的现实中寻求人类精神与物质的辩证统一性，从而使美和审美既是一种类的价值的体现，又首先是个体实践的价值根据。②

（二）"超越实践美学取向"（"后实践美学"）

这种取向萌芽于20世纪80年代初对"积淀说"的批评，初显于20世纪80年代末对"积淀说"的"突破"，深化于20世纪90年代初重评"积淀说"和"突破说"的讨论，渐成声势于1994年杨春时《超越实践美学，建立超越美学》论文的发表。虽然前后的历史语境、具体观点和表述形式均有较大变化，但其理论核心和基本倾向并无实质区别，这就是：从人的生命存在本身探寻美的根源，超越理性主义，还人以个人的感性的本体。总体来看，该取向也在不同程度上承认"实践美学"有其历史功绩和合理性。但它与"改造完善说"的最大不同，在于认为"实践美学"的哲学基础和基本观点都存在着根本性的缺陷，不可能在其学派或理论体系的范围内真正解决，因而必须打破"实践美学"体系，彻底超越"实践"这一核心范畴，确立诸如"生存""生命""存在"等新的逻辑起点，建构超越乃至取代"实践美学"的新的美学形态。具体分析，该取向各代表人物对"实践美学"的基本估价和提出的具体观点并不完全一致，甚至有较大差异，下面分别论述。

1. "生存美学"认为，以李泽厚为代表的实践美学有其历史功绩和合理性。这表现在：第一，它摒弃了实体概念，认为基本的存在是社会存在

---

① 陈炎：《改造并完善实践美学》，《光明日报》1997年7月12日。
② 王德胜：《实践美学需要发展而非超越》，《光明日报》1997年7月12日。

即人们的历史实践,客体不是实体而是实践对象,为解决美是什么这个千古之谜指出了方向。第二,它克服了唯心主义的片面主观性和旧唯物主义的片面客观性,为解决美的主客观属性问题奠定了基础。第三,它为审美找到了社会历史实践这个坚实的现实基础,克服了传统美学的直观性和纯思辨性。第四,它从实践的主体性出发,揭示了审美的自由性和反异化性质,推动了新时期思想解放运动,形成了古今中外罕有的美学热。但"实践美学"存在着在其体系内不可克服的十大缺陷:残留着理性主义的印记;具有现实化的倾向;强调实践的物质性(物质化倾向);强调实践的社会性(非个性化倾向);未消除主客对立的二元结构;在实践与审美关系上的决定论模式;实践与美的实体化、客观化倾向;实践范畴导致审美片面的生产性、创造性,忽视消费性、接受性;缺乏解释学基础,只有实践本体论基础;以一般性命题(如"人的本质力量的对象化"等)代替审美的特殊规定性。这诸多方面的缺陷,不可能在"实践"的基础上克服,应当以"生存"作为美学的新的逻辑起点和本体论基础,并由此推出整个美学体系。在人的三种生存方式和对应的三种解释方式中,只有超越现实的自由生存方式和超越理性的解释方式才是审美,因而审美的本质就是超越。这样,审美就获得了新的质的规定:它是超理性的;是超现实的;是纯精神的;是个体性的;是消除了主客对立的;是具有自身的性质、规律的;是自我创造的;是生产与消费、创造与接受的统一,具有了本体论与解释学相统一的哲学基础;而"超越现实的自由存在方式和超越理性的解释方式"的命题,则提示了审美的特殊本质,或者说审美的特殊本质就是超越。①

---

① 杨春时:《超越实践美学,建立超越美学》,《社会科学战线》1994 年第 1 期;《走向后实践美学》,《学术月刊》1994 年第 5 期;《再论超越实践美学——答朱立元同志》,《学术月刊》1996 年第 2 期。

2. "生命美学"的基本观点，早在潘知常于 1991 年出版的《生命美学》中就已有较为系统的表述。该书把人类的生存当作世界的本体和美学的根本出发点，把生命美学建立在生命本体论的基础上，全部立论都是围绕着审美是人的一种最高的生命活动这一命题展开，探讨了审美活动与人类生存方式的关系即生命的存在与超越如何可能这一根本问题。此后潘知常又在一系列文章中，对其基本观点作了补充和深化。"生命美学"认为，美学的重建应从中国当代美学的局限性开始。中国当代美学的局限性表现在由理性主义的思路所导致的把实践活动与审美活动简单地等同起来。因此，拓展美学的指导原则，即把实践活动的原则扩展为人类生命活动原则，实现美学研究中心的转移，即从实践活动与审美活动的差异性入手，以人类超越实践活动的超越性生命活动作为逻辑起点，在人类生命活动的地基上开始美学的历史性重建。①

3. "存在论美学"认为，实践论美学抹杀了审美活动与生产劳动等其他社会实践的根本区别，恰好忘记了马克思主义辩证法的精髓——对特殊性与差异性的把握。更为重要的是实践论美学的哲学基础与理论出发点是二元论的。它始终站在二元对立的立场上理解、看待"实践"这一实际上消解了二元对立的核心概念，从而造成一系列的理论困境。只有从根本上清算实践论美学形而上学的二元论，美学才有希望走出困境。20 世纪的哲学从以"我思"为中心的认识论转向了以语言为中心的存在论，因此，走向以语言为中心的存在论美学就成了必然的趋势。以语言为中心的存在论是和海德格尔等人的名字联系在一起的以现象学为出发点的基础存在论。把立足点转移到基础存在论上后，存在论美学与传统美学相比，就从二元论转到一元论，从形而上学转到了现象学，从认识论转到了存在论，从而

---

① 潘知常：《实践美学的本体论之误》，《学术月刊》1994 年第 12 期；《美学的重建》，《学术月刊》1995 年第 8 期；《生命美学》，河南人民出版社 1991 年版。

把美与审美纳入另一种理论视野，具有明显的多方面的理论优势和传统美学所不具有的诸多新作用。①

4."修辞论美学"是在反思中国当代美学现状的基础上提出来的。但它并不是直接针对实践论美学的。它认为，中国当代美学形态由一到多形成了目前以认识论美学、感兴论美学和语言论美学为主的多形态格局。上述三种美学的困境及摆脱这种困境的压力，要求把认识论美学的内容分析和历史视界、感兴论美学的个体经验崇尚、语言论美学的语言中心立场和模型化主张综合起来，相互倚重和补缺，建立一种新的美学。这实际上就是修辞论美学所要达到的修辞论视界。即任何艺术都可以视为话语，而话语与文化语境有互赖关系，这种互赖关系更受制于更根本的历史。这种新的综合过程就称为"修辞论转向"，这种新的美学就是"修辞论美学"。建构修辞论美学，是摆脱当前中国美学困境的一种必然选择。②

对"超越美学"或"后实践美学"，不少学者提出了批评意见。初始集中在"生存美学"上，以后扩展到对"生命美学""存在论美学"以及"后实践美学"的整体性批评。概括来看，批评主要集中在以下三方面。

第一，超越美学对实践美学的基本观点有很多误解甚至曲解。如有的学者批评杨春时把实践说成是实践美学的基本范畴和逻辑起点是最大的误解，指责实践美学是理性主义等也是缺乏根据的。③ 有的学者认为杨春时对实践论美学的实践、人的本质、自由等的理解是似是而非的，把实践美学归入古典美学的理性主义范围，是对实践论美学的重大误解和曲解。④ 有的学者指出：超越美学对历史唯物主义的实践论存在种种误解，而把历

---

① 张弘：《存在论美学：走向后实践美学的新视界》，《学术月刊》1995 年第 8 期；《试论文艺学美学本体论研究的哲学依据》，《文艺理论研究》1994 年第 4 期。
② 王一川：《走向修辞论美学》，《天津社会科学》1994 年第 3 期。
③ 朱立元：《"实践美学"的历史地位与现实命运》，《学术月刊》1995 年第 5 期。
④ 张玉能：《坚持实践观点，发展中国美学》，《社会科学战线》1994 年第 4 期。

史唯物主义的实践论称为"实践一元论",如果不是有意曲解,那么就是一种无知,因为"实践一元论"是西方马克思主义的一种观点,历史唯物主义实践论与它根本不同。①

第二,超越美学提出来用以取代实践范畴的生存、生命、存在等难以成立,取代不了,也超越不了实践美学。如有的学者指出:所谓超越实践美学,在根本上涉及美学本体论的置换问题。无论是"生存美学",还是其他各种超越的主张,其直接的理论目标,就是通过强调"实践"范畴的有限性而取消其本体规定的可理解性和客观性。而生存等范畴则含有理论上的主观设定的任意性和理想化,缺乏足够的历史证明。即使实践美学存在种种结构上的缺失,也不足以说明实践必须由生存来超越。② 有的学者认为:如上三种美学的理论基础即生存哲学,或是强调生存自由无意识精神性如超越美学,或是强调存在表象经验性如存在论美学,或是强调生命自由理想性如生命美学,都不过是强调生命、生存、存在的某一非本质方面,并非生命、生存、存在的基础。似曾相识,根本没有摆脱它们提出的自身要克服的那些所谓缺陷,也没有超越传统美学。目前这三种美学自身还缺乏坚实的理论基础和系统论证,还缺乏科学内容和实证。其理论深刻性和系统性以及体系的完整性,都难以令人信服,所以还没有实现对实践论美学的真正的实际超越。③

第三,超越美学以生存、生命、存在作为本体论基础取代"实践",是一种倒退。如有的学者指出:以"生存"或"生命"为基本范畴的所谓"后实践美学"不是对"实践美学"的真正超越,而恰恰是一种后退,因为实践作为逻辑起点较之于美学已经显得过于抽象了,实践只能区分人与

---

① 杨恩寰:《实践美学断想录》,《学术月刊》1997 年第 2 期。
② 王德胜:《实践美学需要发展而非超越》,《光明日报》1997 年 7 月 12 日。
③ 杨恩寰:《实践美学断想录》,《学术月刊》1997 年第 2 期。

动物的不同，却无法进一步区分认识、道德、审美三种人类活动的不同。而所谓"生存"或"生命"，不仅无法区分知情意或真善美的不同，甚至无法区别人与动物。从这一意义上说，所谓后实践美学，有着从马克思退回到费尔巴哈之嫌。① 有的学者说得更为直截了当："说到底，超越美学，不过是一种回归或还原美学，一种回复到原始感性的生存美学。这绝不是对实践论美学的超越，而是一种倒退。"②

（三）"审美文化取向"

审美文化研究是 20 世纪 90 年代中国美学转型研究中一个引人瞩目的发展趋向。

国外审美文化研究起步较早。苏联学者至迟在 20 世纪 50 年代已开始使用"审美文化"概念，并取得了具有一定特色的研究成果。③ 在西方，审美文化研究是随着工业社会向后工业社会、现代文化思潮向后现代文化思潮的发展而产生的。但西方学者往往不直接使用审美文化概念。中国首次在严格的意义上使用这一术语，是 1988 年出版的叶朗主编的《现代美学体系》。但审美文化真正成为重要的学术问题乃至美学发展的一个主要取向，则是 20 世纪 90 年代以来，围绕着美学的困境和出路问题的讨论而形成的。热度不断升高，取得较大发展。特别是中华美学学会于 1994 年成立了审美文化专业委员会，更有力地推动了审美文化研究的蓬勃发展。

其时的审美文化研究，主要涉及审美文化的概念、对象和范围，审美文化研究与美学学科和美学史的关系，审美文化的作用、理论建构和发展前景等诸多问题。

---

① 陈炎：《改造并完善实践美学》，《光明日报》1997 年 7 月 12 日；《实践美学与实践本体》，《学术月刊》1997 年第 6 期。

② 杨恩寰：《实践美学断想录》，《学术月刊》1997 年第 2 期。

③ 金亚娜：《苏联的审美文化研究》，《国外社会科学》1991 年第 3 期。

首先，在对于"审美文化"需不需要进行概念界定的问题上存在不同的意见。一种观点主张先把这个问题悬置起来，认为那种先要定位、定义，然后才去研究的观念，乃是传统的思维方式，是一种方法论谬误，应该先做起来再说。① 而另一种意见则相反，认为虽然现阶段谁也没有能力给审美文化下一个精确的、科学的、大家都能够接受的定义，但不等于这一问题不需要研究，如果真的把这个问题悬置起来，那么，审美文化研究的范围、对象将是漫无边际的，研究的目标也将是模糊的，从而不利于审美文化研究的健康发展。②

主张后一种意见的学者，纷纷提出了自己的看法。根据其界定的方式、角度等的不同，大致可以归纳为这样几种类型：第一，侧重从审美文化的范围构成来概括，如提出"所谓审美文化，是指人类审美活动的物化产品、观念体系和行为方式的总和"③；审美文化是人类文化的审美层面，是指人以审美态度来对待各种文化产品时出现的一种精神现象，它不应当被简单地看作文化家族的一个单独成员；它附丽于诸文化形态之上，具有覆盖和跨越整个文化领域的性质；而除了专供人们进行审美的艺术产品外，其他各种文化产品都可能有条件地进入审美领域，从而成为审美文化研究的对象。④ 第二，侧重从审美文化与文化的联系和区别来概括，如认为审美文化包括两层意思，其一是文化应当与美相结合，其二是要达到高标准，显示出一个民族的精神风貌。因此，审美文化是文化与美的结合，是对于文化高标准的要求；它要求我们的文化不仅有实用价值、功利价值，而且有精神价值、审美价值。⑤ 审美文化是与人类文明活动相联系的、

① 李泽厚、王德胜：《关于哲学、美学和审美文化研究的对话》，《文艺研究》1994 年第 6 期。
② 聂振斌：《什么是审美文化》，《北京社会科学》1997 年第 2 期。
③ 叶朗主编：《现代美学体系》，北京大学出版社 1988 年版，第 59 页。
④ 夏之放：《转型期的当代审美文化》，作家出版社 1996 年版。
⑤ 蒋孔阳：《杂谈审美文化》，《文艺研究》1996 年第 1 期。

具有超越性价值的文化形态，它是逐渐地从人类的动物性活动和物质功利性活动中脱离出来的精神文明，因此生命活动与精神超越构成的辩证运动就成了审美文化的本质特征。① 第三，侧重从历史发展角度来概括，认为审美文化是人类文化发展的高级阶段，是后工业社会的产物；社会发展到后工业社会的历史阶段，艺术与审美已渗透到文化的各个领域，并起支配作用。② 从文明与文化的演进历程来看，审美文化是工具文化、社会理性文化之后的第三种文化形态，代表了文化积累和文化量变的过程，是人类文化和文明的较高形式，显示出超功利性与自由性相统一的性质，是一种以人的精神体验性和审美的形式规律为主导的社会感性文化。③ 第四，根据历史与逻辑的统一原则来进行概括，如主张"审美文化是现代文化的主要形式，也是高级形式，它把超功利的愉悦性原则渗透到整个文化领域，以丰富人的精神生活"④。

对审美文化概念的界定，在某种意义上，也包含了对其对象和范围的某种回答。但因界定方式、角度等的不同，有关审美文化的界定往往不能最充分地反映出其对审美文化研究对象和范围的看法，为此有必要在此予以讨论。在涉及审美文化研究对象和范围的问题上，围绕既有联系又有区别的三个焦点，形成了相互抵触的不同观点。

其一，围绕着文学艺术在审美文化中的地位问题，产生了"艺术中心论"和"反艺术中心论"的分歧。前者认为，审美文化应以艺术为中心、主体或主导。如周来祥就指出："审美文化既包括理论形态的美学思想，也包括体现着审美意识的文学、戏剧、影视、绘画、雕塑、音乐、舞蹈、建筑、园林、工艺等感性形态的美学创造，甚至包括富于审美因素的科学

---

① 马宏柏：《审美文化与美学史讨论会综述》，《哲学动态》1997 年第 6 期。
② 聂振斌：《什么是审美文化》，《北京社会科学》1997 年第 2 期。
③ 马宏柏：《审美文化与美学史讨论会综述》，《哲学动态》1997 年第 6 期。
④ 聂振斌：《什么是审美文化》，《北京社会科学》1997 年第 2 期。

文明、宗教文化、道德伦理、环境文化以及物质文化等，不过当以前二者为主。"① 也有学者认为，审美文化的对象应以文学艺术为核心。② 还有学者认为，审美文化的范围几乎包括了人的生活的所有领域，其中，文学艺术作品是人类审美文化的最为纯粹、最为直接、最为理想化的存在方式，因而在审美文化中占有不可取代的主导地位。③ 而"反艺术中心论"者却认为，审美文化概念体现了审美——艺术活动向日常生活的泛化；人类审美活动的变化表明，如果继续以艺术为中心，美学或审美文化研究就将失去中心，甚至失去对象，因此应当把研究的视野放在整个审美活动上，以之作为美学继续发展的基本策略；而这个转换既是审美文化的基础，也是当代美学与传统美学的区别点。④ 生活与审美同一，生活与艺术同一，乃是当代审美文化最关键的概念。⑤

其二，围绕着审美文化适用的时限问题，形成了强调当代性、现实性、当下性和主张"审美文化"概念可广泛用于人类文化始终的分歧。前者认为，审美文化是历史运动的产物，是对当代文化的规定性表述；⑥ 审美文化是一个现代范畴，是文化现代性的另一种表述。⑦ 后者则指出，承认审美文化在中国学术界是一个现代概念，并不等于它使用的范围只能局限于现当代文化，更不能简单地认为只有20世纪才有审美文化，因此，审美文化概念不仅适用于现当代，也适用于古代。⑧

其三，围绕着审美文化在当代的横向领域产生了其是否等于大众文化

① 周来祥：《东方审美文化研究》第1辑，广西师范大学出版社1996年版，"前言"。
② 马宏柏：《审美文化与美学史讨论会综述》，《哲学动态》1997年第6期。
③ 夏之放：《转型期的当代审美文化》，作家出版社1996年版。
④ 肖鹰：《当代审美文化的界定》，《上海社会科学院学术季刊》1994年第4期。
⑤ 潘知常：《反美学——在阐释中理解当代审美文化》，学林出版社1995年版。
⑥ 马宏柏：《审美文化与美学史讨论会综述》，《哲学动态》1997年第6期。
⑦ 潘知常：《反美学——在阐释中理解当代审美文化》，学林出版社1995年版。
⑧ 朱立元：《审美文化只适用于现当代吗?》，《深圳特区报》1997年7月9日。

的观点分歧。一种观点认为，当代审美文化就是指大众文化，如有学者就指出，审美文化是一个中性概念，不是价值判断，在文化形态的意义上，可以把审美文化指称为大众文化。而另一种看法则相反，主张审美文化不等于大众文化，认为在当前关于审美文化的讨论中，部分人把大众文化等同于审美文化，此种混淆不仅不妥，而且很可能为中国以后的审美文化发展带来不良后果。①

在讨论到审美文化研究与美学学科关系问题时，形成了两种主要的观点。一种观点从学科分化交叉的角度，把审美文化研究视为美学与文化学的结合，是美学与文化学的分支学科或交叉学科。如赵广林就指出："文化学研究文化，不能不研究作为整体文化组成部分之一的审美文化，而审美文化的研究又不能没有美学的指导。美学与文化学的整合，就必然产生一门关于审美文化研究的新学科，这就是审美文化学。审美文化学是美学发展高度综合的必然结果，是美学和文化学合规律性与合目的性的统一。"② 已有的"审美文化学"著作大都持此观点。如林同华就认为，美学文化学是美学与文化学的结合体；在文化学系统中，美学文化学是一门新文化学分科，而在美学系统中，它也处于同样的地位。③ 李西建则指出，审美文化学是一门介于审美学与文化学之间的边缘学科。④ 还有学者倾向于把审美文化作为美学的一个新的分支加以研究。⑤ 另一种观点从层次关系的角度，借用结构主义的话语，认为审美文化研究与美学的关系类似于语言与言语的关系；前者是抽象理论层面的概括，后者是具体实存的现象层面，是指以文学艺术为核心、具有审美价值的具体文化形态；它们两者

---

① 滕守尧：《大众文化不等于审美文化》，《北京社会科学》1997年第2期。
② 赵广林：《美学与文化学的整合——文化系统中的美学思考之一》，《文艺理论研究》1990年第6期。
③ 林同华：《审美文化学》，东方出版社1992年版。
④ 李西建《审美文化学》，湖北人民出版社1992年版。
⑤ 周劭馨：《中国审美文化》，百花洲文艺出版社1992年版。

不能截然对立：美学研究不能脱离审美文化研究，否则就是走向死胡同；但审美文化的具体研究也不能脱离美学的指导，更不能取消或取代美学研究；现代美学的转型不能只"转"为纯粹的审美文化研究。①

在审美文化理论的建构问题上，也存在着两种基本倾向。一种倾向与西方理论批评化走向接轨，主要把审美文化研究看作直接介入现实的话语方式，因而不注重系统理论的建构。王德胜就主张，作为一项有别于一般美学讨论方式的学术工作，当代审美文化研究重点并不在于基本范畴体系的逻辑演绎，也不特别强调自身概念的纯粹性，相比之下，它更接近于特定形式、特定层面的文化批评。② 潘知常也认为，当代审美文化所面对的对象只是"问题"，而不像"美学"那样面对的是"体系"，它从问题开始，也以"问题"结束，永远是在提问题而并不满足于答案。③

另一种倾向则主要是把审美文化研究视为一门学科建设而提出种种初步的理论构想。林同华提出，审美文化实际上是一个庞大的系统。从横向结构看，审美文化学的整体性结构由审美文化哲学、审美艺术哲学、审美行为哲学、审美科技哲学四大部分组成；从高低层次来看，审美文化学可以分为人类行为心理文化意识所产生的美学、文学艺术文化所产生的美学和人类文化哲学系统里的审美观问题三个层次。④ 李西建提出，审美文化学把属于实践范畴的人类审美活动不仅作为美学研究的逻辑起点，也作为审美文化学学科建立的逻辑起点，作为人的审美生成和文明形态进步的根本动力所在。审美文化学以人类的审美文化范畴为研究对象，通过分析人类审美文化活动的丰富内涵，全面考察和探究审美文化系统的生成、本质、特征、结构、功能发展及当代视界问题，以真正使美学学科成为研究

---

① 马宏柏：《审美文化与美学史讨论会综述》，《哲学动态》1997 年第 6 期。
② 王德胜：《开展审美文化研究，促进精神文明建设》，《光明日报》1996 年 3 月 30 日。
③ 潘知常：《反美学——在阐释中理解当代审美文化》，学林出版社 1995 年版。
④ 林同华：《审美文化学》，东方出版社 1992 年版。

人类审美的各个方面及其普遍规律的学科，成为充满着人文精神和文化智慧的学科。① 朱光认为，当代审美文化的自觉建构，需要达到社会与人、理想与现实、本体与过程三方面的统一；要在人—社会—历史、理论—实践—操作方式、精神—物质—载体等多重复杂关系网络中寻找建构的纽结点和生长点，形成一种全新的范式。其理论结构包括三个层次：一是元理论层次，重在从本体上思考和建构，梳理人类文明传统的历史和逻辑进展，从美学的文化学价值和人的审美方式、文化行为演化中，思考和创立审美文化的本体理论框架；二是应用理论层次，主要从文化形式和人的活动方式的审美价值入手，对具体的文化现象作审美价值的评判和建设；三是批评理论层次，主要是指对整个社会的文化生产—消费进行审美价值批评、指导而形成多种多样的批评观念和批评理论。②

应该指出，这些建构尽管还只是初步的，但无论如何，它们显示了20世纪90年代中国审美文化研究由倡导向建设转移的趋向。

审美文化之所以受到社会和美学界的高度重视，是与它的多方面、多层次的功能效用直接联系在一起的。审美文化的功能，包括审美文化本身的功能和审美文化研究的功能这两个既有联系又有区别的问题。在20世纪90年代的讨论过程中，学者们对此分别作出了各有特色的概括和阐述。

关于审美文化的功能问题，有学者认为，它具有满足人的爱美天性、满足情感交流的需要、满足自我表现的需要三种功能。③ 夏之放则把审美文化的功能概括为直接功能和间接功能两种：直接功能是满足人不断增长的审美需要，间接功能是通过审美渠道认识真理、培养情操、传达信息等。④ 而李西建认为，审美文化具有情感传达功能、人格建构功能、符号

---

① 李西建：《审美文化学》，湖北人民出版社 1992 年版。
② 朱光：《当代审美文化的建构意识》，《上海社会科学院学术季刊》1994 年第 4 期。
③ 蒋孔阳：《杂谈审美文化》，《文艺研究》1996 第 1 期。
④ 夏之放：《转型期的当代审美文化》，作家出版社 1996 年版。

学功能和美化关系功能。① 肖鹰则根据当代文化自我丧失的普遍性沉沦语境，把审美文化的功能概括为：在无信仰的时代，美学代替宗教和道德而成为生活的唯一证明。②

审美文化研究的功能包括其社会功能和学科发展建设功能。对于前者，学者们普遍强调了在世界文化冲突与融合以及中国市场经济条件下，审美文化研究的人文导向功能、与科技文化的融合互补功能，以及促进社会进步和精神文明建设等功能。而对于后者，即审美文化研究的地位和它对于美学转型的意义，学者们的分歧就比较大了。一些学者从不同方面，在不同意义上给予审美文化研究以充分肯定和高度评价。如王德胜认为，当代艺术的发展和当今中国现实的全方位变革，要求作为一种人文学科的美学研究必须进行话语转型，即从传统的抽象理论研究转向针对当代人的文化、生存状态的批评实践，使当代美学话语的转型指向文化的批评实践，实际上也就是使批评本身本体化，因而它在一定意义上预示着经典美学话语形式和理论形态的终结。③ 有的学者认为，"当代审美文化是向传统美学观念挑战的美学宣言"，它的最大价值就在于它所提出的问题本身，在于它是传统美学最好的解毒剂；它唯一的作用，就是让我们认清传统美学的古典性质；它带给我们的感受，一言以蔽之，就是"终结"：传统美学的终结，传统艺术的终结，传统"元叙述"的终结。④

有的学者指出，审美文化研究关注人类生存的审美化与文化的审美化，为美学学科注入了一种新的价值取向；审美文化研究为美学学科的当代转型提供了一个新的生长点，它有可能改变经典的理论构建和逻辑思

---

① 李西建：《审美文化学》，湖北人民出版社 1992 年版。

② 肖鹰：《泛审美意识和伪审美精神》，《哲学研究》1995 年第 7 期。

③ 王德胜：《扩张与危机——当代审美文化理论及其批评话题》，中国社会科学出版社 1996 年版。

④ 潘知常：《反美学——在阐释中理解当代审美文化》，学林出版社 1995 年版。

辨，可能改变囿于艺术一隅的思考和研究，使人类广泛而多样的感性文化和审美现象成为美学学科的研究对象。审美文化研究将从理论和实践两方面延展人类审美活动的文化意味，拓展审美活动的文化空间，使美学学科在理论范式上逐渐从实践视角进入生存视角，在操作层面将理论性和逻辑性的研究变为具有阐释性、批评性和评价性的过程，为美学学科提供一种新的理论形态与规范。还有学者认为，审美文化在美学话语中的大量出现，也暗示了美学学科转型的动向，即从哲学基点转向文化基点，从绝对普遍性美学转向具体历史性美学，从思辨性美学转向具有可操作性的美学。①

与上述主张相左的是，有些学者持一种审慎、保留乃至否定的态度。如蒋冰海就认为，美学的发展不应该仅停留在审美文化研究的层面，而必须加强基础理论研究，加强对美学与人生关系的研究，因为美学的提高主要靠基础理论研究。② 也有学者指出，美学就其品格来说，是形而上的，它对现实生活的影响只能是间接的；过于强调审美文化研究的意义，以为它的出现会导致美学的转型，希望建立一种直接干预生活的美学，这只会导致美学的消解。有的学者从整体与部分的关系方面指出，审美文化是美学研究的一部分，是传统美学研究方式在当代的一种转换，但它不能成为当代美学的全部，从而使之成为一种新的"话语霸权"。③ 也有学者从当代美学转型的背景和审美文化批评的理论渊源指出，某些学者的理论主张实际上是"法兰克福学派"的理论变种，在学术路径上与其代表人物并无二致。在当代美学对回答"美的本质"这个形而上问题时表现出了力不从心，对后现代艺术实践和当代各种艺术作品的审视乏善可陈的窘况下，转

---

① 王一川等：《从纯美学到文化修辞学》，《求是学刊》1994 年第 3 期。

② 蒋冰海：《一门关于人生的科学——美学研究的现状及态势》，《社会科学报》1994 年 4 月 18 日。

③ 马宏柏：《审美文化与美学史讨论会综述》，《扬州师院学报》1997 年第 5 期。

向审美文化批评实践实在是一种非常聪明的躲避办法。① 而蒋原伦则从文化接受的角度，颇为担忧地对当代审美文化研究中符号泛滥的状况提出批评，认为批评家们制造出种种体系是为了更为有效地、合乎逻辑地阐释文化，更主动地掌握文化的精髓，但实际情形却恰恰相反：在某种意义上，批评体系的增多加深了文化认知的难度，文化的总量增加了，我们就必须付出更大的精力去对付它。② 有的则根本否定使用审美文化术语的必要性。认为美学研究并不是非用一个尚待澄清的概念（"审美文化"）不可，没有到缺了它就不足以概括美学的研究对象与方法等实质性问题的地步。

（四）"中国古典美学取向"

世纪之交，中国当代文论的"失语症"和"话语重建"成为热门话题。何谓"失语症"？如何"重建"？对此，人们众说纷纭。一种代表性意见认为，"失语症"是一种文化上的病态，它主要表现为中国当代文论完全没有自己的范畴、概念、原理和标准，每当我们开口言说的时候，使用的全是别人的也就是西方的话语系统。这种情形由来已久，五四反传统浪潮的掀起，造成了我们原有的几千年完整而统一的传统的断裂和失落，使我们失去母语，陷入失语状态，从而丧失了在中西对话上的对等地位。要消除这种"病态"，就必须恢复传统，找回失落的话语体系，并将其发扬光大。"中国古典美学取向"的出现显然与这种刻意回归传统的倾向有密切关系。总体来看，这种倾向反对以外来文化和美学作为构建中国美学体系的基础，强调重视中国传统美学和审美文化自身的特点；以中国传统美学、审美文化为依托，建构美学和审美文化体系。但在这种倾向中也存在观点上的差异。

---

① 呼延华：《美学转型：转向何处?》，《中华读书报》1997 年 4 月 16 日。
② 蒋原伦：《符号泛滥：当代审美文化剖析》，《天津社会科学》1995 年第 1 期。

季羡林认为，美学的"转型就是把西方的那一套根本丢掉"。他在正面回答美学转型转向何处的论文中，旗帜鲜明地反对在美学研究上"老是跟在外国学者屁股后面走"，"不敢越西方学者雷池一步"的学术态度，通过中西方对审美感官的不同理解切入，强调了中国美学自身的特点。他指出：中国美学家跟着西方美学家跑得已经够远、够久了。既然已经走进了死胡同，唯一的办法就是退出死胡同；改弦更张，另起炉灶，建构一个全新的美学框架，扬弃西方美学中无用的、误导的那一套东西，保留其有用的东西。把眼、耳、鼻、舌、身所感受的美都纳入美学框架，把生理和心理所感受的美冶于一炉，建构成一个新体系。这是大破大立，而不是修修补补。这是美学的根本转型，目的是希望中国学者开创一门有中国特色的美学。①

袁济喜从世纪之交文化转型和文化矛盾的角度提出了中国审美文化价值系统转型的看法。他认为：由于近代以来对传统文化的蔑视和近年来商品大潮的冲击，导致中国传统审美价值系统断裂，文化创造与传统审美文化精神相脱离，目前中国审美文化可能沦为西方"后现代主义"试验田的可悲景况。事实证明，依靠搬弄西学来构建中国审美文化价值体系的做法显然是不行的，应该发掘中华民族审美价值观的精华，实现传统审美文化的现代转型。②

张立斌则提出以中国古典文化悟性思维方式为基础重建美学的主张。他认为：由于实践美学和后实践美学都是在外来文化的基础上建立起来的美学体系，所以在研究对象上越谈越洋，越来越脱离中国大众；在研究方法上越来越偏向理性主义的纯粹抽象，越来越陷入分析、解释、推理的重

---

① 季羡林：《美学的根本转型》，《文学评论》1997 年第 5 期；《对 21 世纪人文学科建设的几点意见》，《文史哲》1998 年第 1 期。
② 袁济喜：《论中国审美文化价值系统之转型》，《文艺报》1996 年 4 月 12 日。

重困境。有鉴于此，美学研究应该走以中国古典文化和传统美学超越感性和超越理性的悟性思维方式重建美学的道路，即恢复中华民族对美的传统认识角度——人的最高本质和人的境界修养，并通过内省的智慧，直接进入美的深层内涵，利用悟性思维的直觉认识能力透彻美的全部奥秘。这将克服实践美学以社会发展规律的研究取代美的研究的偏向，克服后实践美学以西方思想取代中国思想的偏向，并在现代科技高度发展的基础上，将最深广、自觉和高尚的人性内容与现代最丰富多彩的感性形式结合起来，认识美，创造美。①

（五）"辩证和谐美学取向"

"辩证和谐美学"并非是在 20 世纪 90 年代提出的，但由于它本身一直处于动态建构之中，其学说体系已包含了美学和审美文化的现代转型问题，而其代表人物又积极投入美学转型问题的讨论，并提出具有鲜明特色的见解，故将它列为代表性取向之一是持之有据的。

该派学者认为，时下提出的各种转型理论都有局限和弱点。"实践美学"（应为自由美学）和"后实践美学"（应为生命美学）共同的不足，就是在思维方式上仍停留在对象性思维阶段，都把美归结为单纯的客观存在。前者是主体的物质实践，后者是主体的生物性存在，这并没有真正解决美的特殊本质问题。因为并非所有的主体实践的产物都是美的，也并非所有的生命都是美的。这种思维方式的另一个局限，就是认为只有实践或只有人的生物性存在是本源的、本体性的，而看不到主客体的客观关系也是物质的、本源性的、本体性的，看不到本源性、本体性是有不同层次的。对审美领域来说，主体实践、生命存在都不是本体性的，美的本体已

---

① 张立斌：《实践论、后实践论与美学的重建》，《学术月刊》1996 年第 3 期。

进入主客体的审美关系系统了。让美学转向审美文化理论，这既解决不了美学的困境，也不能建立新型的美学理论，它只不过扩大了美学研究的范围和领域。该派学者也不同意直接从东方和古代美学中寻找作为现代形态的美学体系的基础，把现代的美学问题研究简单地变成对传统的反思和寻根。因为古典美学从问题的深度、广度和复杂程度上都不如近代美学，简单地恢复到古典美学上去，不可能建立真正现代形态的美学体系。

在"辩证和谐美学"看来，要真正实现美学转型，必须搞清"什么是型""转什么型""如何转"这三个问题。"型"包括具有新的范畴、范畴的内在结构模态是什么、这一结构模态在意识形态视野中是什么性质三层含义。解决"转什么型"的前提是明确美学过去是什么型，现在是什么型，将来又应该是什么型。过去的型是以素朴和谐美为理想，以中国古典美学和艺术为代表，包括了由壮美经优美到崇高的萌芽的历史嬗变过程而趋向近代的古代的型。近代的型在其典型形态上主要是针对西方而言，它自康德提出崇高这一划时代的概念，打破古代和谐的圆圈模态以来，已完成了由崇高到丑再到荒诞的三部曲。我们应该转向的未来的型是充分扬弃古代、近代的型，通过整合而来的新型的"辩证和谐美学"。美学的现代转型，就是要突破古典素朴和谐的美学观念，吸收综合近代西方形而上学的对立的美学观念，走向一种更高的辩证和谐的美学观念。要完成这一美学的现代转型，并克服时下种种理论的缺陷，关键在于思维方式的突破，关键在于理论家的思维模式能不能转变到代表当今人类思维发展最高水平的辩证思维模式上来。这是心理模式的转型，是整个文化模式的转型，从根本上说也是古代人经近代人向现代人的转型。①

---

① 周来祥：《古代的美、近代的美、现代的美》，东北师范大学出版社 1996 年版；《文化转型期的中国美学》，《社会科学家》1997 年第 2 期；《关键在于思维方式的突破》，《光明日报》1997 年 7 月 12 日。

三　美学转型研究的意义、问题与前景

审美鉴赏强调距离感，距离太近会因功利感过强而不易准确评价，太远则会因缺乏深入体验而难以引起共鸣。对学术问题的评价可能也是如此。由于20世纪90年代的美学转型研究发生不久，并且各种观点仍处在动态发展之中，因而很难准确全面地把握其意义和价值。但就现在的情况来看，我们认为至少有以下几点是可以明确指出的。

首先，20世纪90年代对美学转型问题的研究，打破了美学由"热"转"冷"后的沉寂，改变了20世纪80年代后期"实践美学"一枝独秀的格局，尤其是在本体论研究方面，使美学再现生机和活力，初步呈现出多元并存、竞争发展的态势。"文化大革命"前形成的四大美学流派，经过20世纪80年代的美学论争，由于种种原因，反映论美学日趋沉寂，其他流派名存实亡，新崛起的辩证和谐美学羽翼尚未丰满，实践论美学无可争议地占据了主流学派的地位。但是在这次美学转型研究中，实践论美学却遇到了前所未有的严峻挑战。虽然前文所述的观点并非都是反对"实践美学"的，但它们的理论主张显然各有其独特之处，即使在本体论意义上，大多也都可备一说。如审美文化取向中的审美文化批评，就有把批评本体化的倾向；辩证和谐美学提出的本体论是有层次的，在审美领域里，本体应是和谐自由的审美关系等。而且这些理论观点大多派中有派，极为丰富。如"改造完善实践美学"中就有侧重坚持、捍卫和侧重改造、完善的不同倾向。聚集在"超越实践美学"旗帜下的各种观点虽然有共同性，但各自的理论渊源、具体阐释亦不尽一致。"审美文化取向"中有强调审美文化批评，也有强调审美文化学科或文化美学的。虽然这些观点多数仍处于初创阶段，但假以时日，真正有现实土壤和理论生命力的学说定会渐成气候乃至蔚为大观。这就宣告了旧有状况的终结和多元并存格局的诞生，

为中国美学的再度发展营造了氛围，提供了生机，注入了活力。

其次，对美学转型问题的研究，为美学走向更高层次的整合融会奠定了雄厚的基础。20 世纪 90 年代美学转型研究中的多元并存的论争态势，促使每个美学流派、每种美学观点都不得不更加审慎地反思自身、审视别人，在相互争论中取长补短、相互促进。例如，"改造完善实践美学取向"在争论初始，除个别学者一开始就清醒地认识到"实践美学"的诸种弱点外，大多为捍卫"实践美学"原有理论而对"超越美学"的所谓误解和曲解进行反驳，几乎不承认"实践美学"有什么缺陷，也没有从理论根基上对"超越美学"提出有力的批评。但随着讨论的深入，随着"实践美学"对自身的冷静反思和对"超越美学"的精心审视，出现了诸多明显变化：由开始集中对"超越美学"代表人物的指名商榷，到后期把批评的范围扩大到"生命美学"和"存在论美学"，并提出切中要害的批评；由开始不承认"实践美学"有明显的理论缺失，到明确接受"超越美学"的某些批评，有的甚至把"超越美学"的一些核心概念，如生存、生命等也吸收到"实践美学"中；由初始重在批评和反批评，到后期更多地提出修正、改造、发展、完善"实践美学"的构想。就连没有直接介入论争的原"实践美学"的代表人物，也在近些年的论著中大谈感性、个体、偶然，调整着自己的理论重心。反观"超越美学"，也有类似情况。"超越美学"的某些代表人物初始时咄咄逼人、锋芒毕露，但后期也不得不对"实践美学"采取更为谨慎的态度，一再表示要以"实践美学"为超越的基础，并在自己的话语系统里给"实践"以重要的地位。至于各种取向的理论术语的互用、研究领域的交叉，更是显而易见的。如果说，"文化大革命"前的"美学大讨论"形成了中国当代美学四派并存的理论格局，20 世纪 80 年代在大讨论中，各派既分立又趋同，最终确立了吸收包含更多积极成果的"实践美学"的主导地位，那么，20 世纪 90 年代在美学转型研究中所形成的多元取向和多种建构，也相互促进、相互交融，推动中国美学理论在一个新的基点上，实现更高层次的整合。

再次，20 世纪 90 年代对美学转型的研究，推动了美学以前所未有的广度和深度走向现实生活，切入审美实际，在中国的"两个文明建设"中发挥更大的作用。"文化大革命"前的"美学大讨论"主要是在美学界、学术界进行的，基本停留在理论探讨层面。20 世纪 80 年代的特定历史环境虽然使美学受到全社会的高度重视，几度掀起美学热潮，但在美学理论的普及和实用部类美学的扩展上，不少美学家仅仅满足于理论的自我完善，而较少真正接触现实生活和不断发展变化的审美实践；无论在走向现实生活的理论自觉性上，还是在切入审美实践的具体途径及操作手段上，都存在着明显的缺憾，直接影响了美学的社会作用的发挥。这既是美学由"热"转"冷"的重要原因，也是 20 世纪 90 年代美学转型的主要缘由。尤其是 20 世纪 80 年代末以来，越来越明显的生活与审美、生活与艺术的相互渗透趋向或生活审美化、审美生活化趋向，给予美学巨大的影响。生活与审美的互渗趋同确实达到了前所未有的程度。这样就使转型研究中的各种取向、各种观点都必须自觉地考虑自己的理论主张与现实生活和审美实践的对应关系；有些研究取向，如审美文化批评理论，则旗帜鲜明地以强烈关怀现实、直接介入现实生活为主旨，不仅理论的自觉性大大提高，而且介入现实的手段、途径也更为丰富、有效。这就使美学在与现实联系的深度和广度上，均超出以往。①

最后，20 世纪 90 年代对美学转型的研究，为中国美学与世界美学的对话与交流创造了更为有利的条件。如果说，"文化大革命"前和 20 世纪 80 年代的美学论争，更多是在国内背景下，在马克思主义理论范围内，以

---

① 王德胜：《扩张与危机——当代审美文化理论及其批评话题》，中国社会科学出版社 1996 年版；《文化的嬉戏与承诺》，河南人民出版社 1998 年版。

《1844 年经济学—哲学手稿》为中心进行的，那么，20 世纪 90 年代的美学转型研究则主要是在世界文化冲突与融合的跨世纪背景下展开的。论争中，世界文化和美学发展的现状及趋势是不同论者立论的着眼点或参照系。这样，就必然有利于我们清醒准确地认识中国美学的特点，认识中国美学在世界美学格局中的位置，更自觉地寻找中国美学自己的声音，建构既能与国际美学沟通，又具有中国特色的现代美学理论体系。

当然，美学转型问题研究中也存在诸多值得重视的问题。如在对待马克思主义的问题上，言必引经据典和无根据的怀疑指斥同时并存；在对待西方现代哲学文化、美学理论上，笼统否定、绝对排斥和盲目搬用、生吞活剥兼而有之；在对待中国传统文化和美学理论上，同样存在着狭隘的民族主义和民族虚无主义两个极端。至于学风上的不良现象更是有目共睹。这些问题的存在，严重影响了美学转型研究健康深广的发展，是今后应加以解决的。

中国美学的现代转型是一个巨大的世纪性课题，面对如此重要的课题，学者们潜心研究，踊跃参与，各抒己见，百家争鸣，是理所当然的。中国美学的现代转型也是一个巨大的世纪性难题，面对如此难解的问题，任何设想都显得不够完善，任何建构都似乎难尽人意，也是可以理解的。然而，就是在这百家争鸣之中，就是在这瑕瑜互见之中，为美学未来的辉煌奠定了基础。

（发表于《美学的历史：20 世纪中国美学学术进程》，安徽教育出版社 2000 年版）

关于实践美学与后实践美学论争

实践美学与后实践美学的论争在中国当代美学发展中有着特殊的意义，它一方面意味着中国学者在以自觉理论建构意识和学派的集体突进方式，力图创建具有思想独立性的美学理论；另一方面，这场论争是改革开放以来在多元化的美学理论主题探讨中，研究成果相对集中，从思维方式到理论视野都较典型地体现出当代美学研究特点的一道理论风景线。对于这一段中国美学的当代问题史，梳理其中的特点和规律，把握发展中的成就或不足，是置身同一理论语境的当代学人理应承担的义务。基于这样的思考，笔者在"当代文艺学美学前沿问题"的讨论课上，设置了专题供博士生研讨，引起大家的极大兴趣。以下所选择的三篇文稿代表了这次集体讨论中的不同意见：孙盛涛从理论思维的变革与深化角度解析实践美学与后实践美学的共同理论目标；赵之昂对实践美学在新时期的理论推进予以深入评述；许家竹以"生存美学的理论发展"为题，侧重对后实践美学的成就与不足进行梳理评价。作为积极思考的成果，这些文章提供了对于这场论争的独到看法和有价值的思想分析。期待着我们的研讨能起到抛砖引玉的作用，引发更多学人对于中国当代美学建设的参与热情。

附录 1

有关实践美学与后实践美学思维方式的思考

美学理论，从其内在的人性追求到外在的思想话语，都有特定的理论语词作标志。"实践美学"在 20 世纪里构造了中国美学的独立形态，同时其本身的一些内在矛盾也使它遭到了众多批评。然而，就马克思主义哲学来说，由于实践观点的提出为理解审美及其他一些价值问题提供了比较坚实的哲学基础，因此，世纪之交，有关实践美学的各种问题依然受到研究者的关注。这种关注包括批评性和建设性两方面。① 尤其是后实践美学与实践美学的争鸣客观上催生了当代美学的新一轮自我更新。"实践美学"与"后实践美学"，作为中国当代美学的重要成果，共同承担了中国当代美学思想重建与美学理论发展的历史使命，为推进美学理论建设、拓展理论思维空间，贡献出具有时代先进性的学术成就。从理论的语词标志而言，所谓"后实践美学"，指的是 20 世纪 90 年代伊始，在反思、批判中国当代美学，特别是"实践美学"的基础上，在建构以生命（生存）为核心概念，以关注人的生命活动、生存状态为旨归的美学的努力中形成的一种美学向度，不是一个统一的学术流派或学派②。后实践美学向实践美学发起的学术挑战，一方面引发了 20 世纪最后一场规模较大的美学理论争鸣；另一方面为新世纪美学发展提供了理论反思的契机：百年美学翻过历史一页，占据主导意识形态的中国马克思主义美学应进行怎样的思维变革？

美学理论的构建以抽象思维或称逻辑思维方式实现。它是以概念为思

---

① 徐碧辉：《美学基本问题研究现状》，汝信、曾繁仁主编《中国美学年鉴·2001》，河南人民出版社 2003 年版，第 101—112 页。

② 阎国忠：《美学建构中的尝试与问题》，安徽教育出版社 2001 年版，第 317—318 页。

维的基本单元，以抽象为基本的思维方法，以语言、符号为基本表达工具的思维形态，概念性、抽象性、逻辑性、语言符号性是其基本特点。在20世纪后半叶中国美学发展的现实状况与意识形态条件下，中国美学家选择了"实践"作为美学理论建构的核心概念或逻辑起点。虽然迄今为止，这个具有多样性内涵的理论语词常常在不同意义层面被使用，并因此产生许多自说自话的表面争鸣，但在美学理论的思维方式上，它显然有着无可替代的优选地位：它以内涵的现实指向性，为美学提供了一个理论价值的可以辨识的依托，与"实践"相结合的理论必然具有长久生命力。在以马克思主义为主导意识形态的社会语境中，学术研究无法回避或隐或显的政治化存在方式，无论是实践美学还是后实践美学，在被质疑是否坚持马克思主义立场时，反应都同样敏感、激动，并不乏冲动。"马克思主义"是当代中国美学出现频率最高的关键词，这个词负载了思想的活力、科学的创见、社会的预言等太多的价值，甚至成为一个思想地位乃至身份的象征性符号。"实践观"被实践美学与后实践美学共同作为马克思主义理论的标志性理论原则加以坚持。后实践美学对理论核心语词的更新，更多地体现为"实践"的意义转换，在美学问题的提炼与阐释中并未出现如"后现代"之于"现代"的思维范式转换，这本身表明在中国当代文化语境中观念的更新并未紧接思维的变革，美学理论的发展无法跨越社会现实的外在限定与思想创造力相对匮乏的内在局限。"实践"是理论家们环顾现实后的理智选择。

如果以高等学校美学课程教材体系为主导性的理论范式标志，实践美学无疑在中国当代美学学科教育中占据首席（杨辛、甘霖的《新编美学原理》，刘叔成、夏之放、楼昔勇的《美学基本原理》，朱立元的《美学》在国内高校美学教材中使用范围最广）；后实践美学尽管确认自身是从西方现代哲学、心理学成果中吸取的理论营养，但并未突破实践美学限定的命题，直面日益发展的社会现实这一中国当代美学的根基。所谓"限定的命题"，是当代美学发展中形成的在认识论起点上做文章的理论思维模式，包括对美学性质、对象、范畴的争论，对圈定修饰名称的美学的宣讲等。对限定命题和封闭体系的突破，包含这样的意义：在美学研究中不以"马克思主义"作为理论的掩护，遮蔽理论建设中的不足。对于中国的现实关注，每一个实践者或理论家都必须"超越马克思"，给出自己的解说，就像毛泽东在他的著述中所体现的那样——毛泽东的学说之所以在福柯等当代思想大师那里备受重视，正是出于其在对现实深刻思考基础上的必然的理论超越。对于经典马克思主义理论的新的发现、补充、阐释、超越，实为当代美学理论建设的必然状况；相反地，那种以马克思的论述文本来限定美学命题或进而营造美学体系的做法，从思维方式上即导致理论视野的局限性及对美学现实问题的疏离。在发现新问题、调整新思路、确定新方法的理论突破进程中，后实践美学似乎并未实现自身所张扬的"超越"实践美学；而在补充新阐释、扩大新影响、推出新学者方面，后实践美学着实与实践美学达成理论的共建。20世纪90年代，随着改革开放的深入，美学从20世纪80年代作为时代先锋精神启蒙者的沉重位置"卸任"。从充实中国当代美学的思想成果的角度看，20世纪末的这场美学争鸣对于保持美学理论的社会影响力，仍有着积极的意义。

进入21世纪以来，对理论思维方式的变革成为实践美学与后实践美学的共同的自觉目标。朱立元的《超越二元对立的思维方式——关于新世纪文艺学、美学研究突破之途的思考》（《文艺理论研究》2002年第2期）、杨春时的《关于中国美学方法论的现代转型问题》（《吉林大学社会科学学报》2003年第4期）等文章的发表可以视为在实践美学与后实践美学争鸣中，思维方式变革深化的一个有力的信号。争论双方进入新的理论建设期，主要表现在：第一，20 世纪 90 年代争鸣中非此即彼、唯我独尊的学术霸权式话语悄悄隐退，简单地以现代性、前现代性等同于进步性、落后性的线性思维模式获得初步更新，争论双方以对话、共生姿态替代对立、霸权心态，以科学理性的学术研究方法践行注重交流、平等对话的主体间性理论。第二，由争论双方引出的"第三方"话语，或发表评议，或树立新题，成为推动当代美学发展的强劲声音，如徐碧辉的《主客体之分与新世纪美学的建构》（《学术月刊》2002 年第 9 期）对争论双方共同批判的"二元对立"观点从哲学史角度进行了明确的辨析；而生态美学研究的兴起，更从人与自然关系的大主题深入美学理论与现实可持续发展战略的内在关联，美学以切实的研究成果融入了社会实践的广阔基地。第三，思维的变革以理论的突破与创新为最终成就，争论双方所显示出的思维方式的自觉变革意识，为以后的发展留下了宽广的思想空间。

美国科学史家库恩强调科学发展过程中范式（paradigm）所起的作用。理论范式是在某个时代人类共有的对事物的见解、思维方法及思维框架的总称。范式随时代变迁而不断变化，称为范式演变。[1] 人类思维的历史发展经历了漫长的过程，与人类认识自然、改造自然的程度、水平密切相关：古代素朴的辩证思维"只见森林，不见树木"，自然与人类混沌共存，尚未分化；近代形而上思维注重主客体二元对立，在西方以 17 世纪笛卡尔思维为标志；现代辩证思维走向系统论、网络化、立体化，思维方式转向对于复杂关系、多元形态的辩证综合研究。"美学已成为一张不断增生、相互牵制的游戏之网，它是一个开放的家族。"[2] 在美学发展

---

[1] ［日］日比野省三：《跨世纪的思维方式：打破现状思维的七项原则》，陈颖健译，科学技术文献出版社 1998 年版，第 6 页。

[2] 李泽厚：《美学三书》，安徽文艺出版社 1999 年版，第 44 页。

的理论网络中，美学问题不能从自身求解决，必须借鉴其他领域（哲学、科学、艺术）的成果；不以逻辑推演掩盖现实问题，必须加强对现实文化问题的阐释度——这正是中国当代美学理论研究者共同面对的理论范式转换课题。正如有的学者指出的那样，我们不能无休止地向马克思索取所有问题的现成答案；或者简单地、为己所需地引申马克思，再造出马克思本来没有的思想。这样，既无助于美学研究的发展，又伤害了马克思主义。借助科学推进所带来的辩证思维，以"理解—对话"的方式总结、综合美学建设问题，去除体系式的理论主张以及体系化所易产生的理论封闭性现象，可能是中国当代美学在新世纪产生新突破的必要的理论思维阶段。

对于一种仍处于争论状态的理论思想提出评议，在中国的文化语境中常常意味着一种潜在的危险：争论的双方已经在争论中展示各自不容辩驳的权威者身份，甚至不惜以劝对方"保持沉默"的非学术姿态显耀自身的正确性，争论的评议者自然不免陷入资格认定问题可能导致的发言权受剥夺的险境。事实上，美学作为哲学与艺术之间的中介曾在 20 世纪 50—60 年代的政治高压气氛中获得难得的学术自由发展，为当代美学学派的建设开启了学术独立的良好开端，新世纪倡导学术独立之声应更强劲，成果应更多样，在这种走向未来发展的多元学术语境中，"说"，又是每一个关注美学进程的思考者分内的权责。美学的风磨不能空转，它必须接受时代一切进步的思维成果的谷粒；美学的概念不仅仅是抽象的知识，它必须融入含蕴复杂矛盾的文化现实这个理论母体。中国当代美学正在随时代共进的过程中，反思作为美学发展标志的后实践美学与实践美学之争，探讨美学阐释中思想的递进与思维的循环状况，直面美学学派建设中共有的概念危机，这是美学研究者无法回避的问题。

（孙盛涛）

附录 2

实践美学的再阐释

实践美学在 20 世纪 80 年代大放异彩，其主要原因就在于它给当时的人们提供了理论契合点和现实支撑点，对当时紧张的社会矛盾和社会心理起到了一定的缓和作用，因而得到较广泛的认同。20 世纪 80 年代中期以后，西方思潮大量涌入，特别是 20 世纪 90 年代的经济模式的转变，中国人的生存方式发生了巨大的变化。人口、资源、科技等方面的问题带来严重的生存危机，使主体的现实存在问题日益突出，人们刚刚借助实践求得的心理平衡在生命存在层面上又一次失衡而陷入主体的被动。在主体的被动与拯救上，旧的实践理论显然力不从心，于是超越实践美学的呼声日起，旧实践美学的支持者也日渐减少。旧实践美学历史性地被推到了被动的一边。

旧实践美学的困境并不意味着实践观点的消亡。面对着现实的冲击和后实践美学的挑战，实践美学也在积极地调整着自己的观点。近两年来实践美学的主要努力之处就是挖掘实践依然具有的理论活力，扩大实践美学的涵盖面，促使实践美学系统化，尤其是将实践主体的生存意义融合进来。这其中的主要代表人物是朱立元和张玉能先生。朱立元试图将马克思主义与现象学、存在主义结合起来，主张从实践本体论或实践存在论出发建构美学理论。"主张从人的存在论角度重新审视'实践'范畴，超越传统实践美学的认识论框架；拓展、恢复'实践'范畴的原初内涵，使之从单纯物质生产劳动的含义扩展为广义的人生实践，从而把人的存在与实践有机结合在一起。"从存在论的思路看美学研究，首先改变的是对美的提问方式，把传统的"美是什么"的本质主义思路改变为"美如何存在"的存在论思路，那么，美学研究的中心问题也就从"美的本质"转化为"审美活动"，而审美活动既是人类的基本活动和生存方式之一，是人与世界的本己性交流，又是最具个性化的精神活动，是有限无功利与最高功利的统一。朱立元以审美活动为核心概念，这一概念一方面是人的存在，另一方面是"一种基本的人生实践"，这样在审美活动中就混合了"存在"与"实践"，同时在这一基础上将实践意义上的审美对象与审美主体统一在了存在论意义上的审美活动之中。

张玉能先生认为后实践美学主要针对的是 20 世纪 80 年代初期的实践美学甚至更早的观点，没有顾及 20 世纪 90 年代实践美学的新发展。实践美学的对象化、人化的自然等观点依然有其理论活力，对这些问题不是后实践美学的简单超越所能解决的。针对实践美学受到的挑战，张玉能先生积极地挖掘实践的新的内涵，扩大实践的理论涵盖面，使实践和实践主体具有更大的包容性。他指出，实践是一个多层累的、开放的观念，它包含三个层次：第一是决定美的外观形象性的物质交换层，其中有工具操作、社会关系和语言符号三个系统。第二是决定美的情感超越性的意识作用层，而它又包含了需要冲动系统、目的建构系统和情感中介系统三个系统层次。第三是决定美的自由显现性的价值评估层，它也包含了三个层次，即决定了美的合规律的合规律系统，决定了美的合目的性的合目的性系统，以及决定了美的自由性的合规律与合目的相统一的评估系统。在之后的论述中，张玉能先生又将实践的内涵再次拓宽，他认为实践"应分为三大类型：物质生产、精神生产、话语实践。物质生产主要是以物质的手段处理人与自然的关系，以解决人们的实际生存的问题（吃、喝、住等）；精神生产主要是以意识（精神）的手段处理人与社会的关系，以解决人们的生存发展的问题（家庭、国家、道德、科学、艺术等）；话语实践则是在物质生产和精神生产的基础上，主要以语言为手段处理人与他人的关系，以解决人与人之间的交往以及与之相关的现实生存和生存发展的问题。也可以说，话语实践是物质生产和精神生产的中介性实践活动……话语活动对于人类来说，是一种具有实践本体论意义的活动"。实践层次的拓宽体现在两个方面：第一，"实践是人类生存的最基本的现实活动"；第二，随着实践内涵的拓宽，实践主体的精神包容量也随之增大。实践的精神生产可以分为四种：科学的认知活动、道德的伦理活动、艺术的审美活动和宗教的幻想活动。而"人类的一切实践种类在达到某种自由程度（合规律与合目的相统一、个体与社会相统一、超越实用功利目的）时都可以成为审美活动，或者准确地说，可以成为具有审美活动性质的实践"。这样实践美学用"实践"自身的超越因素回答了后实践美学的部分指责。

李丕显主张从主体性实践论哲学和人类学本体论的角度建立新感性，即以从反映论到实践观点再到主体性实践哲学本体论为美学的哲学基础，以从客观自然的人化到两种自然的人化再到自然的深层二重化为美的前提，以从美感二重性到悟性说再到审美自由论为美感性质，然后在此基础上建构起自我发展、自我超越的新感性，"而所谓建立新感性，就是人类自己历史地建构起来人类性的心理本体、情感本体。它源自生理欲求，却又超越了生理欲求，成为超生物性的存在"。李丕显显然走的是另外一条实践美学之路，即李泽厚的主体性实践哲学本体论的发展思路。

总的来看，近两年的实践美学意在借助实践存在论的美学建构，将后实践美学局部化、方法化，即吸收后实践美学的部分观点和方法，放大自己，同时也就缩小了对方。"实践存在论"的本体论观点确有新颖之处，但能否完全走得通以及在什么基点、什么层次上走得通，就是说，能否将动态的实践论与静态的布伦塔诺的心理描述、胡塞尔的意向性和"不参与、无兴趣的旁观者"的反思以及海德格尔的处于时间中的存在在本体上融合起来，却是令人担心的。实践论和现象学、存在论在后来的发展中确有许多交融点，但在基本点上，两者的差距比较大。在没有合适的基点的情况下，强调本体意义上的融通是一条比较艰难的路。实践美学论者能否把哈贝马斯、阿佩尔等人的路，或者是实践美学自己的路走通而不仅仅停留在语词的转换组合上，则是我们的关注点。而一旦走通，则是美学研究的大突破。将"实践"的内涵扩大到"物质生产、精神生产、话语实践"方面，具有了较强的包容性，但在几乎包容了人类所有精神的同时也很容易会导致概念的不稳定，因为包含在"实践"内的任何一个因素发生改变，"实践"一词的内涵就会随之发生变化。"实践"的内涵可能就会常处于被动的变化和调整中，这对整个理论框架来说是不利的。目前实践美学在调整和建构方面已做出了许多努力，其理论观点和框架也日趋系统、完备，但如何就中国以及全世界所面临的现实问题和文化问题做出更为具体的、范畴式的回答，即如朱刚所指出的那样，如何对美的问题做关于实践的回答以及自身的进一步发展，则是实践美学的当务之急。

对不在双方论争的阵营，而又参与了论争的学者来讲，彭锋的观点倒是颇具代表性。他认为，当国内关于实践美学争论不休，有人在极力反对实践美学的时候，在西方却兴起了美学的"实践转向"。他认为，我们应该把目光放得更开一些，不为某些概念而争论不休，"我们在依据某种现代美学理论来改造实践美学的时候，是否也应该关注西方美学这种最新的变化？当然，这里并不是以追求西方最新的思想为最高目标和最大光荣，也不是在有意无意地抹杀当代西方美学中的实践与马克思哲学中的实践之间的区别，而是想提醒那些仍然沉湎于与实践毫无关系的所谓高雅的理论争论中的美学家们，摆脱美学困境的最重要的方式，不是争论实践美学，而是进行美学实践"。也就是说，实践美学要在前人的基础之上，在人的现实生存的层面上，发挥其"行动"哲学和美学的优势，就某些具体层面的问题深入探讨和研究，而后再进行本体论意义上的总结与综合。这不仅是实践美学，也是其他美学可行的发展道路。

（赵之昂）

附录3

生存美学的理论发展

作为"后实践美学"的主要代表之一，生存美学是在实践美学的基础上发展起来的。在与实践美学的论辩中，生存美学植根于现代人的生存境况，积极借鉴西方人文主义的美学思想方法，分析、批判古今中外的文学、美学生存论资源，在理论和实践上不断深化和丰富。纵观有关的学术成果，跨入 21 世纪以来，生存美学的理论发展主要表现在如下四个方面：

其一，生存美学力图回应现代性的挑战，深入阐述了建立现代中国美学的必要性和重要性。生存美学认为，现代性在带来社会发展的同时，也给人的生存造成了困境；作为社会现代性的反弹，审美现代性已经产生，表现为现代文艺思潮和大众审美文化。审美现代性应得到美学现代性的肯定，而基于集体理性的实践美学并不能回应现代性的挑战，也不能解除现代人的精神困扰。这就意味着美学必须变革，走出前现代阶段。生存美学认为，以"后实践美学"为代表的现代中国美学，必须回应现代性的挑战，为现代人寻求精神超越的途径：它必须适应现代人的生存状况，以生存为基本范畴，把审美作为个体生存的超越形式；它必须关注现代人的精神冲突，确立审美的超物质的精神性，满足现代人的审美需求；它必须突破理性主义的哲学，承认人的非理性和超理性方面，肯定审美的超理性；它必须从生存的超越性出发，确立审美的超现实性，满足现代人的形而上需要；它必须肯定现代审美的批判性，加强对现实的批判，启发生存的自觉。

其二，生存美学以主体间性理论取代主体性理论，深化了自身的理论基础。生存美学产生之初，曾因理论基础薄弱而遭实践美学诟病。近年来，为了反思社会现代性、超越实践美学，生存美学在现代性问题的研究中，扬弃主体性理论，接受了主体间性理论。如果说主体性是实践美学的理论基础，那么主体间性就是后实践美学的理论基础。主体性理论把存在看作主体与客体间的关系，强调主体认识、征服客体；而主体间性理论则把存在看作主体与主体间的关系，强调只有把世界当作另一个自我，与之交往、对话，才能体验、理解世界，获致存在的意义。哲学的主体间性是本体论的规定，它不仅包括人与他人、人与社会的关系，而且包括人与自我、人与自然的关系。生存美学认为，主体间性是人与世界关系的根本规定，它在现实生活中并不存在，而只存在于超越的领域。审美作为超越的生存、体验方式，真正实现了主体间性。用主体性不能解释审美的本质，只有用主体间性才能解释审美的本质。因此，不能从主体性的实践论出发，而必须从主体间性的存在论出发，去论证审美的自由本质和真理性。

其三，生存美学从认识论的阐释框架转向生存论的阐释框架，形成了独特的美学方法论。为了摆脱传统哲学、社会学和自然科学方法论的桎梏，生存美学借鉴心理分析学、现象学、解释学等西方现代人文科学的方法，从本质论走向现象学，从本体论走向存在论，从认识论走向体验论。首先，在研究对象上，生存美学主张，当代美学的提问方式，重要的已经不是"是什么"而是"怎么样"。它立足于个体生命意义的重建，对本质论的"存在"范畴进行现象学的还原，回归现实的具体的人的存在，即生存，提出了"生存得怎样"和"怎样生存"这样的基本问题。其次，在思维方式上，生存美学破除实体性的二元对立的形而上学思维模式，倡导生成性的多元共生的辩证思维模式。它以生存一元论克服二元对立的思维，凸显相互联系、相互作用、相互依存、相互促进等生成性的多元共生思维，强调不同美学派别的平等对话、广泛交流、共同发展。最后，在研究方法上，生存美学摒弃传统的研究方法，确立了独特的人文科学的研究方法。它认为，美学是人文科学，不能搬用自然科学或形而上学的方法，应当采用自己的研究方法。它依据主体间性理论，确立了体验、反思、思辨的研究方法。

其四，生存美学以生存的超越性逻辑不断拓展理论阐释空间，建构了自己的文论美学思想体系。生存美学立足于审美现代性，对传统文学美学观进行现代变革。它打破本质主义的方法，借鉴结构主义的方法，重新考察文学文本的结构和形态，从总体上、动态上把握文学的意义和本质。它认为文学文本具有原型层面、现实层面、审美层面三层结构，形成通俗文学、严肃文学、纯文学三种形态，决定了文学具有原型意义、现实意义、审美意义三重意义。它认为从总体上看，文学属于异质文化，具有反文化与超文化性。它认为审美是自由的生存方式和超越的体验方式，审美的这种本质是由审美的充分主体间性决定的。同时，它把文学看作主体间的存在方式，确证文学是本真的生存方式，文学是主体间共同的活动，文学通过主体间的体验而达到对生存意义的领悟。它确认了中华美学的前现代性的主体间性特质，主张在主体间性的基础上开展中西美学的平等对话，推动中华美学的现代转型。

生存美学以现代性的视野，深入研究美学的现实意义、理论基础、思维方式和思想体系，对于推动现代中国美学的建设无疑具有重要的意义。现代美学家应当敏锐地感受生存方式的变化，体验个体生存的焦虑，思考现代人的审美理想，而这正是建立现代美学的现实基础。生存美学的主体间性理论，具有深厚的美学意蕴和广阔的理论空间，它不仅纠正了实践美学的偏颇，而且探索了现代美学和文学理论的新支撑点。它把文学作为异质文化来考察，不仅有助于调适文学与文化的冲突，而且会深化对文学本质的认识。但是，生存美学由于受生存环境和发展历史的局限，仍然存在诸多缺陷和不成熟之处，要完成现代中国美学的建设，确实还需要做广泛而深入的学术研究。

首先，生存美学以生存为逻辑起点来解释审美的本质，但是对生存的最基本的范畴还缺乏明确而具体的界定。生存并非不言自明的事情，简单化的生存还原早已被人误认为是美学的倒退。因此，生存美学应该明确生存及其衍生的一系列范畴的内涵、外延及特性。生存应是人的生命存续中所发生的各种关系的总和，它具有有机整体性、动态开放性、多元异质性等特性，因此，对于生存与审美的关系机制要作多层多维的具体分析。实际上，生存与审美之间除了精神超越性的自由和谐的关系，还具有更为复杂微妙的物质现实性的矛盾张力的关系，这两大层面的关系的统一问题，并非"超越"等片言只语所能说清的。另外，在范畴研究方面，生存美学还要处理好生存与生命、生活、生产、生态、实践等相邻范畴的关系，以进一步明确自己的研究对象。

其次，在思维方式上，生存美学力图克服实践美学二元论的弊端，但在一些重大问题上它还是陷入了二元论的尴尬处境。审美活动本来是由两个层面构成的：一是感性的、经验的、物质实践性的活动，一是理性的、超验的、精神超越性的活动。生存美学为了强调审美活动的超越性的层面，而把它与实践活动对立起来，因此，在审美的本质问题上，生存美学同样陷入了二元论而难以建构逻辑自洽的完整美学。在美学方法论上，生存美学把传统认识论、自然科学的方法与生存论、人文科学的方法对立起来，也显露出二元论的弊端。美学是人文学科，固然应该以体验、理解作为最基本的研究方法，但是美学不应拒绝任何从不同角度和侧面阐释审美活动的方法。美学是交叉学科，需要借鉴哲学、自然科学、社会科学及人文科学的各种方法，其中任何一种方法都不是单一的，而且不是这些方法的简单相加，美学要有适应自己研究对象的有机统一的方法体系。

最后，生存美学力图建构现代中国美学，但是这一目标远未实现。总的说来，生存美学基本上还是一种来自西方的理论形态，其现代性语境、主体间性理论、人文方法论无不直接借鉴当代西方哲学、美学话语，要将其运用于中国还必须进一步做好各方面的工作。其一，要以马克思主义理论为指导，对生存论美学思想作全面而深入的考察，真正做到取其精华，去其糟粕，这样也才可以真正丰富和发展马克思主义理论。其二，要立足中国，对生存美学进行本土转化，一方面要弘扬中国传统美学中深厚而独特的生存智慧，另一方面要具体分析当代中国纷繁复杂的社会现实。其三，特别要充分发挥主体间性的理论张力，处理好其与当代中国各种美学思想的关系，特别是与后实践美学的同根共生关系、与实践美学的继承发展关系。个人的生存体验与社会实践总是密不可分的，生存美学不仅要整合生命美学、存在论美学、生态美学等现代美学的新生资源，而且要吸纳生活美学、生产美学、实践美学等传统美学的合理内核，考虑是否可以尝试在生存—实践论哲学基础上建构现代中国美学。总之，如同任何一件新生事物一样，生存美学要生成自己的存在，尚需做深远而艰巨的探索与开拓。

（许家竹）

（发表于《甘肃社会科学》2005 年第 2 期）

第二辑

古代审美文化求索

审美文化生态和审美文化史研究的当代意义

一 审美文化生态

"生态"一词源于古希腊语"Oicos",含有"住所""区位""环境"诸意。后来一些生物学家用之研究生物居住条件、物种构成及其与周围环境的关系,遂成为一种生态学说,即有机体与环境关系的学说。所谓文化生态系统,是指影响文化产生、发展的自然环境、科学技术、经济体制、社会组织及价值观念等变量构成的完整体系。文化生态系统不只重视自然生态,而且重视社会生态,不只重视环境对文化的作用,而且重视文化与各种变量的共生关系,与19世纪简单的文化进化论和环境决定论有重要区别。我们借用文化生态学的文化生态概念和方法主要是出于以下考虑:第一,更强调环境作用的有机整体性,注重以整体的观点研究文化的生成和发展,比那种孤立地考虑某一或某些环境因素的观点有很大优越性。第二,寻求用各种环境因素的交互作用以解释不同历史阶段和区域文化特征的形成发展。第三,改变过去那种两张皮式的环境描述,更注意突出环境与审美的联系,从而突出审美文化研究的独特性。

一定的审美文化总是在一定环境中产生、发展、演变的。所谓审美文化生态,指的是审美文化赖以生成、发展、变化的环境总和或有机完整系统。它以与审美文化关系的远近，由远及近大体包括自然环境、科学技术、经济体制、社会组织、价值观念（包括哲学、宗教、道德、风俗等观念形态的精神文化）等直接或间接与审美文化生成、发展有联系的一切自然现象和社会现象。

审美文化是一个纷繁复杂的文化形态或层面，它与环境之间有着极为复杂多样的关系。正如恩格斯在考察自然和人类社会现象时所说的："当我们深思熟虑地考察自然界或人类历史或我们自己的精神活动的时候，首先呈现在我们眼前的，是一幅由种种联系和相互作用无穷无尽地交织起来的画面，其中没有任何东西是不动的和不变的，而是一切都在运动、变化、生成和消逝。……这种观点虽然正确地把握了现象的总画面的一般性质，却不足以说明构成这幅总画面的各个细节；而我们要是不知道这些细节，就看不清总画面。"① 审美文化同样具有这样的特征，它的产生与发展总是与多种环境因素交织在一起。各种环境因素对它的影响、作用会因时、因地、因具体作品而不同，但有一点是肯定的，就是各种环境因素总是构成一种合力对文艺产生影响。恩格斯曾经十分精确地解释了这样一种生物规律："一个有机生物的个别部分的特定形态，总是和其他部分的某些形态息息相关，哪怕表面上和这些形态似乎没有任何联系。"② 这种规律被达尔文称为"生长相关律"。据此，马克思曾在论述意大利文艺复兴时期绘画时说：如果把拉斐尔同列奥纳多·达·芬奇和提威安诺（提香）比较一下，就会发现，"拉斐尔的艺术作品在很大程度上同当时在佛罗伦萨影响下形成的罗马繁荣有关，而列奥纳多的作品则受到佛罗伦萨的环境的影响很深……和其他任何一个艺术家一样，拉斐尔也受到他以前的艺术所达到的技术成就、社会组织、当地的分工以及与当地有交往的世界各国的

---

① 《马克思恩格斯选集》第 3 卷，人民出版社 1995 年版，第 359 页。
② 《马克思恩格斯选集》第 4 卷，人民出版社 1995 年版，第 376 页。

分工等条件的制约"①。无疑，不同的社会环境造就了与其相适应的艺术家，而艺术家却不是受到仅此一种影响，社会各种环境因素形成的"合力"对艺术家发生着不同程度和层次的影响。马克思、恩格斯对文艺复兴时期的艺术创作也进行过类似的整体环境分析。他们认为："这是人类以往从来没有经历过的一次最伟大的、进步的变革，是一个需要巨人而且产生了巨人——在思维能力、热情和性格方面，在多才多艺和学识渊博方面的巨人的时代。"② 在意大利、德国、西班牙、荷兰等国家，绘画、雕刻、造型艺术的明星群体相继崛起，光彩夺目。之所以如此，恩格斯指出，地中海沿岸一条狭长的地带，现在是一片紧密相连的文明地区，使以意大利及其文化为首的各国之间的文化交流、文化上的相互影响成为可能。"新发明的涌现，东方各民族、首先是阿拉伯人的各种发明的传入，当代的地理大发现和与之俱来的海上交通和商业的大发展，以及自然科学的突飞猛进"③，不仅"给艺术发展提供了大好时机"，而且使文艺创作发生了深刻的变化。

显而易见，审美文化生态研究的任务，就是把审美文化放到特定时代的环境总体之中，在与相关的社会文化的各个子系统的相互联系、相互作用中予以观察，尽力把握审美文化与其生存环境的本质的、必然的联系，从而揭示出特定时代的审美文化是在怎样的审美文化环境中产生、发展、演变的，为准确、全面地揭示特定时代审美文化的审美理想和基本特色，全面分析审美文化的本体内容，提供必要的前提和基础。

二　审美文化史研究的当代意义

审美文化史研究的对象和范围是定位在凝固了的一去不复返的历史长

---

① 《马克思恩格斯全集》第 3 卷，人民出版社 1956 年版，第 459 页。
② 马克思、恩格斯：《马克思恩格斯选集》第 4 卷，人民出版社 1995 年版，第 261—262 页。
③ ［德］汉斯·科赫：《马克思主义和美学》，佟景韩译，漓江出版社 1985 年版，第 432 页。

河中的，但其意义和价值却是指向活生生的不断趋向未来的当代现实生活的。笔者认为，审美文化史研究的意义和价值可以概括为由小到大、由近及远的三个方面。

第一，审美文化史研究可以在更为广阔的视野中认识中国古代美学、审美文化发展的特点和规律，为中国当代美学和审美文化研究的发展建构，提供坚实的历史支撑和自觉的理论导引。

随着中国社会的全方位转型，中国当代美学已经到了转型与建构的重要关头。美学向何处去，已经成为关注的焦点，一时高论迭出，诸说纷起。笔者在综论 20 世纪 90 年代中国美学转型研究的文章中曾概括了最重要也最引人瞩目的改造完善实践美学取向、超越实践美学取向、审美文化取向、中国古典美学取向和辩证和谐美学取向五大取向。① 从审美文化史的当代意义角度来看，五大取向中以季羡林先生为代表的中国古典美学取向的观点值得重视。

近年来，中国当代文论的"失语症"和"话语重建"成为热门话题。何谓"失语症"？如何"重建"？众说纷纭。一种代表性意见认为，"失语症"是一种文化上的病态，它主要表现在中国当代文论完全没有自己的范畴、概念、原理和标准，每当我们开口言说的时候，使用的全是别人的也就是西方的话语系统。这种情形由来已久，五四反传统浪潮的掀起，造成了我们原有的几千年的完整而统一的传统的断裂和失落，使我们失去母语，陷入失语状态，从而丧失了在中西对话上的对等地位。要消除这种"病态"，就必须恢复传统，找回失落的话语体系，并将其发扬光大。中国古典美学取向的出现显然与这种刻意回归传统的倾向有密切关系。总体来看，这种取向反对以外来文化、美学作为构建中国美学体系的基础，强调

---

① 周均平：《跨世纪历史性转换的前奏——美学转型问题研究综论》，《文史哲》1998 年第 3 期。

重视中国传统美学和审美文化自身的特点，以中国传统美学、审美文化为依托，建构美学审美文化体系。季羡林先生认为：美学的"根本转型就是把西方的那一套根本丢掉"①。他在正面回答美学转型转向何处的论文中指出：中国美学家跟着西方美学家跑得已经够远、够久了。既然已经走进了死胡同，唯一的办法就是退出死胡同，改弦更张，另起炉灶，建构一个全新的美学框架，扬弃西方美学中无用的、误导的那一套东西，保留其有用的东西。把眼、耳、鼻、舌、身所感受的美都纳入美学框架，把生理和心理所感受的美冶于一炉，建构成一个新体系。这是大破大立，而不是修修补补。这是美学的根本转型，目的是希望中国学者开创一门有中国特色的美学。② 我们不同意直接从东方和古代美学中寻找东西作为现代形态的美学体系的基础，把现代的美学问题研究简单地变成对传统的反思或寻根。因为古典美学从问题的深度、广度和复杂程度方面都不如现代美学，简单地恢复到古典美学上去，不可能建立真正的现代形态的美学体系。但季先生提出问题的动机和其看法的合理内核，却是我们无法绕过而且不能不重视的。这就是在世界美学经过各民族独立发展到相互影响的众语喧哗、对话交流的背景下，在中国当代美学进行新世纪的转型和建构时，不能不重视自身的特点和规律，不能没有民族美学传统的滋养。这是中国美学家义不容辞的学术任务，也是中华学者责无旁贷的历史责任。如果我们不能充分挖掘中国古代审美文化的丰富宝藏，全面把握其特点和精髓，就不仅仅是所谓"失语"的问题，而是会失去我们在世界美学和审美文化对话交流中的立足之地，就很难完成建构既凝聚了中国古代审美文化的精华，又融合当代中国审美文化的真髓，既具有中国特色，又能与世界美学沟通的现代美学和审美文化体系的历史使命。

---

① 季羡林：《对 21 世纪人文学科建设的几点意见》，《文史哲》1998 年第 1 期。
② 季羡林：《美学的根本转型》，《文学评论》1997 年第 5 期。

第二，审美文化史研究对挖掘民族文化精华，弘扬民族文化精神，推进两个文明建设，特别是精神文明建设具有重要意义。

这里仅就两汉精神文化，征引两个颇为典型的例子加以说明。著名学者袁济喜在谈到他为什么研究"两汉精神世界"时指出：

> 1986 年，北京大学出版社的一位特约编辑在与我商谈《六朝美学》的书稿时，就诚恳地向我指出："六朝文化固然深邃洞达，但两汉文化也恢宏凝重，不能因为赞美六朝文化与美学而低估了两汉的思想文化。"他这番话给了我很大的启发。在后来的教学与研究中，我对鲁迅所称赞的"汉唐气魄"发生了很大的兴趣。

> 1990 年我来到了日本九州大学留学。在福冈东部的志贺岛上，有一座以陈列西汉王朝使节来访时留下的金印为主的金印公园。在这里，我再度感受到西汉王朝的雄威。每当夜幕降临时，我常常在离住所不远的箱崎八幡宫前的海滩边漫步，细雨朦胧，空寂无人，我常常被异域孤客的心境所吞没。"你是一个大学教师，为什么到我们这儿来留学？"每每碰到日本人的这些问话，我总是沉重难言，就如同回国后许多人问我"你为什么不在那儿继续留学而要回国"一样。我只觉得对以前酝酿的两汉思想文化的课题有了新的感受和体会，似乎应该写一些什么。回国后，我在半年多的时间即完成了这部 25 万字的专著。

> ……

> 在今天看来，中国历史上真正能够全面地直观自身，放眼域外，无所畏惧的，确实是汉唐气魄。章太炎说，学术在朝则衰，在野则兴。我并不赞成这一说法。事实上，中国历史上的文化建树，大都与统治者的提倡与建设有关。汉代"礼乐争辉"，把官僚的选拔与意识形态的建设以及人才的培养相结合，这对汉代的发展以至中国封建社会完

备的文官制度的形成，无疑起到了巨大的促进作用。"汉唐气魄"从来就是物质实力与精神文化融为一体的产物。物质兴隆、文化贫瘠的"盛世"在中国历史上没有出现过，今后大概也不会出现这类"奇迹"。①

无独有偶，著名学者李珺平追寻汉代审美精神的底蕴也出于极为相似的动因。他在介绍自己追寻的体会时说：

> 笔者曾从日本人口中获知：日本人认为，在中国历代文化中，他们继承的是唐代遗产，唐代遗产的特征是"雄"；而中国人继承的是清代遗产。所以，他们到中国来，见到某些中国人自称大唐子孙而实则处处以清代文化为准则约束并限制自身，一方面感到好笑，另一方面则又有些瞧不起。他们认为，要说雄，他们不必到中国来，自身已经够雄了。但是，他们又总是隐隐感到，中国民族精神深处似乎还有一种让他们捉摸不透的、比唐代的雄更让他们惊讶和着迷的东西。这种东西是什么他们说不清楚，然而可以肯定，那是唐代以前的民族集体意识的内蕴。因为，在他们看来，宋代以后，随着政治中心的东移，中国民族就一蹶不振，再也没有辉煌过。他们之所以到中国来，就是要寻找这种东西。这种东西似乎存在于西北，特别是存在于陕西的漠漠古迹和古朴民风之中，又似乎与大汉朝息息相关。由此，他们肯定地说，除了唐代文化外，他们唯一感兴趣的是汉代文化。这就是他们尤其钟情于与陕西建立文化联系的原因（中国的汉中市与日本的初云市是友好城市。笔者在陕西汉中师院工作时，曾从接待日本初云市文化代表团的翻译口中获知上述看法）。

> 客观地说，在日本人的话语中，尽管有咄咄逼人的自大意味，但无

---

① 袁济喜：《两汉精神世界·后记》，中国人民大学出版社 1994 年版，第 326—327 页。

形中也毫不客气地道出了彼一民族对我们民族的真实看法。"日本人继承的是唐代文化，而中国人继承的是清代文化。"这句话不能不使笔者倒憋一口气，于震惊、恼怒、心酸之中恍然若有所悟。泱泱中华大国的每一分子，以往都把传统文化看作整体，以为自己继承的必然是祖宗的全副遗产，从而在明显的落后中常常愤愤不平地操起阿Q的口头禅"我们的祖先……"殊不知，中国文化在别的民族眼里却被看作不同时代、不同类别和不同成分。由于宋明以来理学的炽盛，中国人被套上奴性的枷锁而不自知，浑身散发着清代以来孱弱文化的霉气，反以周秦汉唐的正宗子孙自居。这真是滑稽中的滑稽、悲哀中的悲哀！在此之前，笔者虽没有将汉代与唐代的雄等同，但也没有认真思考过它们之间的异同，更没有打算去探究这个问题。被日本人这句话所刺激，笔者始静下心来，认真读书，以寻找汉代审美精神的底蕴。

笔者发现，现、当代以来，中国人对于汉代美学思想研究极为散漫，又比较肤浅。即使被称为当代中国美学名著的李泽厚的《美的历程》，在谈先秦、魏晋、隋唐、宋元、明清的美学特征时，都滔滔不绝，但唯独对于汉代却缺乏总体归纳，只以俗而又俗的"浪漫主义"一词塞责。

原因是什么？不得而知。也许是因为汉代所留下的美学专著少而又少，难以概括；也许是因为汉承秦、战国和春秋，是一个融通百家的时代，没有像其他的时代那样有独特的柄环可以把握。不管是什么原因，忽视汉代美学研究都是不可原谅的错误和缺失。别的民族为了振兴民气，已将文化寻根之手伸向了中国的腹心。难道我们却宁愿死守明清以来的痼疾，而不去考察并发扬本民族的先风吗？①

---

① 李珺平：《汉代审美精神的底蕴是什么？》，《湛江师范学院学报》1994年第1期。

当然，我们不必唯外国人马首是瞻，以外国人取舍的标准为标准，但有比较才有鉴别，很多事情毕竟是当局者迷，旁观者清。以李珺平先生为代表的学者对汉代的研究思考，显然融进了他们对中华民族当代发展的积极构想。虽然他们对中国古代各历史时期的思想文化包括审美文化的具体评价不见得就丝丝入扣，但至少说明，我国古代审美文化中蕴含着极为丰富且极有价值的精神宝藏，自觉地开掘和弘扬这些优秀的民族精神遗产，对于当今重铸民族灵魂，振奋民族精神，推动宏伟大业的发展，无疑有着不可替代的重要意义。

第三，审美文化史研究可以为解决民族文化的冲突、人文与科技的冲突、精神危机、生态危机和"发达国家综合征"等新世纪全球性的普遍问题，开掘丰富的思想资源，奉献有益的行为参照。

例如面对全球化背景下的民族文化的冲突，汉代审美文化就有很多可资借鉴之处。20 世纪上半叶鲁迅先生在面对异族外来文化的冲突时，曾多次盛赞汉唐盛世对待外来文化的态度、气魄和做法。鲁迅先生说："遥想汉人多么闳放，新来的动植物，即毫不拘忌，来充装饰的花纹。""汉唐虽然也有边患，但魄力究竟雄大，人民具有不至于为异族奴隶的自信心，或者竟毫未想到，凡取用外来事物的时候，就如将彼俘来一样，自由驱使，绝不介怀。"[1] 其"拿来主义"的提出，显然就与对汉唐文化的这种历史解读有直接关系。当然，鲁迅当时似乎没有刻意论及汉唐在"拿来"的同时的另一面，即在奉行"拿来主义"的同时，通过多种途径和多种方式，主动自觉地把本民族的优秀文化"送出去"，如闻名遐迩、享誉世界的"丝绸之路"。我们不妨相对于鲁迅先生的"拿来主义"名之曰"送去主义"。"拿来"与"送去"，具体做法不同，但都是面对民族文化冲突时做出的必

_____

[1]　鲁迅：《鲁迅论文学与艺术》（上册），人民文学出版社 1980 年版，第 144 页。

要选择。这对我们解决 21 世纪全球化背景下的民族文化的冲突，是极富启发意义的。再如 21 世纪是生态世纪，人类面临着前所未有的严峻的生态危机。如何更好地挖掘古代思想资源，调整和优化人与自然的关系及其审美关系，是全世界和全人类共同面临和关注的重大课题。自然审美观是美学观的重要组成部分，也是审美文化发展水平的重要标志。我国是世界上自然审美观发展得最早、最丰富、最充分、最成熟的国家，汉代则是我国自然审美观发展历史上的一个极为重要的阶段。它发扬光大了"比德"自然审美观，提出建构了"比情"自然审美观，催发萌生了"畅神"自然审美观，实现了自然审美观的重大发展和突破，在一定方面和意义上，奠定了此后中国自然审美文化的审美模式和艺术创作的基础。因此，审美文化包括秦汉审美文化史的研究，不仅对全面地实事求是地认识和总结汉代乃至中国自然审美观的历史发展、性质特征、影响和地位等具有重要意义，而且对解决我国乃至全球生态危机问题，提升人与自然的审美关系，构建人与自然的和谐都具有重大的实践价值。

（发表于《中南民族大学学报》2008 年第 3 期）

中国古代"比情"自然审美观论纲

一 "比情"自然审美观之宇宙观、天人观文化哲理基础

自然在中国古代人眼里包括两方面的内容：一是外在自然，天地山泽、风雷水火等所有外在于人的自然界；二是内在自然，即人体的生命机能的活动。前者是大宇宙，后者是小宇宙，它们密切联系，互相影响。中国古人的认知活动、道德活动、审美活动都是建立在对这两个宇宙规律的互相阐释生发之中的。用人的小宇宙来解释大宇宙，大宇宙的一切便具有了人的情感、意志、愿望等主观色彩，冷冰冰的自然界便"人化"了，成为人可亲、可敬、可依、可恋的密不可分的生命机体的延伸。用天的大宇宙来解释人的小宇宙，人的喜、怒、哀、乐、爱、恶、欲，人的善、亲、信、顺、仁、义、礼、乐，小宇宙的一切都具有了客观规律性，人就"自然化"了，成为一个不断吸收大宇宙信息，把其转化为小宇宙机能的开放的系统。"人与天调，然后天地之美生"[①]，主观意志与客观规律高度和合，天就会依照人的愿望而与人和谐共存，人就会合顺于天道而举措无不得

---

① 《管子·五行》，李山译注，中华书局 2009 年版，第 228 页。

当。天的运行就是人的行为的模式，人的行为就是天运行的规律；天道中呈现着人类的认知成果，人在天道中发现了自己的价值、精神、人格，自然（天）便成为人的审美对象。

小宇宙与大宇宙的统一和合就是天人合一的境界。天人合一有认识论范畴的"真"的合一，有实用范畴的道德意志的合一，也有审美范畴的情感与形式的合一。后一个合一是以前两个作为潜在基础的。在审美范畴的"合一"中，形式就是自然之道呈现的运动图式和结构，它与人的主观情感合拍、类同，因而自然的外在图式结构具有了意味，人的内在情感具有了形式。把人的生命活动外化在自然物中，从自然物中观照到人的生命活动——情感，这是审美范畴中天人合一的真髓。天人合一，从现象上看是要把人事合于天道；从实质上看，人类对天道的发现却无不是立足于人的视野、人的认知图式。天道也是人道的折射。天道是人类为自己树立的目标，是人对自己人事活动的解释，是天向人的靠拢。这种靠拢的结果是：人把自己的活动精神性地外化在一切自然物中，其中与审美有直接联系的就是人把自己的情感活动外化于自然物的运动变化之中。这种自然之道（天）与人的情感的合一，同样是建立在天道与人道、大宇宙与小宇宙类比的基础上的，因此我们把这种以自然之道的规律运动与人的情感变化异质同构的类比、比附的自然审美观，称为"比情"自然审美观。

二 "比情"自然审美观的提出、内涵和特点

"比情"自然审美观在《淮南子》中就初见端倪。《淮南子》说："《精神》者，所以原本人之所由生，而晓寤其形骸九窍，取象于天。合同其血气，与雷霆风雨；比类其喜怒，与昼宵寒暑并明。"① 这里话语虽不

---

① 张双棣撰：《淮南子校释》，北京大学出版社1997年版，第2127页。

多，但已初步表达了天人相类、天人感应，包括天与人情感方面的比类和感应的思想。

真正提出并系统论述"比情"自然审美观的则是以力倡"天人感应"而著名的汉代大儒董仲舒。董仲舒的"天人感应"学说，以阴阳五行（"天"）与伦理道德、精神情感（"人"）互相一致而彼此影响的"天人感应"作为理论轴心，系统论述了人与自然的和合关系问题。董仲舒认为，人格的天（天志、天意）是依赖自然的天（阴阳、四时、五行）来呈现自己的，作为人的生物存在和人的社会存在如何循天意而行、顺应自然，亦即人如何与其赖以存在的客观现实规律相合一，是要首先解决的根本问题。很显然，他所建立的这样一个动态结构的天人宇宙图式，其基本精神在于构建一个以道德伦理为基础而又超道德的人的精神世界，这种精神境界在很大程度上包含着深刻的审美意蕴。

董仲舒从道德伦理、生理构成、情感意志等方面全面论述了其天人和合的宇宙本体论系统。他所构建的这一系统的最突出的特点是将人类的道德、情感和外在的自然联系起来，从而将自然人情化，赋予其人类的理性、情感色彩。在他看来，人和自然、社会，即主体和客体可通过各种途径达到和合整一。他说："和者，天地之所生成也。"他强调的和合有自然性的合一，有道德性的合一，还有情感性的合一。从美学角度看，这里最值得注意的是董仲舒关于天人或人与自然的情感性合一的看法。董仲舒关于天人或人与自然的情感性合一的主要论述如下：

> 为生不能为人，为人者天也。人之人本于天，天亦人之曾祖父也。此人之所以上类天也。人之形体，化天数而成；人之血气，化天志而仁；人之德行，化天理而义；人之好恶，化天之暖清；人之喜怒，化天之寒暑；人之受命，化天之四时。人生有喜怒哀乐之答，春秋冬夏之类也。喜，春之答也；怒，秋之答也；乐，夏之答也；哀，

冬之答也。天之副在乎人，人之性情有由天者矣。①

天亦有喜怒之气，哀乐之心，与人相副。以类合之，天人一也。春，喜气也，故生；秋，怒气也，故杀；夏，乐气也，故养；冬，哀气也，故藏。四者天人同有之。②

人无春气，何以博爱而容众？人无秋气，何以立严而成功？人无夏气，何以盛养而乐生？人无冬气，何以哀死而恤丧？天无喜气，亦何以暖而春生育？天无怒气，亦何以清而秋杀就？天无乐气，亦何以疏阳而夏养长？天无哀气，亦何以激阴而冬闭藏？故曰：天乃有喜怒哀乐之行，人亦有春秋冬夏之气者，合类之谓也。③

人有喜怒哀乐，犹天之有春夏秋冬也。喜怒哀乐之至其时而欲发也，若春夏秋冬之至其时而欲出也。皆天气之然也。④

夫喜怒哀乐之发，与清暖寒暑，其实一贯也。喜气为暖而当春，怒气为清而当秋，乐气为太阳而当夏，哀气为太阴而当冬。……人生于天，而取化于天。喜气者取诸春，乐气者取诸夏，怒气者取诸秋，哀气者取诸冬，四气之心也。⑤

这就是说，人与自然之间存在着异质同构的情感对应和感应关系，情感上的喜怒哀乐的变化是和四时季节的变化的自然现象相联系的，因为人与自然有着相同的结构秩序和运动节律，所以人从春夏秋冬四时的推移变化中，能够感受到自身的变化，从而产生不同的情感体验。

董仲舒关于人与自然（天）类比的基础是异质同构、同类相召、同类相动、同类感应。其思维方式是类比思维。这种类比方式、类比思维，古

① （汉）董仲舒：《春秋繁露·为人者天》，中华书局 1975 年版，第 385 页。
② （汉）董仲舒：《春秋繁露·阴阳义》，中华书局 1975 年版，第 418 页。
③ （清）苏舆撰，钟哲点校：《春秋繁露义证》，中华书局 1992 年版，第 336 页。
④ 同上书，第 465 页。
⑤ 同上书，第 330 页。

已有之。董仲舒的特殊性在于与前代相比，他所比的内容有了重大变化，这就是"情"。情感是审美的根本，人与世界的审美关系在本质上就是一种以情感为核心的和谐自由关系，抓住了情感，在这个意义上也就抓住了审美。董仲舒的这些论述，是到他为止对人与自然的以情感为特征的审美关系的最系统的发挥，是天人以类比为基础的情感合一的审美模式和创作模式得以奠定的最突出的理论标志。为此，我们把这种由董仲舒提出并系统发挥的自然审美观命名为"比情"自然审美观。

董仲舒所描述的"天人感应"的和合境界，是道德的、伦理的，也是审美的。正是这样一种以"气"为内在生命，以天人和合为构成，以感应为生机，以"比情"为美学特色的动态天人宇宙结构模式，在某些方面奠定了中国古典美学基本理论的基础。

与"比德"自然审美观和"畅神"自然审美观相比，"比情"自然审美观具有鲜明特点。

"比德"自然审美观"是春秋战国时期出现的一种自然美观点，基本意思是：自然物象之所以美，在于它作为审美客体可以与审美主体'比德'，亦即从中可以感受或意味到某种人格美。在这里，'比德'之'德'指伦理道德或精神品德；'比'意指象征或比拟"①。"比情"自然审美观虽然在哲学基础、思维方式等方面与"比德"自然审美观有相似之处，但在"比"的内容上却有重大区别。"比德"自然审美观的重点在人与自然的道德关系，"比情"自然审美观则重在人与自然的情感关系。"比德"自然审美观还较多地依附于伦理，而"比情"自然审美观则已反映了审美的本质情感。如果说"比德"自然审美观是把天地自然"德化"，那么"比情"自然审美观则是把天地自然"情化"。虽然在汉代这些情感还只是喜

---

① 李泽厚、汝信名誉主编：《美学百科全书》，社会科学文献出版社 1990 年版，第 23 页。

怒哀乐等比较一般、宽泛、抽象的情感类型，带有明显的类型性色彩，但"比情"自然审美观毕竟迈出了通向"畅神"自然审美观的关键一步，为"畅神"自然审美观的诞生打开了最后一道闸门，对后世产生了极其深远的影响。

"畅神"自然审美观的基本精神至少可以追溯至庄子，具体萌生于汉代，① 确立兴盛于魏晋南北朝，此后成为中国古代影响最大、最为深远的自然审美观。"畅神"自然审美观的代表性言论主要如下。

晋宋之际著名画家宗炳在其《画山水序》中提出了"畅神"自然审美观：

> 是以观画图者……夫以应目会心为理者，类之成巧，则目亦同应，心亦俱会。应会感神，神超理得。虽复虚求幽岩，何以加焉？又神本无端，栖形感类，理入影迹，诚能妙写，亦诚尽矣。于是闲居理气，拂觞鸣琴，披图幽对，坐究四荒，不违天励之丛，独应无人之野。峰岫峣嶷，云林森眇，圣贤映于绝代，万趣融其神思。余复何为哉？畅神而已，神之所畅，熟有先焉？②

此话大意是说观赏山水画图可以"怡悦情性，展畅精神。……认为'神'存在于诸种事物包括山水之中，能使人感悟并产生美感。若能妙写山水，则山水所包含之'神'亦能尽含于画中。而观赏者虚静澄怀，发挥想象，便能意趣迭出，精神舒畅，达到审美观照中最美妙愉快的境界"③。这段著名言论应该说主要论及的是山水画的审美问题，在严格意义上核心内容应该是"观画畅神"。但所论因与自然山水的审美直接相通，后世论

---

① 周均平：《汉代萌生"畅神"自然审美观刍论》，《东北师大学报》2004 年第 1 期。
② 陈延嘉等：《全上古三代秦汉三国六朝文·全宋文卷二十》，河北教育出版社 1997 年版，第 204 页。
③ 蒋孔阳主编：《哲学大辞典·美学卷》，上海辞书出版社 1992 年版，第 488 页。

者往往不再做严格区分，常常直接把它视为自然审美观，对后世产生了极其深远的影响。

孙绰在《庐山诸道人游石门诗序》中也说欣赏自然山水使人"神以之畅"。

晋代王羲之则在《兰亭集序》中提出了"游目骋怀"以"极视听之娱"的相似观点：

> 此地有崇山峻岭，茂林修竹，又有清流激湍，映带左右。引以为流觞曲水，列坐其次，虽无丝竹管弦之盛，一觞一咏，亦足以畅叙幽情。是日也，天朗气清，惠风和畅，仰观宇宙之大，俯察品类之盛，所以游目骋怀，足以极视听之娱，信可乐也。①

而在当时的《兰亭诗》中，可以发现众多关于"畅神"的诗意凸显：王肃之《兰亭诗两首》其一："在昔暇日，味存林岭。今我斯游，神怡心静。"其二："嘉会欣时游，豁尔畅心神。吟咏曲水濑，绿波转素鳞。"② 王玄之《兰亭诗》："松竹挺岩崖，幽涧激清流。消散肆情志，酣畅豁滞忧。"③ 王蕴之《兰亭诗》："散豁情志畅，尘缨忽已捐。仰咏挹余芳，怡情味重渊。"④ 曹茂之《兰亭诗》："时来谁不怀，寄畅山林间。尚想方外宾，迢迢有余闲。"⑤ 虞说《兰亭诗》："神散宇宙内，形浪濠梁津。寄畅须臾欢，尚想味古人。"⑥ 在一类诗集内就有关于"畅神"的如此丰富的表达，可见自然山水的欣赏可以畅神散心、怡情悦性的观念深入人心，通过对自然山水

---

① 陈延嘉等：《全上古三代秦汉三国六朝文·全晋文卷二十六》，河北教育出版社1997年版，第273页。
② 逯钦立：《先秦汉魏晋南北朝诗》，中华书局1983年版，第913页。
③ 同上书，第911页。
④ 同上书，第915页。
⑤ 同上书，第909页。
⑥ 同上书，第916页。

的欣赏，悦耳悦目，悦心悦意，悦志悦神，澄怀味象，已蔚然成风。

著名画家王微在《叙画》中甚至说："望秋云神飞扬，临春风思浩荡，虽有金石之乐，珪璋之琛，岂能仿佛之哉！"[①] 把神之所畅之时，神思飞扬、心潮浩荡、心旷神怡的精神状态，酣畅淋漓地表达出来。这都表明了"畅神"自然审美观的确立。

依据这些论述及相关背景，我们可以看出"比情"自然审美观与"畅神"自然审美观在内容上有相似之处。如在"畅神"自然审美观所畅之"神"中包含了审美主体的情感或情性内容，与"比情"自然审美观所比或抒发之"情"有交叉之处。但二者在情感抒发的范围、形式、深度或程度三个方面都有重要区别或特点。

一是抒发范围有别。众所周知，汉代是我国历史上一个多种文化百川归海、整合会通的时代，形成了以阴阳五行为特色和框架，以气、阴阳、五行、八卦、十端、万物互感互动为基本内容，几乎无所不包的天地人大一统、大和谐的宇宙观和思想文化体系，这为"比情"自然审美观拓展了比较广阔的比类空间。但"比情"自然审美观还必须要"比"，具体事物在情感上仍然有可比与否的问题，如果不可比，就无法覆盖。而"畅神"自然审美观则已完全摆脱了"比"的范围的限制。只要应目会心，就可澄怀味象，精神为之所畅。因而抒发的范围更广大。

二是抒发的形式有别。比情自然审美观既然是"比"，就仍然有比的形式和比得怎么样的问题。有些是比得不好、不恰当、不妥帖、不精彩或不艺术，如生搬硬套、牵强附会。而畅神自然审美观核心是以自然物的自然风神和形式为媒介，直接抒发情怀，怡神悦性。由于完全摆脱了"比"的形式的限制，便在抒发的形式上获得了最大的自由度。"天高任鸟飞，

---

① （南朝·宋）王微：《叙画》，俞剑华编著《中国画论类编》上卷，人民美术出版社 1986 年版，第 585 页。

海阔凭鱼跃。"无论是高山大海、险峰飞瀑，还是花红柳绿、莺歌燕舞，审美主体都可以审时度势、随物赋形、随机抒发，审美主体的性情抒发就更为自由。

三是抒发的深度或程度有别。从已有的可检索到的文献资料来看，"比情"自然审美观"比情"的对象，从审美客体来看，主要是阴阳、春夏秋冬四时、昼夜等比较基本、固定、常见的自然现象；从审美主体来看，主要抒发的审美情感是喜怒哀乐等比较一般、宽泛、抽象的情感类型，带有些许类型化色彩。审美活动或关系中审美主客体的对应性比较固定甚至刻板。由于畅神自然审美观抒发的范围更广大、形式更自由，就必然会使这种抒发无时不在、无处不在、无所不能，就必然能最大限度地体现审美活动或关系中审美主客体最突出的具体性和独特性，从而也就能够最大限度地体现出这种抒发的丰富性。

三 "比情"自然审美观的美学史地位和影响

笔者对中国古代自然审美观的主要历史形态或范式，主要从学说形态与其所属的时代环境的对应性、代表性入手，把它们概括为致用、比德、比情、畅神等几个历史形态。其中具有直接美学意义的是比德、比情和畅神自然审美观。

在笔者看来，中国古代自然审美观的发展，主要经历了由"致用"自然审美观，到"比德"自然审美观，再到"比情"自然审美观，迄至"畅神"自然审美观的发展嬗变。从这些观点在各个历史时期是否占主导地位、不可替代性及与时代的对应性来看，大体来说，原始时代"致用"自然审美观独占鳌头，先秦时代"比德"自然审美观居主导地位，秦汉时期"比情"自然审美观更领风骚，魏晋六朝则是"畅神"自然审美观蔚为大观。因此，应该承认"比情"自然审美观的提出是自然审美观的一个重大飞跃，是由"比德"到"畅神"的一个不可或缺的重要理论环节。由"致用"到"比德"到"比情"再到"畅神"，才是中国古代自然审美观发展的完整的历史和逻辑轨迹。

以上几种自然审美观历史形态和范式，在"天人合一"的总框架下，包含了道德的合一、情感的合一、本体的合一等主要历史形态和范式。而在审美和文艺创作模式上则形成了托物言志、比兴寄托；写景抒情、情景交融；象外见意、意境趣味三种主要的审美和文艺创作范式。笔者认为这基本上把中国古代自然审美观的主要历史形态都包括了。以后历朝历代的纵向发展，包括佛、禅等的影响，主要是影响到这些形态或范式的强化、弱化、不同组合、发展程度等问题，而在主要历史形态和范式上未有实质性进展或突破。

"比情"自然审美观揭示了作为主体的人的情感与外界事物的感应关系，它为审美和艺术创造提供了基本的理论依据，直接影响到了后世的美学理论。刘勰提出："春秋代序，阴阳惨舒，物色之动，心亦摇焉。盖阳气萌而玄驹步，阴律凝而丹鸟羞，微虫犹或入感，四时之动物深矣。若夫珪璋挺其惠心，英华秀其清气，物色相召，人谁获安？是以献岁发春，悦豫之情畅；滔滔孟夏，郁陶之心凝；天高气清，阴沉之志远；霰雪无垠，矜肃之虑深。岁有其物，物有其容，情以物迁，辞以情发。"[1] 钟嵘亦云："若乃春风春鸟，秋月秋蝉，夏云暑雨，冬月祁寒，斯四候之感诸诗者也。"[2] 从艺术、审美的角度指出人对物的感应引起情感激荡，进而形诸艺术作品。有些理论直接就是董仲舒感应理论的阐发。如北宋郭熙强调"身即山川而取之"，才能感受到"山水之意度"，"春山烟云连绵，人欣欣；

---

① （南朝·梁）刘勰：《文心雕龙·物色》，人民文学出版社 1981 年版，第 493 页。

② （南朝·梁）钟嵘：《诗品·序》，上海古籍出版社 1996 年版，第 47 页。

夏山嘉木繁阴，人坦坦；秋山明净摇落，人肃肃；冬山昏霾翳塞，人寂寂"。① 沈灏《画尘》云："山于春如庆，于夏如竞，于秋如病，于冬如定"②。恽格《南田画跋》说："春山如笑，夏山如怒，秋山如妆，冬山如睡。"③ 他们的这些论述，在董仲舒的理论基础上，对人和自然的情感关系有了更丰富、明确的认识，都可以看作天人感应论的"比情"自然审美观在艺术的特质和方法上的具体应用。

中国古代的美学理论循着这一思想，形成了人与自然之间的独特的审美关系。如陆机《文赋》："遵四时以叹逝，瞻万物而思纷；悲落叶于劲秋，喜柔条于芳春。"南梁萧子显《自序》："风动春朝，月明秋夜，早雁初莺，开花落叶，有来斯应，每不能已。"可见，通过自然美所引起的主体心灵的激荡、领悟，而达到天人和合的境界，是华夏审美中的共识。故而在与自然美的关系中，那种脱离审美主体的感悟或心态而对纯客观自然的描摹，在中国古典艺术审美中几难觅得。同样，受这种理论的影响，中国古代文人形成了独特的"怀春""悲秋"情结，这成为中国古代诗文的永恒的主题。这些都在一定意义上说明，"比情"自然审美观在某些方面奠定了中国古典美学基本理论的基础。

四 "比情"自然审美观的当代意义

应该看到，中国古代"比情"自然审美观主要是农业社会或前现代社会的产物，有着诸多历史和时代的限定性乃至局限性。但即使依据今天最严格的学术眼光加以审视也无可否认，它仍然具有诸多重要的意义或价值。

---

① （宋）郭熙：《林泉高致·山水训》，俞剑华编《中国画论类编》（上卷），人民美术出版社1986年版，第635页。

② 俞剑华编：《中国画论类编》（上卷），人民美术出版社1986年版，第771页。

③ 转引自卢辅圣主编《中国书画全书》第七册，上海三联书店1994年版，第977页。

首先，可以激励中国学者更自觉、更充分地发现和弘扬中国美学的特点和优势，提高中国美学的世界地位。曾繁仁先生在评价包括"比情"在内的中国古代自然审美观或生态审美智慧对生态美学理论建构的意义时，不无感慨地说：这是"中国传统美学地位的突破。受欧洲中心主义的影响，在传统上对于包括中国在内的东方美学与艺术一向是持否定态度的。黑格尔与鲍桑葵都曾发表过类似的言论。例如鲍桑葵就认为中国和日本等东方艺术与美学的'审美意识还没有达到上升为思辨理论的地步'。这真是完全以西方现代工具主义的美学理论来评价中国非工具、非思辨的美学理论。而伴随着生态美学的产生，中国古代美学中大量的、极为有用的生态审美智慧被首次开掘出来，这对于建设当代生态美学提供了前所未有的资源与素材。并且实践还进一步证明，西方当代生态美学与环境美学以及生态文学的发展都大量借鉴了中国古代生态智慧。"① 著名学者彭锋在论及全面梳理当代美学中引起争论的 11 个热点问题的争论线索时的突出感受时说："我觉得许多问题都可以从中国古典美学那里寻得某种解答。如果一些从事中国古典美学研究的学者也积极加入这些问题的争论之中，那么就不仅有助于推进我们对这些问题的理解，而且有助于中国古典美学的当代化、国际化。"② 不仅如此："随着全球化的深入发展，中国美学与世界美学的联系越来越密切了。除了中国美学界一如既往地关注世界美学、特别是西方美学之外，世界也在关注中国美学。……不可否认，当今世界美学的主流是西方美学，但这并不意味着西方美学就是世界美学。世界美学是一个更富包容性的概念，一旦我们在世界美学中替中国美学找好了位置，中国美学就能真正成为世界美学的一部分，而且，我相信，它会扮演越来

① 曾繁仁：《生态美学导论·代序》，商务印书馆 2010 年版，第 4 页。
② 彭锋：《回归：当代美学的 11 个问题·前言》，北京大学出版社 2009 年版，第 4 页。

越重要的角色。当然，这需要当代中国美学研究者做出坚持不懈的努力。"① 对此西方学者、德国著名汉学家卜松山（Karl-Heinz Pohl）也以异域的世界眼光表达了对中国学者和美学的殷切期待。他说："就中国而言，彭锋的《回归：当代美学的 11 个问题》探讨的问题是如何在时下全球的辩论中占一要席。并非西方人对中国人的看法和理论不感兴趣，在我看来，更多的是当今中国确实没有任何带有中国特色的东西值得由汉学家或中国学生介绍到西方去。由此，在时刻关心全球发展之际，中国人应以新颖的手法坚守他们的立场，这不仅会给无知的西方人提供——创造性诠释过的——丰富的中国文化遗产，而且还为纯粹以西方为中心的文化讨论增添一个全新的维度，从而对世界文化做出贡献。"②

其次，为建构当代美学理论提供特定的历史支撑、丰富的思想资源和重要的智慧启示。例如对当代美学思维模式的建构。当代美学发展遇到困境，学界自觉不自觉地发现中国古代思维与当代的复杂性思维理论有惊人的相似之处，如其所体现的有机整体性、动态生成性、相互关系性等。中国古代自然审美观非常典型地表现了中国古代思维模式的特点。中国古代素朴的有机整体思想，特别是被钱穆等国学大师格外推崇的"天人合一"思想，非常典型地表现在自然审美观上。仅"比情"自然审美观，就以天人合一的宇宙大生命自然观为基础，包含了天人相类、天人感应、天人互动等具体内容，体现出上述诸多特点。正如有学者指出的："尽管后现代美学似乎带来了美学的繁荣，但它所面临的困惑一点也不比现代美学少。也正是在这种意义上我主张中国当代美学不能盲目地追随后现代美学。或者说，中国当代美学在用后现代美学克服现代美学的缺陷时也需要对后现代美学本身的缺陷有明确的意识，也需要对后现代美学本身的缺陷进行克

---

① 彭锋：《回归：当代美学的 11 个问题·前言》，北京大学出版社 2009 年版，第 274—275 页。
② 转引自彭锋：《回归：当代美学的 11 个问题》，北京大学出版社 2009 年版，第 288—289 页。

服。我认为在这个方面，中国传统美学刚好可以发挥它的优势。而其中的秘密刚好在于中国思想的存有性多元论所导致的审美化的实在。……这种建立在存有性多元论基础上全面的审美化的实在，正是中国传统美学可以提供给西方美学走出后现代或者走出前现代—现代—后现代三分模式的'天启'。"① 虽然这种思维有其素朴性甚至些许神秘性，但经合理地扬弃，仍然可以在当代美学新思维的建构中发挥积极的作用。又如对生态美学理论的建构。生态美学是 20 世纪 90 年代以来国内外美学领域蓬勃发展的一种新的理论形态和生长点。包括"比情"在内的中国古代自然审美观或生态审美智慧对国内外生态美学的理论建构，都提供了丰富的思想资源，发挥了重要作用。对此，上文所引曾繁仁先生的话语已作了精到的论析。曾繁仁先生还精辟地指出：中国"丰富的古代生态智慧反映了我国古代人民生存与思维的方式与智慧，可以成为我们通过中西会通建设当代生态美学的丰富资源与素材。我们可以……建设一种包含中国古代生态智慧、资源与话语的并符合中国国情的具有某种中国气派与中国作风的生态美学体系。"② 其《生态美学导论》就是这种追求和建构的体现和实绩。此外，"比情"自然审美观还深远地影响了自然美、环境美学和生态批评等理论的建构。这里就不一一赘述了。

再次，有利于缓解环境危机、生态危机，推动自然美、生态美、环境美乃至生态文明的创造，实现人与自然的更高层次的和谐。在一定意义上说，21 世纪是生态世纪，人类面临着前所未有的严峻的环境问题和生态危机。在这种情况下，如何更好地挖掘古代思想资源，调整和优化人与自然的关系及其审美关系，是全世界和全人类共同面临和关注的重大课题。自然审美观是美学观的重要组成部分，也是一个国家、民族审美文化发展水

① 彭锋：《回归：当代美学的 11 个问题》，北京大学出版社 2009 年版，第 294—295 页。
② 曾繁仁：《生态美学导论·代序》，商务印书馆 2010 年版，第 4—5 页。

平的重要标志。我国是世界上自然审美观发展得最早、最丰富、最充分、最成熟的国家，"比情"自然审美观是我国自然审美观发展历史上一个极为重要、不可或缺的历史形态或范式，它从特定角度或方面，体现了我国古代处理人与自然关系上的一种和谐取向，凝结了人与自然审美关系的独特的丰富经验，包含了大量生态智慧，展现了我国古代源远流长且丰富多彩的生态文明。只要我们善于审时度势、与时俱进，更好地挖掘和利用这些古代思想资源，对其进行创造性的转换，它就定能对缓解我国乃至全球的环境危机和生态危机，推动自然美、环境美、生态美和生态文明的创造，提升人与自然的审美关系，实现人与自然的更高层次的和谐，发挥不可替代的作用。

最后，也是最为特殊的一点，就是"比情"自然审美观应能在更大范围内给予中国古代文艺具有抒情传统的观点以有力的理论和历史支撑。由于种种原因，中国和西方早期文艺的发展具有不同特点。西方早期文艺发展以史诗和戏剧等文艺形式为主，较早地发展和形成了叙事或再现的文艺传统；而中国早期文艺的发展以诗歌等文艺形式为主，较早地发展和形成了抒情或表现的文艺传统。以往我国学界对于中国文艺这一抒情传统的论证，主要是在文艺领域中进行的，虽然取得了累累硕果，但对其成因研究的范围，并不尽如人意。"比情"自然审美观的探讨，则使对中国文艺这一抒情传统的研究扩展到自然审美领域，为其提供了更为广阔雄厚的支持背景。

（发表于《山东社会科学》2012 年第 12 期）

秦汉审美文化生态论纲

一 审美文化生态的内涵

"生态"一词源于古希腊语"Oicos"，含有"住所""区位""环境"诸意。后来一些生物学家用之研究生物体居住条件、物种构成及其与周围环境的关系，遂成为一种生态学说，即有机休与环境关系的学说。所谓文化生态系统，是指影响文化产生、发展的自然环境、科学技术、经济体制、社会组织及价值观念等变量构成的完整体系。文化生态系统不只重视自然生态，而且重视社会生态，不只重视环境对文化的作用，而且重视文化与各种变量的共存关系，与19世纪简单的文化进化论和环境决定论有重要区别。我们借用文化生态学的文化生态概念和方法主要是出于以下考虑。第一，更强调环境作用的有机整体性，注重从整体的观点研究文化的生成和发展，比那种孤立地考虑某一或某些环境因素的观点有很大优越性。第二，寻求用各种环境因素的交互作用以解释不同历史阶段和区域文化特征的形成发展。第三，改变过去那种两张皮式的环境描述，更注意突出环境与审美的联系，从而突出审美文化研究的独特性。

一定的审美文化总是在一定环境中产生、发展、演变的。所谓审美文化生态，指的就是审美文化赖以生成、发展、变化的环境总和或有机完整系统。它以与审美文化关系的远近，由远及近大体包括自然环境、科学技术、经济体制、社会组织、价值观念（包括哲学、宗教、道德、风俗等观念形态的精神文化）等直接或间接与审美文化生成发展有联系的一切自然现象和社会现象。

　　审美文化是一个纷繁复杂的文化形态或层面，它与环境之间，有着极为复杂多样的关系。正如恩格斯在考察自然和人类社会现象时所说的："当我们深思熟虑地考察自然界或人类历史或我们自己的精神活动的时候，首先呈现在我们眼前的，是一幅由种种联系和相互作用无穷无尽地交织起来的画面，其中没有任何东西是不动的和不变的，而是一切都在运动、变化、生成和消逝。……这种观点虽然正确地把握了现象的总画面的一般性质，却不足以说明构成这幅总画面的各个细节；而我们要是不知道这些细节，就看不清总画面。"[1]审美文化同样具有这样的特征。它的产生与发展，总是与多种环境因素交织在一起。各种环境因素对它的影响，作用也因时、因地、因具体作品不同。但有一点是应予肯定的，这就是各种环境因素总是构成一种合力对文艺产生影响。恩格斯曾经十分赞赏并精确地解释了这样一种生物规律："一个有机生物的个别部分的特定形态，总是和其他部分的某些形态息息相关，哪怕在表面上和这些形态似乎没有任何联系。"[2]这种规律被达尔文称为"生长相关律"。据此，马克思在论述意大利文艺复兴时期绘画时曾说：如果把拉斐尔同列奥纳多·达·芬奇和提威安诺（提香）比较一下，就会发现，"拉斐尔的艺术作品在很大程度上同当时在佛罗伦萨影响下形成的罗马繁荣有关，而列奥纳多的作品则受到佛罗伦萨的环境的影响很深，……和其他任何一个艺术家一样，拉斐尔也受

---

① 《马克思恩格斯选集》第 3 卷，人民出版社 1995 年版，第 359 页。
② 《马克思恩格斯选集》第 4 卷，人民出版社 1995 年版，第 376 页。

到他以前的艺术所达到的技术成就、社会组织、当地的分工以及与当地有
交往的世界各国的分工等条件的制约"①。无疑，不同的社会环境造就了与
其相适应的艺术家，而艺术家却不会仅受到这一种影响，社会各种环境因
素形成的"合力"对艺术家发生着不同程度和层次的影响。马克思恩格斯
对文艺复兴时期的艺术创作也进行过类似的整体环境分析。他们认为：
"这是人类以往从来没有经历过的一次最伟大的、进步的变革，是一个需
要巨人而且产生了巨人——在思维能力、激情和性格方面，在多才多艺和
学识渊博方面的巨人的时代。"② 在意大利、德国、西班牙、荷兰等国家，
绘画、雕刻、造型艺术的明星群体相继崛起，光彩夺目。之所以如此，恩
格斯指出，地中海沿岸的一个狭长的地带，现在是一片紧密相连的文明地
区，使以意大利及其文化为首的各国之间的文化交流、文化上的相互影响
成为可能；"新发明的涌现，东方各民族、首先是阿拉伯人的各种发明的
传入，当代的地理大发现和与之俱来的海上交通和商业的大发展，以及自
然科学的突飞猛进"③，不仅"给艺术发展提供了大好时机"，而且使文艺
创作发生了深刻的变化。

　　显而易见，审美文化生态研究的任务，就是把审美文化放到特定时代
的环境总体之中，在与相关的社会文化的各个子系统的相互联系、相互作
用中予以观察，尽力把握审美文化与其生存环境的本质的、必然的联系，
从而众星拱月地揭示出，特定时代的审美文化是在怎样的审美文化环境中
产生、发展、演变的，为准确、全面地揭示特定时代审美文化的审美理想
和基本特色，全面分析审美文化的本体内容，提供必要的前提和基础。

---

① 《马克思恩格斯全集》第3卷，人民出版社1956年版，第459页。
② 《马克思恩格斯选集》第4卷，人民出版社1995年版，第261—262页。
③ ［德］科赫·汉斯：《马克思主义和美学》，佟景韩译，漓江出版社1985年版，第432页。

二　秦汉审美文化生态的主旋律和大趋势："大一统"

秦汉大势、秦汉审美文化生态区别于先秦（春秋战国）的最大不同、最大特点、最重要的变化，一言以蔽之，曰"大一统"。关于何谓"大一统"，目前学术界众说纷纭。我们认为："大一统"包含着本衍、内外、表里多种含义。其本义即深层含义是推崇、尊崇一统，即为政治统治寻求形而上的合法性依据；它的外在、表层衍生义的核心是"王者无外""尊王"，即充分肯定天子、皇帝作为天下共主的至上地位和权力，对全国实行一统化统治，建立起一个地域宽广、民族众多、天子专制、中央集权的一统帝国（九州同风，华夷共贯）。在这个意义上，一统与统一、一致、融合的意思是很相似的。

秦汉社会大势，虽经三次大的农民起义，可谓一波三折，但总的来说，就是走向大一统，巩固大一统，发展大一统和大一统走向衰微。秦汉思想领域城头变幻大王旗，由秦尊奉法家，至汉初崇尚"黄老"，到汉武"独尊儒术"，再到东汉中后期庄老抬头、异端思想和批判思潮的兴起，都与大一统有着本质的必然的联系。

秦汉审美文化也不例外。大一统构成了秦汉审美文化生态不同于其他历史时期，尤其是不同于春秋战国时期的主要生态环境特点。秦汉审美文化生态的构成因素和秦汉审美文化的发展变化，也只有在大一统的统摄下，才能起到相应的作用，得到恰切的说明。

就大一统与秦汉审美文化生态构成因素的关系来看，秦汉审美文化生态的各个因素，都受大一统的统摄和制约。没有大一统的四海一家、异域同邦、地大物博，根本就谈不到自然环境对秦汉气魄的影响。没有大一统，也就没有诸子思想的整合、地域文化的整合，乃至中外文化的整合。没有大一统，天地人大一统、大和谐宇宙图式也就缺少形成的历史前提和社会基础。没有大一统，就不会造成士的使命和命运的重大变化。没有大一统，就没有当时科学技术的全面发展，就更没有深沉雄大、开拓进取的精神风貌。

就大一统与秦汉审美文化的关系来说，大一统也起着主要的决定的作用。大一统对汉代散文内容和形式的影响就是明显的一例。大一统格局对汉代散文内容有重要的影响。汉代的大一统格局，在某种意义上说是秦代大一统局面的延续。秦汉开创的大一统的局面，是空前伟大的事业，是自西周以后历经数百年才实现的而且远比西周更加幅员辽阔和权力更加集中的统一。把这么辽阔的疆域、众多的人口、强大的国力集中统一起来，加以先秦宽厚深邃的文化积淀，便使人产生了一种移山填海、气吞宇宙的气魄。在散文上，便体现出一种议论恢宏、博大精深的特点。如贾谊《过秦论》虽是说的秦朝，但自有一种纵观古今、通观宇内的胸怀，读之犹如"黄河之水天上来"，体现出汉初朝廷文人高屋建瓴的境界和大一统乐观、自豪的时代精神。

西汉前期，由于继秦之后重归统一，如何巩固这个统一，就成为汉初散文家所关注的一个重要问题和所要表达的一个重要内容，所以这时的名篇名著，大多是总结亡秦经验，为新的统一提供思想与策略。到西汉中期，大一统的局面日益兴盛，藩国逐渐解析消亡，地域文学的人才都向中央流动，当时的国都长安汇集了各方的精英，文化达到了空前的繁荣。这时散文的内容与汉初有所不同。它与空前强大的国势相符，歌颂和表现国家的繁荣强盛，构筑大一统的文化体系。其气度极为恢宏，形式上出现许多鸿篇巨制，涌现出了如董仲舒、司马迁、司马相如那样的大家巨匠。西汉后期，情况有所不同，自元帝以来，纯行儒术，士重师传，习章句之学；文尚模拟，有从容之风，淡化了功利性和开创性，而渐开灾异迷信之端。越到末期阿谀歌颂之文越多，随着大一统统治的危机，散文创作也陷入低谷。东汉前期，虽仍然处在大一统格局之下，但局面却不如西汉前期、中期那么稳固，皇权也不如西汉中期那么集中。此时没有大的战争、激烈的内部斗争和非常的措施，一切显得比较平稳。东汉散文总体上便表现出一种典雅富丽、雍容和平的气度。东汉后期，社会动荡，皇权旁落，外戚宦官交替把持朝政，他们在朝野遍布爪牙，鱼肉百姓，残害忠良，甚至以自己的利益决定皇帝人选，严重危及汉朝的统治。针对这种社会现实，于是产生了社会批判思潮。大批散文以愤激的感情、尖锐的言辞来抨击邪恶，抨击黑暗势力。东汉末期，尤其在董卓入京把持朝政之后，大一统局面分崩离析，皇室摇荡，人民离乱，于是散文内容又一变而为忧国忧民、感怀伤时，成为"志深而笔长，梗概而多气"的乱世之文了。由此观之，两汉散文的内容，深受大一统局面变迁的影响，其发展变化是与两汉兴衰紧密相关的。

大一统格局对汉代散文形式亦有重要影响。在中国历史上，秦汉达到了空前的统一，其散文气魄和规模也远过前代。刘熙载《艺概·文概》说："西汉文无体不备，言大道则董仲舒，该百家则《淮南子》，叙事则司马迁，论事则贾谊，辞章则司马相如。人知数子之文，纯粹、磅礴、窈眇、昭晰、雍容，各有所至。"而阮元则说："大汉之文章，炳然与三代同风。"① 如果说西汉文章无体不备还有点勉强的话，东汉却可以当之无愧。《后汉书》为文体立传，凡有著述者，皆于后一一注明。仅从《后汉书·文苑传》所记载来看，古代各种文体几乎已是应有尽有。

两汉散文文体丰富，且既有宏伟的长篇，也有寥寥数语的短制。文化的发展促进了文体的发展与创制，而文体的发展又反过来推动了散文内容的发展，促进了文化的繁荣。无体不备的散文各种形式适应了大一统社会

---

① （清）阮元：《与友人论古文书》，郭绍虞主编《中国历代文论选》第三册，上海古籍出版社2001年版，第591页。

的需要，也体现了中华民族突出的开拓性与旺盛的创造力。最令人叹服的是那些代表两汉盛世气象和大汉气魄的鸿篇巨制。西汉司马迁立志要"究天人之际，通古今之变，成一家之言"，其《史记》创造了纪传体例，网罗三千年史实于一编，旁贯书、志、诸子百家，洋洋洒洒五十万言，确是前无古人。继《史记》之后，东汉班固又写出了《汉书》，首开断代纪传体例。这两本史学著作气魄宏伟，结构森严，叙述得法，成为两汉文学的压卷之作，以后两千年封建朝廷正史体例，皆不能出其范围，充分证明了这两本史书的体例价值。此外，《盐铁论》《淮南子》《论衡》《世说新语》《春秋繁露》《新论》《潜夫论》《汉纪》《东观汉纪》《风俗通义》等，都是汉代内容充实、体制宏大的作品，体现了汉人"大一统"的气魄和胸怀。①

三 秦汉审美文化生态的多元构成

（一）自然环境的浸润陶染

自然环境是构成特定时代审美文化生态的重要组成部分。秦汉与先秦自然环境的不同，对审美文化特点的形成，起了"润物细无声"的重要作用。

先秦时代诸国林立，各地方都偏于一隅。虽然春秋战国时期，寒士游侠也有机会游走诸国，但毕竟行动不便，尤其是缺少那种海内一家的强烈感受，缺少那种地大物博的豪迈情怀。因此，当时自然环境对审美文化所起的主要作用是形成了各地域的地方色彩。例如楚辞想象瑰丽、热情奔放、精彩绝艳，就明显地打着南方楚地自然环境的印记。刘勰在论及屈原"楚辞"的时候，就明确提出了屈原作品得"江山之助"的看法。

---

① 赵明：《两汉大文学史》，吉林大学出版社 1998 年版，第 826—829 页。

秦汉大一统后，过去分属诸国的领土，归入了一个统一的版图。海内一统，天下一家，可谓疆域辽阔，地大物博。这就打破了以前狭隘的地域观念，更有利于开阔眼界，拓展胸襟，激发人们积极探索、开拓进取的情怀。在客观上为形成囊括宇宙的磅礴气势、纵横天下的壮志豪情，提供了客观自然条件。我们在枚乘《七发》的"观涛"，在《淮南子》面向广大世界的进取激情中，都可以看到自然环境因素的沾溉。最典型的莫过于新的自然环境条件对司马迁创作《史记》所产生的举足轻重的影响。其《自序》云："二十而南游江淮，上会稽，探禹穴，窥九嶷，浮于沅湘。北涉汶、泗，讲业齐鲁之都，观孔子之遗风，乡射邹、峄，厄困鄱、薛、彭城，过梁、楚以归。"他还奉命出使过西南，并多次从武帝出游，足迹遍及祖国各地。他欣赏到了祖国山河的壮丽景色，考察了许多古战场及名胜古迹，收集了大量民间传说、历史轶闻，深入体验了百姓的实际生活，了解了民风、民俗、民情。显而易见，海内一统的自然环境对司马迁《史记》的地蕴海涵、气势磅礴的审美风格的形成起了潜移默化的陶染作用，其流风所及，成为后世文人提高自身的一种模式："壮游"。扩而大之，自然环境的多元合一，也为形成深沉雄大、壮丽辉煌的时代审美文化特点提供了"江山之助"。

关于自然环境对审美的作用，辩证法大师黑格尔曾说过一段颇为辩证的话："我们不应该把自然界估量得太高或者太低，爱奥尼亚的明媚的天空固然大大地有助于荷马诗的优美，但是这个明媚的天空决不能单独产生荷马。"① 同理，秦汉地域大一统，确实对形成时代雄丽的审美风貌起到了重要作用；但这个地域大一统绝不能单独产生秦汉审美文化，对秦汉审美文化影响更大的还有诸多不可忽视的因素。

---

① ［德］黑格尔：《历史哲学》，王造时译，商务印书馆 1963 年版，第 123 页。

（二）科学技术的骄人成就

秦汉时代是中国古代大一统文化的第一个鼎盛期。传统的科学技术如农业、医学、天文历法、数学等自然科学和铸铁、造纸等生产技术，在这400年间形成了自己成熟的、独特的体系。不仅较之战国时代有重大发展，而且居于当时世界的前列。秦汉时代的地理学、水利工程、耕作技术以及丝织、漆器、陶器等制造业也都取得了令世人瞩目的成就。今天，我们站在秦汉人留下的多种令人赞叹称赏的珍贵文物面前，那充满了世俗情趣的彩绘陶俑，那显示着力量和气势的石雕，那工艺精巧的错金铜博山炉和那企图保持尸体不朽的金缕玉衣，那举世闻名的汉镜，光泽如新的漆器，以及那些历史废墟、帝王陵墓、贵族墓葬中琳琅满目的器物，都与当时的科技水平有着千丝万缕的联系，足以引发无尽的历史怀想。

（三）空前统一的民族与国家

秦汉辉煌灿烂的文化成就，是在空前统一的民族与国家的基础上取得的。早在先秦时代，作为汉民族前身的华夏族，在其漫长的发展中即经历了起源、形成和发展的几个阶段。到了战国时期，内迁至中原的各族已经与诸夏融合，而海岱江淮间的东夷、淮夷与吴越也都先后与华夏融为一体。战国七雄兼并，从华夏民族史看，乃是华夏民族的兼并与统一。战国时代虽已实现了华夏大认同，形成了稳定的民族共同体，但是地域差异仍很明显，许慎《说文解字·叙》说："战国时分为七国，田畴异亩，车途异轨，律令异法，衣服异制，言语异声，文字异形。"即说明了当时经过民族大迁徙达于大融合的华夏民族，仍存在着地区差异。

秦灭六国，创建了中央集权制的国家，在华夏民族已形成了稳定的民族共同体的前提下实现了大一统，汉继秦，成为统一的多民族中国形成的开端。在国家统一的历史条件下，华夏不仅发展成为统一的民族，而且确立了统一的多民族中国主体的地位，尔后在统一多民族中国的继续发展中，成为一个至关重要的凝聚核心。由于汉代的历史影响深远所至，人们便将华夏族称改为汉人族称。

汉人的分布地域在秦汉时代实现了完全统一。汉族共同的经济生活，在秦汉时代得到了很大发展。具体表现在小农经济的定型化，度量衡与货币的统一，公共水利的兴修，官修道路网和政治经济文化中心的形成等重要方面。秦汉时期实现了汉文字的统一并逐渐规范化，这是汉族已形成统一民族的一个重要的标志。中央集权君主制，使官制、律令、田制等都进一步体系化，不仅成为汉人社会的基本的国家制度，而且发展为统一的多民族中国的国家制度。到汉代，以汉人郡县地区为主干、民族地区为边疆的地理观念已确定。社会法典化的思想在汉民族中形成。它是汉民族中统治阶级的思想，因而也是处于一定历史阶段上汉民族的占统治地位的思想。秦始皇曾试图以法家思想统一全国，汉初曾盛行黄老学说，汉武帝时期，适应国家大一统的需要，汉武帝促进了统治思想的法典化，推出了"罢黜百家，独尊儒术"的政策，确立了儒家学说的统治地位。这种社会法典化思想的形成，不仅对汉人社会历史而且对整个中国社会历史发展都产生了极为深刻的影响。民族宗教在秦汉时代已形成。先秦尊天敬祖的宗教观念，在汉代仍广为流传，祭天与祭祖，为最重大的宗教礼仪活动。作为民族宗教的道教，在汉代正式形成，佛教亦在此期间由印度通过西域传入中土，对汉民族和中国各民族的文化、宗教信仰、习俗等，都产生了深远的影响。《史记》的出现是汉民族形成、民族历史意识成熟的产物。《史记》不仅把民族的来源归结为同出黄帝的统一谱系，而且是从黄帝一直叙述到汉武帝的通史。

秦汉时代民族大认同和疆域的扩大，引起了人们对传统的"内中华，外戎狄"种族观念的突破与更新。各民族之间的经济文化交流也盛况空前，中华民族在秦汉时代达到了空前的融合与发展。①

（四）多元多重的文化整合

秦汉时期在空前统一的民族国家和大一统政治格局建立的基础上，进行了包括诸子之学的整合、地域文化的整合、民族文化的整合和中外文化的整合等多元多重内容的文化整合，从而在文化上结束了战国以来诸子纷争，道术为天下裂，地域文化并峙，不同民族文化对立的局面。在中华民族内部，形成了兼容统一、多元整合的大一统文化，在对异域文化的吸纳融合上也拓展出前所未有的新局面。

诸子之学的整合。秦汉文化带有明显的综合、创造特色。尽管从先秦学派传承上汉代很多思想都有学术渊源，但他们共同的特点是注重融会贯通，博采众家之长，形成自己的思想体系。汉武帝"罢黜百家、独尊儒术"以前，贾谊、刘安、司马谈、司马迁等都体现了这一特色；即使董仲舒，也是于儒家之外，吸纳了阴阳、道、法等思想。罢黜百家，独尊儒术后，这一特色仍很明显：严遵、刘向、扬雄、班固、王符、王充等都不同程度地注重并吸收诸子之学。汉代的确显示出整合的创造，在开辟中国古代社会大一统的思想文化道路上，做出了巨大的贡献，产生了重大的历史影响。

历来都以经学概括汉代的政治思想，把经学视为汉代学术思想的特色，这是不十分确切的，甚至是皮相的。经学固然因为成为官方统治思想而跃居重要地位，但在汉代，"从开始到终结，在经学之外都存在着丰富

---

① 赵明：《两汉大文学史》，吉林大学出版社1998年版，第4—10页。

多彩的学术思想，表现出与经学迥异的思想风貌，其中有些成就还是划时代的，有些是颇有重要价值的"①。就是经学本身，也不能简单化评价，而应置其于特定的历史语境之中，给予具体的历史的分析。确切地说，汉代的思想乃是多元中的整合，而究其主流，又是儒道思想的融通，是以儒道互补为基础，以儒为主干，吸纳诸家进行的整合中的创造。

地域文化的整合。秦汉多元整合的大一统文化的形成，一方面表现在以儒道为主干整合百家之学上，另一方面又表现在地域文化特别是南北文化的整合、南北文化进一步的交流上。先秦时代，地域文化丰富多彩，风格各异，互相影响，交相辉映。但战国中后期，这些地域文化随统一大势向着整合的方向演进。从总体上看，异彩纷呈的地域文化可大略分为以中原文化为基干的北系和以荆楚文化为主体的南系。如果说北方中原文化是"黄河文化"的话，那么，以荆楚文化为代表的南方文化则可以说是"长江文化"。从华夏文明形成的历史看，"黄河文化"奠基溢彩于前，"长江文化"则扬波辉煌于后；从基本性质和主导倾向看，体现中原理性精神的北方"黄河文化"更侧重于"儒"；体现荆楚神话艺术传统的南方"长江文化"则更侧重于"道"。在秦汉这个文化整合、会通的伟大时代，在整合百家思想上确立了儒道互绌与互补的格局；在汇通地域文化上完成了由"江河汇流"而实现的中原理性精神与南方神话艺术传统的比翼齐飞。儒与道，"江与河"（即南北），理性与艺术，历史与神话，它们从不同的层面或侧面体现了汉代所形成的多元整合的文化机制。在这种文化机制中，代表北方文化的儒家思想与代表南方文化的道家思想的相绌与互补，深入文化艺术的各个方面，不仅两汉时代各时期学术思想的发展体现了儒、道绌补的主流，而且文学与艺术、诗歌与绘画，也都在与儒、道相关的北方

---

① 祝瑞开：《两汉思想史》，上海古籍出版社 1989 年版，第 5 页。

理性精神与南方神话艺术传统的整合中发展，一方面是现实世界的世俗生活、伦理教化及其体现的各种形象，另一方面则是充满了幻想的神话世界及其体现的斑斓图景，二者并行不悖地混合在汉人的意识观念和艺术世界中。秦汉时代，无论是学术还是艺术，都体现了兼容、整合的特点。战国时代打破了古代文化的沉寂，思想上进入了一个"冲突期"，秦汉时代则在文化上进入了"融合期"，经过战国到秦汉的冲突、融合，中华民族多元文化真正完成了整合。秦汉时代多元整合的大一统文化，不仅显示了有容乃大的民族精神，同时体现了中国文化价值的基本取向。[①]

中外文化的整合。开拓进取、宏阔包容的时代精神作用于中华文化共同体内部，激发了文化艺术的全面繁荣；作用于共同体外部的广阔世界，大大促进了中外文化的相互融通。秦汉时代，中华文化从东、南、西三个方向与外部世界展开了多方面、多层次的广泛交流。在这一双向运动过程中，中华文化初步确立了自己在世界文化系统中举足轻重的地位，同时也多方吸收了外部文化的宝贵营养，激发了自身机体的蓬勃生机。

（五）开放进取的精神风貌

一定历史时期人们的精神风貌是该时期社会生活的折光，是人们深层社会心理的外在流露，它们构成了一定历史时期精神气候的主要内容，是审美文化生态的重要方面。

秦汉主要处在我国奴隶制社会发展的鼎盛时期[②]。统治阶级基本上还处于一个勇于开拓、颇有作为的阶段。因此秦汉人的精神风貌，总起来看是开放宏阔、积极进取、刚健笃实的，其中有许多反映秦汉人的精神特

[①] 赵明：《两汉大文学史》，吉林大学出版社 1998 年版，第 21—24 页。

[②] 关于中国社会历史分期中中国何时进入封建社会的问题，学界先秦封建说（春秋说、战国说等）、秦汉封建说、魏晋封建说并存。本文取魏晋封建说。

质，反映"中国的脊梁"的东西。这里主要从建功立业的大丈夫气魄、任侠尚武的刚烈风气、真率冲动的豪放性情、维护自尊的人格特点、讲气节重信义的伦理情操和开放松弛的两性关系诸方面勾勒出秦汉精神风貌的大体轮廓。这种勾勒，只是秦汉时代人们精神风貌的一幅简略的、静态的平面图画。实际上，从纵向看，秦汉人的精神风貌并非一以贯之，而是随社会大趋势的发展变化，大体经历了由雄放粗豪到温俭精细，由任侠尚武到崇儒重文的历史变化。但这种变化在四百余年的历史长河里毕竟是微乎其微的，秦汉在总体上仍然是一个完整的文化时代，有着相似的精神风貌和精神特质。这种精神风貌和精神特质不仅为秦汉文化提供了成长壮大的精神氛围或精神气候，而且为其独特风貌奠定了价值论和心理学的雄厚基础。

（六）阴阳五行的宇宙观或思维模式

秦汉是我国历史上一个多种文化百川归海、整合会通的时代。它进行了先秦诸子文化的整合、地域文化的整合和中外文化的整合等多重文化的整合，形成了天地人大一统、大和谐的思想文化体系。这种早在春秋战国就已开始的走向大一统的新的思想融合，在宇宙论方面表现得尤为突出。《管子》《庄子》中的气的思想，《老子》《庄子》中的道的思想，《周易》中的阴阳思想，《尚书·洪范》和邹衍的五行思想，通过《吕氏春秋》，经过《淮南子》，到《春秋繁露》，气、阴阳、五行、十端，终于融合成一个统一的宇宙理论。整个宇宙可以从整体上把握为一，又可以从基质上把握为二（阴阳），还可以把握为四（四时、四象）、五（五行），扩展为八（八卦）、为十（十端），衍为六十四（六十四卦），为万物，构成了一个有秩序、逻辑、层次又可伸缩、加减、互通、互动的整体。这特别明显地在五行层次上透露出来。依照木、火、土、金、水五行的对应顺序，色有青、赤、黄、白、黑，味有酸、苦、甘、辛、咸，音有角、徵、宫、商、羽，季节有春、夏、长夏、秋、冬，方位有东、南、中、西、北，位置有左、上、中、右、下，情有怒、喜、思、忧、恐，内脏有肝、心、脾、肺、肾，道德有仁、礼、信、义、智，神有句芒、祝融、后土、蓐收、玄冥，帝有太皞、炎帝、黄帝、少皞、颛顼……在这里我们看到一张宇宙的相互联系网络图。它既有竖直向上的种类事物（天文、地理、时间、空间、颜色、声音、气味、人体、道德、鬼神等）的分门别类的联系，又有横向跨越事物分类而从根本性质（五行）上的交通，正是在这个基础上，构成了生理与心理的相通，情感与道德的互渗，色、声、味的趋同，自然与社会的互动，时空的合一，抽象与具体的互转，人与鬼神帝的同质，一句话，天人的互通互感。特别要强调的是这个宇宙体系，不纯是一个自然界的体系，而是把社会、政治、道德、法律、文艺融入其中的天人互动体系。在《史记·天官书》和《黄帝内经》里，我们还可以看到气、阴阳、五行、八卦、万物在天文和人体中详尽的展开。

汉代的这种气、阴阳、五行、八卦、万物互感互动的宇宙图式既为汉代艺术容纳万有的特点提供了哲学基础，又为其大气磅礴奠定了内在逻辑构架。①

（七）"大一统"下士的使命和命运

"士"在先秦时代崛起后，就在政治与文化这两方面扮演了双重的角色：他们既是支撑着古代官僚制度的骨干力量，"学而优则仕"成为官僚的后备军，同时，又在物质生产与精神生产的分工中担负了精神文化包括审美文化的创造与传播的主要任务，所以中国审美文化与士的关系极为密切。

---

① 彭吉象：《中国艺术学》，高等教育出版社 1997 年版，第 28—29 页。

　　秦汉大一统时代，士阶层已成为与政权建设和文化选择密切相关的力量，为专制君主所特别重视。由秦汉开始的适应于大一统政治局面而形成的官僚制的政治结构和文官行政制度，为士阶层在政治和文化上发挥其作用提供了现实条件，但秦王朝统治时间短暂，实行极端专制主义，"以吏为师"，专任法术之学，打击甚至坑杀非议执政的儒士，未能有效地行使文官行政制度，以维护大一统的统治。而汉代统治阶级则有效地行使了文官行政制度，重视士在政权建设和文化建设中的作用。两汉士人是在天下一统、国家强大、君臣之序分明的形势下从事政治、文化活动的。一方面，他们的视野和胸怀比前人更开阔，在思考的眼光和任重道远的志向上、在功业的追求和坚韧不拔的毅力上，已大大超过了先秦士人。统一强盛的帝国，比以往任何时候都更能激发士人立功立言的人生追求。因而，他们自然会情不自禁地歌颂那个给他们提供了建功立业舞台的大一统时代。但是另一方面，皇权专制政治与帝王驭士之术，又极大地压抑了士的个性，限制了他们才能的发挥。就在士人通经致仕得到恩遇的同时，却被夺去了他们往昔的自由与风采而成为秩序井然的大一统政治中的一种工具。特别是在专制皇权政治中，不仅君主个人的素质对士的遇与不遇、进退出处起着决定性的作用，而且，政治中的多种因素直接影响着士人的命运。因而，"悲士不遇"作为渴望建功立业的另一种情绪和声音，不仅鸣响于汉家盛世，使董仲舒、司马迁等人均抒发了这种"莫随世而轮转""慎志行之无闻"的悲愤，而且，东方朔、扬雄、班固等更以自嘲的形式，深刻揭露了大一统时代士的两难命运，其中东方朔的《答客难》揭示了战国士人与汉代士人处于完全不同的社会环境，苏秦、张仪之辈之所以"身处尊位"，是因为他们生活在一个"得士者强，失士者亡"的诸侯争霸的时代，其才干有充分施展的机会；而在天下一统、诸侯慑服的汉代，一切都秩序化了，都在高度集权而又法典化了的轨道上运转，逸出这个轨道，就会大祸临头，在这种情况下，士的个人作用自然难以发挥。而且专制的皇权政治，秩序分明的社会，使帝王具有无限的权力，士与帝王的关系，如东方朔在《答客难》中所说："尊之则为将，卑之则为虏，抗之则在青云之上，抑之则在深泉之下，用之则为虎，不用则为鼠。虽欲尽节效情，安知前后？"汉武帝时主父偃由被重用到被杀，司马迁因李陵之祸下狱惨遭宫刑，都是显例。专制皇权政治中士人的这种命运，使一些人产生了"隐退自保"的心理，东汉张衡的《归田赋》，更向往怀慕山林田园的幽趣，以逸情林泽表现对政治的回避。由建功立业的豪情，到"悲士不遇"的感喟，再到退隐不仕的人生选择，这反映了皇权政治中士人依违两难的处境。

总之，中国古代大一统社会中士与政权的关系，是在秦汉时代奠定的，秦汉士人既有建功立业的用世求仕之志，又有避祸全身的出世栖隐之想。仕与隐的结合，是士人常规的心理意念，反映了这一阶层的人生观、价值观的基本特征。中国古代士大夫的那种儒道互补的人生观，亦由秦汉士人的政治文化践履而奠定。①

（发表于《山东师范大学学报》2006 年第 6 期，人大报刊复印资料《美学》2007 年第 3 期全文转载）

---

① 赵明：《两汉大文学史》，吉林大学出版社 1998 年版，第 39—43 页。

壮丽：秦汉审美文化的审美理想

审美理想是审美意识对最高层次的美的宏观概括，表现为通过长期意象积累而相对稳定地凝聚在观念之中的一种审美精神模式，反映了审美主体对审美最高境界的自觉追求。它与审美精神、审美性质、审美风格、审美趣味和审美形态等范畴有着深层的内在的多方面的联系。就总体来看，壮美是中国古代前期美学或审美文化的审美理想。然而，除魏晋南北朝大体可归入优美并成为中国古代美学后期优美理想的前奏或序曲外，中国古代社会前期至少包括先秦、秦汉和隋唐（中唐以前）几个大的历史阶段。既然这些历史时期都属于壮美的历史范畴，那么，它们的总体联系和区别何在？秦汉审美文化的审美理想或总体审美风格、性质、风貌应如何概括？20 世纪初，鲁迅先生曾提出"闳放"和"深沉雄大"的看法①，闻一多先生则作了"凡大为美"或"以大为美"的概括②。近年，学界又先后

---

① 鲁迅：《坟·看镜有感》，吴子敏编《鲁迅论文学与艺术》（上册），人民文学出版社1980年版，第144页。

② 郑临川：《闻一多论古典文学》，重庆出版社1984年版，第65页。

提出了"现实主义"说①、"浪漫主义"说②、"厚朴"说③、"粗豪"说④、
"丽"说⑤等观点,都从不同侧面丰富和深化了对这一问题的认识。但笔者
认为,这些观点尚未全面合理地概括秦汉审美文化的审美理想。从审美理
想的内在精神和外在表现形态的总体而言,它们审美理想的异同大体可用
先秦"壮朴"、盛唐"壮浑"和秦汉"壮丽"来概括或表述。相对于先秦
"壮朴"、盛唐"壮浑",秦汉审美文化的审美理想或总体性质、风貌应是
"壮丽"。本文拟对此略述己见。

一 秦汉之"壮"

关于秦汉审美理想之"壮",自鲁迅先生提出"深沉雄大"和闻一多
先生提出"以大为美"以来,学界多沿用此说,所论已极为充分,而且鲜
有歧论。为此,本文不拟用详举法对秦汉审美文化的主要方面——论述,
这里仅对秦汉审美理想之"壮"的具体表征"大""全""满""溢"四个
方面及其融合所形成的一种独有的"气势"略作论析。

(一) 说"大"

秦汉是尚大的时代,"以大为美"是时代的主旋律。各种各样的艺术
形式都以不同的方式表现出"大"的风采。

空间的巨大是秦汉建筑的一大特点。西汉长安城面积约 36 平方千米,
其中宫苑面积超过全城总面积的 1/2,是明清紫禁城面积(约 0.7 平方千

---

① 李浴:《中国美术史纲》(上卷),辽宁美术出版社 1984 年版,第 361—362 页。
② 李泽厚:《美的历程》,天津社会科学院出版社 2001 年版,第 114 页。
③ 尤西林:《有别于美学思想史的审美史——兼与许明商榷》,《文艺研究》1994 年第 5 期。
④ 李珺平:《汉代审美精神的底蕴是什么?》,《湛江师范学院学报》1994 年第 1 期。
⑤ 王钟陵:《中国中古诗歌史》,江苏教育出版社 1988 年版,第 24—25 页。

米）的 20 多倍。秦兴乐宫"周回二十里"①，汉未央宫"周回二十八里"②，汉建章宫"周回三十里"③，汉昆明池"周匝四十里"。而清代圆明园中的太液池"南北匝四里，东西二百余步"。考古发现也证明了秦汉建筑的巨大。陕西省兴平市田阜乡侯村秦汉宫殿遗址的主体部分长 1.1 千米，南北宽 400 米。从侯村宫殿遗址区："沿渭水向西探去，每隔 7.5～10 公里便发现一处类似内含遗址区，目前共找到 6 处，连接兴平、武功、杨陵两县一区"，"6 处秦汉宫殿遗址区皆位于古都咸阳城周围 200 里范围内，分别距渭水 1～2.5 公里，形成交通地理上的'姊妹'连接关系，沿渭水西去可直接通秦汉两代皇帝祭天之处——秦故都雍城"④。

秦汉雕塑"大"的代表可推秦始皇陵兵马俑。秦陵兵马俑，人马的形体高大。俑人高约 1.85 米，马高约 1.7 米，这在中国雕塑史的陶俑塑造上，是空前绝后的。更重要的是秦陵兵马俑整体所形成的大。近万尊高大的塑像构成一个宏大的整体，其气势之磅礴，也只有万里长城和秦汉宫殿才能与之相比。具有 1500 多年历史的敦煌莫高窟，现存的塑像才 2400 多尊，而秦朝仅 15 年历史，在创造了一系列惊天动地的地上奇迹的同时，还创造了这一地下奇迹：一个世界上最庞大的地下雕塑群⑤。

作为一代文学之正宗的汉赋，则把这"以大为美"推向高峰。闻一多先生说汉赋"凡大必美，其美无以名之"⑥，确实揭示了汉赋最基本的审美特征。所谓"以大为美"，大体包括了题材和表现形式两方面的内容。在题材内容上，汉赋的"以大为美"表现在以下两点。第一，追求对表现对象描写的全面性或完整性。此点下文将着重论及，此处不赘。第二，选取

---

① 何清谷：《三辅黄图校注》，三秦出版社 2006 年版，第 52 页。
② 同上书，第 135 页。
③ 佚名撰，张澍辑，陈晓捷注：《三辅旧事》，三秦出版社 2006 年版，第 26 页。
④ 《乾县发现秦甘泉宫和梁山宫遗址》，《光明日报》1988 年 5 月 19 日第 3 版。
⑤ 彭吉象：《中国艺术学》，高等教育出版社 1997 年版，第 35 页。
⑥ 郑临川：《闻一多论古典文学》，重庆出版社 1984 年版，第 65 页。

高峻壮大的外在事物作为描写对象。汉赋所攫取的总是大而又大的物象，即使采撷小的物象也是作为"大"的反衬而存在的。高峻壮大的事物，本身就有一种震人心魄的"大美"，它们在赋家的笔下更令人惊心动魄。似乎描绘了这些高峻壮大的事物，就能更好地显示出汉代人那种"力拔山兮气盖世"的力量。这从一个方面，透露了汉人以大为美的追求。

在艺术表现形式上，汉赋也在诸多方面表现出以大为美的特色。第一，在篇幅上，体制巨大。汉赋给予人们最直观的印象和感受是其体制之大，后来的"五绝"简直无法和它相提并论。"大就是美"成为审美的体式规范和定向。

第二，在表现手法上，汉代赋家多采用夸饰等手法。刘勰在《文心雕龙·夸饰》中，对汉赋的夸张作了很好的描述，他说："自宋玉、景差，夸饰始盛。……至如气貌山海，体势宫殿，嵯峨揭业，熠耀焜煌之状，光采炜炜而欲然，声貌岌岌其将动矣。莫不因夸以成状，沿饰而得奇也。"这种极度的夸张，非常明显，就是要突现出对象的"大"：面积大，体积大，高不可攀，峻不可上，无以复加，从而达到"以大为美"的艺术完成。对此刘熙载《艺概·赋概》说得好：

> 赋起于情事杂沓，诗不能驭，故为赋以铺陈之。斯于千态万状，层见迭出者，吐无不畅，畅无不竭。《楚辞·招魂》云："结撰至思，兰芳假些，人有所极，同心赋些。"曰"至"曰"极"，此皇甫士安《三都赋序》所谓"欲人不能加"也。

第三，在语言上，汉赋多喜用"巨""大""壮""最"之类的形容词和百、千、万等概指数量词等。概指数词在特定的审美环境中具有不确定的功能。然而，愈是不确定，则愈见其多其大。语言是思想的直接实现，是思维和意识的特质的表现，对语言的占有就是对现实的占有。汉赋中用这些表示极度"大"的词语，正是"以大为美"的意识的表现；从另一方面来看，这些词语也确实完成了构筑大美的任务。

（二）论"全"

"全"至少表现在秦汉审美文化内容和形式两个方面。

就题材内容来看，与囊括宇宙、总揽人物、牢笼天地、容纳万有的宇宙观念相表里，秦汉审美文化的题材琳琅满目、五彩缤纷，几乎无所不包。在我们面前展现了一个穷极天地、囊括古今、浑融万物的审美世界。比如汉画像石、砖基本上都是从上到下的神话、历史、现实的画面结构，都是由神话灵异系统、历史人物故事系统和现实社会生活系统三大系统构成的。三个系统共生于一壁或几壁，形成了时空合一、天上地下共存、过去现在未来互通的囊括宇宙的风神。这些作品以"我"（墓主人）为主线，尽可能多地表现世界的多层联系，尽可能多地表现一种"容纳万有"的思想，在有限的祠墓空间里，按宇宙模式进行典型概括，使宇宙之大、万物之众，尽收画里。

秦汉众艺杂陈的百戏也具有"全"的特点。气概雄奇博大，生动地展示了"以巨为美，以众为观"的大文化气魄。至于"贪大求全"的汉大赋，在"全"（全面性）上达到了汉代艺术的极致。汉赋的"以大为美"，其实就包含着"以全为美"。汉赋追求对表现对象描写的完整性或全面性。司马相如说："赋家之心，包括宇宙，总揽人物。"意思是说赋家作赋追求的是对世界整体的完整把握和全面表现。汉赋的创作实践和代表作品都确认了这一点。就汉赋整体来说，其内容之广泛可说无所不包。就一篇赋来说，也是如此。写山川，一定要把特定范围内的山川包容无遗；写田猎、歌舞，也一定要极完整地叙述整个过程；无论什么时空中的事物，只要被涉及，都要穷形尽相，写得完整无缺。司马相如的《子虚赋》《上林赋》就是这种"赋家之心""包括宇宙"的典型代表。咏物赋也可作为描写具体事物之"全"的典型例证。这种追求，反映了秦汉人审美上的博大气魄，表现了他们征服和占有一切的欲望和激情。

（三）析"满"

"大"而"全"，就不能不"满"，就不能不表现出"满"的效果。例如秦汉建筑，巨大的空间里总是填塞得满满的。据《三辅黄图》，未央宫里就有金华殿等23殿，建章宫则有26殿。杜牧《阿房宫赋》说阿房宫"五步一楼，十步一阁，廊腰缦回，檐牙高啄，各抱地势，钩心斗角。盘盘焉，囷囷焉，蜂房水涡，矗不知其几千万落"。是否夸张，已无从考据，但它准确地抓住了秦汉建筑"大"而"满"的特点。汉代建筑之"满"，一体现在长安内外的宫之多，二体现在一宫之中的殿观楼阁之多，三体现在一殿一楼从座基到顶部的雕刻镂画装点之多，四体现在建筑内部的镂画装饰之多。汉代建筑，从外到内，从空间的容纳到时间的流动，都向你展现出一个琳琅满目的世界。

满也是汉画像石、画像砖的一个特点。任一石、任一砖，画面总是塞得满满的。不但整个画面要填满，画面中的任一行格也要填满。古代圣王的一排，要排满，车马的出行要从一端接满到另一端。满是代替多，是代替无限。人物一直排列过去，给人以无限之感。车马从头走到尾，给人以无限之感。《弋射图》中，大鱼一条条满满地横着，给人无限之感；天上的鸟一行行多方向飞去，给人以无限之感。满表明了汉的审美趣味是尽量多，多多益善，有一种占有的兴奋。满也意味着汉代对无限的把握不是一种虚灵的体味，而是一种具体的观赏。因此，尽管是神话，也被画得如此具体，尽管是历史是传说，也如在目前，栩栩如生。汉赋的铺陈排列，要达到的就是汉画像的"满"的效果，通过"满"来达到对天地万物的穷尽。但赋作为一种文学式样，它的穷尽万物的满的铺陈，一个很大的特点，就是只能通过文字来实现。因此汉赋对万物的占有又表现为一种对文字的占有。读汉赋，就像读百科词典，更像进博物馆，真是琳琅满目，令人目不暇接。它是要占有万物、穷尽宇宙的具体体现，但是这种占有穷尽不是抽象的把握、哲学的体味，而是具体实在的占有，要慢慢地品味，仔细地赏玩。这就造成了建筑的大、容纳的众，以及画像和汉赋的"满"，而一种恢宏博大的时代气派就在这"满"中体现出来了。①

（四）评"溢"

满到极致，满到不能再满，就自然而然地给人以"溢"的审美感受，形成"溢"的审美效果。比如汉代绘画，画面饱满充盈，几乎不留空白，物象铺天盖地、密密匝匝，满幅而来，似欲从框内而出。汉代简牍书法是"戴着脚镣跳舞"，在空间狭窄的有限简面上笔走龙蛇，极尽腾挪舒展之能事，造成一种奔放不羁的大气势，似要脱简而走。方寸肖形印，不仅整个画面被填充无余，而且形象栩栩如生，其意态之飞动、气势之磅礴，简直就要裂石而出。汉代舞蹈则在"蹑节鼓陈"，"在山峨峨，在水汤汤，与志迁化"的形神（意）交融中，"舒意自广""游心无垠"②，使有限的舞姿，传达出无限的情意。至于极尽铺采摛文、穷形尽相之能事的汉赋，更必然表现出一种"光彩炜炜而欲然，声貌岌岌其将动"的天风海涛般的力量和海倾洋溢般的气势。晋代挚虞曾指责汉赋有四过："假象过大，则与类相远；逸词过壮，则与事相违；辨言过理，则与义相失；丽靡过美，则与情相悖。"③ 这"四过"，从艺术规律的积极意义上看，其实就是汉赋不可替代的特点，就是其审美效果上的"溢"。

大、全、满、溢的融合使秦汉艺术显示出充实丰盈、地蕴海涵、饱满

---

① 彭吉象：《中国艺术学》，高等教育出版社1997年版，第40、44—45页。

② （汉）傅毅：《舞赋》，费振刚等辑校《全汉赋》，北京大学出版社1993年版，第281页。

③ （西晋）挚虞：《文章流别论》，严可均校辑《全上古三代秦汉三国六朝文·全晋文》卷七十七，中华书局1958年影印本。

厚重、深沉雄大的特色，形成一种独有的气势。一往无前、不可阻挡的气势、运动和力量，构成了汉代艺术的美学风格。它与六朝以后的安详凝练的静态姿势和内在精神，是何等鲜明的对照。汉代艺术那种蓬勃旺盛的生命，那种整体性的力量和气势，是后代艺术所难以企及的①。因为秦汉的"尚大"不仅仅是崇尚形体巨大、数量众多，更重要的是要显示出一种趣味之大、力量之大、胸怀之大、气魄之大。它体现的是秦汉人的外向开拓、进取、征服和占有，是对囊括宇宙、容纳万有后的喜悦和细细的玩赏，是对自身力量的感性确证和热情讴歌。而就在这玩赏、确证、讴歌中，一种巨大的时代精神气魄和一种独有的气势就显现出来。贾谊在形容秦的抱负时，用过一段排比文字，非常恰切地概括了秦汉审美理想的核心特点：席卷天下，包举宇内，囊括四海，并吞八荒。秦汉所谓"尚大"崇尚的就是这种宏阔胸怀和雄大气势。壮哉！

二 秦汉之"丽"

对于秦汉审美理想之"丽"特别是其与"壮"之联系，以往鲜有学者进行较全面系统的探讨，而这一方面实际上是秦汉审美理想总体上区别于先秦"壮朴"和盛唐"壮浑"的关键性内容。因此，笔者拟从秦汉审美文化理论形态的美学思想、感性形态的文学艺术和生活形态的行为风尚三个方面对此重点论析。

（一）秦汉审美文化理论形态对"丽"的确认

1. 汉赋理论对"丽"的确认

"丽"是汉赋理论的一个主要概念，是汉代文学理论的热点和焦点。

---

① 李泽厚：《美的历程》，天津社会科学院出版社 2001 年版，第 135 页。

在丽的问题上，不管持否定论还是肯定论，都把"丽"作为艺术形式美的观念加以认可和运用。扬雄作为辞赋大家和理论家，在对赋的概括性评价中提出了"诗人之赋丽以则，辞人之赋丽以淫"①。不论是"丽以则"还是"丽以淫"，都以丽为审美概念，以丽作为形式审美的指称而加以认定。扬雄以"雾縠之组丽"②的璀璨生辉来比喻赋的文采美。这种半透明的华丽织锦，云蒸霞蔚，炫人眼目。丽追求鲜明强烈的审美感觉而使人心荡神摇，犹如桓谭在《新论》中所喻示的"五色锦屏风"之美。司马相如高度赞赏丽的美感，"合纂组以成文，列锦绣而为质，一经一纬，一宫一商，此赋之迹也"③。这里，以锦绣为质地，以艳彩为文饰，质文整体如经纬宫商那样交错辉映、和谐统一，锦上添花更突出耀艳灿烂的绮丽之美，并指明这是赋体艺术美的形态特征和辞赋创作的必由之路。丽不仅以美物相喻，而且以美人相喻。扬雄就说"女有色，书亦有色"，把辞赋的文采之美与女色之美相比拟。这种大胆而恰当的比喻正是抓住了两者之艳丽的共同点，表现出敏锐的审美眼光。丽的艺术形式美与美人的丽质艳色的感性体态美同样使人感到审美愉悦。丽包含着大美，形态上要求气势浩荡、气概雄浑和气象万千，有空间开放感。丽又包含着精美，质感上要求精美绝伦、精致灵巧和精微超妙，有错综彪炳感。大美和精美的整合圆融，正是"沉博绝丽"，美轮美奂。丽作为纯粹意义上的美，最重要的意义是开始自觉地以美来规定文学自身，引发了寻求文学本身审美特征、美学价值和摆脱儒家风教说、讽喻论束缚的努力，开启了艺术本体问题的美学思维路向，导向重视艺术形式美的合法地位，促进了对艺术的内容与形式关系的认识。可以说，在汉代"丽"作为审美概念已经受到普遍重视，作为纯粹

---

① （汉）扬雄：《法言·吾子》，《诸子集成》，中华书局 1954 年世界书局影印本。
② 同上。
③ 《西京杂记·百日成赋》卷二，《四库全书》，上海古籍出版社 1987 年版。

美学意义的观念形态得到理论确认①。

2. 其他艺术理论对"丽"的确认

虽然秦汉时代各艺术形式还没有彻底分化，且没有达到全面成熟，但主要类别已走向自觉。除赋论、书论、诗论、乐论已有专门的理论著作外，舞论、画论也在描绘艺术形象时表达了作者对文艺的精辟见解，从不同角度、在不同程度和意义上，普遍表达了对"丽"的确认。对于文学，王符《潜夫论·务本》指出："今学问之士，好语无之事，争著雕丽之文。"对于宫殿建筑，汉初萧何说："天子以四海为家，非令壮丽，亡以重威，且亡令后世有以加也。"② 东汉王延寿《鲁灵光殿赋》在描绘灵光殿的高大巍峨、雄伟壮观时说："迢峣倜傥，丰丽博敞。""何宏丽之靡靡。"对于皇家苑囿，司马相如《上林赋》说："君未睹夫巨丽也，独不闻天子之上林乎？"对于书法，蔡邕《九势》说："藏头护尾，力在字中，下笔用力，肌肤之丽。"③ 用"丽"或"肌肤之丽"形容书法，颇为奇怪。对此，沈尹默先生作了精辟的分析：这两句话，乍一看来，不甚可解；但你试思索一下，肌肤何以得丽，便易于明白。凡是活的肌肤，它才能有美丽的光泽；如果是死的，必然相反地呈现出枯槁的颜色。有力才能活泼，才能显示出生命力，这是不言而喻的事实。沈尹默先生是从书法表现力的美、生命之美的内在要求揭示"肌肤之丽"的美学内涵的。我们认为蔡邕所以用"丽"来表达书法美学思想，明显受到汉代崇丽的时代氛围的影响。对于音乐、舞蹈，《淮南子》说："不得已而歌者，不事为悲；不得已而舞者，不矜为丽。歌舞而不事为悲丽者，皆无有根心。"④ 傅毅《舞赋》描绘舞女

① 黄南珊：《"丽"：对艺术形式美规律的自觉探索》，《文艺研究》1993 年第 3 期。
② （汉）班固：《汉书·高帝纪》，中华书局 2005 年版。
③ （汉）蔡邕：《九势》，《历代书法论文选》，上海书画出版社 1979 年版，第 6 页。
④ （汉）刘安《淮南子·诠言训》，刘文典《淮南鸿烈集解》，中华书局 1989 年版。

服装时说："姣服极丽。"在描述完精彩绝伦的舞蹈表演后写观者的感受评价时说："观者称丽，莫不怡悦。"

（二）秦汉审美文化的感性形态（艺术）对"丽"的表现

1. 汉赋及其他文学样式对丽的表现

丽是汉赋的根本审美特征。汉大赋的丽美是一种强烈的巨丽、宏丽、靡丽、遒丽之美。它的最突出特色是繁富铺陈、恢宏瑰玮。这一特色又与其"润色鸿业"、歌功颂德的宗旨紧密相连。帝国大一统胜利的骄矜和雄夸，"富有之业莫我大"的张扬和炫耀，使其"以靡丽为国华"①，表现出阔大胸襟、开放眼光和沉雄气概。它用铺陈扩张和高度夸饰的表现手法，追求饱满充沛、酣畅淋漓的艺术效果，在恢宏壮观、繁饰多彩、富丽堂皇中透出外在涂饰意味和空间思维路向。在铺张扬厉中，追求形色之美和感官的审美满足，铺锦列秀，流丹溢彩，刻镂雕绘愈益侈靡，色彩装饰趋于繁富。汉大赋的丽美又带有汉代观念体系中神话巫术传统和谶纬迷信所影响的神秘色彩。由于汉大赋是以体物为主，因此有时忽视情感的贯注和发抒。两汉抒情小赋直接继承楚辞的丽美与抒情相统一的优良传统，其清丽特色与抒情特征相结合。丽的这种繁富浓艳、夸丽堂皇的形色之美，不但凸显了汉大赋的主导审美特色，即"沉博绝丽""侈丽巨衍""宏丽温雅""靡丽多夸"，而且反映了汉人的审美情趣。"极丽靡之辞"②，是汉人的审美情趣和审美风尚。"巨丽""宏丽""靡丽""奢丽""富丽""侈丽""辩丽""文丽""神丽"等，都离不开丽。丽成为"楚艳汉侈"的根本性审美特征，标志着丽本身作为一个美感形态已经形成。楚辞的丽美直接影

---

① （汉）张衡：《西京赋》，费振刚等辑校《全汉赋》，北京大学出版社1993年版，第421页。
② （汉）班固：《汉书·扬雄传》，中华书局2005年版。

响到汉赋，但它带有地域性和自发性特点，而汉赋作为一种艺术体式取得了空前绝后的成就，尚丽成为它的自觉的审美追求。

对于汉赋的"丽"美，目前几乎已无人否认。但对秦汉文学的其他种类样式如诗歌、散文等却极少有人确认有丽的表现。如对汉代诗歌，人们长期停留在"班固《咏史》，质木无文"①的理解上。其实，汉代诗歌、散文也表现出较明显的丽的特征。如对刘邦《大风歌》，朱熹曾万般赞叹："千载以来，人主之词，亦未有若是之壮丽而奇伟者也，呜呼雄哉!"②对汉武帝的《秋风辞》，鲁迅先生极为嘉赏，称其"缠绵流丽，虽词人不能过也"③。对汉代等五言诗，刘勰曾以"五言流调，清丽居宗"④评之，明确指出了其"清丽"的总体特点。在对汉乐府作品评价时刘勰还指出："暨武帝崇礼，始立乐府，总赵、代之音，撮齐、楚之气，延年以曼声协律，朱、马以骚体制歌。《桂华》杂曲，丽而不经；《赤雁》群篇，靡而非典。河间荐雅而罕御，故汲黯致讥于《天马》也。"⑤《桂华》《赤雁》在汉乐府中并不是代表性佳作，刘勰竟认为它们"丽而不经""靡而不典"，嫌它们丽靡。明代徐祯卿在评论汉代诗歌时也说："《安世》楚声，温纯厚雅，孝武乐府，壮丽宏奇。"⑥显而易见，汉代的诗歌已经显示出"丽"的特点了。关于散文，刘勰及后代论者也多次指明其对丽的表现。刘勰在论秦代文章时说："至于始皇勒岳，政暴而文泽。"⑦论李斯散文时说："李斯

① （南朝·梁）钟嵘：《诗品·序》，陈延杰《诗品注》，人民文学出版社1961年版。

② （宋）朱熹：《楚辞集注·楚辞后语》，上海古籍出版社1979年版。

③ 鲁迅：《汉文学史纲要》，人民文学出版社1976年版，第28页。

④ （南朝·梁）刘勰：《文心雕龙·明诗》，陆侃如、牟世金《文心雕龙译注》，齐鲁书社1981年版。

⑤ （南朝·梁）刘勰：《文心雕龙·乐府》，陆侃如、牟世金《文心雕龙译注》，齐鲁书社1981年版。

⑥ （明）徐祯卿：《谈艺录》，《学海类编》道光本。

⑦ （南朝·梁）刘勰：《文心雕龙·铭箴》，陆侃如、牟世金《文心雕龙译注》，齐鲁书社1981年版。

《自奏》丽而动，若在文世，则扬、班俦矣。"①意谓李斯的奏章文辞华丽而又颇具感人力量，如果在重视文辞的盛世，其作者可与扬雄、班固相提并论。这不仅指明了李斯奏章"丽而动"的特征，而且给予其很高的评价。此外，评《淮南子》时有"《淮南》泛采而文丽"②的美言，论班固《汉书》有"赞序弘丽，儒雅彬彬"的赞语③。不过，对汉代散文尤其是西汉散文丽的特点概括得最明确的还是柳宗元。柳宗元说："文之近古而尤壮丽，莫若汉之西京。……殷周之前，其文简而野；魏晋以降，则荡而靡。得其中者汉氏。汉氏之东，则既衰矣。"④

这些评价大体覆盖了秦汉的主要历史阶段，由此可以看出，除汉赋外，秦汉文学的其他种类样式，也不同程度地表现出丽的特征。

2. 其他艺术对丽的表现

宫廷建筑是为显示皇权尊严和皇室特权而修建的高大宏伟的房屋群体。它是中国古代等级最高成就也最高的建筑。秦宫殿建筑的一个重要特征就是建在高大的夯土台基上，而且高低参差不齐，显得异常巍峨壮观。秦人好大喜功，"高台榭，美宫室"，因而其建筑不仅高大壮观，而且富丽堂皇。著名的阿房宫"规恢三百余里"，气势磅礴。据载其"上可以坐万人，下可以建五丈旗"，这也是吸收先秦时期高台建筑的优点而来的。至于室内的具体布置及装饰材料，史书及考古发现也为我们提供了资料。史载秦宫殿内"木衣绨绣，土被朱紫"，阿房宫"以木兰为梁，以磁石为门"，可见其内部必是流光溢彩、分外艳丽的。秦朝短命，关于秦宫殿内详情史书记载过少，但我们可以从汉代宫殿内装饰推测，秦代宫殿内也是

---

① （南朝·梁）刘勰：《文心雕龙·才略》，陆侃如、牟世金《文心雕龙译注》，齐鲁书社1981年版。

② 同上。

③ 同上。

④ （唐）柳宗元：《西汉文类序》，《柳河东集》卷二十一。

金碧辉煌、光彩夺目的。杜牧《阿房宫赋》中虽有夸张修饰之处，但其的确反映了当时宫殿中的色彩艳丽和不同凡响。

汉代宫殿建筑也同样展现着壮丽的风采。虽然我们现在已难觅其巍峨辉煌的身影，但汉大赋对其时宫室建筑的描写，至今还为遥远的后人展现着一个流光溢彩的世界："窈窕之华丽，嗟内顾之所观，故其馆室次舍，采饰纤缛，裛以藻绣，文以朱绿，翡翠火齐，络以美玉。流悬黎之夜光，缀随珠以为烛。金釭玉阶，彤庭辉辉。"① 请看：藻绣朱绿，金釭玉阶，美玉明珠，彤庭辉辉，一片多么璀璨的光和色！《汉书》对于汉成帝时昭阳殿亦作此种描写："其中庭彤朱，而殿上漆，切皆铜沓（冒）黄金涂，白玉阶，壁带往往为黄金，函蓝田璧，明珠翠羽饰之。"② 汉代宫殿以漆涂地，或为赤色，或为黑色。墙壁之中有横木，以金珠宝石饰之，称为壁带，殿屋正中顶上有藻井之饰。门首有金银环，称为金铺、银铺。榱头饰以金璧，窗牖则多嵌琉璃。门户墙壁多有彩画。明光殿省中，用胡粉涂殿，以青紫色分界，图画古代烈士，并书以赞辞。赤色、黑色、金色、彩色，到处是光、色、图画，黄金涂，白玉阶，明珠翠羽，金璧宝石，那样地富丽，那样地侈靡，那样地在视觉上令人餍足！这不是一个五彩缤纷的世界吗？

汉乐亦于音乐表现形式上追求一种宏大的音响与声势，所谓"撞万石之钟，击雷霆之鼓，作俳优，舞郑女"③。班固《东都赋》曾描写当时乐队"陈金石、布丝竹、钟鼓铿鍧、管弦烨煜"，均反映汉代乐舞表演对宏丽音声气势与文采的追求。就像汉赋具有一种广博宏丽、瑰奇华彩的艺术风格那样，在汉乐中，也时常表现出一种绮丽华美的艺术品貌。扬雄曾以汉代

---

① （汉）张衡：《西京赋》，费振刚等辑校《全汉赋》，北京大学出版社1993年版。
② （汉）班固：《汉书·外戚传下》，中华书局2005年版。
③ （汉）班固：《汉书·东方朔传》，中华书局2005年版。

织锦霞蔚般的美丽来比喻汉赋之宏丽，而在当时，汉人也曾以同样的方式来类比音乐。《汉书·王褒传》有云："女工有绮縠，音乐有郑卫，今世俗犹皆以此虞悦耳目。"同书又称宫廷中"内有掖庭材人，外有上林乐府，皆以郑声施于朝廷"。司马相如把当时上林乐府中演出的荆、吴、郑、卫之声描写为"所以娱耳目而乐心意者，丽靡烂漫于前，靡曼美色于后"，足可见当时音乐艳丽风格之一斑。

古代车乘制度是统治阶级礼仪中最受重视的部分，因而反映统治者威风、豪华和严格的等级差别的车具装饰也就纷繁而细微。作为一国之君，"饰车以文采"，即以彩色的丝织物来装饰乘舆车辆，就是"礼"所当然了。考古发现并修复的秦始皇1号、2号铜车马通体彩绘，成功地再现了始皇乘舆富丽堂皇的风姿。铜车马的图案设计非常完美。设计者娴熟地把握了整体风格的创造，从而把形体大、零件多、结构复杂、彩绘量大、容易产生零乱现象的御车，装饰得色彩绚丽和谐，图案完美大方，风格统一又富有变化，显示出高超的彩绘技艺。从这些装饰得五彩缤纷、绚丽多姿的帝王御车中，可以遥想当年始皇銮驾的风采。从斑斓和谐的彩绘中，可以了解始皇御车当年诸种装饰工艺的部分风貌。我们在感叹帝王御车豪华精美的同时，也深深地佩服秦代艺术匠人高超绝妙的创造才能①。

需要特别论证说明的是秦始皇陵兵马俑和汉代画像石、砖的"丽"的问题。

我们可以肯定地说，青灰冷峻的基调，并非兵马俑的本来面目，还其本色，则是一派盛装的灿烂彩绘。

彩绘原是我国雕塑艺术史上一种古老的传统技法，即对烧制后的物体表面施彩描画。"三分雕塑，七分彩绘"，这大概与俗话所说的"三分长

---

① 田静：《秦宫廷文化》，陕西人民教育出版社1998年版，第120—122页。

相，七分打扮"的道理是一样的。对于秦始皇陵兵马俑来说，其雕塑与彩绘之间的关系，以及彩绘艺术所具有的魅力和功用，也正好由此得以形象地概括。兵马俑入葬后不久，便惨遭人为的劫难。以火焚烧，以坑毁埋，加之 2000 多年的水土浸渍，致使俑身的彩绘脱落殆尽。所幸还有那么一部分，仍或多或少地保存着原有的鲜艳色彩。从已经发现的颜色来看，其种类包括原色、间色及各种调配过渡色等，不少于 20 种。这当中有红、黄、蓝三原色，有橙、绿、紫、黑四间色，还有更为多彩的许多调配过渡色，如朱红、枣红、淡红、粉红、粉绿、深绿、粉蓝、浅蓝、粉紫、深紫、中黄、赭石，以及白色和褐色等，真是绚丽异常。化验表明，这些丰富的色料都属于矿物质染料。仅就色彩的丰富性这一点与战国时期的彩塑相比，便不能不承认兵马俑的创作确实是空前的彩塑典范。①

　　1999 年 4 月秦始皇陵兵马俑 2 号坑发掘新发现的色彩鲜活艳丽、形象栩栩如生的两尊带彩跪射俑，更加科学雄辩地证明了秦始皇兵马俑是一支鲜艳炫目的威武之师。新出土的带彩跪姿弩兵俑，在世界文物中尚属首次发现。2 号坑发现的带彩兵俑颜色中的紫色里有明显的硅酸铜钡的非矿物质成分。据专家分析，硅酸铜钡这种化学成分，是近代研究加工超导体才发现的副产品。2000 多年前的带彩陶俑就能运用，可谓世界科技史上的一个奇迹。此前尚无有效保护色彩不被分解的手段，曾停止挖掘兵马俑，现今据称保护方法已研制成功。中央电视台已将秦俑彩塑拍成科普片，向世界宣扬秦俑的成就。我们相信，与真人大小相近、艳丽鲜活的秦兵马俑军阵，终会以本来的面目展现在世人面前。兵马俑厚重的彩绘，显然是被雕塑者视作了人体或物体表现的一个重要层次，当成了雕塑技法的补充手

---

　　① 袁殊一：《秦陵兵马俑研究》，文物出版社 1993 年版，第 300—302、327—328 页；张文立：《秦俑学》，陕西人民教育出版社 1999 年版；王学理：《秦俑专题研究》，三秦出版社 1994 年版，第 508—530 页。

段，而且是不可或缺的臻于完善的最后一道工序。这种表面打底、绘以重彩、以彩补塑的技法，直接影响了两汉时期的彩塑艺术，并通过汉、唐及其后大量出现的佛、道、儒塑像技艺延续了下来。另外，从秦俑丰富的彩绘中还可以反映出这样一个历史事实，即秦人在服色上是崇尚艳丽的，这种艳丽的服色也是"与民无禁"①的。世界是丰富的，同时也是多彩的。欲壑难填的秦始皇不仅把丰富的世界拥入了自己的陵墓，而且也不忘让多彩的世界永远辉映在自己的周围，这才是"事死如事生"观念的最完全的体现。

至于独步艺坛、蜚声中外的汉画像石、砖，在当时也几乎都是上色敷彩的。很多专家指出了这一点。如冯汉骥指出："画像砖原来都是绘有彩色的，只是由于在墓中埋了一千多年因受潮而脱落，然而有些局部仍保留着红、绿、白等色。将这种彩绘的画像砖砌在用花砖组成的美丽图案的墓壁上，装饰的效果是很好的。"②王建中先生则列专题、专节系统研究了汉代画像石彩绘的分布、特点、技巧在汉画像石总体风格中的地位及对后世的影响诸多问题。他指出，我国出土汉画像石的地区，大部分出土有彩绘画像石，它具有分布地域广大、出现时间较早、主要施彩于墓门、具汉壁画特色等特点。他认为："彩绘是画像石艺术风格的表现之一，一幅成功的画像，在收刀之后施以彩绘，无疑是一种锦上添花之举。"而"汉代画像石构图、造型、雕刻与彩绘的统一，本质地反映了汉代、汉民族、汉文化、汉艺术家的思想观念与审美意识等内在特性的外部印证，从而形成了独特的艺术风格"。而且彩绘也是奠定汉画像石独特历史地位的主要因素之一，"以石为地，以刀代笔的汉代画像石，不见于我国历史上的战国，也不大量延续于我国历史上的魏晋南北朝，作为东方文化艺术之光的艺

---

① （宋）天麟：《西汉会要·舆服志》，上海人民出版社1977年版。
② 冯汉骥：《四川的画像砖墓及画像砖》，《文物》1961年第11期。

术，它集中了中国先秦绘画艺术之大成，开辟了中国古代线描、雕刻、彩绘艺术于一体的先河，形成了一部绣像汉代史，从而揭示了中国绘画的民族性特征，奠定了中国传统绘画的坚实基础"①。

显而易见，秦汉审美文化的典型形态原本展现的是一个色彩斑斓的绚丽世界，只是由于时代的推移和时光的剥蚀，我们才难识很多珍品的庐山真面目，才难睹很多佳作的昔日丽彩。

（三）秦汉审美文化的生活形态对"丽"的崇尚

在秦汉社会生活中，"丽"也被广泛使用，成为汉代普遍而时髦的观念。翻开汉代史书、文学作品和其他著作，用丽形容美和其他有关事物的例子俯拾即是。如在社会生活中，都市里是"攒珍宝之玩好，纷瑰丽以奢靡"②；上层社会的婚丧文化，也是"嫁娶送终，纷华靡丽"③；对于伦理，在汉人那里善往往不是和美为伍，而是与丽结缘。《汉书·东方朔传》云："时天下侈靡趋末，百姓多离农亩。上从容问朔：'吾欲化民，岂有道乎？'朔对曰：'……以道德为丽，以仁义为准，于是天下望风成俗，昭然化之。'"汉代形容人的美，丽字用得更多，可谓比比皆是。如形容女子貌美的"端丽""淑丽""姣丽""妙丽"等。罕见的是，汉代形容男子之容貌美也往往用"丽"字。《汉书·公孙弘传》描写公孙弘用"容貌甚丽"；《汉书·佞幸传》云："哀帝立、（董）贤随太子官为郎。二岁余，贤传漏在殿下，为人美丽自喜，哀帝望见，说其仪貌。"魏晋以后形容女子貌美仍用"丽"字，却很少再用"丽"形容男子，并沿袭至今。在汉代的著述中，由"丽"作词素构成的词语也特别多：宏丽、巨丽、雄丽、崇丽、神

---

① 王建中：《汉代画像石通论》，紫禁城出版社 2001 年版，第 472—477、493—494 页。
② （汉）张衡：《西京赋》，费振刚等辑校《全汉赋》，北京大学出版社 1993 年版，第 419 页。
③ （南朝·宋）范晔：《后汉书·安帝纪》，中华书局 2005 年版。

丽、梦丽、华丽、奢丽、夸丽、侈丽……以致有学者认为：繁富靡丽是汉代文艺美学风貌的主要特征，如果我们试图用一个词来概括汉人的审美情趣的话，那便是"富丽"，或曰"靡丽"，更简洁地说就是一个字——"丽"。"丽"正是汉人审美情趣最简练的表述。"丽"的观念在汉人心目中具有突出的地位。① 这里，把汉代审美趣尚的总特征概括为"丽"有失中允，因为相对于丽而言，秦汉更重要的是"壮"，壮比丽更内在、范围更广。

总之，秦汉时期关于"丽"的词汇的高频率、大范围、多层次使用，说明"丽"作为审美特征和审美情趣，得到了普遍认同，是秦汉人的审美情趣和审美风尚，构成了时代的审美风潮。正如吴功正先生所说的："两汉曾经出现过'丽'的膨胀时期。它有两个层面的内容：一是用'丽'来描述对象世界，成为感性的符号载体；二是'丽'成为审美范畴，用以进行审美评价和判断。""汉代已经出现'丽'泛滥的失控现象……'丽'在汉代的失控，其惯性运行延伸到六朝，就使其美学也以'丽'作为感性标志。"②

三　"丽"与"壮"融

与中国古代前期审美文化在审美整体上有"丽"的特征的时代比较，秦汉的特点在"壮"，或曰"丽"与"壮"不可分割，"丽"与"壮"相互交融。

中国古代社会前期在时代审美整体上有丽的特征的大致有两种类型。

（一）局部型

这种类型虽有"丽"的审美表现，但"丽"在该时代的总体审美特征

① 王钟陵：《中国中古诗歌史》，江苏教育出版社 1988 年版，第 24—25 页。
② 吴功正：《六朝美学史》，江苏美术出版社 1994 年版，第 313—314 页。

中不占主导地位，或仅为其中一部分，或只是多种审美元素中的一个元素，如先秦和盛唐。就时代整体特征来说，先秦虽处于古朴的审美阶段，但对"丽"已有一定的认识和表现。以屈骚为代表的楚辞，更是在形式上集中地体现出丽艳的特色。"惊采绝艳"是对楚辞形式审美特征的总体概括和高度评价。其"艳逸""瑰诡""炜烨""朗丽""耀艳""深华"的文采美，给后世创作以深远影响，"效《骚》命篇者，必归艳逸之华"①。然而就整个先秦时代而言，屈骚之丽美和零星地用"丽"描述审美对象毕竟只是极小的一部分。这与秦汉之丽美几乎呈现于各个层次、各个方面显然无法相提并论。而且，先秦之丽，包括屈骚之丽基本上是自发的，而秦汉之丽则是自觉的追求。

盛唐的审美文化固然不乏壮彩更不缺丽色，而且"丽"在广阔的领域中得到了多种多样的呈现。然而同样需要指出的是，由于盛唐是中国古代审美文化的前期壮美理想达于巅峰的历史时期，几乎每一个方面、每个元素都在壮美的主导方向上，达到了史无前例、无以复加的全面成熟的程度。"丽"也就随着其他因素地位的上升，成为构成盛唐壮美诸多美因中的一个因素，因而难与秦汉之丽在秦汉审美文化几占半壁江山的重要地位并驾齐驱。

（二）整体型

在中国古代社会前期审美文化中，唯一具有时代整体普遍性的是魏晋南北朝之"丽"。它在当时审美文化的理论形态、艺术形态上都有极为突出的表现。在审美理论上，对于"丽"的强调和阐扬占了重要的地位。曹丕《典论·论文》明确提出"诗赋欲丽"，把汉代已有的这一思想表达得

---

① （南朝·梁）刘勰：《文心雕龙·定势》，陆侃如、牟世金《文心雕龙译注》，齐鲁书社1981 年版。

更加鲜明。陆机《文赋》随后强调："或藻思绮合，清丽芊眠。炳若缛绣，凄若繁弦。必所拟之不殊，乃暗合乎曩篇。""游文章之林府，嘉丽藻之彬彬。""诗缘情而绮靡，赋体物而浏亮。"西晋葛洪《抱朴子》则说："五味舛而并甘，众色乖而皆丽，虽云色白，弗染弗丽，虽云味甘，匪和弗美。故瑶华不琢则耀夜之景不发；丹青不冶，则纯钩之劲不在。"强调只有经过人为雕饰才能色彩浓丽，强化美的感性表现效能。颜之推《颜氏家训》云："文章当以理致为心胸，气调为筋骨，事义为皮肤，华丽为冠冕。"刘勰《文心雕龙》更是对丽作了多方面的论述。如"雅义以扇其风，清文以驰其丽"[1]，"夫铅黛所以饰容，而盼倩生于淑姿；文采所以饰言，而辩丽本于情性"[2]，"情以物兴，故义必明雅，物以情观，故词必巧丽"[3]，揭示了丽与情的关系，认为丽之根本在于情性。刘勰还把"丽"概括为清丽、高丽、壮丽、绮丽多种类别，体现了人们对丽范畴认识的精细化和系统化。

在审美创造上，从大的方面来看，有永明体的绮丽和宫体的靡丽。在具体创作中，清词丽句，缤纷多姿，即以直接的"丽"语言符号出现的，亦所在众多。"丽"还表现在审美鉴赏上，成为鉴赏的标准。凡此种种，不一而足，真可谓丽染文苑，色重诗坛，繁词竞出，浮艳大张。

正因为"丽"在六朝有如此丰富和突出的表现，所以有学者认为"六朝时期，尚丽成为一种社会思潮和文化心态"，"六朝美学的总体状貌、特征可以一言以蔽之：丽"[4]。虽然魏晋六朝审美文化也有"高丽""雄丽"

---

① （南朝·梁）刘勰：《文心雕龙·章表》，陆侃如、牟世金《文心雕龙译注》，齐鲁书社1981年版。
② 同上。
③ 同上。
④ 吴功正：《六朝美学史》，江苏美术出版社1994年版，第318页。

"壮丽"之类的理论概括和艺术创造表现,但无可否认的是,受当时阴柔内敛的时代总体特点的制约,六朝更侧重的是"清丽"和"绮丽",它在总体格调上属于阴柔之美或优美。初唐陈子昂提倡汉魏风骨,直接针对的就是齐梁纤弱香艳、彩丽竞繁的绮丽文风。李白"自从建安来,绮丽不足珍"的诗句,同样表达出对六朝绮丽的贬斥。

而秦汉之丽在总体上则是与"壮"联系在一起的。上述所举秦汉建筑、汉赋、雕塑、音乐、舞蹈、画像石等例子都是明证。有学者将丽的风格形态概括为宏丽、雄丽、富丽、瑰丽、秀丽、流丽、浓丽、明丽、清丽、婉丽、工丽、巧丽 12 种主要类型,其中,宏丽、雄丽、富丽、瑰丽、浓丽 5 种大体可以归入壮丽的范围。实际上,汉代使用的与"丽"配合的词汇早已大大超过了这些类型。如前文已提到的:壮丽、宏丽、弘丽、巨丽、侈丽、端丽、妙丽、清丽、辩丽、朗丽、神丽等。无可否认,汉代也有秀丽、明丽、清丽、婉丽等风格的表现,但占时代潮流的主导地位并产生广泛影响的还是种种与"壮"联系在一起的风格类型。

四　深厚底蕴

就深厚的社会历史人生根基而言,多种因素构成了秦汉壮丽审美理想的深层底蕴。

(一) 秦汉审美文化洋溢着充沛的生命精气

从整个社会看,作为地域广阔、天下一统的中央集权帝国,秦汉在我国历史上有着极为显赫的地位。秦汉时期,国家由分裂走向统一,地域文明与区域文化融汇,百家学说由纷争而进入综合,华夏民族通过先秦时代的不断交融而实现汉民族的大认同,从而使大一统国家向更高的阶段发展成为不可阻挡的历史运势。在大部分时间内，秦汉社会都处于后期奴隶制社会的鼎盛期。① 政局的稳定，生活的安定，疆土的拓展，都催发出一种蓬勃向上的社会意识。而这落实到个体身上，就激发为一种积极进取、充沛淋漓的生命意识。表现在艺术创作中，大到鸿篇巨制的汉大赋、画像石，小到精致生动的说唱陶俑、可爱活泼的玉鸽，都有一种勃发的精神充塞其间，有一种难抑的活力涌动其中。

（二）秦汉审美文化激发着粗犷的时代豪气

在秦汉时期，社会普遍流行的价值标准是崇拜英雄、积极进取、追求事功。汉武帝时的主父偃曾说过："丈夫生不五鼎食，死则五鼎烹。"东汉的陈普年仅15岁就怀有"大丈夫处世，当扫除天下"的凌云壮志。这种价值观念是和整体的人的自我意识的觉醒相随共生的，它极大地冲击了人的审美观念与艺术创作，构成了秦汉美学思想宏大的价值论背景，使秦汉艺术显露出令人瞩目的崇高感。深沉雄大的秦汉帝陵、气势非凡的秦俑兵马阵、绵延雄伟的万里长城、体魄宏大的《史记》，都生动而完美地体现了坚韧不拔、奋发进取的伟大品格，这种艺术上的崇高风格是"伟大心灵的回声"。秦汉时期的社会价值标准，无疑化育了该时代的精神气质孕生和发展的肥沃土壤。正是在这种价值观念的推动下，最终导致了国家、民族伟力的激情迸发和整体的人的自我意识的觉醒。

（三）秦汉审美文化充盈着淋漓的宇宙元气

在秦汉时代，我们不仅在法天象地、包蕴山海的宫苑建筑以及铺天盖地、充实拥塞的画像石中感受到超越人力之上的宏大感与崇高感，而且在

---

① 关于中国社会历史分期中中国何时进入封建社会的问题，学界先秦封建说（春秋说、战国说等）、秦汉封建说、魏晋封建说并存。本文取魏晋封建说。

集历史、神话、现实人生于一炉的战争舞与宴宾舞中也能体会到上溯远古、下逮今朝，"广之于郑卫、近之于荆楚"的浩然之气。在秦汉人那里，文学艺术、人事万物都是宇宙的象征。例如张衡的《西都赋》对西都城的描绘，在宏观整体上就是天人相感、天地相通、天人互动，乃至天地人合一的人文象征。具体来说，它的宫殿描绘，是一种法天象地、容纳万有的宇宙象征。它的狩猎描绘，是一种囊括四海、并吞八荒的征服的象征。它的泛舟观乐描绘，把乐的天地人合德本质与观时的"俯仰乐极"两相浑融，是天地人合一的象征①。这与司马相如《上林赋》所描绘的人之乐舞能使"山陵为之震动，川谷为之荡波"并成为天人互感、天人互动的磅礴气象的象征，有异曲同工之妙。这是与秦汉时代将各类艺术乃至人事万物与宇宙天地、阴阳五行作异质同构的理解分不开的，也是与肇始于先秦、整合于秦汉的以类比为特点的天地人大一统、大和谐的宇宙图式的完成分不开的。秦汉这种气、阴阳、五行、八卦、万物互感互动的宇宙图式，一方面使淋漓的宇宙元气灌注于文艺作品之中，为其大气磅礴提供了最深广的源泉；另一方面也使各类艺术成为秦汉人抒情达性、体悟并传达深邃的宇宙意识和浩广的天地情怀的得心应手的形象载体。

总之，秦汉审美文化充沛洋溢的生命精气、粗犷昂扬的时代豪气和丰盈淋漓的宇宙元气的融会贯通、激荡厮磨，就升华而为壮与丽的融合统一，冲决而为辉煌大赋、壮观宫殿、瑰丽画像、宏放乐章、雄浑雕塑、精美工艺、豪放书法……从而形成宏博巨丽、气势磅礴的炎汉气象或壮丽风采。

（发表于《河南社会科学》2011年第3期，《新华文摘》2011年第18期摘要）

---

① 彭吉象：《中国艺术学》，高等教育出版社1997年版，第44页。

中国秦汉艺术的审美特征

秦汉时代是中国历史上一个承前启后、继往开来的伟大时代。它不仅社会发展繁荣昌盛，居世界先进地位，而且其文学艺术也灿烂辉煌，在中国艺术史乃至世界艺术史上写下了独具风采的篇章。探讨这样一个时代的文学艺术的审美特征，不仅对我们全面认识和把握秦汉艺术规律有重要的价值，而且对全面认识和把握东方和世界艺术发展的规律也有十分重要的意义。关于秦汉艺术的审美特征，学界众说纷纭。笔者认为，秦汉艺术的审美特征可以概括为现实与浪漫的统一、繁富与稚纯的统一、凝重与飞动的统一、美与善的统一四大特征。本文拟就此略述己见。

一　现实与浪漫的统一

有学者认为秦汉艺术是"现实主义"[1]，有学者则认为是"浪漫主义"[2]。笔者认为，秦汉艺术既不是现实主义，也不是浪漫主义，而是古典主义，或者说是以外向和谐的壮丽为总体时代特色的古典主义。[3]

---

[1]　李浴：《中国美术史纲》上卷，辽宁美术出版社1984年版，第361—362页。

[2]　李泽厚：《美的历程》，天津社会科学院出版社2001年版，第114页。

[3]　周来祥：《美学文选》，广西师范大学出版社1999年版。

秦汉艺术的壮丽理想表现在现实与理想的关系上，就是现实与浪漫的统一。秦汉时代的各类艺术如文学、绘画、雕塑、舞蹈等都极为鲜明地显现出这一特征。

汉赋是一代文学的典型代表。它以铺采摘文的方法，达到体物喻志（写志）的目的，表现出强烈的写实精神。在大赋作家的笔下，我们看到汉大赋又不完全拘泥于眼前实景的描写，而能驰骋空灵豁达的神奇想象，巧构瑰丽之幻境，以表现大美思想。祝尧《古赋辨体》卷三评大赋云："取天地百神之奇怪，使其词夸；取风云山川之形态，使其词媚；取鸟兽草木之名物，使其词赡；取金璧绵缋之容色，使其辞藻；取宫室城阙之制度，使其词庄。"这种艺术效果的取得，是汉赋由体物写实之整体结构向艺术想象之整体结构的升华，其间写实与想象浑然一体。这种创造性想象的体现，既是赋家采用的艺术夸张手法之结果，又是其体物写志之笔力所在。它在现实之境上巧构出神幻之境，展示出具有浪漫情采的大美。而此现象在大赋艺术中的出现有三个原因：一是《楚辞》浪漫精神的影响；二是神话传说的渗透；三是天人合一观念的表现。正是幻境与现实的相交互叠，才构成了汉大赋繁富、神奇、遒劲、整体的审美图景。

乐府神仙诗本应是浪漫虚幻的，但却具有极其写实的精神。它所描绘的虽非现实世界，但充溢在浪漫幻想中的却是当下的现实情怀。求仙作为汉人生活的一项内容而存在，所以他们与仙的关系十分亲近，甚至是一种人间性的关系。

秦汉画像石、画像砖同样以独特的艺术语言表现了现实与浪漫统一的特征。山东孝堂山郭氏祠对整个汉代画像具有典型意义：汉代画像基本都是从上到下的神话、历史、现实的画面结构；都是由神话人物、历史人物故事和现实生活的事件构成的三大系统。汉代画像的三个系统共生于一壁或几壁，构成了时空合一，天上地下共存，过去、现在、未来互通的囊括宇宙的风神。这种共存合一要反映在一壁之中，汉画像一是用了纵向的层级分隔，这样神话、历史、现实有一个相对的秩序，但又由共存一壁而带来互通；二是用了横向的并置，人物的并置，故事的并置，分可为一个个的单独形象，合又可为整体的系列形象。纵向层级与横向并置可以细分为多种不同的手法，但又都是为了达到一个艺术目的，以"我"（墓主人）为主线，尽可能表现在世界中的多层联系，尽可能多地表现一种"容纳万有"的思想。宇宙之大，万物之众，而祠墓有限，按宇宙模式进行典型总括，以及依"我"之特性予以加减实为必然。①

　　汉代，人们情感生活的特点是对神仙世界的幻想和现实生活的玩味。这种社会心理情感通过舞蹈表现出来时，便形成了舞蹈在内容与形式上的两大类别，即远在遗风和现实情感。神仙意识，是汉代的一种社会意识。这种意识是汉代艺术表现的主体，如羽人的形象在汉代画像石上就比比皆是。因此汉代的舞蹈，充满了神仙幻想和丰富奇异的想象。与充满原始活力想象的浪漫世界形成鲜明对比的是丰富多彩、情态各异的现实人间。人间的情感生活在汉代的舞蹈中占了相当的比重。从模拟农业劳动生产的《灵星舞》到纯舞性质的"翘袖折腰"；从诙谐滑稽的《沐猴与狗斗》到抒发个人情怀的即兴舞、礼节舞，无不充满现实的生活气息和现实的社会情感。

　　显而易见，秦汉文艺总体上是现实与浪漫的统一，这是个不争的事实。正如有的学者指出："两汉文学艺术，存在着一个奇怪的现象：一方面是极力强调文艺为政治教化服务，充满儒家的现实主义精神；另一方面却'苟驰奇饰'，虚幻荒诞，充满了神灵仙怪、飘风云霓的浪漫主义气氛。这种现象既是矛盾的，又是统一的，这种既矛盾又统一的整体，才是两汉

---

① 彭吉象：《中国艺术学》，高等教育出版社 1997 年版，第 39—40 页。

文学艺术的全貌。"①

从横向静态看，秦汉艺术各个时期都不同程度地表现出现实与浪漫结合的特征，都包含着现实与浪漫这两个相互联系、相互渗透的方面。但从动态发展来看，随着艺术生态的发展变化，秦汉艺术中现实与浪漫的结合，在不同的历史阶段所占的地位和比重则有所不同，呈现出由秦代重现实，到西汉重浪漫，再到东汉重现实的重心转移。

现今所发现的秦壁画，以黑色为主色；秦代的漆器彩绘，写实的意味极大地增强了，以致有静呆之感；画像砖也表现出鲜明的严正质朴的中原写实风格，人物比例准确，神态庄重。但是，最能表现秦代艺术风貌的还是秦始皇陵兵马俑。

秦始皇陵兵马俑最重要的特色就是写实。这首先表现为人马的形体如真人真马般高大。俑人高约 1.85 米，马高约 1.7 米，这是秦以前的陶俑未曾有过的，也是秦以后的陶俑未曾有过的。更重要的是由此构成的整体所形成的大。近万尊高大的塑像构成一个宏大的整体，其气势之磅礴，也只有万里长城和秦汉宫殿才能与之相比。对于秦俑的个性特色和类型特征，专家已有众多的描述。令人吃惊的是，这些陶俑所表现出的高度写实能力，比之以前任何时代的作品，确实有了一个巨大的飞跃。人物造型准确、精细，并能体现出不同的品貌和性格；尤其是战马的塑造，其写实水平完全可以和同期的希腊、罗马雕塑媲美。这个伟大的雕塑群展现的意象，使我们领略到当时中原艺术的极高水准，同时也可以推测出当时的绘画风貌是理性的、静态的、写实的。然而总的来说，秦俑的"写实"主要是与秦以前和以后的塑俑相比较而凸显出来的。如果放在世界雕塑的范围，特别是与西方雕塑相比较而言，它仍具有很强的中国特色。因此，如

---

① 曹顺庆：《两汉文论译注》，北京出版社 1988 年版，第 10 页。

果要用"写实"一词来形容秦俑的话，是在于：只有用近于真人真马比例的高大人马才脱离艺术的玩赏而进入现实威慑的似真之境，只有用如此众多的真人般高大的兵马汇成的庞然整体，才真正地显出了秦王朝巨大的力量和宏伟的气势。

如果说秦始皇陵兵马俑以细致的刻画、写实的风格和整体的气势显示了秦汉精神，那么西汉霍去病墓的石雕则以一种与秦俑完全相反的方式——简略的笔画、写意的手法和象征的氛围——表现了秦汉气魄。霍去病墓就像霍去病本人的生平一样，本就是秦汉席卷天下、并吞八荒精神的一种体现。因此当这种精神用一种象征的艺术手法表现出来的时候，就给墓冢中的石雕带来了一种空前绝后的境界。

汉代雕塑由浪漫到现实的重心转移，可以从两个最有代表性的作品得到说明。汉代前期侧重浪漫，以霍去病墓石雕群为代表。霍去病墓石雕群的创作动因是极为现实的，群雕也有部分写实因素，但大巧若拙，大气磅礴，内在精神气质和整体艺术表现洋溢着浪漫气息，充分显现了汉代鼎盛时期那种空前气魄。后期以马踏飞燕或青铜奔马为代表。该作品的整体立意构思显然是浪漫的。那奔马三腿腾空，一蹄踏燕，似闪电驰击长空，如流光风驰电掣。多么浓郁的诗意！多么瑰丽的想象！具体造型虽有写意的因素，如对飞燕的表现，仅雕出其形态轮廓，能看出是鸟而已，至于到底是什么鸟，则没有准确的写实细节能够确证。也正因为如此，至今对该作品的诠释仍存在着是乌鸦，是燕还是隼的争论。但对雕塑主体部分，奔马的造型，则是以写实为主。奔马的形态，身体比例，细部刻画均绝对准确。除形体大小有别外，与真马形象几近相同。在写实的准确逼真上，超过了秦始皇陵兵马俑的骏马形象，更不要说西汉的塑马形象了。也正因为如此，有学者认为该马具有极重要的科学价值，因为它是当时用来鉴识好马的标准马式。究竟是否为马式尚待进一步探讨，但无可否认的是这个作品名副其实地达到了现实与浪漫的高度融合，至今在构思、立意、造型上似乎无出其右者，因而该作品被从中华几千年无数艺术瑰宝中精选出来，作为向全世界展示的中国旅游的标志，成为中国古代文化艺术的象征。与西汉霍去病墓石雕相比，该作品写实的因素更为突出，展现出与汉赋和汉代绘画相同的从浪漫到现实的重心转移轨迹。

汉代绘画也经历了相似的历程。从现有文献和考古实物来看，西汉绘画总体上侧重浪漫幻想，表现驱邪成仙的主题。如作为西汉前期绘画代表出土的西汉初期三幅帛画，画面展现了天上、人间、地下三部分，表现的是引魂升天的主题。西汉中晚期的绘画如卜千秋墓壁画组成一幅死者升仙图，形象地表达出当时人们希图死后成仙的幻想。比这座墓时代稍迟的另一座西汉墓空心砖壁画中，虽然仍以驱邪成仙为基调，但出现了新的题材，表明了壁画主题由虚幻的驱邪成仙逐渐向现实的人间情景的转变。进入东汉时期，作为西汉壁画基调的驱邪成仙图像日益减少，而表现死者生前官职和威仪的画面，占据了墓壁的主要位置。当人们将目光从升仙的幻景，移向描绘现实社会中的车马骑从或宴饮舞乐，乃至宅院庄园的时候，自然导致创作墓室壁画的画师采用更加写实的手法，从而将汉代绘画艺术推向新高峰。

汉代这种由浪漫到现实的重心转换也充分体现在赋这一汉代文化全息缩影的文学体裁上。汉赋经历了一个由西汉的浪漫夸饰到东汉的现实描绘的重点的变化。西汉的浪漫夸饰以司马相如为代表。到了东汉，班固明显地向现实描绘转换。班固是一代赋家，更是一位历史学家。他将目光转向了对现实世界的描写，融入了人文的气质。班固的这种转变，在后来张衡的《二京赋》中仍有发展。班固写过《两都赋》，张衡的作品就是通过模拟班固做成的。然而大赋的转变是从想象向观察的转变，从浪漫情思向现实生活的转变。而它们的铺陈之质有所不同，西汉的铺陈成为一种夸张的想象，到了东汉，则把生活的场景记录了下来。这也许是张衡《二京赋》的重要价值所在。

正如李泽厚先生所指出的：从西汉到东汉，经历了汉武帝"罢黜百家、独尊儒术"的意识形态的严重变革。以儒学为标志、以历史经验为内容的先秦理性精神也日渐濡染侵入文艺领域和人们观念中，"比起马王堆帛画来，原始神话毕竟在相对地褪色。人世、历史和现实愈益占据重要的画面位置。这是社会发展、文明进步的必然结果"。

当然，受当时审美关系侧重客体、追求外在对象的外向型和谐的特点制约，从总体上看，秦汉艺术在现实与浪漫统一的基础上，更侧重现实、客体、再现和写实。

例如，汉赋的主要特征是铺采摛文、体物写志。在体物和写志方面，就汉代赋作创作实践来看，显然重在体物。可以说包举一切、囊括万物、穷形极相是其追求的最终目标，体物不达穷形极相绝不罢休。即使浪漫夸饰热烈地追求目标，最终还是以现实为旨归。

在司马迁那里，史传文学或历史散文还有较强的文学性，"实录"与"爱奇"同时并存或兼而有之，但两者比较起来，司马迁把"实录"放在首位是大致不差的。班固虽对《史记》的思想倾向颇有微词，但对该书"其文直，其事核，不虚美，不隐恶，故谓之实录"的评语则是中的之论。在班固那里"实录"已成为《汉书》的最大特色。虽然后世对其正统思想多有指摘，但对《汉书》因史料翔实而带来的历史价值，则是普遍予以肯定的。秦汉绘画和雕塑，在形似中求神似，虽然形神理论已有重大发展，形似理论趋于完备，神似理论熠熠闪光，创作中既有秦陵兵马俑"空前绝后"的写实，也有霍去病墓石雕大巧若拙的写意，但整体来看，秦汉绘画和雕塑都是在形似中求神似，都没有超出侧重现实、客体、再现、写实的阈限。秦汉建筑宫苑则要求法天象地。"作为统一大国的象征，秦汉宫苑始终以无比广大的天地宇宙为艺术模仿的对象。所以在体象天地以立宫苑的同时，他们也在以同样的热情经营着穹宇的格局。"①

不仅上述与再现写实联系密切的艺术形式、文体表现出以现实、再现、写实为主的倾向，就连今日公认的以抒情、写意为本质特征的艺术形式和文学体裁如诗歌、音乐、舞蹈、书法等，也同样呈现出重现实、再现和写实的浓重色彩。

诗歌如汉乐府，感于哀乐，缘事而发，刚健清新，气韵天成。本应以抒发喜怒哀乐各种情感为主，把抒情性放在第一位，但文学史家公认汉乐府具有极强的叙事性、情节性和故事性。不仅叙事诗如此，就是抒情诗也是如此。而且其最大的特点是实录。以致有的学者从题材内容的角度称其为"两汉社会生活的百科全书"。音乐是本于人心、长于抒情、偏于表现的艺术，《礼记·乐记》早就深刻地指出这一点，揭示了音乐的审美本质，但同时又要求再现。再现的内容不仅包括促使情感产生变化的社会政治状况，而且包括直接再现现实生活中的特定对象，直接描绘和反映现实生活中的人物和事件。舞蹈也是长于抒情表现的艺术，秦汉时就把它放在表达情感的最高层次。所谓："诗者，志之所之也，在心为志，发言为诗，情动于中而形于言，言之不足故嗟叹之，嗟叹之不足故永（咏）歌之，永（咏）歌之不足，不知手之舞之，足之蹈之也。"（《诗大序》）即言此意。但在同时也赋予了它极强的再现、模仿、写实功能。如汉代舞蹈中的《灵星舞》。正因为此，"汉代舞蹈的模拟与再现就较为显著"②。书法在当今被视为表现性和抽象性最强的艺术。但在汉代书法家那里，书法首先被看作"肇于自然"，是自然形象的模拟和再现。书法创作要以自然美的形象为客观依据，有意识地、自觉地去摹状自然万物的气势、姿态、韵律，使"纵

---

① 王毅：《园林与中国文化》，上海人民出版社1990年版，第54—56页。
② 袁禾：《中国舞蹈意象论》，文化艺术出版社1994年版，第138页。

横有可象者，方得谓之书"。他们大都把书法外在结构形式与自然美物象联系起来，借助自然物象之美来形容比拟书法之美，强调书法艺术的状物、再现功能。

总之，秦汉时代，不仅叙事、造型类的艺术形式侧重现实、客体、再现、写实，就是抒情表现类的艺术门类和文体形式也较多模拟再现色彩。既然如此，就不能不说这是秦汉艺术的突出特征了。正如陈炎先生所说的："当一个时代不仅叙事的艺术门类比较发达，就连抒情的艺术门类也偏于发挥其叙事功能的时候，这种倾向便值得重视了。"①

二　繁富与稚纯的统一

正如秦汉大一统包含着向君王一人中央集权的专制和兼容并包的开放两极拓展的相反相成的矛盾情况一样，秦汉艺术也包括看似矛盾，实则相成的两个相互渗透的方面：繁富与稚纯。这两个方面的相反相成、相互渗透及其审美效果，构成了秦汉艺术的一个重要特征。

秦汉艺术是繁富铺陈、饱满充沛的。这种繁富铺陈至少表现在秦汉艺术的内容和形式两个方面。就题材内容来看，与包括宇宙、牢笼天地、容纳万有的宇宙观念相表里，秦汉艺术的题材琳琅满目、五彩缤纷，几乎无所不包，在我们面前展现了一个穷极天地、囊括古今、浑融万物的审美世界。就艺术表现来看，适应着包括宇宙、牢笼天地、容纳万有、百态俱陈的表现需要，秦汉艺术的表现手法是那样铺陈恣肆、敷张扬厉，表现出对描摹对象整体性和全面性的模仿要求。

为了达到这种追求表现对象的整体性、全面性的要求，汉代绘画在布局上平列充填，而且一个画面还往往被划分为许多档，每一档中又都充满

---

① 陈炎：《有别于审美思想史和审美物态史的审美文化史》，《东方丛刊》1998 年第 2 期。

了众多的人物或场景。汉人不仅对同一场景比如庖厨、百戏，常常要刻画出种种纷繁的小场面来，如杀鸡、宰牛、淘洗、烹调、摆席、奏乐以及顶盘、倒立、耍刀、弄丸、斗兽、叠案等，而且这些小场面又是全部铺展在一个平面上的。

汉代众艺杂陈的百戏作为中国戏剧的雏形也具有"全"的特点。至于"贪大求全"的汉大赋，在全面性上达到了汉代艺术的极致。汉赋的特长就是对一事物、事件或情志进行在汉代人看来全面细致的模仿。事物大可以是城市、大海，小可以是一支笙、一支笛。事件可以是羽猎、游历、舞蹈，情志可以是思旧、叹逝、思玄、秋兴。无论描述的对象和表呈的情志是什么，都要求达到赋的全面性。

《西都赋》比较经典地呈现了汉赋基本的审美方式。第一，用一种与汉代宇宙观一致的审美构图方法去描摹事物。第二，由大到小，又由小到大的循环视线。由以上两点，很自然地得出了审美方式的第三个特点：按照汉人立体全面的方式进行仔细的"步步移、面面观"仰观俯察、四面游目的铺陈排列。赏读《西都赋》，从一开始就见这种铺陈排列迎面而来，然后是随着叙事对象的转移而一套接着一套。所有汉赋都是这样，只是有简繁之别。汉赋的铺陈排列就是在按照汉宇宙图式形成的躯干纲目上进行细节的添加。汉赋也如汉画像一样，各类事物都有一个素材系列库，写到哪一类别就可以从库中选取该文所需之素材罗列上去就行了。汉赋的趣旨与汉代容纳万有的精神一样，是要穷尽事物。由此它在铺陈排列事物的时候，是现实加想象。它的铺采摘文最后成了容纳万有的象征体系。《西都赋》就是如此。它对西都城的描绘，就是天地人合一、天人相感、天地相通的人文象征。它对宫殿的描绘是一种法天象地、容纳万有的宇宙象征。它对狩猎的描写是一种囊括四海、并吞八荒的征服象征。它对泛舟观乐的描绘，通过乐的天地人合的本质与观时的"俯仰乐极"，表现了天人合一的象征。

与繁富铺陈相反相成的是秦汉艺术的幼稚单纯。秦汉艺术无论创作思想，还是创作技巧，都处于中国古典艺术走向全面自觉、臻于完全成熟的前期。此时民间文艺与文人创作还没有彻底分化，绝大多数艺术种类的创作者来自民间。他们没有完整而明确的创作思想，也没有受正规的艺术训练，完全是凭着直观感受与内心需要来从事创作，也只能在心领神会与具体实践中不断地总结与提高。这样，秦汉艺术往往就幼稚得不能再幼稚，单纯得不能再单纯，天真得不能再天真，直率得不能再直率，自然得不能再自然。比起魏晋及唐宋来，秦汉艺术难免有一种生涩之感，像汉赋的过分夸张而缺少剪裁，较唐诗宋词就显得直露烦琐得多；汉简"疏处可走马，密处不透风"的章法比起主"韵"的魏晋行草与宗"法"的唐楷来，就缺少了和谐与精熟；汉画像密匝充满的布局、比例失衡的造型与庞杂无序的取材，无论是比起唐以后的院体画还是文人画来，都缺少了工整与雅逸；即使是汉长安城的宫苑建筑，也呈不规则形，未央宫位于城西南角，长乐宫却在东南角，这样的总体规划就没有唐长安城宫苑建筑群那样方整谨严、轴线分明而对整个长安城所具的统摄性以及由此而产生的层次感。在它那里，多数情况下艺术的各个种类、各个因素、各种关系还远未达到多元贯通、有机融合的程度。正如有学者指出的，它"即便华贵，也还是单纯的华贵；即便雄浑，也仍是稚气的雄浑"①。

但是，正是这一未熟之"生"，却有一片勃发的生机。因为在艺术表现上的熟，即艺术创造的完成态，容易产生"习气"——一种从精神品格到艺术手法的全方位的惰性，在这种惰性引导下，由熟而俗，艺术生机就将绝矣。而"生"，永在追求成熟的途中，也永葆艺术的青春。汉代艺术

---

① 金丹元：《禅意与化境》，上海文艺出版社 1992 年版，第 133 页。

正在从"生"到"熟"的途中，有着一种勃勃的生机与别具一格的意味。事实正是如此。汉赋的"巨丽"对于写景状貌的语言技巧的淬炼、音韵节律的探索与宏阔气度的渲染，汉简书法的流动古拙、恣肆汪洋对于书艺笔意的高古与章法的创新，汉乐舞的任情达性、锐意创造对于后世乐舞品类与技艺上的启迪与沾溉等，都是有史可鉴、功不可没的。所以，我们说汉代的艺术是稚纯的艺术，也是充满生机的艺术。

这种繁富与稚纯在秦汉艺术中往往得到令人难以置信的多种形式的统一。"汉代是素器制作成就最高的时期，同时也是狂热追求华美的时期。这从宫室、墓室的壁画、漆器、衣饰的华丽精美上均可以看出。也有的铜器比较华贵，施以鎏金，或饰以金银错。"当然，从总体上看，秦汉仍然是以追求华丽为主调。再如："汉代的铜镜更是汉代青铜器中极有特色的一个品种，它是朴素与繁缛、实用与艺术的统一体。它的镜面光洁明亮、一尘不染，镜背浮雕精美，在圆内极尽巧妙构思。这集繁简二式于一身的铜镜，体现了汉人对古代文化的兼容与创新。"① 汉乐府作品也有异曲同工之妙。汉乐府诗在题材内容上被认为"是一幅全景式的两汉社会生活的画卷……两汉社会生活的百科全书"②。在艺术表现上，汉乐府则稚纯到极点。它感于哀乐，缘事而发，刚健清新，自然而然，气韵天成，诗成处皆为妙境，得到历代评家的高度赞誉。

繁富与稚纯结合的整体表现效果就是古拙。汉代的艺术形象看起来是那样笨拙古老，姿态不符常情，长短不合比例，直线、棱角、方形又是那样突出，缺乏柔和……过分弯的腰，过分长的袖，过分显示的动作姿态……笨拙得不合现实比例；在构图上，汉代艺术还不懂后代讲求的以虚当实、以白当黑之类的规律，它铺天盖地，满幅而来。画面塞得满满的，

---

① 岳庆平等：《中国秦汉艺术史》，人民出版社 1994 年版，第 190—191 页。
② 张永鑫：《汉乐府研究》，江苏古籍出版社 1992 年版，第 235—236 页。

几乎不留空白，这也似乎"笨拙"。然而，它却给人们以后代空灵精致的艺术所无法代替的丰满朴实的意境。相比于后代文人们喜爱的空灵的美，它更使人感到饱满和实在。与后代的巧、细、轻相比，它确乎显得分外的拙、粗、重。它不华丽却单纯，它无细部而洗练。它由于不以自身形象为自足目的，就反而显得开放而不封闭。汉代艺术尽管由于处在草创阶段，显得幼稚、粗糙、简单和拙笨，但是由于上述那种运动、速度的韵律感，那种生动的气势力量，就反而由之愈显其优越和高明。天龙山的唐雕无论如何肌肉凸出相貌吓人，比起汉代笨拙的石雕，也仍然逊色。宋画像砖无论如何细微工整、面容姣好、秀色纤纤，但比起汉画像砖来，那生命感和艺术价值差距很大。汉代艺术那种蓬勃旺盛的生命，那整体性的力量和气势，是后代艺术难以企及的。

这种古拙并非炉火纯青后的举重若轻，也不是极炼如不炼后的返璞归真，更不是熟谙无法是至法玄妙后的自觉超越，这种古拙与其说是有心栽花，不如说是无心插柳，它是秦汉人昂扬奋发、开拓进取、气魄恢宏、深沉雄大的整体性民族精神的自然流露，是我们民族少年期的艺术灵性的天才表现，是真正的无法是至法。正如一个人不可能返老还童一样，秦汉的古拙与我们民族的成长史不可分割，所以对于今人来说，这种古拙是永远难以企及的，刻意模仿最多也只能得其形而难获其神。也正因为如此，秦汉艺术就具有永久的魅力。

三　凝重与飞动的统一

凝重与飞动的统一，是秦汉艺术的又一个重要特征。所谓凝重，是指充实浑厚而有力量（分量），或者说，饱满厚重，深沉雄大。所谓"秦碑力劲""汉碑气厚"即言此意。秦汉艺术的凝重特点，主要表现在大、全、满、溢四个方面。

首先说"大"。秦汉是尚大的时代,"以大为美"是时代的主旋律。各种各样的艺术形式都以不同的方式表现出"大"的风采。空间的巨大是秦汉建筑的一大特点。西汉长安城面积约 36 平方千米,其中宫苑面积超过全城总面积的 1/2,明清紫禁城面积仅为 0.7 平方千米。秦汉雕塑"大"的代表可推秦始皇陵兵马俑。秦陵兵马俑,人马的形体高大,俑人高约 1.85 米,马高约 1.7 米,这在中国雕塑史的陶俑塑造上,是空前绝后的。更重要的是秦陵兵马俑整体所形成的大。近万尊高大的塑像构成一个宏大的整体,其气势之磅礴,也只有万里长城和秦汉宫殿才能与之相比。具有 1500 多年历史的敦煌莫高窟,现存的塑像才 2400 多尊;而秦朝仅 15 年历史,在创造了一系列惊天动地的地上奇迹的同时,还创造了这一地下奇迹:一个世界上最庞大的地下雕塑群。作为一代文学之正宗的汉赋,则把这种"以大为美"推向高峰。闻一多先生说汉赋"凡大必美,其美无以名之"[①],确实揭示了汉赋最基本的审美特征。所谓"以大为美",大体包括了题材和表现形式两方面的内容。在题材内容上,汉赋的"以大为美"表现在两点。第一,追求对表现对象描写的全面性或完整性。第二,选取高峻壮大的外在事物作为描写对象。在艺术表现形式上,汉赋也在诸多方面表现出以大为美的特色。第一,在篇幅上,体制巨大。第二,在表现手法上,汉代赋家多采用夸饰等手法。第三,在语言上,汉赋多喜用"巨""大""壮""最"之类的形容词和概指数量词等。

其次说"全"。"全"至少表现在秦汉艺术内容和形式两个方面。就题材内容来看,与包括宇宙、总揽人物、牢笼天地、容纳万有的宇宙观念相表里,秦汉艺术的题材琳琅满目、五彩缤纷,几乎无所不包,在我们面前展现了一个穷极天地、囊括古今、浑融万物的审美世界。至于"贪大求

---

① 郑临川:《闻一多论古典文学》,重庆出版社 1984 年版,第 65 页。

全"的汉大赋，在"全"（全面性）上达到了汉代艺术的极致。汉赋的"以大为美"，其实就包含着"以全为美"。汉赋追求对表现对象描写的完整性或全面性。司马相如说："赋家之心，包括宇宙，总揽人物。"意思是说赋家作赋追求的是对世界整体的完整把握和全面表现。汉赋的创作实践和代表作品都确认了这一点。就汉赋整体来说，其内容之广泛可说无所不包，大到山川，小到蓼虫，力求把万事万物以及人所创造的一切都包容进来。读过汉赋，会觉得其内容极其丰富，几乎世界上所有的一切，过去、现在、未来，似乎都包括进来了。这种对表现对象完整性和全面性的追求，反映了秦汉人审美上的博大气魄，表现了他们征服和占有一切的欲望和激情。

再次说"满"。"大"而"全"，就不能不"满"，就不能不表现出"满"的效果。满是汉画像石、画像砖的一个特点。任一石，任一砖，总是塞得满满的。不但整个画面要填满，画面中的任一行格也要填满。古代圣王的一排，要排满，车马的出行从一端接满到另一端。满是代替多，是代替无限。人物一直排列过去，给人以无限之感；车马从头走到尾，给人以无限之感。《弋射图》中，大鱼一条条满满地横着，给人无限之感，天上的鸟一行行多方向飞去，给人以无限之感。满表明了汉代的审美趣味是尽量得多，多多益善，有一种占有的兴奋。满也意味着汉代对无限的把握不是一种虚灵的体味，而是一种具体的观赏，因此尽管是神话，也被画得如此具体，尽管是历史是传说，也如在目前，栩栩如生。汉赋的铺陈排列，要达到的就是汉画像的"满"的效果，通过"满"来达到对天地万物的穷尽。但赋作为一种文学式样，它的穷尽万物的满的铺陈，一个很大的特点，就是只能通过文字来实现。因此汉赋对万物的占有又表现为一种对文字的占有。读汉赋，就像读百科词典，更像进博物馆，真是琳琅满目，令人目不暇接。它是汉人要占有万物、穷尽宇宙的具体体现，但是这种占有穷尽不是抽象的把握、哲学的体味，而是具体实在的占有，要慢慢地品味，仔细地赏玩。这就造成了建筑的大、容纳的众，以及画像和汉赋的"满"，而一种恢宏博大的时代气派就在这"满"中体现出来了。

最后说"溢"。满到极致，满到不能再满，就自然而然地给人以"溢"的审美感受，形成"溢"的审美效果。比如汉代绘画，画面饱满充盈，几乎不留空白，物象铺天盖地、密密匝匝，满幅而来，似欲从框内而出。汉代简牍书法是"戴着脚镣跳舞"，在空间狭窄的有限简面上笔走龙蛇，极尽腾挪舒展之能事，造成一种奔放不羁的大气势，似要脱简而走。方寸肖形印，不仅整个画面被填充无余，而且形象栩栩如生，其意态之飞动，气势之磅礴，简直就要裂石而出。汉代舞蹈则在"蹑节鼓陈"，"在山峨峨，在水汤汤，与志迁化"的形神（意）交融中，"舒意自广"，"游心无垠"（傅毅《舞赋》），使有限的舞姿，传达出无限的情意。至于极尽铺采摛文、穷形尽相之能事的汉赋，更必然表现出一种"光彩炜炜而欲然，声貌岌岌其将动"（《文心雕龙·夸饰》）的天风海涛般的力量和海倾洋溢般的气势。晋代挚虞曾指责汉赋有四过："假象过大，则与类相远；逸词过壮，则与事相违；辨言过理，则与义相失；丽靡过美，则与情相悖。"（《文章流别论》）这"四过"，从艺术规律的积极意义上看，其实就是汉赋不可替代的特点，就是其审美效果上的"溢"。

大、全、满、溢的融合使秦汉艺术显示出充实丰盈、地蕴海涵、饱满厚重、深沉雄大的凝重特色。它体现的是秦汉人的外向开拓、进取、征服和占有，是对囊括宇宙、容纳万有后的喜悦和细细的玩赏，是对自身力量的感性确证和热情讴歌。而就在这玩赏、确证、讴歌中，一种巨大的时代精神气魄就显现出来。

所谓飞动，意即飞扬运动而生气勃勃，它在实质上展现的是一种活泼跳跃、流动不居的生命的艺术形式。秦汉时代"飞动"得到了更高更普遍的审美表现，展现出一个生龙活虎、生机勃勃的艺术世界。如汉简书法笔画的错落不一、画像构图的无规则、陶塑人体比例的失调、宫苑建筑整体的失衡等，都付诸观赏者的"六官"以强烈的动态感。更主要的还在于汉代艺术那种飞动张扬的精神实质已无法被艺术构图所包蕴起来，它冲决了所有的外在藩篱而将它的精神淋漓尽致地呈现在世人面前。汉代舞蹈在这方面颇具代表性。汉代舞蹈主要有"盘鼓舞""巾舞""袖舞""建鼓舞"等几种类型，几乎每一种都飞动优美、技艺高超。各地出土的汉代画像石、画像砖和漆器、陶塑等，也大量地塑造了展现舞人长袖飘扬的飞动之势的艺术形象。汉代势若飞动的群体风格美，也突出表现在建筑艺术的飞动之势上。在汉代，出土文物中已见屋顶分别相悖的微微起翘的曲线。汉代雕塑也不乏表现飞动之美的范例，例如汉代雕塑的代表作《马踏飞燕》。在绘画中，汉代艺术通过对静态的空间形象的动态描绘，展现出令人叹为观止的动态之美。

表现动态最充分的还是书法。汉代起，中国书法艺术蓬勃兴起，一些书法家开始对书法艺术作理论上的探讨，有的就认为书之笔画、结构、布局必须具有动势，跃动飞扬之美成为书法家最看重的艺术风格。就书势来说，汉代，可说是"字若飞动"的隶书的时代，它和开其先路的"字若飞动"的小篆一样，纵贯于书艺风格美历史流程中整整一个秦汉时代。小篆和隶书八分有着种种对立的风格特征，然而异中又有同，即二者均有飞动之势，只是形态、程度不同而已。当然，在秦汉这个大时代里，应该说，汉代的飞动之势最为典型，发展得最为充分，而秦代不过是其前奏或序曲。汉隶名碑既普遍地富于分势、波势，又不像简牍隶书那样率意急就、纵肆狂野，它们或雍容典雅，或峻峭发露，或方整浑厚，或秀丽逸宕……然而无不以波挑翻翻为美，无不以或显或隐的飞动为势。

宗白华先生在《中国美学史中重要问题的初步探索》一文中论"飞动

之美"，就以汉代为例。他指出："在汉代，不但舞蹈、杂技等艺术十分发达，就是绘画、雕刻，也无一不呈现一种飞舞的状态。图案画常常用云彩、雷纹和翻腾的龙构成，雕刻也常常是雄壮的动物，还要加上两个能飞的翅膀。充分反映了汉民族在当时的前进的活力。"[①] 华夏民族的飞动之美，在汉代是一个突出的高峰，它鲜明地体现了民族腾飞的生命情调和文化精神。

凝重与飞动的统一形成一种独有的气势。那弯弓射鸟的画像石，那长袖善舞的陶俑，那奔驰的马，那说书的人，那刺秦王的画面，那车马战斗的情景，那卜千秋墓壁画中的人神动物的行进行列……这里统统没有细节，没有修饰，没有个性表达，也没有主观抒情。相反，突出的是高度夸张的形体姿态，是手舞足蹈的大动作，是异常单纯简洁的整体形象。这是一种粗线条、粗轮廓的图景形象，然而，整个汉代艺术的生命力也就在这里。就在这不事细节修饰的夸张姿态和大型动作中，就在这粗轮廓的整体形象的飞扬流动中，表现出力量、运动以及由之而形成的"气势"的美。在汉代艺术中，运动、力量、"气势"就是它的本质。一往无前、不可阻挡的气势、运动和力量，构成了汉代艺术的美学风格。它与六朝以后的安详凝练的静态姿势和内在精神，是何等鲜明的对照。汉代艺术那种蓬勃旺盛的生命，那种整体性的力量和气势，是后代艺术所难以企及的。需要着重说明的是，仅有凝重没有飞动，就将流于钉饵呆板、板滞生涩；同样，仅有飞动而无凝重，就会流于虚飘轻浮，凝重与飞动的相反相成、有机融合才是气势。尤其是克服了凝重后的飞动，或是拥有了飞动后的凝重。秦汉艺术的奥秘和优势之一不在单纯的凝重或单纯的飞动，而在凝重与飞动的不可分割、相反相成。秦汉典范的艺术种类和代表作品几乎都能证明这一点。

---

① 宗白华：《美学散步》，上海人民出版社 1981 年版，第 62 页。

　　秦汉建筑，就单个建筑来说，比起基督教和佛教建筑来，它确乎相对低矮，比较平淡，应该承认逊色一筹。但就整体建筑群来说，它却结构方正、逶迤交错、气势雄浑。它不是以单个建筑物的体状形貌，而是以整体建筑群的结构布局、制约配合而取胜。非常简单的基本单位却组成了复杂的群体结构，形成在严格对称中仍有变化，在多样变化中又保持统一的风貌。即使像万里长城，虽然不可能有任何严格对称可言，但它的每段体制则是完全雷同的。它盘缠万里，虽不算高大却连绵于群山峻岭之巅，像一条无尽的龙在永恒飞舞。它在空间上的连续本身即展示了时间中的绵延，在克服了巨大身躯的凝重后显示了空间中的飞动，成了我们民族的伟大活力的象征。"襄阳出土的一座绿釉三层陶楼，它的垂脊硕大雄健，出檐异常深远，颇有几分威重之感。但正脊和垂脊顶端却偏又高高耸起，像是将巨大屋顶压向下方的千钧之力轻轻提升，轻与重、高与下的艺术矛盾在这里被运用得混转如丸。"① 凝重与飞动的统一得到了水乳交融式的充分表现。建筑如此，画像石、画像砖亦然。大量的画像石、画像砖作品（包括壁画），皆生动而活泼，古拙而雄健。秦汉时代书法的群体风格美，其主导倾向是尚势。它体势飞动，并融雄放、秀逸、骏发以及沉厚、劲健等于一体。这一风格美，下限似可至三国时期，而以汉代为主。汉隶中的波挑翻翻是构成新韵律的关键。汉隶波挑的俯仰运动展示了内在的沉厚的力度，展示外焕的飞举之势，是一种赋予了灵感的运动力。汉隶的出现犹如江河奔泻，破毁小篆的形体结构，变圆为方，变曲为直，变繁为简，一切痛快淋漓。汉碑的雄奇飞动之壮美，正是从汉代社会的具体形象里通过美感来摄取的，它正传达出一个壮阔飞举的时代的社会的律动，表现出两汉时代的雄伟的气势和生生不息的创造力。汉大赋钉饾呆板，然而厚重恢

---

　　① 王毅：《园林与中国文化》，上海人民出版社 1990 年版，第 68 页。

宏，给人一种阔大遒劲的艺术感受，一个重要原因便在于其中贯注着一股天风海涛般的浩荡气势。

形体巨大、数量众多的作品气吞山河，形体小的作品也同样气势非凡。项羽的《垓下歌》、刘邦的《大风歌》，如按篇幅，均寥寥数语，只能断为小诗，然而语少意多，诗小气魄大。通过这些小诗，我们可以感悟所谓英雄时代的英雄精神底蕴。秦汉简牍书法也有同样的审美效果。简牍书法毕竟受到材料的限制，一简连一简的书写只能偏重于行气，而无暇顾盼左右关系。然而，它的艺术价值并没有受到损失，这主要是因为简牍书法独具字小气势大的特征和开放不封闭的形象。从各类汉简来看，简面上大多是 1 厘米左右的小字，偶尔才有 3 厘米左右的大字，在狭窄的简面上铺天盖地地布满汉隶，不仅没有显出分外的拥挤、拙重，反而给予人们一种奔腾无羁的气势，不觉其小，反觉其大的浪漫风味。就是方寸天地的小小玺印，在秦汉人那里表现出的也是宇宙气魄。

因为秦汉的"尚大"不仅仅是崇尚形体巨大、数量众多，更重要的是要显示出一种胸怀之大、力量之大、气魄之大和趣味之大。贾谊在形容秦的抱负时，用过一段排比文字，非常恰切地概括了秦汉文化艺术的特点：席卷天下，包举宇内，囊括四海，并吞八荒。秦汉所谓"尚大"崇尚的就是这种宏阔胸怀和雄大气势。

凝重与飞动的统一，有着丰富的审美文化渊源和深厚的社会历史根基。就审美渊源来说，先秦艺术的某些特征和先秦地域文化的整合，特别是南北文化的整合成为这一特色的源头。就深厚的社会历史根基而言，秦汉艺术洋溢着的充沛的生命精气，激发着的粗犷的时代豪气，充盈着的淋漓的宇宙元气，构成了凝重与飞动统一的深层内蕴。秦汉艺术充沛的生命精气、粗犷的时代豪气和充盈的宇宙元气的融会贯通，激荡斯磨，就升华而为凝重与飞动的统一，冲决而为辉煌大赋、壮观宫殿、瑰丽画像、宏放乐章、雄浑雕塑、精美工艺、豪放书法……从而形成宏博巨丽、气势磅礴的炎汉气象或壮丽风采。

四　美与善的统一

中国古典美学和古典艺术历来讲究情理结合、文道统一、人艺一体（人品与艺品统一），这个道和理虽然偏重人文之道，偏重伦理道德规范，但也与天道相通，与宇宙、自然的客观规律相通。封建伦理道德的善，也被看成天经地义的真。通过人道看天道，通过善去表现真，通过人品去评价艺品，换句话说，以文道统一、情理统一、人艺统一为基本内容的美善统一，正是中国审美文化的一大特色。中国古典审美文化美善结合的特点，在秦汉艺术中得到了极为充分的、富于时代特征的表现。

在秦代，这种美善统一是以极端功利主义的尚用形式表现出来的。在汉代，统治者和思想家鉴于秦亡的教训，更加深刻地认识到行仁义、施教化的重要性。因此，在这个问题上，无论什么思想倾向，什么思想流派，几乎都主张审美、文艺服从服务于政治教化、伦理重塑、人格再造、稳定大一统社会的主旨。这种美善结合、弘道济世、注重政治教化的审美功能观，在汉代艺术的理论形态和感性形态中都有显著的表现。

在理论上，汉代统治者和思想家对礼乐教化作了连篇累牍的强调。从汉初的陆贾、贾谊、三家诗论到《淮南子》、董仲舒、司马迁、扬雄、班固、王充、郑玄；从诗论、赋论到书论、画论、乐论等，几乎无不如此。汉代诗学是汉代文学思想中体现美善结合特点的标本，这在社会文化现象上，表现为《诗》在汉代五经中被最先尊为"经"，立有博士，其地位在汉文化鼎盛时的武帝朝被无限提升；在文学思想内涵上，《诗》之"美刺"与"讽谏"，成为衡量汉代文学价值的基本准则。而此诗学的"美刺"与"讽谏"辐射于汉代一切文学批评，又形成了具有更广泛意义的时代文化特征。如赋论有"抒下情而通讽喻"①，书论有"文者宣教明化于王者朝廷"②，"书乾坤之阴阳，赞三皇之洪勋；叙五帝之休乎，扬荡荡之典文。纪三王之功伐兮，表八百之肆勤；传六经而辍百氏兮，建皇极而序彝伦。综人事于晻昧兮，赞幽冥于明神"③，这是书法与伦理结合的典型例证。画论有"恶以诫世，善以示后"④，"存乎鉴戒者，图画也"⑤。乐论有"补短移化，助流政教"⑥。极端者，甚至把这种弘道济世、经世致用的功能观强调到了无以复加的程度。如扬雄壮悔少作，实质是认为汉大赋劝百讽一，难以实现其理想的弘道济世、讽谏教化的社会作用。被章太炎称为汉有此一人足以振耻的思想家王充，提出"劝善惩恶""增善消恶"的主张，要求文艺为政治教化服务。他说："故夫贤圣之兴文也，起事不空为，因因不妄作；作有益于化，化有补于政。"⑦ 他甚至说："为世用者，百篇无害；不为用者，一章无补。"⑧ 赵壹《非草书》否定草书的主要原因有三，一言以蔽之，就是认为草书"非圣人之业"，不能"弘道兴世"。由上可见，扬雄、王充、赵壹显然是以片面极端的方式强调了美与善的统一，至于汉代文艺批评中的依经立义、依诗论骚、依诗论赋及其所导致的楚骚诗经化、汉赋诗歌化，实质就是要使骚、赋服从于政治教化。

在艺术上，当时几乎所有的艺术形式都被纳入礼乐教化、经世致用的总体导向之内。在汉赋中，颂美和讽喻同时并存。在书法中，秦代刻石和

① （汉）班固：《西都赋序》，《文选李善注义疏》，中华书局 1985 年版，第 14 页。
② （汉）许慎：《说文解字叙》，《全上古三代秦汉三国六朝文》（第 2 册），河北教育出版社 1997 年版，第 466 页。
③ （汉）蔡邕：《笔赋》，《两汉三国文汇》，（台湾）中华丛书编审委员会，第 393 页。
④ （汉）王延寿：《鲁灵光殿赋》，杨成寅编著《中国历代绘画理论译注·先秦汉魏南北朝卷》，湖北美术出版社 2009 年版，第 105 页。
⑤ （魏）曹植：《画赞序》，《汉魏六朝书画论》，湖南美术出版社 1997 年版，第 257 页。
⑥ （汉）司马迁：《乐书》，文化部文学艺术研究院音乐研究所编《中国古代乐论选辑》，人民音乐出版社 1981 年版，第 69 页。
⑦ （汉）王充：《对作》，《论衡全译》（上），贵州人民出版社 1993 年版，第 1771 页。
⑧ （汉）王充：《自纪》，《论衡全译》（上），贵州人民出版社 1993 年版，第 1813 页。

汉代石经等也都具有歌功颂德、端肃民风、矫正视听、申明准则等教化作用。在绘画中，汉代统治者为了表彰功臣、烈女、贞妇、孝子、贤妃、忠勇侠义之士以及古圣先贤，宣扬儒学及炫耀自己奢侈享乐的生活，常在宫观庙宇的壁上画像，在像旁书以赞词。就连建筑也成为显示皇权至上、明确尊卑贵贱、区分高低等级的形象载体。"萧何治未央宫，立东阙、北阙、前殿、武库、太仓。上（刘邦）见其壮丽，甚怒，谓何曰：'天下匈匈，劳苦数岁，成败未可知，是何治宫室过度也？'何曰：'天下方未定，故可因以就宫室。且夫天子以四海为家，非令壮丽亡（无）以重威，且亡令后世有以加也。'"① 显而易见，统治者是要通过建筑这种巨大的物质实体，张扬其占有天下、统治天下的无与伦比的雄心，达到其体现帝王威风、威慑天下、长治久安的目的。

在艺术中，受到统治者和思想家高度重视、体现政治教化最明显的莫过于诗歌和音乐或诗教和乐教。汉武帝不愧是一个有远见卓识的帝王，他看到了要建立长治久安的专制帝国，就必须从教育出发打下基础。董仲舒应和了汉武帝的要求，在著名的对策中提出汉代要想长治久安，首要任务是肃清暴秦余毒，改造人性，以移风易俗。董仲舒推崇上古教育，大力倡导以社会为场所的乐教："乐者，所以变民风，化民俗也；其变民也易，其化人也著。故声发于和而本于情、接于肌肤、臧（藏）于骨髓，故王道微缺，而管弦之声未衰也。"（《举贤良对策》）在董仲舒看来，音乐与诗歌都是先王之道的显现，用"乐教"来化民，是一种最直接和最易行的途径。曾受业董仲舒的司马迁也唱和有应，在《史记·乐书》中提出："夫上古明王举乐者，非以娱心自乐，快意恣欲，将欲为治也。正教者皆始于音，音正而行正，故音乐者，所以动荡血脉，通流精神而和正心也。"强

---

① （汉）班固：《汉书·高帝纪》，中州古籍出版社1996年版，第11页。

调音乐是为了教化百姓，而不是娱悦耳目。董仲舒指出，百姓的好利之心只有用教化才能感化向善，像秦朝那样，纯任暴力是无济于事的。"夫万民之从利也，如水之走下，不以教化堤防之，不能止也，是故教化立而奸邪皆止者，其堤防完也，教化废而奸邪并出、刑罚不能胜者，其堤防坏也。古之王者明于此。是故南面而治天下，莫不以教化为大务。"（《举贤良对策》）董仲舒向皇帝提出，教化必须通过具体途径来施行，为此他提出了设五经博士、兴礼乐、立太学等行政措施。汉武帝接受了董仲舒的建议，立五经博士，设乐府机构，从而使统治者的社会教化有了相应的制度保证，影响到后世的封建王朝社会教育体系。东汉班固在《两都赋》中论及汉武帝的这些措施时说："大汉初定，日不暇给。至于武、宣之世，乃崇礼官、考文章、内设金马石渠之署，外兴乐府协律之事，以兴废继绝、润色鸿业。是以众庶悦豫，福应尤盛。"在西周也有专门的音乐机构，以适应统治者的礼乐之教，到了汉武帝时期，则扩大了规模，增加了功能。从相关记载来看，乐府的主要职能是采集民歌与制作新诗。皇帝在各种社会活动中，通过乐府机关制作与改编的音乐风化天下，宣传礼教，达到"经夫妇，成孝敬，厚人伦，美教化，移风俗"的目的。当然，除此之外，也有不少反映世俗人情的诗，这些诗"感于哀乐、缘事而发"，真实地反映了人民的悲欢离合。实际上，汉武帝立乐府自创新声，运用能代表时代要求的音乐来教化天下，"兴废继绝、润色鸿业"，是其建立新的文化教育的一项重要行政措施。萧涤非先生在《汉魏六朝乐府文学史》中评价汉武帝设立乐府机构时说："然如武帝之立乐府而采歌谣，以为施政之方针，虽不足于语于移风易俗，固犹得其遗意。"就是看到了汉武帝立乐府在一定程度上是为了弘扬周代的教化。[①]

---

① 袁济喜：《论中国古代审美教育的实施》，《文艺研究》2001 年第 1 期。

　　强调美善结合体现在艺术创作主体与作品的关系上，就是更为重视人品和艺品的关系。在将这种探讨从哲学意义转化、发展为美学意义的思想过程中，汉代扬雄起到了十分关键的作用。他提出的"书，心画也"这个命题已经开始初步从美学意义上探讨了人品和艺品的关系。扬雄的"心画"说虽然未必专就书法而言，但它对后代书论的影响极大。中国书论中注重书家个性品格与书风关系的祈向即滥觞于此。扬雄的"心画"说第一次从理论上涉及了书法与作者思想感情、精神品格之间的关系，指出了书法具有表意抒情的性质，从而开启了后代强调个性表现、注重人品修养的论书传统。其实，在汉代除了扬雄之外，还有两个人在这一转变和发展的思想过程中起到了同样重要的作用，这就是东汉的王充和赵壹。应该说，王充比扬雄更加深入地探讨了人品和艺品之间的内在联系性和统一性。而赵壹则完全从美学上探讨了艺术家个性气质和书法艺术之间的复杂关系，从而继扬雄之后，将先秦的有关思想从哲学领域带入美学领域。从扬雄、王充到赵壹关于人品和艺品关系的探讨，既从一个方面突出体现了秦汉艺术强调美善统一的特色，也充分反映了由哲学形态向美学形态转变和发展的思想过程。

　　当然，由于汉代几乎把一切都纳入礼乐教化的渠道，服从服务于政教，因此，秦汉的美善统一往往是美统一于善，或常常是善压倒美，表现出极强的功利主义色彩。

　　[发表于《新中国艺术六十年·全国美学大会（第七届）论文集》，文化艺术出版社 2010 年版；中日韩第六届东方美学国际研讨会论文集]

审美走向自觉

——论秦汉审美文化的历史地位

  关于秦汉审美文化在中国古代审美文化史上的地位，目前国内主要有"过渡"说、"转型"说、"承前启后"说、"奠基"说和"关键"说诸种。我们认为，如同从中国历史和文化发展的总体来看，秦汉是一个承前启后、继往开来的时代一样，从中国审美文化历史与发展总体来看，秦汉也是一个承前启后、继往开来的时代。秦汉审美文化一方面博采先秦各家之长，融会贯通，表现出一种宏伟的气魄，显示出鲜明的兼容性和综合性；另一方面又发扬光大了先秦审美文化，体现了突出的发展性和创造性。它直接开启了魏晋六朝审美文化，影响远及隋唐及以后历朝历代，直至清末我们仍然能在学术研究和文艺创作上寻觅到秦汉审美文化的身影。尤其是在审美创造上，秦汉给我们留下了举世瞩目的骄人成就。如同秦汉奠定了中国古代社会物质文明和精神文明的基础，奠定了民族共同体的基础，奠定了中华民族共同的文化心理结构的基础一样，秦汉在审美文化上也在一定意义上奠定了中国古代审美文化的基础。然而，在以往的秦汉审美文化研究中，论者大多注重秦汉审美文化"承前"和"继往"的作用，相对忽视它"启后"和"开来"的贡献，忽视秦汉审美文化的独创性，这是不符合秦汉审美文化的客观实际的。与先秦相比，秦汉在审美的独特性质和功用的探讨上，迈出了关键一步，推动审美走向自觉。它主要表现在美的升值、情的上扬、自然审美观的发展和突破等方面。本文拟就这一涉及秦汉审美文化历史地位的关键问题，略述己见。

一　美的升值

在当代美学理论中，"美"是一个含义丰富、范围广大的范畴。中国古代美学和审美文化没有与之完全对应的术语；但有若干与其相近、相似、相交叉的范畴。如审美内涵上在文与质相对意义上作为"中国古代美学审美对象的总称"的"文"①，在朴与丽相对意义上作为"美的感性表征"的"丽"②，在人的内美和外美相对意义上的"外美"等。用当代美学术语表述，这里的美，大体是指与五官感受相联系的声色之美和集中体现审美特性并以非功利为主要标志的纯形式美等内容。

应该说，先秦对道美、质美、内美等意义的美是极为重视的。道家所论的道之美、素朴之美、天地之大美，甚至更带有哲学意蕴上的丰富性、深刻性和根本性。但先秦儒、道、墨、法等，除儒家外，对以色、形、声、味等为基本内容的声色之美和相对独立的纯形式美等，均持批判否定的态度，在文质关系上均重质轻文，甚至多数以质否文。这种态度也延伸到对"丽"和人的"外美"的贬低及排斥。儒家虽然基本是文质统一论者，讲究"言之无文，行而不远"，讲究"文质彬彬""尽善尽美"，但也批判玩物丧志，否定声色之美，特别是在文质发生矛盾之时，同样是以质否文。就先秦总体来看，声色之美和形式美始终没有摆脱功用的纠缠，不受重视，没有独立的价值和地位。秦汉时代特别是汉代，这种情况发生了

---

① 张法：《中国美学史》，四川人民出版社 2006 年版，第 13 页。
② 吴功正：《六朝美学史》，江苏教育出版社 1994 年版，第 316 页。

重大变化。从这种新变化、新发展、新趋势的总体来看，可以概括为：美的升值。它与审美走向自觉相同步，并成为其重要表征。这个重大变化主要表现在以下诸方面。

（一）纯粹意义上的形式美开始成为自觉的追求

在中国文化发展史上，究竟从什么时候开始明确地单独讨论一种可以说是纯粹意义上的文艺，充分重视文艺作品的美，直接地而非附带地谈论到艺术创作问题呢？有学者认为这是从在真正的意义上创造了汉赋的司马相如关于作赋的言论开始的。作为在楚辞的基础上创造出来的一种新的文艺形式，汉赋一开始就以艺术美供人欣赏为重要特色，所以也就极大地发展了在楚辞中已经表现出来的那种对于辞藻描写的美的追求。鲁迅谈到司马相如的赋时，曾指出它与楚辞并不相同，是一种创新的艺术形式。鲁迅说："汉兴好楚声，武帝左右亲信，如朱买臣等，多以楚辞进，而相如独变其体，益以玮奇之意，饰以绮丽之词，句之短长，亦不拘成法，与当时甚不同。"[1] 说相如"不师故辙，自搪妙才，广博闳丽，卓绝汉代"[2]。总之，司马相如的赋区别于"诗"和楚辞的地方，在于它处处自觉地讲求文辞的华丽富美，以穷极文辞之美为其重要特征。虽然它也有歌功颂德和所谓"讽喻"的政治作用，但构成汉赋最根本的特征的东西却在于它能给人充分的艺术美的享受，并以给人们这种享受为自觉追求的重要目的。在中国文学史上，汉赋的产生标志着中国文学开始强调文学的审美价值，不再只强调它作为政教伦理宣传工具的价值了。这是文艺性的"文"从古代那种广义的"文"明确地分化出来的重要的一步。

基于上述的情况，司马相如论赋的话，虽是片断的，却也有值得重视

① 鲁迅：《鲁迅全集》（第9卷），人民文学出版社1981年版，第122页。
② 同上。

的意义。司马相如说：

> 合纂组以成文，列锦绣而为质，一经一纬，一宫一商，此作赋之迹也。赋家之心，包括宇宙，总览人物，斯乃得之于内，不可得而传。①

这里，司马相如从"作赋之迹"和"赋家之心"两个方面讲了如何作赋。一方面指的是赋的艺术形式的美。司马相如在说明这种美时，使用了儒家常说的"文"和"质"这两个概念，但其解释却颇为特别。"质"被比作锦绣，"文"被比作锦绣之上用彩色丝线所织成的花纹，"文"与"质"像经纬、宫商那样互相交错而又和谐统一。这里固然暗寓着赋所特别强调的排比、对偶、音韵和谐的美，但更为重要的是指出赋具有一种像绣上了鲜艳的花纹的织锦那样的美。这可以说是一种锦上添花、穷极绮丽之美，同孔子所说"绘事后素"的观念很不一样。它不是以素底为"质"，而是以"锦绣"为"质"，在锦绣之上还要织上美丽的花纹，使之同作为"质"的锦绣的色彩交相辉映。在司马相如之前，有谁这样高度地强调过文辞的夺人心目的艳丽之美呢？

在司马相如之后，扬雄和桓谭又再次或直接或间接地谈到赋所特有的这种美的特征。扬雄把这种美比之为"雾縠之组丽"②，即像女工所刺绣的轻细半透明的织锦一样，有一种远望如云兴霞蔚般的美丽。同时特别值得注意的是，扬雄用"丽"这个概念来形容辞赋的美，提出所谓"丽以则"和"丽以淫"的说法，并把包含文艺作品在内的"书"之美比为女色之美（"女有色，书亦有色"），他所指的正是一种鲜明强烈地诉诸人们感官的

---

① （汉）刘歆撰，（晋）葛洪集，向新阳、刘克任校注：《西京杂记校注》，上海古籍出版社1991年版，第91页。关于这个材料的真伪，学界尚有争议。但从所论内容与汉代相关言论的相似性来看，应有可信性。

② （汉）扬雄：《法言·吾子》，《古文论译释》（上），清华大学出版社2007年版，第94页。

美。桓谭也曾以"五色屏风"为喻谈到过五声之美。虽不是直接针对赋的美而言，但明显同赋的美相关，并且恰好是对司马相如关于赋的美的说法的一种具体说明。桓谭在《新论》中说：

> 五声各从其方，春角夏徵，秋商冬羽，宫居中央而兼四季。以五音须宫而成，可以殿上五色锦屏风谕而示之。望视，则青赤白黄黑各各异类；就视，则皆以其色为地，四色文饰之。其欲为四时五行之乐，亦当各以其声为地，而用四声文饰之，犹彼五色屏风矣。①

这里说五声、五色的组合要取得美的效果，就要以某一声、一色为地，以其余四声、四色文饰之，使之相互交错、和谐统一。这正是司马相如所说的文质辉映、经纬宫商互相配合的意思。这种绚丽灿烂的"五色锦屏风"的美，同司马相如、扬雄所形容的汉赋之美是完全相通的。②汉赋对声色之美的自觉追求，标志着语言艺术在竭力摆脱道德政教功用的控制而开始走向独立。

书法也体现出了这一特点和趋向。崔瑗《草书势》是流传至今最早的一篇讨论书法艺术的文章。作者在文中以各种形象的比喻描述了草书艺术的审美特征：层出不穷的比喻，涉及草书的抒情效果及其对欣赏者的感情触动，特别准确地捕捉到草书的形态美和动态美等形式美特征，充分表现了作者非功利的艺术欣赏的感受。正如有学者指出的："它的出现，表明书法进入了一个自觉时期，书法脱离作为学术与文字的附庸地位，而成为一门独立的艺术"，"标识了我国的书论进入了一个自觉的阶段"。③

---

① （汉）桓谭：《新论·离事》，《全上古三代秦汉三国六朝文·全后汉文》卷十五，商务印书馆1999年版，第136页。
② 李泽厚等：《中国美学史》（先秦两汉编），安徽教育出版社1999年版，第526—528页。
③ 王镇远：《中国书法理论史》，黄山书社1990年版，第10—12页。

（二）对声色之美和形式美的描写和追求在更大范围内展开

秦汉时代对声色之美和形式美的描写和追求不仅限于赋，而且扩展到音乐、舞蹈、书法、人体美乃至广阔的生活领域。音乐如马融《长笛赋》中有对欣赏笛乐的艺术感受的细致表现，强调的并不是音乐的道德教化功能，实际上是在情志合一的形式中肯定了音乐的抒情性及其对欣赏者的情绪感染力，揭示了音乐陶冶性灵的审美意义，增强了声貌和形式美的描写。

关于歌舞的耳目之娱、形式之美的描写，不仅是傅毅《舞赋》中所描绘的亮丽风景，而且是张衡赋中频频出现的内容，在《二京赋》《七辩》和《舞赋》中已有细致的刻画，而在《南都赋》中，张衡对此则作了淋漓尽致的表现。这里有柔媚旖旎的舞姿给人以"耳目之娱"，也有对音乐感染力的渲染。同马融一样，其意义也在于形象地表现艺术欣赏中"悦耳悦目"和"悦情悦意"的审美感受。

表现在人体美与心灵美的关系上，重视人体美即尚貌成为新趋势。《淮南子·修务训》云："今夫毛嫱西施，天下之美人。若使之衔腐鼠，蒙猬皮，衣豹裘，带死蛇，则布衣韦带之人过者，莫不左右睥睨而掩鼻。尝试使之施芳泽，正娥眉，设笄珥，衣阿锡，曳齐纨，粉白黛黑，佩玉环，揄步，杂芝若，笼蒙目视，冶由笑，目流眺，口曾挠，奇牙出，靥面甫摇，则虽王公大人有严志颉颃之行者，无不惮悇痒心而悦其色矣。"表现了对相貌、人体之美重要作用的重视。"卫后兴于鬓发，飞燕宠于体轻"[1] 则把卫子夫由普通歌者到贵为汉武帝皇后、赵飞燕由一名舞女到贵为汉成帝皇后即"兴"和"宠"的根本原因，归结于"鬓发""体轻"等人体美因素。

---

[1] （汉）张衡：《西京赋》，费振刚等辑校《全汉赋》，北京大学出版社 1993 年版，第 420 页。

这种情况在汉代屡见不鲜。据史载，汉代大量女子走向"乐伎"一途，以声容姿色和歌舞伎艺争取生存发展的机会。不但有很多女子因妙善琴瑟歌舞而为王侯将相、宦官世族、富豪吏民等纳为宠姬爱妾，地位由贱而贵，而且其中一些女子还因此大受皇帝青睐与宠幸，从此一步登"天"，有的因此成为嫔妃，"贵倾后宫"，有的甚至因此位尊皇后，"母仪天下"。种种迹象都显示出，汉代属于那种极其看重人外在相貌的社会①，虽然重相貌不等于重审美，但其中审美因素占有重要地位，则是不言而喻的。

至于汉代日常生活中的尚乐风尚乃至风潮，就更为显著地表现出这一新趋向。诸多史料说明，汉代民众是尚乐的，乐简直就是他们生活中不可或缺的组成部分。《盐铁论·崇礼篇》载："夫家人有客，尚有倡优奇变之乐，而况百官乎？"就是说即使是普通百姓家来个客人尚要歌舞作乐，当官的就更别说了。请客如此，祭祀酬神更要击鼓歌舞，表演各种技艺。《盐铁论·散不足篇》载："今富者祈名岳，望山川，椎牛击鼓，戏倡舞象。"甚至办丧事也要表演歌舞："今俗，因人之丧，以求酒肉，幸与小坐，而责办歌舞俳优，连笑伎戏。"民间尚如此，那么每逢皇帝款待外国使节或国家之间的通婚时，就更要大兴歌舞，举办文艺会演，《汉书·武帝传》载："（元封）三年春作角抵戏，三百里内皆来观。"这场面之宏大、节目之丰富及人情之激越，大抵可想而知。纵观古代社会，恐怕没有哪个时代会像汉代那样，无论尊卑上下，不管四处八方，几乎都在歌舞伎乐面前表现得如痴如醉，大凡帝王将相、诸侯九卿、文人学士、豪门巨贾、妃姬妾婢、贩夫走卒……差不多都被裹挟进这一歌舞伎乐的时代风尚中，它渗入社会生活的方方面面，其流布之广，浸滋之深，形制之繁，势焰之烈，影响之巨，堪称前无古人，后无来者，成为汉代一种代表性的审

---

① 彭卫：《古道侠风》，中国青年出版社 1998 年版，第 66—67 页。

美文化景观。① 这种尚乐风俗正是汉代文艺特别是民间文艺蓬勃发展的温床，也是秦汉审美文化兴盛发达的深厚的社会土壤。

（三）声色之美和形式美因素成为审美接受和评判的标准

关于审美接受，郑卫之音在西汉中期后成为宫廷音乐主流的例子非常典型。众所周知，郑卫之音在先秦一直被先哲贬斥，被视为乱世之音。不过具有讽刺意味的是，雅乐在与郑卫之音的竞争中总是处于下风。西汉中期以后，郑声成为宫廷音乐的主流，史称："内有掖庭材人，外有上林乐府，皆以郑声施于朝廷。"而黄门名倡丙强和景武也以擅长郑声"富显于世"。② 汉魏时朝廷雅乐郎杜夔精于雅乐，其弟子左延年等人却弃雅从郑，"咸善郑声"③。在民间，郑卫之音也是人们所熟知和喜欢的曲调。桑弘羊把郑卫之音比作可口的柑橘，"民皆甘之于口，味同也"，"人皆乐之于耳，声同也"④。傅毅《舞赋》说："郑卫之乐，所以娱密坐，接欢欣也。"而郑卫之音的流行与它的声色之美不可分割。⑤

关于声色之美和形式美作为审美评判的标准，扬雄《法言·吾子》中的说法很有代表性："诗人之赋丽以则"，"辞人之赋丽以淫"。无论对"诗人之赋"和"辞人之赋""丽以则"和"丽以淫"怎样解读，赋必须"丽"，则是毫无疑义的。"丽"在这里显然是作为审美评判标准提出来的。显而易见，它直接开启了曹丕《典论·论文》"诗赋欲丽"说的先河。《汉书·扬雄传》："赋者，将以讽也，必推类而言，极丽靡之辞，闳侈巨

---

① 韩养民：《秦汉文化史》，陕西人民教育出版社 1986 年版，第 204—205 页。
② （汉）班固：《汉书·礼乐志》，中华书局 2005 年版，第 912 页。
③ （西晋）陈寿撰，裴松之注：《三国志·魏书·杜夔》卷二十九，中华书局 1959 年版，第 807 页。
④ （汉）桓宽：《盐铁论·相刺》，王利器校注《盐铁论校注》（增订本），天津古籍出版社 1983 年版，第 251 页。
⑤ 彭卫等：《中国风俗通史》（秦汉卷），上海文艺出版社 2002 年版，第 729—730 页。

衍，竟于使人不能加也。"也是把代表文辞之美的"丽"作为审美评判标准的内容。

二 情的上扬

情感是人对现实的审美关系的核心因素，人对现实的审美关系在本质上是一种情感性关系。因此如何认识情感的特性，如何看待情感在审美中的地位，如何把握情感在审美中的独特作用，就成为衡量审美观发展水平的根本尺度。两汉时代，对审美情感特质和独特功用的认识比前人有重大的发展和深化。这主要表现在两方面。

（一）更明晰地认识到审美的情感特性并提升了情感在审美中的地位

对诗歌审美本质由"诗言志"，到"情""志"并举，乃至出现"言情"说萌芽，这一认识不断深化的过程最有代表性。

"诗言志"这一中国诗论的"开山的纲领"，早在先秦就已提出并被人们所普遍接受。但是，仅仅说"诗言志"是不够的，先秦以儒家为中心，普遍认为诗是"言志"的，但这个"志"主要是指政治抱负，是从文学表现思想的角度去看待文学的本质问题的。荀子虽已接触到文学创作的"志"与"情"的关系问题，但论析尚不明朗。《楚辞》实际上提出了抒情言志的问题，但并没有从理论上作明确的表述和概括。文学艺术的根本特征，在于它能以情感人，以情化人。随着汉代文学的发展，汉人更加重视文学的情感性特征。汉代的文学理论批评中对此已有相当明白的论述。汉儒在总结《诗经》的艺术经验过程中，明确地指出了诗歌是通过"吟咏情性"来"言志"的。《毛诗大序》中既肯定"诗者，志之所之也"，同时又提出诗是"吟咏情性"的，"情动于中而形于言"。实际上是从理论上明确将"志"与"情"并举，把"情"和"志"统一了起来。所谓"在心为志，发言为诗。情动于中而形于言"。"故变风发乎情，止乎礼义。发乎情，民之性也；止乎礼义，先王之泽也。"这似乎是中国文学批评史上第一次把"情"与"志"联系在一起来论述诗歌的特征，因此，它标志着中国文学批评和美学的一个重要进展，其意义是重大的。①

司马迁则提出了以情感为核心的"发愤著书"说。他认为那些杰出的作者，都是在生活中历经坎坷磨难，悲愤之情感集于胸中，食不甘味，寝不成眠，愁苦忧思，无法解脱，于是情感喷涌，遂发为歌诗。"《诗》三百篇，大抵贤圣发愤之所为作也。此人皆意有所郁结，不得通其道也，故述往事，思来者。"②司马迁在对文学情感性的认识上又前进了一步。在中国文学批评史上，"发愤著书"说具有十分重要的意义，对后世文论产生了深远的影响。有学者甚至把它视为由"言志"说向"缘情"说发展的一个枢纽。③两汉其他文学家和文论家对文学的情感性特征，亦有较明确的认识，对情的重要性强调得十分突出。例如严忌《哀时命》曰："抒中情而属诗"，"愿舒志而抽冯兮"，"焉发愤而抒情"。王逸评屈原的创作曰："思欲济世，则意中愤然；文采秀发，遂叙妙思。""以渫愤懑，舒泻愁思。"④《史记·贾谊传》说到贾谊作《鵩鸟赋》的缘由是"自……伤悼之乃为赋以自广"。冯衍《显志赋》曰："聊发愤而扬情兮，将以荡夫忧心。"张衡《鸿赋序》曰："永言身事，慨然其多绪，乃为之赋，聊以自慰。"翼奉说："《诗》之为学，情性而已。"⑤《诗纬》中说："诗者，持也。"这个"持"就是指要"持人情性"。班固指出，乐府诗"皆感于哀

① 近年，上海博物馆藏《战国楚竹书·孔子诗论》提供了先秦儒家诗论的诸多新材料。但学界从竹书的作者到语句的训读，都众说纷纭，尚待进一步研究。因此，本文暂不为据。

② （汉）司马迁：《史记·太史公自序》，韩兆琦译注《史记》，中华书局 2007 年版，第 382 页。

③ 滕福海：《"发愤"："诗言志"向"缘情"说发展的枢纽》，《古代文学理论研究》第 22 辑，华东师范大学出版社 2004 年版。

④ （汉）王逸：《天问序》，《楚辞章句补注》，吉林人民出版社 1999 年版，第 83 页。

⑤ （汉）班固：《汉书·翼奉传》，中华书局 1964 年版，第 3170 页。

乐，缘事而发"①。王充则曰："居不幽者思不至，思不至则笔不利。"②
"精诚由中，故其文语感动人深。"③ 王符《潜夫论·务本》曰："诗赋者
所以颂善恶之德，泄哀乐之情。"刘向在《说苑》中说诗歌是思积于中，
满而后发的结果，所谓"抒其胸而发其情"。他的儿子刘歆则在《七略》
中直接提出了"言情"说："诗以言情，情者，性之符也。"④

　　从"诗言志"到"情""志"并举，再到"诗以言情"，并非简单的
词语置换，而是有着深层的实质性的发展。这充分说明，汉代文论家对文
学的情感性特征，较前代有了更进一步的认识，这是两汉文学理论的一大
进步。刘怀荣先生甚至认为："建安诗歌情感特质之形成，还不仅仅是乐
府、古诗递相演变的结果，它也是汉代重情的文学思想在经过漫长发展之
后的结晶。以'情'为核心，考察汉代文学思想演进的全过程，则可于汉
初至建安理出一条纵贯始终的红线，而处于终端的古诗与建安诗则进一步
将重情的思想在诗歌创作领域推向张扬个性的'任情'阶段，至此，汉代
诗赋的发展终于由经学的附庸进入了纯文学的境地，而曹丕'文以气为
主'之论的提出，则是对由重情到任情的全部文学实践的理论总结。"⑤ 他
的具体概括甚至结论我们不一定完全同意，但其观点的合理内核，即汉代
存在着丰富重要的、纵贯始终的、不断发展上扬的文学情感理论和文学实
践则是我们不能不认真面对和高度重视的一个事实，而这恰恰为汉代"情
的上扬"提供了极为有力的印证。

---

① （汉）班固：《汉书·艺文志》，中华书局1964年版，第1756页。
② （汉）王充：《论衡全译·书解篇》，贵州人民出版社1993年版，第1740页。
③ （汉）王充：《论衡全译·超奇篇》，贵州人民出版社1993年版，第847页。
④ （汉）刘歆：《七略》，《全上古三代秦汉三国六朝文·全汉文》卷四十一，中华书局1958
年影印本。
⑤ 赵明主编：《两汉大文学史》，吉林大学出版社1998年版，第1150—1151页。

（二）对审美独特价值作用的认识有了明显的深化

汉宣帝论辞赋的一段话颇具典型性。汉宣帝说："辞赋大者与古诗同义，小者辩丽可喜。譬如女工有绮縠，音乐有郑卫，今世俗犹皆以此虞悦耳目，辞赋比之，尚有仁义风谕，鸟兽草木多闻之观，贤于倡优博弈远矣。"① 汉宣帝这段话常被论者引用，但往往不予深入分析，因而大多没有真正把握这段话的美学意义。这段话虽不长，但集中论述了辞赋的作用，包含并透露出来的美学信息却非常丰富。我们认为，它至少包含了以下四层内容。一是提到辞赋的认识作用：有"鸟兽草木多闻之观"。这显然是孔子论《诗》可以"多识于鸟兽草木之名"的汉代翻版。二是提到了辞赋的社会教育作用："尚有仁义风谕。"三是明确肯定了辞赋的某些审美特点"辩丽可喜"和文艺独具的美感娱乐作用，给予娱乐作用以独立的地位。即只要能"虞悦耳目"，就有存在的价值，这是最重要的。在先秦、秦汉否定、贬低娱乐作用的主张不绝于耳的情况下，肯定文艺的美感娱乐作用，不能不说有着极为重要的意义，甚至比曹丕所谓文章者经国之大业、不朽之盛事的看法更有理论价值。因为先秦的"立德、立功、立言"的"三不朽"观点早已提到了"立言"，曹丕不过在新的历史条件下有所发挥而已。特别值得注意的是，汉宣帝肯定辞赋美感娱乐作用时也包括了常被时人诟病的所谓声色之美的"女工有绮縠，音乐有郑卫，今世俗皆以此虞悦耳目"，换句话说，他既肯定了郑卫之音等声色之美，又指出了当时世俗者以此"虞悦耳目"是极为普遍的情况。汉宣帝是当时的最高统治者，持有这种看法，影响应是巨大的。可以想见，这种娱乐作用，在当时的审美实践中已被普遍接受和重视。钱志熙先生在关于汉乐府与百戏的有关研

① （汉）班固：《汉书·王褒传》，中华书局1964年版，第2829页。

究中提出了汉代有一个庞大的审美娱乐系统的观点。钱志熙先生指出：朝廷及"朝廷之外的各阶层的作乐设戏场面，也都有颇为可观的规模。汉代这样的娱乐风气，客观上有利于乐戏各门类、各品种之间相互刺激、彼此渗透，造成一个体系庞大的娱乐艺术系统，其盛况也许是我们怎么估计都不过分"。"汉代存在着一个庞大的娱乐艺术系统，汉乐府艺术正是在这样的文化背景下存在的。作为娱乐系统之一部分，它在当时的基本功能是娱乐，追求娱乐的效果可以说是乐府艺术系统的审美观念。在当时，乐府诗依附于整个娱乐艺术系统，依附于音乐等艺术形式之上，也就是说乐府诗的文学意义和文学功能是依附于音乐艺术的本体之上的。"① 这为我们的观点提供了极为确凿的证据。四是肯定了辞赋的优越地位。因为辞赋不仅有女工绮縠、郑卫之音"虞悦耳目"的功能，而且有认识作用和教育作用，远远优越于倡优博弈。

傅毅的《舞赋·序》，从舞蹈艺术的角度同样肯定了文艺的娱悦作用，认为"郑卫之乐"可以"娱密坐，接欢欣"，"余日怡荡"，对民风教化并无害处，给舞蹈及其娱乐功能以合理的地位。在赋中虚拟的舞中队歌里，傅毅又集中发挥了这种思想，主张人在余暇娱乐，应该放松精神，暂时忘却世俗事务；认为乐舞可以使疲敝隔绝的太极真气开通起来，有利于延年益寿。这些看法都超越了传统的礼乐观。

此外，情的上扬也在美术上表现出来。对此有学者指出："伴随着荀子学派的《乐论》和汉代《毛诗序》对音乐和诗歌中情感因素的精彩论述，美术上亦同声相应，出现了情感表现的观点，作为注定要成为中国绘画重要表现手段和独立美术门类的书法艺术，汉代就已在高扬情感表现的大旗。扬雄的'书，心画也'，以及崔瑗《草书势》和蔡邕《书论》，从

---

① 钱志熙：《汉乐府与"百戏"众艺之关系考论》，《文学遗产》1992 年第 5 期。

对书法的欣赏感受角度说到的通过抽象意味的书法表现'蓄怒怫郁，放逸生奇'和'先散怀抱，任情恣性'的作书态度，把中国原始艺术和早期艺术中抽象象征的特征及'诗言志'的传统归结到个人情感的抒发上，为东方艺术体系的形成奠定了基础。这就不仅在中国美术史上，而且在世界美术史上书写了耀发奇彩的篇章，为后世以缘情言志为其本质特征的文人画的出现和它不能不走到书画结合和笔墨独立表现的道路埋下了深刻有力的伏笔。"①

综上可见，汉代对审美情感特性的认识，从纵向看，由"诗言志"到"情志"并举、发愤抒情再到"诗以言情"和"任情恣性"，呈现出认识不断深化的发展轨迹；从横向看，这些认识，不仅较普遍地存在于诗论、赋论等文学理论之中，而且还大量地存在于乐论、舞论、书论等艺术理论之中，它清楚地表明汉代对审美的情感特质认识大为深化，情感在文艺和审美中的地位明显提升，它对后世影响巨大而深远，在一定意义上，它几近成为社会的普遍共识。

三 自然审美观的发展和突破

自然审美观是美学观的重要组成部分，也是审美文化发展水平的重要标志。在中国自然审美观发展的评价上，学术界通常对魏晋南北朝自然审美观的发展及地位推崇备至，而对汉代自然审美观则极不重视，甚或以神学自然观占统治地位因而无自然美可谈"一言以蔽之"，对这一重大学术问题做了简单化、片面化的处理。我们认为这并不符合汉代自然审美观发展的实际。全面审视，汉代发扬光大了"比德"说，提出建构了"比情"说，催发萌生了"畅神"说，实现了自然审美观的重大发展和突破，是中

---

① 李来源：《中国古代画论发展史实》，上海人民美术出版社 1997 年版，第 3—4 页。

国自然审美观发展历史和逻辑链条中不可或缺的重要环节或关键组成部分，在一定方面和意义上，奠定了此后中国自然审美文化的审美模式和艺术创作的基础。

（一）发扬光大了"比德"自然审美观

"比德"说"是春秋战国时期出现的一种自然美观点，基本意思是：自然物象之所以美，在于它作为审美客体可以与审美主体'比德'，亦即从中可以感受或意味到某种人格美。在这里，'比德'之'德'指伦理道德或精神品德；'比'意指象征或比拟"①。两汉时期，"比德"审美观得到发扬光大，不仅文艺创作中比比皆是，就是在理论探讨中也占有重要地位。全面来看，汉代主要在以下三个方面发扬光大了"比德"审美观。

首先，范围扩大，程度深化。就范围来说，正如秦汉审美文化艺术题材琳琅满目，几乎无所不包一样，汉代"比德"自然审美方式的运用也几乎无处不在，只要能在自然事物与人的伦理情操和精神品格中发现可比关系的，都被纳入汉代"比德"审美的视野，从而使其范围空前广大。就程度而言，汉代"比德"的内容更加丰富，更加细腻，更加深刻。不过，在范围扩大和程度深化方面兼而有之并最有代表性的，还是董仲舒的著名散文《山川颂》。《山川颂》直接继承了先秦孔子关于"智者乐水，仁者乐山"及《诗经》的有关比德思想，但在比的具体内容上集先秦"山水"比德思想之大成，又有创造性的发挥，比先秦更加全面系统，更加充分深刻，体现出既广且深的特点。

其次，理论自觉化，观念系统化。先秦"比德"的审美实践和言论比较丰富，但从整体来看，审美实践乃至艺术创作多流于自发状态，理论略

---

① 李泽厚、汝信名誉主编：《美学百科全书》，社会科学文献出版社 1990 年版，第 23 页。

具雏形，尚未达到高度自觉和完整系统的程度。汉代则在理论自觉化和观念系统化上有重大发展，这由以下两点可以看出。第一，对先秦提出的主要命题，尤其孔子提出的关于"比德"的主要命题，如以山比德、以水比德、以玉比德、以松柏比德等，汉代都做了进一步阐释和发挥。第二，对先秦以来的"比德"审美实践和审美思想进行了系统的理论总结。这主要表现在对屈原及其《离骚》创作特点的自觉概括，《诗大序》及汉儒对《诗经》的创作经验特别是对"比兴"手法的理论总结上。众所周知，汉代围绕屈原及其《离骚》、楚辞展开了一场美学论争。这场论争的重大收获之一是明确概括出屈原作品的"香草美人"的比德特点。《诗大序》是对先秦儒家诗学思想的系统总结。《诗大序》提出的"诗六义"说中的"比兴"，经过汉儒的解说，具有对先秦比德审美观进行自觉理论总结的意义。正是由于这种理论上的自觉总结和概括，由先秦开先河的比德审美观才会成为最早成熟的自然审美观。如果说"比德"的审美实践和创作基础主要是先秦打下的，那么其理论基础则主要是汉代奠定的。

最后，也是最重要的，是汉代"比德"自然审美观有以比类为特征的更系统更成熟的宇宙论的支持。汉代是我国历史上一个多种文化百川归海、整合会通的时代。它完成了先秦诸子文化整合、地域文化的整合和中外文化的整合等多重文化的整合，形成了天地人大一统、大和谐的思想文化体系。这种早在春秋战国就已开始的走向大一统的新的思想融合，在宇宙论方面表现得尤为突出。这个宇宙体系，不纯是一个自然界的体系，而是把社会、政治、道德、法律、文艺融入其中的天人互动体系。汉代的这种气、阴阳、五行、八卦、万物互感互动的宇宙图式既为汉代艺术容纳万物的特点提供了哲学基础，又为其大气磅礴奠定了内在逻辑构架，同时还为汉代"比德"自然审美观拓展了更为广阔的比类空间，开掘了更为显见的托喻深度，因而"比德"自然审美观的运用就更普遍，蕴藉就更丰富，寓意就更深刻，影响就更大。

总之，由于汉代对"比德"说的发扬光大，使"比德"自然审美观成为一种审美文化传统，托物言志成为一种普遍的创作模式，对后世自然美欣赏和文艺创作，都产生了极为巨大深远的影响。

（二）提出建构了"比情"自然审美观

自然在古代中国人眼里包括两方面的内容：一是外在自然，天地山泽、风雷水火等所有外在于人的自然界；二是内在自然，即人体的生命机能的活动。这两个自然都各自成为一个互相影响的有机系统，前者是大宇宙，后者是小宇宙，它们密切联系，互相影响。中国古人的认知活动、道德活动、审美活动都是建立在对这两个宇宙规律的互相阐释生发之中的。把人的生命活动外化在自然物中，从自然物中观照到人的生命活动——情感，这是审美范畴中天人合一的真髓。天人合一，从现象上看是要把人事合于天道；从实质上看，人类对天道的发现却无不是立足于人的视野、人的认知图式的。天道也是人道的折射。天道是人类为自己树立的目标，是人对自己人事活动的解释，是天向人的靠拢。这种靠拢的结果是：人把自己的活动精神性地外化在一切自然物中，其中与审美有直接联系的就是人把自己的情感活动外化于自然物的运动变化之中。这种自然之道（天）与人的情感的合一，同样是建立在天道与人道、大宇宙与小宇宙类比的基础上的，因此我们把这种以自然之道规律运动与人的情感变化的异质同构的类比、比附的自然审美观，称为"比情"说。

"比情"说在《淮南子》中就初见端倪。但真正提出并系统论述的则是以力倡"天人感应"而著名的汉代大儒董仲舒。董仲舒的"天人感应"学说，以阴阳五行（"天"）与伦理道德、精神情感（"人"）互相一致而彼此影响的"天人感应"作为理论轴心，系统论述了人和自然的和合关系问题。董仲舒从道德伦理、生理构成、情感意志等方面全面论述了其天人和合的宇宙本体论系统。他所构建的这一系统的最突出的特点是将人类的道德、情感和外在的自然联系了起来，从而将自然人情化了，赋予其人类的理性、情感色彩。在他看来，人和自然、社会，即主体和客体可通过各种途径达到和合整一。他说："和者，天地之所生成也。"他强调的和合有自然性的合一，有道德性的合一，还有情感性的合一。这里最值得注意的是董仲舒关于天人或人与自然的情感性合一的看法。

在董仲舒看来，人和自然之间存在着异质同构的情感对应和感应关系，情感上的喜怒哀乐的变化是和四时季节变化的自然现象相联系的，因为人和自然有着相同的结构秩序和运动节律，所以人从春夏秋冬四时的推移变化中，能够感受到自身的变化，从而产生不同的情感体验。

董仲舒关于人与自然（天）类比的基础是异质同构、同类相召、同类相动、同类感应。其思维方式是类比思维。这种类比方式、类比思维，古已有之。董仲舒的特殊性在于与前代相比，他所比的内容有了重大变化，这就是"情"。情感是审美的根本，人与世界的审美关系在本质上就是一种以情感为核心的和谐自由关系，抓住了情感，在这个意义上也就抓住了审美。董仲舒的这些论述，是到他为止对人与自然的以情感为特征的审美关系的最系统的发挥，是天人以类比为基础的情感合一的审美模式和创作模式得以奠定的最突出的理论标志。为此，我们把这种由董仲舒提出并系统发挥的自然审美观命名为"比情"说。

"比情"说虽然在哲学基础、思维方式等方面与"比德"说有相似之处，但在"比"的内容上却有重大区别。"比德"说的重点在人与自然的道德关系，"比情"说则重在人与自然的情感关系。"比德"说还较多地依附于伦理，而"比情"说则已反映了审美的本质情感。如果说"比德"说是把天地自然"德化"，那么"比情"说则是把天地自然"情化"。虽然在汉代这些情感还只是喜怒哀乐等比较一般、宽泛、抽象的情感类型，带有明显的类型性色彩，但"比情"说毕竟迈出了通向"畅神"说的关键一步，为"畅神"说的诞生，为人们能在自然中自由地抒发更丰富、更具体、更富于个性的情感打开了最后一道闸门，对后世产生了极其深远的影响。

全面审视中国古代自然审美观的发展，主要经历了由"致用"自然审美观，到"比德"自然审美观，再到"比情"自然审美观，迄至"畅神"自然审美观的发展嬗变。从这些观点在各个历史时期是否占主导地位、不可替代性及与时代的对应性来看，大体来说，原始时代"致用"说独占鳌头，先秦时代"比德"说居主导地位，秦汉时期"比情"说更领风骚，魏晋六朝则是"畅神"说蔚为大观。因此，应该承认"比情"说的提出是自然审美观的一个重大飞跃，是由"比德"到"畅神"的一个不可或缺的重要理论环节。由"致用"到"比德"到"比情"再到"畅神"，才是中国古代自然审美观发展的完整的历史和逻辑轨迹。

"比情"说揭示了作为主体的人的情感与外界事物的感应关系，它为审美和艺术创造提供了基本的理论依据，直接影响到了后世的美学理论。中国古代的美学理论循着这一思想，形成了人和自然之间的独特的审美关系。同样，受这种理论的影响，中国古代文人形成了独特的"怀春""悲秋"情结，并成为中国古代诗文的永恒的主题。从理论上分析其长盛不衰的内在原因，可以看作董仲舒关于"比情"自然审美理论的进一步发挥。

董仲舒所描述的"天人感应"的和合境界，是道德的、伦理的，也是审美的。正是这样一种以"气"为内在生命，以天人和合为构成，以感应为生机，以"比情"为美学特色的动态天人宇宙结构模式，在某些方面奠定了中国古典美学基本理论的基础。

（三）催发萌生了"畅神"自然审美观

"畅神"说是我国古代关于自然审美观的一种代表性观点。流行的观点认为，"畅神"说是晋宋以后产生并在自然审美观中占主导地位的审美观念。"当魏晋时期儒家的思想体系一解体，人们的精神从汉代儒教礼法的统治下挣脱出来之后，把自然美看作人们抒发情感、陶冶性情对象的'畅神'自然审美观也就应运而生了"，其实质"是把自然山水看作独立的观赏对象，强调自然美可以使欣赏者的情感得到抒发和满足，亦即可以'畅神'。"①

我们认为，全面考察汉代有关文献资料和相关的社会、历史、文化、哲学背景，这个观点应该加以修正，因为即使依据"畅神"论者所主张的最严格的标准来衡量，汉代也已经萌生了"畅神"说。

"畅神"说的萌生至少从西汉刘安的《淮南子》就开始了。《淮南子》说：

> 达乎无上，至乎无下，运乎无极，翔乎无形，广于四海，崇于太山，富于江河，旷然而通，昭然而明，天地之间，无所系戾，其所以监观，岂不大哉！②

> 凡人之所以生者，衣与食也。今囚之冥室之中，虽养之以刍豢，衣之以绮绣，不能乐也，以目之无见，耳之无闻。穿隙穴，见雨零，则快然而叹之，况开户发牖，从冥冥见昭昭乎！从冥冥见昭昭，犹尚肆然而喜，又况出室坐堂见日月光乎！见日月光，旷然而乐，（又况）登泰山，履石封，以望八荒，视天都若盖，江河若带，（又况）万物

---

① 张伯良：《由"比德"到"畅神"》，《南京师范大学学报》1988 年第 4 期。
② （汉）刘安：《淮南子·泰族训》，赵宗乙译注《淮南子译注》，黑龙江人民出版社 2003 年版，第 1087 页。

在其间者乎！其为乐岂不大哉！①

《淮南子》的这些文字，表达了对大自然博大、雄浑之美的热烈追求和歌颂。我们认为，它至少有三点理论意义。其一，与道家天道自然观（或自然主义自然观）一脉相承。其二，充分肯定了自然美对人的感染愉悦作用。认为大自然的美可以开阔心胸、愉悦精神，欣赏自然美是一种极大的快乐。其三，带有鲜明的时代特点，即面向无比广阔的自然世界向外开拓、积极进取，讴歌和追求自然壮美。换句话说，就是通过对大自然雄浑、博大、壮丽之美的歌颂和追求，体现汉代那种昂扬奋发、积极进取、外向开拓的宏伟气魄和雄浑博大的精神。显而易见，《淮南子》的这些论述，无论就其哲学基本倾向还是就其所论的具体的自然美审美经验而言，视其为"畅神"说的萌芽都是不为过的。

东汉以来，随着社会矛盾的激化，统治阶级内部的分化也愈为加剧，一些失职的达官和失意的文人或萌生归隐之心遁入田园，或被迫离开市朝走向山林湖海，自然山水成了他们追求向往、寄托情志甚或安身立命的场所。他们在与大自然的实际接触中，深感自然山水可以怡神养性、愉悦情怀，从中获得无穷的精神享受。能够充分代表东汉中前期这一追求自然美的思想倾向的，是张衡的《归田赋》。学术界对该赋的思想内容、情感倾向及在文学史上的地位的认识并无重大分歧，但对其在中国自然审美意识史或自然审美观发展史上的地位，却重视不够或有意回避，因此有必要略细解读。该赋由四个自然段组成。首段指明欲隐退归田的缘由。中间两段描绘了无限美好的自然风景，抒发了归田之后的无限乐趣。其文云：

---

① （汉）刘安：《淮南子·泰族训》，赵宗乙译注《淮南子译注》，黑龙江人民出版社 2003年版，第 1087 页。

于是仲春令月，时和气清，原隰郁茂，百草滋荣。王睢鼓翼，鸧
鹒哀鸣，交颈颉颃，关关嘤嘤。于焉逍遥，聊以娱情。

尔乃龙吟方泽，虎啸山丘。仰飞纤缴，俯钓长流。触矢而毙，贪
饵吞钩。落云间之逸禽，悬渊沈之鲅鳢①。

这里映入我们眼帘的是一幅美好的春日田园风光图：春光明媚，百草
滋荣；美鸟佳雀，自由翻飞，交颈和鸣；方泽山丘，龙吟虎啸；纤缴长
流，仰飞俯钓。真可谓春光无限好，田园无限美。在这良辰美景中遨游，
确实令人赏心悦目，逍遥娱怀，其乐无穷。末段，描写"极般游之至乐"
后的精神追求。全篇充盈着对污浊现实的不满和失望，洋溢着对自然美景
的向往和追求。虽然归田的动因是不满现实，目的是逃避现实，与《淮南
子》的精神取向大相径庭，但字里行间表露的对大自然美景的向往，对自
然美景给人精神上带来的慰藉和解放，给人情感上带来的寄托和欢愉的赞
美，都可称为地地道道的"畅神"说了。特别是文中"于焉逍遥，聊以娱
情"，"极般游之至乐，虽日夕而忘劬"等名言警句，振聋发聩，不啻自然
美景可以畅神的诗意宣言，与此后被称为"畅神"说的文字相比几无二
致，甚至有过之而无不及。虽然张衡并未真正身体力行"归田"，但他对
现实和自然的不同态度，实开风气之先。在这个意义上，实在是他拉开了
东汉中后期尤其是六朝士大夫"归田"风潮的序幕。陶渊明不过是以相近
作品《归去来兮辞》和自身的实际行动，把这个风潮推上了一个辉煌的顶
点。也正因为如此，有学者把它视为"我国辞赋史中第一篇以田园生活和
乐趣为主题的抒情小赋"② 是极有见地的。

东汉中后期，对自然美的追求就更为普遍，关注自然美、发现自然美

---

①　（汉）张衡：《归田赋》，黄瑞云选注《历代抒情小赋选》，上海古籍出版社 1986 年版，
第 34—35 页。

②　霍旭东等主编：《历代辞赋鉴赏辞典》，安徽文艺出版社 1992 年版，第 260 页。

在当时已构成了大多数文人生活的一个重要内容。钱锺书先生指出："山水方滋，当在汉季。"① 当代学者余英时也指出："若夫怡情山水，则至少自仲长统以来即已为士大夫生活中不可缺少之部分矣。"② 仲长统如此，其他文人也是如此。应该说，正是在仲长统等人的直接引发下，魏晋南北朝才出现了一种通向自然、观赏自然的普遍的审美倾向。正如余嘉锡先生在《世说新语笺疏》中所说："盖魏晋人一切风气，无不自后汉开之。"余英时也说：东汉以来，"极言山水林木之自然美"，从而一开"魏晋以下士大夫怡情山水之胸怀者也"。"自兹以往，流风愈广，故七贤有竹林之游，名士有兰亭之会，其例至多，盖不胜枚举矣。"③ 的确，在这种审美倾向的影响下，追求自然美已经成为魏晋南北朝文人士大夫的一个重要的精神背景，当时的田园别墅的建构、山水诗的兴起、人物品藻标准的确立，无一不与这个自然美的背景息息相关。

从史料来看如此，从时代宏观背景和文化哲学背景来看也是如此：汉代的精神特点是外向开拓进取，充满壮志豪情，因此秦汉人更偏爱雄浑博大、宏伟壮丽等壮美型的自然景物。我们从前引《淮南子》的论述，从枚乘《七发》对"观涛"的描绘等，都可以得到这种强烈的印象。六朝天下大乱，政治黑暗，人心内敛，以个人为上，豪门士族又有经济物质的优越条件，故多闲情逸致，更喜好清泉流水、风花雪月等优美型的自然景物，我们从这个历史时期众多的文献资料中都能够看到这种突出的特征。反映在审美实践和艺术创造中，就是凸显出小山、小水、小园、小径等一系列小字号的景物，有人称之为"壶中天地"。这种情况与时代特点是息息相通的。但是这种区别只是时代精神特点所造成的社会心理和审美趣尚的不

---

① 钱锺书：《管锥编·补订重排本》（三），生活·读书·新知三联书店 2001 年版，第 305 页。
② 余英时：《士与中国文化》，上海人民出版社 1987 年版，第 339 页。
③ 同上。

同，并不能成为判断是否为"畅神"说的标准。风花雪月、暗香疏影可以畅神；高山大河、碧海狂涛也可以畅神。因为归根到底，人在自然中看到的是自身的形象，映现的是自己的风姿。这种不同不仅不能成为判断是否为"畅神"说的依据，而且正是在这种不同中，才充分显示了不同时代不同的精神风貌和审美趣尚。

一种简单化的观点认为，汉代是经学时代，儒家一统天下，因而没有"畅神"说萌生的哲学基础。其实不然。且不说儒家哲学是否根本与"畅神"说无缘尚待论证，即使按照这种逻辑，汉代也并不缺少畅神自然审美观产生的哲学基础。全面地看，汉代哲学并非铁板一块。熊铁基《秦汉新道家》、李刚《汉代道教哲学》等对此都有全面、深入、细致的研究，这里不拟详述。从纵向看，汉代道家天道自然观和汉代儒家的宇宙大生命自然观都曾各领风骚。这不能不给予自然审美观以复杂多样的影响。一般来说，在自然美领域，汉代儒家的人文主义宇宙大生命自然物观更多地光大了"比德"说，孕育了"比情"说，我们从汉代的诗乐辞赋，从董仲舒的《春秋繁露》与汉代儒家思想的息息相关就能理解。汉代道家的天道自然观则更多地催生了"畅神"说，我们从刘安《淮南子》、张衡《归田赋》、仲长统《乐志论》与汉代道家思想的密切关系即可了悟。

特别需要注意的是，《淮南子》后，王充的哲学自然观上承先秦老、庄的自然观并赋予新意，对汉代"畅神"审美观的发展起了极为重要的作用。在哲学根底上，为"畅神"自然审美观的萌生进一步夯实了基础，从理论上推进了关注自然美、发现自然美风气的形成。

总之，从刘安的《淮南子》到王充的《论衡》，从张衡的《归田赋》到仲长统的《乐志论》，贯穿着这样一条明显的"畅神"自然审美观的发展线索；从西汉到东汉，从时代特点到哲学背景，呈现出如此有利于滋生

"畅神"自然审美观的众多条件，得出汉代催生了"畅神"自然审美观的结论，恐怕不是无稽之谈吧！我们认为，两汉与六朝的区别，不在有无"畅神"自然审美观，而在于随着审美文化生态及时代大气候的变化，"畅神"自然审美观已由原来的辅助地位上升到主导地位，其内容更加丰富、系统，以"畅神"的方式欣赏自然美，已成为普遍的社会风尚，乃至蔚为大观。

上面我们扼要论析了两汉时代的"比德""比情"和"畅神"三种自然审美观，有学者认为，这三种自然审美观，以人与自然的审美关系为轴心，以天人合一为总纲，实际涵盖了形成中国古代文学传统的三种审美模式和创作模式，并将其归纳如下：

从实际情况看，两汉自然审美观更多地与前两种审美模式和创作模式密切联系，但它至少说明，汉代对我国古代自然审美观和自然审美文化有着不可忽视的贡献，不了解汉代自然审美观的真正面貌，就很难对魏晋南北朝推崇自然美，对自然美的欣赏形成蔚为大观的时代风潮，作出合乎历史和逻辑的说明。进而言之，就更难对我国古代自然审美观乃至自然（山水）审美文化的发展作出合理的令人信服的概括。

除了上文着重论析的美的升值、情的上扬，自然审美观的发展和突破等审美走向自觉的主要表征之外，汉代娱乐审美文化极为繁荣，各类艺术也有较明显的分化，如音乐、舞蹈、书法等，分别进入自觉的行列，而且

---

① 田兆元：《论古代"天人合一"美学的三大特征》，《古代文学理论研究》第 18 辑，上海古籍出版社 1997 年版。

汉末还诞生了中国第一个专以艺术为教学内容的学校——鸿都门学（虽然在一定意义上它本身也是政治斗争的产物）。从前述种种情况相互关联的整体中，我们不难得出秦汉特别是汉代审美走向自觉的结论。

（发表于《山东社会科学》2010 年第 1 期；人大报刊复印资料《美学》2010 年第 5 期全文转载；《新华文摘》2010 年第 9 期摘要）

美的升值

——汉代审美走向自觉的重要表征

在当代美学理论中，"美"是一个含义丰富、范围广大的范畴。中国古代美学和审美文化没有与之完全对应的术语，但有若干与其相近、相似、相交叉的范畴。如审美内涵上在文与质相对意义上作为"中国古代美学审美对象的总称"的"文"①，在朴与丽相对意义上作为"美的感性表征"的"丽"②，在人的内美和外美相对意义上的"外美"等。用当代美学术语表述，这里的美，大体是指与五官感受相联系的声色之美和集中体现审美特性并以非功利为主要标志的纯形式美等内容。

应该说，先秦对道美、质美、内美等意义的美是极为重视的。道家所论的道之美、素朴之美、天地之大美，甚至更带有哲学意蕴上的丰富性、深刻性和根本性。但先秦儒、道、墨、法等，除儒家外，对以色、形、声、味等为基本内容的声色之美和相对独立的纯形式美，均持批判否定的态度，在文质关系上均重质轻文，甚至多数以质否文。这种态度也延伸到对"丽"和人的"外美"的贬低及排斥。儒家虽然基本是文质统一论者，

---

① 张法：《中国美学史》，四川人民出版社 2006 年版，第 13 页。

② 吴功正：《六朝美学史》，江苏美术出版社 1994 年版，第 316 页。

讲究"言之不文，行之未远"，讲究"文质彬彬""尽善尽美"，但也批判玩物丧志，否定声色之美，特别是在文质发生矛盾之时，同样是以质否文。

无可否认，形式美是伴随着道德功用的萌芽生长起来的，铸鼎的目的虽"在德不在鼎"，但"铸鼎象物"，在以鼎表现恩德威严的同时，"象物"的形式美便萌芽了。当统治者筑台以望国氛，为榭以"讲军实"时，台与榭便以其土木之崇高、雕镂之繁富而呈现为目观之美。美的形式充满魔力，它吸附了统治者的身心，使得王公贵族利用手中的特权沉溺于五色、五音之中不能自拔。先秦诸子对它的口诛笔伐，从反面证明了美的形式一产生就具有极大的诱惑力。尽管如此，就先秦整个时代来看，声色之美和形式之美始终没有摆脱功用的纠缠，不受重视，没有独立的价值和地位。

汉代，这种情况发生了重大变化。从这种新变化、新发展、新趋势的总体来看，可以概括为：美的升值。这个重大变化主要表现在以下诸方面。

一 纯粹意义上的形式美开始成为自觉的追求

在中国文化发展史上，究竟从什么时候开始明确地单独讨论一种可以说是纯粹意义上的文艺，充分重视文艺作品的美，直接地而非附带地谈论到艺术创作问题呢？有学者认为这是从在真正的意义上创造了汉赋的司马相如关于作赋的言论开始的。因为汉赋同"诗""乐"不同，它既不被看作一种具有极为严肃意义的古代政治历史文献，和祭祀典礼也没有必然联系。较之于楚辞，它也和原始的巫术祭神和歌舞分离了。作为在楚辞的基础上创造出来的一种新的文艺形式，汉赋一开始就以艺术美供人欣赏为其重要特色，所以也就极大地发展了在楚辞中已经表现出来的那种对于辞藻描写的美的追求。鲁迅在谈到司马相如的赋时，曾指出它与楚辞并不相同，是一种创新的艺术形式："汉兴好楚声，武帝左右亲信，如朱买臣等，多以楚辞进，而相如独变其体，益以玮奇之意，饰以绮丽之词，句之短长，亦不拘成法，与当时甚不同。"又说相如"不师故辙，自摅妙才，广博闳丽，卓绝汉代"①。总之，司马相如的赋区别于"诗"和楚辞的地方，在于它处处自觉地讲求文辞的华丽富美，以穷极文辞之美为其重要特征。虽然它也有歌功颂德和所谓"讽喻"的政治作用，但构成汉赋最根本的特征的东西却在于它能给人充分的艺术美的享受，并以给人们这种享受为自觉追求的重要目的。早年好赋的扬雄曾说过："雄为郎之岁，自奏少不得学，而好沈博绝丽之文。"② 这里所谓的"沈博绝丽"，正是汉赋最本质的特征，无此不能称为典型的、成功的汉赋。在中国文学史上，汉赋的产生标志着中国文学开始强调文学的审美价值，不再只强调它作为政教伦理宣传工具的价值了。这是文艺性的"文"从古代那种广义的"文"明确地分化出来的重要一步。

基于上述情况，司马相如论赋的话，虽是片断的，却也有值得重视的意义。他说：

> 合纂组以成文，列锦绣而为质，一经一纬，一宫一商，此作赋之迹也。赋家之心，包括宇宙，总览人物，斯乃得之于内，不可得而传。③

这里，司马相如从"作赋之迹"和"赋家之心"两个方面讲了如何作

①　鲁迅：《鲁迅全集》第 9 卷，人民文学出版社 1981 年版，第 122 页。
②　（汉）扬雄：《答刘歆书》，《全上古三代秦汉三国六朝文·全汉文》卷五十二，中华书局1958 年版。
③　（汉）刘歆撰，（晋）葛洪集，向新阳、刘克任校注：《西京杂记校注》，上海古籍出版社1991 年版，第 91 页。关于这则材料的真伪，学界尚有争议。但从所论内容与汉代相关言论的相似性来看，应有可信性。

赋。一方面指的是赋的艺术形式的美。司马相如在说明这种美时，使用了儒家常说的"文"和"质"这两个概念，但其解释却颇为特别。"质"被比作锦绣，"文"被比作锦绣之上用彩色丝线所织成的花纹，"文"与"质"像经纬、宫商那样互相交错而又和谐统一。这里固然暗寓着赋所特别强调的排比、对偶、音韵和谐的美，但更为重要的是指出赋具有一种像绣上了鲜艳的花纹的织锦那样的美。这可以说是一种锦上添花、穷极绮丽之美，同孔子所说"绘事后素"的观念很不一样。它不是以素底为"质"，而是以"锦绣"为"质"，在锦绣之上还要刺上美丽的花纹，使之同作为"质"的锦绣的色彩交相辉映。在司马相如之前，有谁这样高度地强调过文辞的夺人心目的艳丽之美呢？这不就是儒家极为反对的"淫丽"吗？不正是类似于儒家在音乐上所排斥的"郑声"之美吗？正是这样。不怕去追求一种强烈地刺激着感官，使人心神摇荡之美，正是以司马相如为代表的汉赋的一大成就。虽然这样美的追求在后来也产生了堆砌、造作、轻佻、浮薄、萎靡等流弊，但从它打破儒家那种处处受着政治伦理束缚的美的观念来说，却是一次解放。

在司马相如之后，扬雄和桓谭又再次或直接或间接地谈到赋所特有的这种美的特征。扬雄把这种美比之为"雾縠之组丽"①，即像女工所刺绣的轻细半透明的织锦一样，有一种远望如云兴霞蔚般的美丽。应该注意的是，汉代的织锦的确达到了在今天也令人赞叹的高度的华美，这和司马相如的说法是相同的。同时特别值得注意的是，扬雄用"丽"这个概念来形容辞赋的美，提出所谓"丽以则"和"丽以淫"的说法，并把包含文艺作品在内的"书"之美比为女色之美（"女有色，书亦有色"），他所指的正是一种鲜明强烈地诉之人们感官的美。"美"和"丽"这两个概念看来是

---

① （汉）扬雄：《法言·吾子》，《古文论译释》（上），清华大学出版社2007年版，第94页。

相近的，但又有不同，后者突出了美诉之于人们感官的鲜明性、愉悦性，用之于形容辞赋之美刚好适合；前者却无这种突出的含义，而且在儒家的观念中，经常带有严肃的伦理道德的善的意味，并经常被用作善的同义词。和扬雄很友好，并且也很喜欢赋的桓谭，曾以"五色屏风"为喻谈到过五声之美。虽不是直接针对赋的美而言，但明显同赋的美相关，并且恰好是对司马相如关于赋的美的说法的一种具体说明。桓谭在《新论》中说：

> 五声各从其方，春角夏徵，秋商冬羽，宫居中央而兼四季。以五音须宫而成，可以殿上五色锦屏风谕而示之。望视，则青赤白黄黑各各异类；就视，则皆以其色为地，四色文饰之。其欲为四时五行之乐，亦当各以其声为地，而用四声文饰之，犹彼五色屏风矣。①

这里说五声、五色的组合要取得美的效果，就要以某一声、一色为地，以其余四声、四色文饰之，使之相互交错、和谐统一。这正是司马相如所说的文质辉映、经纬宫商互相配合的意思。这种绚丽灿烂的"五色锦屏风"②的美，同司马相如、扬雄所形容的汉赋之美是完全相通的。

辞赋不仅区别于"诗"和楚辞，也以两个特点异于经术之文。

其一，"赋者，铺也，铺采摛文，体物写志也"。"极声貌以穷文，斯盖别诗之原始。"③赋是通过铺写物之声貌而体现作者之情志，文采与体物是赋的第一个重要特征。这一特点又来自其对情感外化的载体——物象的极端重视。"赋体物而浏亮"④，"夫京殿苑猎，述行序志……至于草区禽

---

① （汉）桓谭：《新论·离事》，《全上古三代秦汉三国六朝文全后汉文》卷十五，商务印书馆1999年版，第136页。
② 李泽厚等：《中国美学史》（先秦两汉编），安徽教育出版社1999年版，第526—528页。
③ （南朝·梁）刘勰：《文心雕龙·诠赋》，周振甫《文心雕龙今译》，中华书局1986年版。
④ 张少康：《文赋集释》，人民文学出版社2002年版。

族，庶品杂类，则触类致情，因变取会。拟诸形容，则言务纤密；象其物宜，则理贵侧附"①。正如魏晋时的皇甫谧所说："赋也者，所以因物造端，敷弘体理。欲人不能加也。引而申之，故文必极美；触类而长之，故辞必尽丽。"② 汉赋中表现情感的物象之丰富大大超过《诗经》，并由此带来寻声逐貌、雕丽华美的语言特色。

其二，追求妙思异想和虚语夸饰。《离骚》"讬云龙，说迂怪"的诡异之辞，"木夫九首，土伯三目"的谲怪之谈影响了一代汉赋。汉赋的作者也驰骋想象以追求"虚妄"之事。左思的《三都赋序》曾指责司马相如、扬雄、班固的赋"假称珍怪，以为润色。……考之果木，则生非其壤；校之神物，则出非其所。于辞则易为藻饰，于义则虚而无征。且夫玉卮无当，虽宝非用；侈言无验，虽丽非经"。伴随这种奇思妙想的虚构之事而来的是语言的夸张。"自宋玉、景差，夸饰始盛……故上林之馆，奔星与宛虹入轩；从禽之盛，飞廉与鹪鹩俱获。……莫不因夸以成状，沿饰而得奇也。"③ 这些赋中的夸饰当然不乏刘勰所不满的"虚用滥形""义成矫饰""夸过其理""名实两乖"的情况，但夸张与瑰奇之赋在汉代文坛的出现则具有极大的进步意义。它是文字摆脱道德教化，对语言形式美的觉醒与追求。汉赋具有宏大瑰奇的自由想象，繁富无比的物象声貌，五光十色、炫人耳目的描写形容。它甚至创造出许多铺张描写山水动植物的富有图画美的文字，把语言隐含的声、色、味、触、嗅等感性功能张扬到极致，却把劝诫、美刺、教化的功用几乎挤出了作品。因而使得脑子里充满了诗言志、美刺功用标准的理论家无法对它作出肯定的评价。连本来崇尚"文"的王充也起而反对："是故《论衡》之造也，起众书并失实，虚妄

---

① （南朝·梁）刘勰：《文心雕龙·诠赋》，周振甫《文心雕龙今译》，中华书局1986年版。
② （魏晋）皇甫谧：《三都赋序》，萧统《文选》第四十五卷，上海书店1988年版。
③ （南朝·梁）刘勰：《文心雕龙·夸饰》，周振甫《文心雕龙今译》，中华书局1986年版。

之言胜真美也。故虚妄之语不黜，则华文不见息；华文不放流，则实事不见用。"① 甚至被爱美的本能及时尚所推动，写过纯美文学（赋）的扬雄，一方面实践赋的创作，一方面悔恨其是雕虫小技，壮夫不为，他批评司马相如的赋"文丽用寡"。刘勰也指责赋"繁华损枝，膏腴害骨；无贵风轨，莫益劝戒。此扬子所以追悔于'雕虫'，贻诮于'雾縠'（无用的轻纱）者也"②。这从反面证明，辞赋对形式美的追求使秦汉以来包裹在艺术之上的厚重的道德功用的外衣开始化解脱落，审美情感潜伏在形式之中，要甩掉道德教化的包袱，崭露其独特的风采了。"世俗之情，好奇怪之语，说（悦）虚妄之文。何则？ 实事不能快意，而华虚警耳动心也。"③ "快意"与"警耳动心"正是一种纯粹的审美情感体验。瑰丽的想象、奇伟的夸张、华美的文辞其价值不在于"益于化""补于正""察于实事"，而仅仅在于它能产生"快意"和"警耳动心"的审美效果。汉赋把语言艺术的声色之美等感性特征推到了极致。汉赋对声色之美的自觉追求，标志着语言艺术在竭力摆脱道德政教功用的控制而开始走向独立。

美的形式一出现，就表现出不同于道德劝诫的巨大的审美愉悦感和魅力。"孝武皇帝好仙，司马长卿献《大人赋》，上乃仙仙有凌云之气。孝成皇帝好广宫室，扬子云上《甘泉颂》，妙称神怪，若曰非人力所能为，鬼神力乃可成。皇帝不觉，为之不止。"④ 扬雄本是曲终奏雅，欲讽刺皇帝让其停止广宫室。但由于其"极丽靡之辞，妙称神怪"，强烈的艺术感染力反而使皇帝更加向往宫室之美，增加了广宫室的劲头。司马相如的赋也使孝武皇帝飘然欲仙。美的形式给予他们强烈的审美愉悦，而外加的道德劝诫岂能敌得过审美情感的魅力。

---

① （汉）王充：《论衡·对作篇》，《新编诸子集成》，中华书局1990年版。
② （南朝·梁）刘勰：《文心雕龙·诠赋》，周振甫《文心雕龙今译》，中华书局1986年版。
③ （汉）王充：《论衡·对作篇》，《新编诸子集成》，中华书局1990年版。
④ （汉）王充：《论衡·谴告》，《新编诸子集成》，中华书局1990年版。

书法也体现出了这一特点和趋向。崔瑗《草书势》是流传至今最早一篇讨论书法艺术的文章，作者在文中以各种形象的比喻描绘了草书艺术的审美特征：

> 观其法象，俯仰有仪。方不中矩，圆不副规；抑左扬右，望之若敧。竦企鸟跱，志在飞移；狡兽暴骇，将奔未驰。或黝黭点黗，状似连珠，绝而不离，蓄怒怫郁，放逸生奇。或凌邃而惴栗，若据槁而临危；旁点邪附，似螳螂而抱枝。绝笔收势，余绖虬结，若山蜂施毒，看隙缘溪蠘，腾蛇赴穴，头没尾垂。是故远而望之，漼焉若陨岸崩涯；就而察之，即一画不可移。①

这些层出不穷的比喻，涉及草书的抒情效果及其对欣赏者的感情触动，特别准确地捕捉到草书的形态美和动态美等形式美特征，充分表现了作者非功利的艺术欣赏的感受。正如有学者指出的："它的出现，表明书法进入了一个自觉时期，书法脱离作为学术与文字的附庸地位，而成为一门独立的艺术"，"标识了我国的书论进入了一个自觉的阶段"②。

二　对声色之美和形式美的展现及追求在更大范围内展开

秦汉时代对声色之美和形式美的描写和追求不仅限于汉赋，而且扩展到音乐、舞蹈、书法、人体美乃至广阔的生活领域。音乐如马融《长笛赋》中有对欣赏笛乐的艺术感受的细致表现。该赋是以各种形象描摹音乐的体物之作，具有夸饰堆砌、繁文丽藻的特点。作者对笛乐的描摹，强调的并不是音乐的道德教化功能，而是"可以通灵感物，写神喻意，致诚效

---

① （汉）崔瑗：《草书势》，王伯敏等主编《书学集成》（汉—宋），河北美术出版社 2002 年版，第 12 页。
② 王镇远：《中国书法理论史》，黄山书社 1990 年版，第 10—12 页。

志，率作兴事，溉盥污秽，澡雪垢滓"的价值，实际上是在情志合一的形式中肯定了音乐的抒情性及其对欣赏者的情绪感染力，揭示了音乐陶冶性灵的审美意义。

更重要的是，作者虽标举"中和"之音，但对音乐的具体描绘，却多繁音促节："详观夫曲胤之繁会丛杂，何其富也！纷葩烂漫，诚可喜也！波散广衍，实可异也！掌距劫遌，又足怪也！……繁手累发，密栉叠重，蹴跚攒仄，蜂聚蚁同。众音猥积，以送厥终。"① 对笛乐的赞美，也触及各种不同的情调和风格。凡此种种，都细致地表现了音乐欣赏中的艺术感受，而其审美趣味，则明显地偏离了儒家乐教说所倡导的雅正风格，这也正是作者对序中所称的"悲而乐之"的审美心理的具体描述。这些因素使《长笛赋》减少了道德教化的内容，增强了声貌和形式美的描写。

关于歌舞的耳目之娱、形式之美的展现，不仅是傅毅《舞赋》的亮丽风景，而且也是张衡赋中频频出现的内容，在《二京赋》《七辩》和《舞赋》中已有细致的刻画，而在《南都赋》中，张衡对此则作了淋漓尽致的描绘：

> 于是齐童唱兮列赵女，坐南歌兮起郑舞。白鹤飞兮茧曳绪，修袖缭绕而满庭，罗袜蹑蹀而容与，翩绵绵其若绝，眩将坠而复举。翘遥迁延，蹴蹀蹁跹。结《九秋》之增伤，怨西荆之折盘。弹筝吹笙，更为新声。《寡妇》悲吟，《鹍鸡》哀鸣。坐者凄欷，荡魂伤精。②

以下又写游猎之事，虽有"日将逮昏，乐者未荒"数语，主张节之以礼，然而，所谓"游观之发，耳目之娱，未睹其美者，焉足称举"，歌舞

---

① （汉）马融：《长笛赋》，曹道衡主编《汉魏六朝辞赋与骈文》（一），时代文艺出版社2001年版，第181页。
② （汉）张衡：《南都赋》，《全上古三代秦汉三国六朝文》（后汉），河北教育出版社1997年版，第518—519页。

游猎，都是作者由衷赞叹的南阳风物之美的一个方面。这里有柔媚旖旎的舞姿给人以"耳目之娱"，也有对音乐的情绪感染力的渲染，同马融一样，其意义也在于形象地表现艺术欣赏中"悦耳悦目"和"悦情悦意"的审美感受。

表现在人体美与心灵美的关系上，重视人体美即尚貌成为新趋势。《淮南子·修务训》云："今夫毛嫱西施，天下之美人。若使之衔腐鼠，蒙狸皮，衣豹裘，带死蛇，则布衣韦带之人过者，莫不左右睥睨而掩鼻。尝试使之施芳泽，正娥眉，设笄珥，衣阿锡，曳齐纨，粉白黛黑，佩玉环，揄步，杂芝若，笼蒙目视，冶由笑，目流眺，口曾挠，奇牙出，靥面甫摇，则虽王公大人有严志颉颃之行者，无不惮悇痒心而悦其色矣。"表现了对相貌、人体之美重要作用的重视。"卫后兴于鬓发，飞燕宠于体轻"[1]，则把卫子夫由普通歌者到贵为汉武帝皇后、赵飞燕由一名舞女到贵为汉成帝皇后即"兴"和"宠"的根本原因，归结于"鬓发""体轻"等人体美因素。

这种情况在汉代屡见不鲜。据史载，汉代大量女子走向"乐伎"一途，以声容姿色和歌舞伎艺争取生存发展的机会。不但有很多女子因声容姿色、妙善琴瑟歌舞而为王侯将相、宦官世族、富豪吏民等纳为宠姬爱妾，地位由贱而贵，而且其中一些女子还因此大受皇帝青睐与宠幸，从此一步登"天"，有的因此成为嫔妃，"贵倾后宫"，有的甚至因此位尊皇后，"母仪天下"。比较著名的除了前面已提到的卫子夫、赵飞燕外，还有汉高祖爱姬戚夫人，以"善为翘袖折腰之舞"[2]而专宠后宫；高祖侍从石奋之姊因能鼓瑟而被招为美人，位比三公；汉武帝爱姬、李延年之妹李夫人亦因"妙丽善舞"而红极掖庭；汉宣帝之母王翁须因歌舞得幸于武帝之孙而

---

① （汉）张衡：《西京赋》，费振刚等辑校《全汉赋》，北京大学出版社1993年版，第420页。
② 《西京杂记卷一·戚夫人歌舞》，《四库全书》。

生宣帝，谥为悼后。这种因声色歌舞伎艺而贵倾掖庭的情形，一直延续到东汉。如汉质帝之陈夫人"少以声伎入孝王宫，得幸"，汉少帝之妻唐姬亦以歌舞见宠等①。古代皇朝以声色歌舞伎艺入宫的女子不胜枚举，但因此而专宠后宫、位极尊贵，且规模如此之巨，这种情况汉代似乎是绝无仅有的。②

种种迹象都显示出，汉代属于那种极其看重人外在相貌的社会。从现存的文献和考古资料判断，当时中国北方男性的平均身高约为汉尺七尺三寸（约合今170厘米），南方男子平均身高要低于这一数据。③对于男性来说，八尺以上的魁梧身材（约在185厘米以上），方头大鼻，浓密的胡须，白皙的肤色，以及炯炯有神的双目，是足以引起他人关注的重要因素。身高不足七尺（约在160厘米以下），则被视为身材矮小之人④。郦食其求谒刘邦时自称身高八尺，东方朔向武帝自荐时称自己身高九尺二寸，二人都是通过强调体貌出众为自身能力增重。如此举止，并非是郦食其和东方朔的别出心裁或矫情作伪。在那个时代，一副好皮囊可以使人在生活道路上获取意想不到的收获。一个现代心理学家可以轻而易举地在汉代为心理学倡言的"光环效应"理论，即好的相貌同样也有着良好的品质与能力，寻找到不胜枚举的证据。秦汉之际，俯首待毙的张苍因身体又白又胖，被监斩官怜惜放生；当身材伟岸、容貌出众的赵地人江充出现在宫中，汉武帝情不自禁地赞道：燕赵真是多奇才！江充由此走上飞黄腾达之途。汉成帝

---

① （南朝·宋）范晔：《后汉书·皇后纪》，中华书局2005年版。
② 刘巨才：《选美史》，上海文艺出版社1997年版，第77—83页。
③ 在迄今为止所发现的居延汉简中，有46例成年男性的身高记录，最高者为七尺七寸，最矮者为七尺，数量最多的是七尺二寸组和七尺三寸组，平均为七尺三寸，接近170厘米。而绝大多数居延地区戍卒来自北方各地。此外，文献记录的南方人的身高普遍低于北方。看来，汉代男子的身高及其地区差异，与今天大体相同。
④ 汉代人每用"不满七尺"形容身材矮小者，如《后汉书·冯勤列传》载，冯偃"长不满七尺，常自耻短陋"；《三国志·吴书·朱然传》谓汉末人朱然也因"长不盈七尺"而入矮小者行列。

对丞相王商的高大魁梧十分满意，称赞他为真正的汉朝丞相。生活在两汉之际的贾复因仪表出众，便被人预言为将来必定成为将相。相反，相貌丑陋可以导致能力信任危机。以"循吏"声誉名动一时的龚遂被征为渤海太守，"时遂年七十余，召见，形貌短小，宣帝望见，不副所闻，心内轻焉"①，"貌陋"成了这个朝廷干练之才仕宦之途的终结因素。东汉明帝时左中郎将承宫名气远播四方，引得匈奴单于慕名遣使求见。颇有自知之明的承宫认为自己貌丑，若接见外国来使肯定有损国威，他建议皇帝"选有威容者"代替，结果一个相貌堂堂的假承宫，便端坐在匈奴使臣面前②。可见，体貌不仅关乎个人威望，也关乎朝廷的尊严。

除去诸多史实，在扬雄名著《方言》中有一个引人瞩目的语言现象是，收录了近50条有关人相貌的"异语"，即方言和"通语"，也即当时的国语，其所指包括对相貌形态的界定与形容，对相貌形态的肯定性与否定性评价。这是该书中数量最多的一个语言词群。由于作者求全述真的编纂宗旨，决定了扬雄不可能以个人的好恶取舍方言或通语种类的多寡，因此，这种迹象意味着汉代社会流行大量的相貌词语。在任何时代，某一事物的摹状语词的种类数量，与人们对该种事物的关心程度成正比，这是汉代人看重相貌的一个重要证明。③虽然重相貌不等于重审美，但其中审美因素占有重要地位，则是不言而喻的。

至于汉代日常生活中的尚乐风尚乃至风潮，就更为显著地表现出这一新趋向。诸多史料说明，汉代民众是尚乐的，乐简直就是他们生活中不可或缺的组成部分。《盐铁论·崇礼篇》载："夫家人有客，尚有倡优奇变之乐，而况百官乎？"也就是说，即使是普通百姓家来个客人尚要

① （汉）班固：《汉书·循吏传》，中华书局 2005 年版。
② （南朝·宋）范晔：《后汉书·承宫列传》，中华书局 2005 年版。
③ 彭卫：《古道侠风》，中国青年出版社 1998 年版，第 66—67 页。

歌舞作乐，当官的就别说了。请客如此，祭祀酬神更要击鼓歌舞，表演各种技艺。《盐铁论·散不足篇》载："今富者祈名岳，望山川，椎牛击鼓，戏倡舞象。"甚至办丧事也要表演歌舞："今俗，因人之丧，以求酒肉，幸与小坐，而责办歌舞俳优，连笑伎戏。"民间尚如此，那么每逢皇帝款待外国使节或国家之间的通婚时，就更要大兴歌舞，举办文艺会演。《汉书·武帝传》载："（元封）三年春作角抵戏，三百里内皆来观。"这场面之宏大、节目之丰富及人情之激越，大抵可想而知。纵观古代社会，恐怕没有哪个时代会像汉代那样，无论尊卑上下，不管四处八方几乎都在歌舞伎乐面前表现得如痴如醉，大凡帝王将相、诸侯九卿、文人学士、豪门巨贾、妃姬姜婢、贩夫走卒等差不多都被裹挟进这一歌舞伎乐的时代风尚中，它渗入社会生活的方方面面，其流布之广，浸滋之深，形制之繁，势焰之烈，影响之巨，堪称前无古人，后无来者，成为汉代一种代表性的审美文化景观。① 这种尚乐风俗正是汉代文艺特别是民间文艺的蓬勃发展的温床，也是秦汉审美文化兴盛发达的深厚的社会土壤。

三 声色之美和形式美因素成为审美接受和评判的标准

关于审美接受，郑卫之音在西汉中期后成为宫廷音乐主流的例子非常典型。众所周知，郑卫之音在先秦一直被先哲贬斥，被视为乱世之音。子夏评价郑、宋、卫、齐声云："郑音好滥淫志，宋音燕女溺志，卫音趋数烦志，齐音敖辟乔志。"② 在以上各地音乐中，"郑卫之音"受主流伦理谴

---

① 韩养民：《秦汉文化史》，陕西人民教育出版社1986年版，第204—205页。
② 《礼记·乐记》，张少康等编选《先秦两汉文论选》，人民文学出版社1996年版，第271页。

责最多——社会上层拒郑卫之音的行为总是得到肯定和褒扬①，相反的行为也总是被谴责和否定。② 不过具有讽刺意味的是，雅乐在与郑卫之音的竞争中总是处于下风。西汉中期以后，郑声成为宫廷音乐的主流，史称："内有掖庭材人，外有上林乐府，皆以郑声施于朝廷。"而黄门名倡丙强和景武也以擅长郑声"富显于世"③。汉魏时朝廷雅乐郎杜夔精于雅乐，其弟子左延年等人却弃雅从郑，"咸善郑声"④。在民间，郑卫之音也是人们所熟知和喜欢的曲调。桑弘羊把郑卫之音比作可口的柑橘，"民皆甘之于口，味同也"，"人皆乐之于耳，声同也"⑤（《相刺》）。傅毅《舞赋》说："郑卫之乐，所以娱密坐，接欢欣也。"而郑卫之音的流行与它的声色之美不可分割，与它浓郁的抒情基调和细腻复杂的表现手法有关，同时也表明能够表达人类基本情感和打动人心的艺术总是具有强大的生命力。⑥

关于声色之美和形式美作为审美评判的标准，扬雄《法言·吾子》中著名的说法很有代表性："诗人之赋丽以则"，"辞人之赋丽以淫"。无论对"诗人之赋"和"辞人之赋""丽以则"和"丽以淫"怎样解读，赋必须"丽"，则是毫无疑义的。"丽"在这里显然是作为审美评判标准提出来的。显而易见，它直接开启了曹丕《典论·论文》"诗赋欲丽"说的先河。《汉书·扬雄传》谓"赋者，将以讽也，必推类而言，极丽靡之辞，闳侈巨衍，竞于使人不能加也"，也是把代表文辞之美的"丽"作为审美评判

　　① （南朝·宋）范晔：《后汉书·循吏列传》载，光武帝刘秀"耳不听郑卫音，手不持珠玉之玩"。
　　② （南朝·宋）范晔：《后汉书·刘瑜列传》载，桓帝延熹三年（160）刘瑜上书谏桓帝云："远佞邪之人，放郑卫之声，则政致和平，德感祥风矣。"仲长统则将"耳穷郑卫之声"视作"愚主"之行（《后汉书·仲长统传》，仲长统《昌言·理乱篇》）。
　　③ （汉）班固：《汉书·礼乐志》，中华书局 2005 年版。
　　④ （西晋）陈寿撰，裴松之注：《三国志·魏书》卷二十九"杜夔传"，中华书局2005 年版。
　　⑤ 王利器：《盐铁论校注》（全二册）（增订本），天津古籍出版社1983 年版。
　　⑥ 彭卫等：《中国风俗通史》（秦汉卷），上海文艺出版社 2002 年版，第729—730 页。

标准的内容。

总之，与先秦相比，汉代确实在诸多方面体现出了"美的升值"，它与审美走向自觉相同步，并成为其重要表征。

（发表于《齐鲁学刊》2007 年第 6 期；人大报刊复印资料《美学》2008 年第 3 期全文转载）

情的上扬

——汉代审美走向自觉的一个重要表征

情感是人对现实的审美关系的核心因素。人对现实的审美关系在本质上是一种情感性关系，因此如何认识情感的特性，如何看待情感在审美中的地位，如何把握情感在审美中的独特作用，就成为衡量审美观发展水平的根本尺度。两汉时代，对审美情感特质和独特功用的认识比前人有重大的发展和深化，这主要表现在两个方面。

一 更明晰地认识到审美的情感特性并提升了情感在审美中的地位

汉代对诗歌审美本质由"诗言志"，到"情""志"并举，乃至出现"言情"说萌芽，这一认识不断深化的过程最有代表性。

"诗言志"这一中国诗论的"开山的纲领"，早在先秦就已提出并被人们所普遍接受。但是，仅仅说"诗言志"是不够的，先秦以儒家为中心，普遍认为诗是"言志"的，但这个"志"主要是指政治抱负，是从文学表现思想的角度去看待文学的本质问题。荀子虽已接触到文学创作的"志"与"情"的关系问题，但论析尚不明朗。《楚辞》实际上提出了抒情言志的问题，但并没有从理论上作明确的表述和概括。文学艺术的根本特征，在于它能以情感人、以情化人。随着汉代文学的发展，汉人开始重视文学的情感性特征。汉代的文学理论批评中对此已有相当明白的论述。汉儒在总结《诗经》的艺术经验过程中，明确地指出诗歌是通过"吟咏情性"来"言志"的。《毛诗大序》中既肯定"诗者，志之所之也"，同时又提出诗是"吟咏情性"的，"情动于中而形于言"。实际上是从理论上明确将"志"与"情"并举，把"情"和"志"统一了起来。所谓"在心为志，发言为诗。情动于中而形于言。""故变风发乎情，止乎礼义。发乎情，民之性也；止乎礼义，先王之泽也。"这是中国文学批评史上第一次把"情"与"志"联系在一起来论述诗歌的特征，因此，它标志着中国文学批评和美学的一个重要进展，其意义是重大的。

司马迁在《史记·太史公自序》中则提出了以情感为核心的"发愤著书"说。他认为那些杰出的作者，都是在生活中历经坎坷磨难，悲愤之情感集于胸中，食不甘味，寝不成眠，愁苦忧思，无法解脱，于是情感喷涌，遂发为歌诗："《诗》三百篇，大抵贤圣发愤之所为作也。此人皆意有所郁结，不得通其道也，故述往事，思来者。"司马迁在对文学情感性的认识上显然又前进了一步。在中国文学批评史上，"发愤著书"说具有十分重要的意义，对后世文论产生了深远的影响。有学者甚至把它视为由"言志"说向"缘情"说发展的一个枢纽。① 两汉其他文学家和文论家对文学的情感性特征，亦有较明确的认识，对情的重要性强调得十分突出。例如严忌《哀时命》曰："抒中情而属诗"，"愿舒志而抽冯兮"，"焉发愤而抒情"。王逸《远游序》评屈原的创作曰："思欲济世，则意中愤然；文采秀发，遂叙妙思。"《史记·贾谊传》说到贾谊作《鵩鸟赋》的缘由是"自……伤悼之乃为赋以自广"。冯衍《显志赋》曰："聊发愤而扬情兮，将以荡夫忧心。"张衡《鸿赋序》曰："永言身事，慨然其多绪，乃为之

---

① 滕福海：《"发愤"："诗言志"向"缘情"说发展的枢纽》，《古代文学理论研究》第22辑，华东师范大学出版社2004年版。

赋，聊以息慰。"班固在《汉书·艺文志》中指出，乐府诗"皆感于哀乐，
缘事而发"。王符《潜夫论·务本》则曰："诗赋者所以颂善恶之德，泄哀
乐之情。"刘向在《说苑》中说诗歌是思积于中，满而后发的结果，所谓
"抒其胸而发其情"；他的儿子刘歆则在《七略》中直接提出了"言情"
说："诗以言情，情者，性之符也。"从"诗言志"到"情""志"并举，
再到"诗以言情"，并非简单的词语置换，而是有着深层的实质性发展。
这是两汉文学理论的一大进步。

二　对审美独特价值作用认识的明显深化

汉代对审美独特价值作用的认识有了明显的深化。汉宣帝论辞赋的一
段话颇具典型性。汉宣帝说："辞赋大者与古诗同义，小者辩丽可喜。譬
如女工有绮縠，音乐有郑卫，今世俗犹皆以此虞悦耳目，辞赋比之，尚有
仁义风谕，鸟兽草木多闻之观，贤于倡优博弈远矣。"① 汉宣帝这段话常被
论者引用，但往往不予深入分析，因而大多没有真正把握这段话的美学意
义。这段话虽不长，但集中论述了辞赋的作用，包含并透露出来的美学信
息非常丰富。我们认为，它至少包含了以下几层内容：一是提到辞赋的认
识作用：有"鸟兽草木多闻之观"，这显然是孔子论《诗》可以"多识于
鸟兽草木之名"的汉代翻版；二是提到了辞赋的社会教育作用："尚有仁
义风谕"；三是明确肯定了辞赋的某些审美特点"辩丽可喜"和文艺独具
的美感娱乐作用，给予娱乐作用以独立的地位，即只要能"虞悦耳目"，
就有存在的价值。这是最重要的。在先秦、秦汉否定、贬低娱乐作用的主
张不绝于耳的情况下，肯定文艺的美感娱乐作用，不能不说是有着极为重
要的意义。特别值得注意的是，汉宣帝肯定辞赋美感娱乐作用时也包括了

---

① （汉）班固：《汉书·王褒传》，中华书局 1964 年版，第 2829 页。

常被时人诟病的所谓声色之美的"女工有绮縠，音乐有郑卫，今世俗皆以此虞悦耳目"，换句话说，他既肯定了郑卫之音等声色之美，又指出了当时以娱悦耳目是极为普遍的情况。汉宣帝是当时的最高统治者，持有这种看法，影响应是巨大的。钱志熙先生在关于汉乐府与百戏的有关研究中提出了汉代有一个庞大的审美娱乐系统的观点。他指出：朝廷及"朝廷之外的各阶层的作乐设戏场面，也都有颇为可观的规模。汉代这样的娱乐风气，客观上有利于乐戏各门类、各品种之间相互刺激、彼此渗透，造成一个体系庞大的娱乐艺术系统，其盛况也许是我们怎么估计都不过分"。"汉代存在着一个庞大的娱乐艺术系统，汉乐府艺术正是在这样的文化背景下存在的。汉乐府艺术的功能和性质比较复杂，今存的乐府作品，其客观存在的价值也可以从多方面去认识。但是作为娱乐系统之一部分，它在当时的基本功能是娱乐，追求娱乐的效果可以说是乐府艺术系统的审美观念。作为歌词、舞词、戏词的汉乐府诗，绝非后人所理解的那样，只是一种诗歌体裁，它的性质比一般的单纯的诗体要复杂得多。在当时，乐府诗依附于整个娱乐艺术系统，依附于音乐等艺术形式之上，也就是说，乐府诗的文学意义和文学功能是依附于音乐艺术的本体之上的。但是，随着文人拟乐府的兴起，随着乐府所依附的那个音乐系统和娱乐文化背景之渐渐消失，乐府诗的创作观念发生了变化，它自身逐渐成为单纯的诗歌体裁。"[①]这为我们的观点提供了极为确凿的证据。

　　傅毅的《舞赋·序》，从舞蹈艺术的角度同样肯定了文艺的娱悦作用。

　　《舞赋》在舞蹈思想方面最可贵的，是把舞蹈当艺术看，强调了舞蹈的娱乐作用。它指出了舞蹈对表达思想感情是比诗歌和音乐更进一步的东西。民间乐舞有其自己的特点和不同的作用，是联络感情、愉悦精神的佳

---

① 钱志熙：《汉乐府与"百戏"众艺之关系考论》，《文学遗产》1992 年第 5 期。

品，只要正确对待，还可有助于教化。它还对儒家传统典籍中的思想材料加以改造，肯定了娱乐的合理性。例如根据孔子说的"一张一弛，文武之道"的论述，以及《乐记》《诗经》中涉及舞蹈的言论，给舞蹈和它的娱乐功能以合理的定位，认为"娱密坐，接欢欣"，"余日怡荡"，对民风教化并无害处。在赋中虚拟的舞中队歌里，又集中发挥了这种思想，主张人在余暇，应该放松精神，暂时忘却世俗事务。队歌中还认为乐舞可以使疲弊隔绝的太极真气开通起来，有利于延年益寿。这些看法都超越了传统的礼乐观。

综上可见，汉代对审美情感特性的认识，从纵向看，由"诗言志"到"情志"并举，由发愤抒情再到"诗以言情"，呈现出认识不断深化的进步轨迹；从横向看，这些认识不仅较普遍地存在于诗论、赋论等文学理论之中，而且还大量地存在于乐论、舞论等艺术理论之中，它清楚地表明汉代对审美情感特质的认识大为深化，情感在文艺和审美中的地位明显提升，且对后世影响巨大而深远，在一定意义上，它几近成为社会的普遍共识，成为审美走向自觉的一个重要枢纽和表征。

（发表于《理论学刊》2005 年第 11 期；收入《中国美学年鉴》2005 年卷）

汉代萌生"畅神"自然审美观刍论

　　"畅神"说是我国古代关于自然审美观的一种代表性观点。流行的观点认为，"畅神"说是晋宋以后产生并在自然审美观中占主导地位的审美观念。"当魏晋时期儒家的思想体系一解体，人们的精神从汉代儒教礼法的统治下挣脱出来之后，把自然美看作人们抒发情感、陶冶性情对象的'畅神'自然审美观也就应运而生了"，其实质"是把自然山水看作独立的观赏对象，强调自然美可以使欣赏者的情感得到抒发和满足，亦即可以'畅神'"。① 我们认为，全面考察汉代有关文献资料和相关的社会历史文化哲学背景，这个观点应该加以修正，因为即使依据"畅神"论者所主张的最严格的标准来衡量，汉代也已经萌生了"畅神"说。本文拟从史料分析、时代特点和哲学文化背景三方面初步予以论析，是为刍论。

　　"畅神"说的萌生过程至少从西汉刘安的《淮南子》就开始了。《淮南子》说：

---

　　① 张伯良：《由"比德"到"畅神"》，《南京师范大学学报》（哲学社会科学版）1988 年第 4 期。

达乎无上，至乎无下，运乎无极，翔乎无形，广于四海，崇于泰山，富于江河，旷然而通，昭然而明，天地之间，无所系戾，其所以监观，岂不大哉！①

凡人之所以生者，衣与食也。今囚之冥室之中，虽养之以刍豢，衣之以绮绣，不能乐也，以目之无见，耳之无闻。穿隙穴，见雨零，则快然而叹之，况开户发牖，从冥冥见昭昭乎！从冥冥见昭昭，犹尚肆然而喜，又况出室坐堂，见日月光乎！见日月光，旷然而乐，（又况）登泰山，履石封，以望八荒，视天都若盖，江河若带，（又况）万物在其间者乎！其为乐岂不大哉！②

《淮南子》的这些文字，表达了对大自然博大、雄浑之美的热烈追求和歌颂，它开拓了对大自然之美欣赏的广阔视野，使主体骋目游怀于大自然，无所羁绊地欣赏大自然的博大、雄浑之美。我们认为，它至少有三点理论意义。其一，与道家天道自然观（或者自然主义自然观）一脉相承。其二，充分肯定了自然美对人的感染愉悦作用。认为大自然的美可以开阔心胸、愉悦精神，欣赏自然美是一种极大的快乐。其三，带有鲜明的时代特点，即面向无比广阔的自然世界向外开拓、积极进取，讴歌和追求自然壮美，换句话说，就是通过对大自然雄浑、博大、壮丽之美的歌颂和追求，体现汉代那种昂扬奋发、积极进取、外向开拓的宏伟气魄和雄浑博大的精神。显而易见，《淮南子》的这些论述，无论就其哲学基本倾向还是就其所论的具体的自然美审美经验而言，将其视为"畅神"说的萌芽都是不为过的。

东汉以来，随着社会矛盾的激化，统治阶级内部的分化也愈为加剧，

---

① （汉）刘安：《淮南子·泰族训》，赵宗乙译注，黑龙江人民出版社 2003 年版，第 1087 页。
② 同上。

一些失职的达官和失意的文人或萌生归隐之心遁入田园，或被迫离开市朝走向山林湖海，自然山水成了他们追求向往、寄托情志甚或安身立命的场所。他们在与大自然的实际接触中，深感自然山水可以怡神养性、愉悦情怀，从中获得无穷的精神享受。能够充分代表东汉中前期这一追求自然美的思想倾向的，是张衡的《归田赋》。学术界对该赋的思想内容、情感倾向及其在文学史上的地位的认识并无重大分歧，但对其在中国自然审美意识史或自然审美观发展史上的地位，却重视不够或有意回避，因此有必要细加解读。该赋由四个自然段组成。首段指明欲隐退归田的缘由，中间两段描绘了无限美好的自然风景，抒发了归田之后的无限乐趣。赋中映入我们眼帘的是一幅美好的春日田园风光图。春光明媚，百草滋荣，美鸟佳雀，自由翻飞，交颈和鸣。方泽山丘，龙吟虎啸；纤缴长流，仰飞俯钓。在这良辰美景中遨游，确实令人赏心悦目，逍遥娱怀，其乐无穷。末段，描写"极般游之至乐"后的精神追求。全篇充盈着对污浊现实的不满和失望，洋溢着对自然美景的向往和追求。虽然归田的动因是不满现实，目的是逃避现实，与《淮南子》的精神取向大相径庭，但字里行间表露的对大自然美景的向往，对自然美景给人精神上带来的慰藉和解放，给人情感上带来的寄托和欢愉的表达，都可称为地地道道的"畅神"说了。特别是文中"于焉逍遥，聊以娱情"，"极般游之至乐，虽日夕而忘劬"等名言警句，振聋发聩，不啻自然美景可以畅神的诗意宣言。与此后被称为"畅神"说的文字相比几无二致，甚至有过之而无不及。虽然张衡并未真正身体力行地"归田"，但他对现实和自然的不同态度，实开风气之先。在这个意义上，实在是他拉开了东汉中后期尤其是六朝士大夫"归田"风潮的序幕。陶渊明不过是以相近作品《归去来兮辞》和自身的实际行动，把这个风潮推上了一个辉煌的顶点。也正因为如此，有学者把它视为"我国辞赋史中第一篇以田园生活和乐趣为主题的抒情小赋"① 是极有见地的。如果以为必须彻底忘却人间烟火才是真正对自然美的欣赏，才是纯粹的畅神，可能就很难有纯粹的对自然美的欣赏了。不要说魏晋六朝对自然美的欣赏本身就是对其动乱时代、黑暗政治的逃避，就是出于全身避祸、保命养生的诸多现实动因，已经不那么纯粹，就是被称为古今隐逸诗人之宗的陶渊明，也并非什么真正的隐士，能够真正做到纵身大化，世身皆忘，至多不过是身隐心不隐而已。被视为古今隐逸诗人之宗的陶渊明尚且如此，奚论其他！

东汉中后期，对自然美的追求就更为普遍，关注自然美，发现自然美在当时已经成为大多数文人生活的一个重要内容。钱锺书先生指出："山水方滋，当在汉季。"② 当代学者余英时也指出："若夫怡情山水，则至少自仲长统以来即已为士大夫生活中不可缺少之部分矣。"③《后汉书》卷四十九《仲长统传》说：

> 统……每州郡命召，辄称疾不就。常以为凡游帝王者，欲以立身扬名耳，而名不常存，人生易灭，优游偃仰，可以自娱，欲卜居清旷，以乐其志，论之曰：使居有良田广宅，背山临流，沟池环匝，竹林周布，场圃筑前，果园树后。舟车足以代涉之难，使令足以息四体之役。养亲有兼珍之膳，妻孥无苦身之劳。良朋萃止，则陈酒肴以娱之；嘉时吉日，则烹羔豚以奉之。蹰躇畦苑，游戏平林，濯清水，追凉风，钓游鲤，弋高鸿。讽于舞雩之下，咏归高堂之上。安神闺房，思老氏之玄虚；呼吸精和，求至人之仿佛。与达者数子，论道讲书，俯仰二仪，错综人物。弹《南风》之雅操，发清商之妙曲。消摇一世之上，睥睨天地之间。不受当时之责，永保性命之期。如是，则可以

---

① 霍旭东：《历代辞赋鉴赏辞典》，安徽文艺出版社1992年版，第260页。
② 钱锺书：《管锥编：补订重排本》（三），生活·读书·新知三联书店2001年版，第305页。
③ 余英时：《士与中国文化》，上海人民出版社1987年版，第339页。

凌宵汉，出宇宙之外矣。①

仲长统如此，其他文人也是如此。荀爽《贻李膺书》说："知以直道不容于时，悦山乐水，家于阳城。"②《后汉书》卷八十三《逸民传·法真传》载田羽荐真之言："幽居恬泊，乐以忘忧，将蹈老氏之高踪，不为玄纁屈也。"《文选》卷四十二载后汉应休琏（璩）《与从弟君苗、君胄书》一段文字说：

> 闲者北游，喜欢无量。登芒济河，旷若发矇。风伯扫途，雨师洒道，按辔清路，周望山野……逍遥陂塘之上，吟咏菀柳之下，结春芳以崇佩，折若华以翳日，弋下高云之鸟，饵出深渊之鱼，蒲且赞善，便嬛称妙，何其乐哉！③

当时文人士大夫怡情自然山水的风气由此可见一斑。应该说，正是在仲长统、应休琏等人的直接引发下，魏晋南北朝才出现了一种通向自然、观赏自然的普遍的审美倾向。正如余英时所说：东汉以来，"极言山水林木之自然美"，从而一开"魏晋以下士大夫怡情山水之胸怀者也"。"自兹以往，流风愈广，故七贤有竹林之游，名士有兰亭之会，其例至多，盖不胜枚举矣。"④ 的确，在这种审美倾向的影响下，追求自然美已经成为魏晋南北朝文人士大夫的一个重要精神底色，当时的田园别墅的建构、山水诗的兴起、人物品藻标准的确立，无一不与这个自然美的背景息息相关。

从史料来看如此，从时代宏观背景和文化哲学背景来看也是如此。汉代的精神特点是外向开拓进取，充满壮志豪情，因此秦汉人更偏爱雄浑博

---

① （南朝·宋）范晔：《后汉书》卷四十九，中华书局1973年版，第1644页。
② （南朝·宋）范晔：《后汉书》卷六十七，中华书局1973年版，第2195页。
③ 应休琏：《与从弟君苗、君胄书》，《昭明文选译注》第五卷，吉林文史出版社1988年版，第41—42页。
④ 余英时：《士与中国文化》，上海人民出版社1987年版，第339页。

大、宏伟壮丽等壮美型的自然景物。我们从前引《淮南子》的论述，从枚乘《七发》对"观涛"的描绘等，都可以得到这种强烈的印象。六朝天下大乱，政治黑暗，人心内敛，以个人为上，豪门士族又有经济物质的优越条件，故多闲情逸致，更喜好清泉流水、风花雪月等优美型的自然景物，我们从这个历史时期众多的文献资料中都能够看到这种突出的特征。反映在审美实践和艺术创造中，就是突显出小山、小水、小园、小径等一系列小字号的景物，有人称之为"壶中天地"。庾信《小园赋》就是比较有代表性的一例：

> 若夫一枝之上，巢父得安巢之所；一壶之中，壶公有容身之地。……岂必连闼洞房，南阳樊重之地；绿墀青琐，西汉王根之宅？余有数亩敝庐，寂寞人外，聊以拟伏腊，聊以避风霜。虽复晏婴近市，不求朝夕之利；潘岳面城，且适闲居之乐。……尔乃窟室徘徊，聊同凿坯，桐间露落，柳下风来。琴号珠柱，书名《玉杯》。有棠梨而无馆，足酸枣而非台。犹得敧侧八九丈，纵横数十步，榆柳两三行，梨桃百余树。拨蒙密兮见窗，行敧斜兮得路。蝉有翳兮不鸣，雉无罗兮何惧？草树混淆，枝格相交，山为篑覆，地有堂坳。[①]

这种情况与时代特点是息息相通的。但是这种区别只是时代精神特点所造成的社会心理和审美趣尚的不同，并不能成为判断是否为"畅神"说的标准。风花雪月、暗香疏影可以畅神；高山大河、碧海狂涛也可以畅神。因为归根结底，人在自然中看到的是自身的形象，映现的是自己的风姿。这种不同不仅不能成为判断是否为"畅神"说的依据，而且正是在这种不同中，才能充分显示不同时代不同的精神风貌和审美趣尚。

---

① 庾信：《小园赋》，刘琦主编《中国古代文学品选》（上册），南京大学出版社 2003 年版，第 368—370 页。

　　一种简单化的观点认为，汉代是经学时代，儒家一统天下，因而没有"畅神"说萌生的哲学基础。其实不然。且不说儒家哲学是否就根本与"畅神"说无缘尚待论证，即使按照这种逻辑，汉代也并不缺少畅神自然审美观产生的哲学基础。全面地看，汉代哲学并非铁板一块。熊铁基《秦汉新道家》、李刚《汉代道教哲学》对此都有全面深入细致的研究，这里不拟详介。从纵向看，汉代道家天道自然观和汉代儒家的宇宙大生命自然观都曾各领风骚，这不能不给自然审美观以复杂多样的影响。一般来说，在自然美领域，汉代儒家的人文主义宇宙大生命自然观更多地光大了"比德"说，孕育了"比情"说，我们从汉代的诗乐辞赋，从董仲舒的《春秋繁露》与汉代儒家思想的息息相关就能理解。汉代道家的天道自然观则更多地催生了"畅神"说，我们从刘安《淮南子》、张衡《归田赋》、仲长统《乐志论》与汉代道家思想的密切关系即可了悟。

　　特别需要注意的是，《淮南子》后，王充的哲学自然观上承先秦老、庄的自然观并赋予其新意，对汉代"畅神"审美观的发展起了极为重要的作用。在先秦哲学中，老子提出的"法自然"这个命题中的"自然"，并不是人们通常所认为的"自然界"，老子所谓的"自然"并不是作为名词概念来使用的，而是作为摹态状语来使用的，是对"道"创造天地万物的自然无为状态的一种描述。老子哲学中的"天""地""万物"等概念才是指自然界。庄子思想与老子不尽相同，但他对"自然"这一概念的理解基本上沿袭了老子哲学的思想。到了汉代，王充对"自然"概念的把握与老子、庄子也是基本相合、一致的，但是王充还赋予"自然"这一概念以新的含义。在王充的哲学中，"自然"已不仅作为一种摹态状语，而且被作为一个名词概念来加以看待，即作为天地万物这种自然对象来加以看待了。在老、庄哲学中，"道"才是一个说明宇宙本体的最高范畴，它不能等同于天地万物，"道"只是通过"气化"的创造过程才体现为天地万物。

正是这样决定了"自然"概念在老、庄哲学中只能作为既不同于"道"也不同于天地万物的一种摹态状语来看待。但是，在王充哲学中，说明宇宙本体的最高范畴是"气"，但"气"又同时等同于天地万物这些自然事物，换言之，天地万物这些自然事物只不过是"施气"的不同状态而已。王充说："天地，含气之自然也。"①"天之行，施气自然也。"② 这是说，"自然"就是"气"，就是"天地万物"。我们在《论衡》的其他篇章中还可以看到大量的"自然"概念。如"自然之真""自然之化""天道自然""天之自然""物自然"等。很显然，这些"自然"概念不仅具有自然无为之义，而且还具有自然事物的含义，正是如此，决定了"自然"概念在王充哲学中具有自然无为和与"气"这个概念相联系从而同时具有指称天地万物等自然事物的双重含义。概言之，在王充哲学中，"气""自然""天地万物"是一组可以相互说明、相互规定的同一层次概念。这与老、庄哲学仅仅把"自然"理解为"道"的一种无为状态而与具体的自然事物相区别的倾向是颇为不同的。所以王充在评价以老子为代表的道家学派时说："道家论自然，不知引物事以验其言行，故自然之说未见信也。"③ 应该说，正因为王充赋予"自然"概念以天地万物这一层次的含义，从而大大丰富和发展了老、庄的思想，迈出了揭示"自然"庐山真面目的坚实一步。这样就促使王充反对以"人事"来比附"自然"，反对以"神灵"来解释"自然"，强调按照天地万物的自然本身来理解和把握自然，强调以"气之自然"来理解和观察各种各样的自然现象。例如他强调注意对"春温夏暑，秋凉冬寒"，"冬时阳气衰"，"夏时阳气盛"等"四时自然""时气自然"的理解和观察，强调注意"观鸟兽之毛羽，毛羽之采色"，观

① （汉）王充：《论衡·谈天》，《新编诸子集成》，中华书局1990年版。
② （汉）王充：《论衡·说日》，《新编诸子集成》，中华书局1990年版。
③ （汉）王充：《论衡·自然》，《新编诸子集成》，中华书局1990年版。

"草木之生，华叶青葱"，强调"春观万物之生，秋观其成"等自然现象的变化。这一切都足以表明，在东汉时期，王充在哲学根底上，为"畅神"自然审美观的萌生进一步夯实了基础，从理论上推进了关注自然美、发现自然美的风气。

总之，从刘安的《淮南子》到王充的《论衡》，从张衡的《归田赋》到仲长统的《乐志论》，贯穿着这样一条明显的"畅神"自然审美观的发展线索；从西汉到东汉，从时代特点到哲学背景，呈现出如此有利于滋生"畅神"自然审美观的众多条件，得出汉代催生了"畅神"自然审美观的结论，恐怕不是无稽之谈吧！我们认为，两汉与六朝的区别，不在有无"畅神"自然审美观，而在于随着审美文化生态及时代大气候的变化，"畅神"自然审美观已由原来的辅助地位上升到主导地位，其内容更加丰富、系统，以"畅神"的方式欣赏自然美，已成为普遍的社会风尚，乃至蔚为大观。

（发表于《东北师大学报》2004 年第 1 期）

王昌龄 "七绝圣手" 之誉索解

　　王昌龄（约公元690—757），是盛唐最负盛名的诗人之一，字少伯，京兆长安（今陕西省西安市）人。唐玄宗开元十五年（727）进士及第，历任秘书省校书郎，汜水（今河南荥阳境内）尉。开元二十七年谪官岭南，后又贬为江宁（今江苏南京）县丞。天宝七年（748）贬为龙标（今湖南黔阳）县尉。故世称王江宁或王龙标。安史之乱中，被濠州刺史闾丘晓杀害。

　　一般认为，王昌龄 "七绝圣手" 之美誉，较早为明人胡应麟提出："摩诘五言绝穷幽极玄，少伯七言绝超凡入圣，俱神品也。"① 他还说："七言绝，太白、江宁为最。"

　　王昌龄所以享有 "七绝圣手" 之美誉，原因主要有两个：一是用力最专，二是成就最高。《全唐诗》录存王昌龄诗180余首，仅七言绝句就有75首，占其存诗的40%还多。其比例之高在唐代诗人中独领风骚，就是在历代诗人中也是凤毛麟角的。在王昌龄的诗作中，最有代表性，最能体现其风格特色、艺术成就和文学史地位的也是七绝。

---

　　① （明）胡应麟：《诗薮·内编卷六》，中华书局1958年版，第104页。

王昌龄的七言绝句,为历代诗评家所推崇。明代杨慎在《升庵诗话》中说:"擅场则王江宁,骖乘则李彰明,偏美则刘中山,遗响则杜樊川","龙标绝句无一篇不佳"。谢榛云:"余谓七言绝句,王江陵与李太白争胜毫厘,俱是神品。"① 清王夫之则云:"七言绝句,唯王江宁能无疵颣。"元人辛文房甚至有"诗家夫子王江宁"② 之说。当然后人对唐诗绝句压卷之作颇多异议,清人沈德潜《说诗晬语》(卷上)曾有述及:"李沧溟推王昌龄'秦时明月'为压卷,王凤州推王翰'蒲桃美酒'为压卷,本朝王阮亭则云:必求压卷,王维之'渭城',李白之'白帝',王昌龄之'奉帚平明',王之涣之'黄河远上'其庶几乎!"这里,王昌龄诗作被提篇目虽有不同,但是被视为扛鼎压轴之作者则是一致的。其七绝地位之高,于此可略见一斑。

王昌龄的七言绝句有着鲜明独特的艺术特色。

他善于通过叙事抒情的巧妙转换,情与景的水乳交融表现人物内心的思想感情活动。其诗作,比较集中地表现了两类主题:一是歌唱边塞征戍者的战斗豪情和乡思离愁;二是从不同角度描写妇女生活。这两类诗作都较鲜明地体现了这一特点。

边塞诗是唐代诗歌的重要种类,高适、岑参等都是享有盛誉的能手。然而高适、岑参的边塞诗多为长篇七古,王昌龄采用的却是篇制短小的绝句,所以他的边塞诗不可能以对战争生活和边塞风光的铺陈描写取胜,而是扬长避短,着力表现征人内心思想感情的活动。请看其代表作《从军行》:

其四

青海长云暗雪山,孤城遥望玉门关。

---

① (明)王世贞:《艺苑卮言》,《历代诗话续编》,中华书局 1983 年版,第 1005 页。
② (元)辛文房:《唐才子传校笺》,中华书局 1987 年版,第 258 页。

黄沙百战穿金甲，不破楼兰终不还。

其五

大漠风尘日色昏，红旗半卷出辕门。

前军夜战洮河北，已报生擒吐谷浑。①

"青海长云暗雪山"，"大漠风尘日色昏"着力抒发成边战士奋勇杀敌、英勇慷慨的壮志豪情，也表现了征人久戍不还的离思别恨与乡愁。两诗亦景亦情，达到了情景交融的境地。诗中写的是"边愁"，但意境雄浑开阔，情词悲壮，绝无颓唐衰飒气象。这是难能可贵的。

王昌龄描写妇女生活的闺怨、宫怨诗也素负盛誉，同样长于内心刻画。例如被人誉为唐人七绝压卷之作的《长信秋词》（其三）：

奉帚平明金殿开，且将团扇共徘徊。

玉颜不及寒鸦色，犹带昭阳日影来。②

又如《闺怨》：

闺中少妇不知愁，春日凝妆上翠楼。

忽见陌头杨柳色，悔教夫婿觅封侯。③

两诗以哀怨的笔调写出宫女、思妇的暗恨幽愁和对青春美好时光的珍惜之情。诗人善于捕捉富于启发性的刹那间的心灵感触，准确地展示人物的内心世界。"忽见陌头杨柳色，悔教夫婿觅封侯"；"玉颜不及寒鸦色，

---

① （唐）王昌龄：《从军行》，房开江、潘中心编《唐人绝句五百首》，贵州人民出版社1981年版，第16页。

② 引文出自《中国古代文学史纲》编写组编：《中国古代文学作品选注》（中），甘肃人民出版社1988年版，第51页。

③ 同上书，第50页。

犹带昭阳日影来"等，都是通过妇女日常生活细节或外界事物的触动，曲折委婉、细致入微地显露了人物感情复杂矛盾的变化过程。为此，沈德潜《说诗晬语》说："王龙标绝句，深情幽怨，意旨微茫。"陆时雍《诗境总论》也说："王龙标七言绝句，自是唐人《骚》语，深情苦恨，襞襀重重，使人测之无端，玩之无尽。"

王昌龄的绝句往往发端奇警，出笔遒劲，骤响易彻，重力千钧。如其边塞诗代表作《出塞》：

> 秦时明月汉时关，万里长征人未还。
> 但使龙城飞将在，不教胡马度阴山。[①]

这首诗的首句神思独运，耐人寻味，妙不可言。它适应乐府诗要度曲成章、广泛传唱而字句必须易记上口的特点，选择了"明月""关"这两个边塞题材乐府诗里常见的字眼，并且匠心独运，在"明月"和"关"两词之前增加了"秦""汉"两个时间性的限定词，这样从千年以前、万里之外下笔，就使读者把眼前明月下的边关同秦代筑关备胡、汉代在关内外与胡人发生一系列战争的悠久历史自然联系起来，形成一种雄浑浩茫的独特意境。这样一来，"万里长征人未还"的悲剧，就不只是出现在当代，而是自秦汉以来世世代代人们的共同悲剧；希望边境守将有"不教胡马度阴山"的"龙城飞将"，也不只是汉代人才有的愿望，而是世世代代人们共同的愿望。这世代的悲剧和愿望，都是随着首句两个时间限定词的出现而显示出很不平凡的意义。这句诗声调高昂，气势雄浑，含蕴深厚，不同凡响，充分起到了统领全篇的作用。很多论者把这首诗推为唐人七绝的压卷之作。

---

① 引文出自《中国古代文学史纲》编写组编：《中国古代文学作品选注》（中），甘肃人民出版社1988年版，第49页。

　　王昌龄的绝句语言蕴藉淳厚、情深意永，音节和谐圆转，气格天然。如其脍炙人口的送别之作《芙蓉楼送辛渐》（其一）：

　　　　寒雨连江夜入吴，平明送客楚山孤。
　　　　洛阳亲友如相问，一片冰心在玉壶。①

　　一、二句写带着深秋寒意的夜雨洒遍吴地，与苍茫的江水连成一片，黎明江岸送客，遥望隔岸山峰孤峙矗立。既写出了萧瑟秋意，渲染了离别的黯淡气氛，又描述了平明送客、雨后楚山的情态，表现了诗人的心境。三、四句宕开一笔，遥想洛阳亲友定会关心自己的情况，那么他希望辛渐以"一片冰心在玉壶"来回答他们的问讯。诗人借写景叙事抒情，真切地表达了与友人的离情别意，含蓄地展露了身处逆境的孤寂不平和光明坦荡、洁身自好的情怀。全诗感情真挚，意蕴深远，语言圆润流畅，含蓄无穷，令人一唱三叹。

　　王昌龄与李白同工七绝，各有千秋。李诗自然流走，仿佛脱口而出，信笔写成；王诗加意锤琢洗练，意蕴悠远，耐人寻味。

　　　　（发表于《唐宋诗词一百题》，山东科学技术出版社1993年版）

---

　　① 《中国古代文学史纲》编写组编：《中国古代文学作品选注》（中），甘肃人民出版社1988年版，第52页。

杜甫诗"诗史"之称寻秘

    杜甫（712—770）是我国古代伟大的现实主义诗人。杜甫字子美，祖籍襄阳（今属湖北），生于河南巩县（今巩义市），是名诗人杜审言的孙子。杜甫少时聪颖好学："七龄思即壮，开口咏凤凰"，"往昔十四五，出游翰墨场。斯文崔魏然，以我似班扬"（《壮游》）。唐玄宗开元盛世中，他南游吴越，北上齐赵，结识了诗人李白。直至天宝四年（745），过着长达十余年的"裘马清狂"的漫游生活。天宝五年（746）诗人怀着"致君尧舜上，再使风俗淳"的理想，到长安寻官求职。但当时正值安史之乱的酝酿时期，唐玄宗纵情声色，李林甫独揽权柄，各种社会矛盾正迅速激化，致使诗人寄居十年，应举不第，求仕无门，空怀壮志，过着"朝叩富儿门，暮随肥马尘，残杯与冷炙，到处潜悲辛"的困顿生活。最后才得任右卫率府胄曹参军的小官。十年困顿生活，促使他逐渐接近人民，深刻认识了上层统治集团的昏庸腐朽，这对他成为忧国忧民的诗人起了重要作用。天宝十四年（755）安史乱起，长安沦陷，杜甫开始颠沛流亡生涯。一度为叛军所俘，押送长安近半年。脱险后，奔赴凤翔，朝见肃宗，任左拾遗。不久触怒肃宗，贬为华州司功参军。乾元二年（759），他弃官西行，度关陇，客秦州，寓同谷，后辗转至成都，暂时定居城西浣花溪畔，建一草堂。其间曾在西川节度使严武幕中任职，任参谋、检校工部员外郎。晚年，携家出峡，漂泊鄂、湘一带，终病死于赴郴州途中。由于杜甫曾居住在长安城南少陵附近，自称少陵野老，在成都时又任过检校工部员外郎，故世称杜少陵、杜工部。

杜诗今存1400余首。题材广泛，"诗料无所不入"。艺术风格多种多样。既有千锤百炼之作，又有随意挥洒之篇；格调或雄浑奔放，或清新俊逸，或质实古朴，然而最能显示杜甫的创作个性且为历代所确认的，是杜甫自己所说的"沉郁顿挫"（《进雕赋表》）。这种风格，是诗人艰苦潦倒的生活阅历、忧愤抑郁的思想性格以及万方多难的动乱时代和宏博精深的艺术修养等各种因素的统一。表现在作品中，就是以含蓄凝重的方式、深沉炽烈的忧国忧民的感情、铿锵有力的音响，去反映丰富深刻的社会内容。

为了广阔地反映社会生活，杜甫要求自己"不薄今人爱古人"，"转益多师是汝师"（《戏为六绝句》），创造性地运用了自汉至唐的各种诗体，做到各体具备，无体不工，达到了集诗歌艺术之大成的高度成就。他是新乐府诗体的开路人，他的乐府诗"即事名篇，无所依傍"[1]，促成了中唐新乐府运动的发展。他的五七古长篇，亦诗亦史，展开铺叙，而又着力于全篇的回旋往复，并将叙事、抒情、议论融为一体，标志着我国诗歌叙事艺术的高度成就。胡震亨《唐音癸签》评之曰："魏晋以前无过十韵者，至老杜《咏怀》《北征》等篇，穷极笔力，如太史公纪传。"他的五七言律诗锤炼谨严，积累了完整的艺术经验，使这一体裁达到了完全成熟的阶段。他的绝句质朴通俗，时入议论，形成了自己的特点。为此，唐元稹称赞杜甫："上薄风骚，下该沈宋，言夺苏李，气吞曹刘，掩颜谢之孤高，

---

① （唐）元稹：《元氏长庆集》卷23《乐府古题序》，上海涵芬楼影印本。

杂徐庾之流丽，尽得古今之体势，而兼人人所独专矣。"①

杜甫在我国现实主义诗歌发展史上，占有继往开来的重要地位。他继承并发扬了《诗经》和汉乐府的现实主义传统，用诗歌反映了时代世事和人民苦难，把现实主义推向一个更高更成熟的阶段。杜诗的现实主义精神和"即事名篇"的新题乐府诗，直接开启了中唐的新乐府运动。杜诗的爱国主义精神也引起历代诗人的崇敬，陆游、文天祥、顾炎武等，都从中吸取了丰富的营养。

称杜甫诗为"诗史"，唐代即已有之。《新唐书·杜甫传赞》云："甫又善陈时事，律切精深，至千言不少衰，世号诗史。"唐人孟棨《本事诗·高逸三》记载："杜逢禄山之难，流离陇蜀，毕陈于诗，推见至隐，殆无遗事，故当时号称诗史。"

杜诗所以有"诗史"之称，在于他"善陈时事"，把国难当头时自身的经历和所见、所感、所思"毕陈于诗"。杜甫生活在大唐帝国由盛而衰的历史转折时期，他的诗歌广泛触及了当时社会政治、经济、人民生活和文化艺术各方面，形象、真实地表现了这一历史过程和社会风貌，从而使他的作品具有高度的现实性。这主要表现在以下几方面：

其一，无情地揭露和鞭挞了腐朽统治阶级祸国殃民的种种罪恶，甚至把批判的矛头直接指向当时的最高统治者。杜甫始终敢于直面现实，议论时政，针砭时弊。他反对统治阶级上层横征暴敛、奢侈腐化；反对藩镇割据、宦官专权；反对吐蕃、回纥等族统治者的掠夺骚扰。腐朽统治阶级中的各色人物及恶行，他都写入诗中，口诛笔伐。如《丽人行》通过对杨国忠兄妹荒淫奢侈、骄纵跋扈的描写，曲折地表现了君主的昏庸和朝政的腐败。《赴奉先咏怀》直接揭露了以唐玄宗为首的贵族官僚的奢侈淫乐。《三

---

① （唐）元稹：《唐故工部员外郎杜君墓系铭并序》，赵则诚等主编《中国古代文学理论辞典》，吉林文史出版社 1985 年版，第 58 页。

绝句》《岁晏行》抨击了地方军阀的专横暴虐。《兵车行》则是谴责最高统治者穷兵黩武、热衷于开边扩土，致使人民流血成海水，白骨无人收。杜甫还写了一些借物寓志的政治讽刺诗，也同样表现了他疾恶如仇的思想感情。

其二，以深切的同情真实地反映人民的生活和疾苦，达到了史无前例的深度和广度。诗人"穷年忧黎元，叹息肠内热"（《赴奉先咏怀》），因此老农、士兵、老妇、新嫁娘、负薪女子和穷苦寡妇等一系列下层人民的形象就成为其笔下的重要人物。他大胆而充分地反映了他们的特定生活，表达了他们的感情和愿望。如其著名的"三吏""三别"，是安史之乱爆发后，诗人由洛阳到华州，根据途中所见所闻写成的组诗。它一方面批评唐王朝的兵役制度，反映了残酷兵役给人民带来的巨大苦难："积尸草木腥，流血川原丹"（《垂老别》）；"四邻何所有？一二老寡妻"（《无家别》）。另一方面，又从国家和民族的根本利益出发，歌颂了人民深明民族大义、忍辱负重的爱国主义精神。《悲陈陶》《诸将》等诗则揭露了统治者的御敌无能、害民有术。《茅屋为秋风所破歌》《遭田父泥饮美严中丞》《又呈吴郎》等，则表现了诗人关切人民的诚挚感情和博大胸怀。更为可贵的是，诗人艺术地概括和揭露了封建社会阶级对立、贫富悬殊这一基本事实："朱门酒肉臭，路有冻死骨"（《赴奉先咏怀》）；"彤庭所分帛，本自寒女出。鞭挞其夫家，聚敛贡城阙"。这些诗歌对人民生活的描写、对人民疾苦的同情，无论广度还是深度都达到了前代和当时的诗人难以企及的程度。

其三，用诗歌记录了作者一生的遭际，抒发了爱国爱民、忧国忧民的思想感情。杜甫的一生，是忧国忧民，与国事民生血肉相连、悲喜相通的一生。他用诗歌，表达了对祖国深沉的爱，对人民无限的同情。无论是"白头搔更短，浑欲不胜簪"（《春望》）的痛心疾首，"王师未报收东郡，城阙秋生画角哀"（《野老》）的悲愁伤感，还是"安得壮士挽天河，尽洗甲兵长不用"（《洗兵马》）的兴奋乐观，"却看妻子愁何在，漫卷诗书喜欲狂"（《闻官军收河南河北》）的由衷欢乐，都鲜明而充分地反映了诗人的喜怒哀乐，无不系于国家的安危和民情的险泰，与国事民情息息相通。"三吏""三别"则深刻反映了封建国家、安史乱军和人民群众三者复杂的矛盾关系，歌颂了人民爱国主义的思想，表明诗人或反战或主战的态度，都是以国家利益和人民的愿望为准绳。

即使是那些写景咏物的诗篇，也都浸透了诗人热爱祖国、热爱人民的深厚感情，与忧国忧民交织在一起。如被后人赞为"古今七言律诗之冠"的《登高》，围绕登高后的所见所闻所感，倾诉了诗人长年漂泊、老病孤独的忧思，抒发了忧国伤时的悲凉心绪。《茅屋为秋风所破歌》写的是作者的数间茅屋被毁，表现的却是忧国忧民的情怀。《江亭》表面看似写悠闲恬适的山林隐士情调，骨子里流露的仍是忧国忧民的愁绪。《秋兴》八首，在咏叹暮年多病、身世飘零的苦况中，贯穿了忧念国家兴衰的主题，浸透了关切国家命运的深情。《登岳阳楼》由登楼远眺的广阔景象中，猛然跌入自述老病孤独，前后境界阔狭迥异，但结语转写"戎马关山北"，遂将个人的身世之感与忧国伤时的感情结合起来。所谓"杜陵有句皆忧国"确为至论。

总之，杜甫的诗歌表现了时代的巨变、国家的动乱和人民的苦难，形象具体、全面真实地反映了 8 世纪中叶半个世纪的唐代各方面的历史面貌，具有极大的认识价值、教育作用和美感效应，称之为"诗史"是理所当然的。

（发表于《唐宋诗词一百题》，山东科学技术出版社 1993 年版）

第三辑

审美教育探究

论艺术教育

在审美教育的范围和内容中，艺术教育占有最为重要的地位。因为艺术的主要特点是美，艺术是美的集中的、物态化的存在，而且艺术美是完善的、高级形态的美。为了有效地开展艺术教育，需要深入认识艺术教育的特殊地位，着重了解各门艺术的审美特征及其审美功能，全面把握艺术教育的基本内容和审美效应。本文即对艺术教育的这些问题略述己见。

一 艺术教育的地位

艺术教育是审美教育最重要的内容和主要媒介。从美学史、教育史来看，从艺术本身的性质、特点来看，从艺术美和其他形态的美比较来看，都是如此。

从美学史、教育史来看，无论是中国还是西方，重视艺术教育，甚至把审美教育等同于艺术教育的观点长期存在。中国古代的"乐教"说和"诗教"说对美育理论和实践产生了深远的影响；近代梁启超把美育视为情感教育的同时，也认为情感教育的最大利器是艺术。在西方，柏拉图的音乐教育思想，亚里士多德的悲剧"净化"说，贺拉斯的"寓教于乐"说，黑格尔的美学即艺术哲学说，都是把审美教育视为艺术教育或某一门类的艺术教育。这种观点把审美教育等同于艺术教育或某一门类的艺术教育固然失之偏颇，但它突出地强调了艺术教育在审美教育中的重要地位，有其合理性，对我们正确认识艺术教育在审美教育中的地位，有借鉴意义。

从现实美与艺术美的关系来看，作为艺术教育基本手段、内容的艺术美优于现实美的种种特点，决定了艺术教育在审美教育中的重要地位。

首先，艺术是美的物态化的载体。现实生活中的美是自然形态的东西，一般比较分散，比较粗糙，也常常不太稳定，有时候外在表现形式还不甚明显，不易为广大群众普遍欣赏。因此，以它为审美教育的对象和媒介，往往受到很多局限，不易施行。而艺术美则是经由艺术家的审美意识所进行的物态化的创造。艺术家的艰苦劳动，已把现实生活中的美，去粗取精，去伪存真，并加以虚构想象、生发变形，塑造成客观存在的、具有永久性的、人人都可以欣赏的艺术形象。这种艺术形象，一方面，具有历史规定性，标志着人类审美能力与审美意识发展到了一定历史阶段，从而保留了人类在这一阶段审美活动的积极成果；另一方面，又具有客观的普遍意义，使人类审美意识的积极成果代代相传，具有永久的艺术魅力。

其次，艺术的主要特点是美（广义）。自然现象、社会现象虽然都和人发生审美关系，成为审美对象，但它们对于人的价值却主要不在审美关系上。例如，汽车的造型、色彩可以非常美，它的主要性质、功能仍是运输。一辆汽车即使造型色彩不美，但还可以是汽车，如果不能运输，就不成其为汽车了。艺术则不同，它的主要特点就是美，它对人的价值主要表现在审美关系上。它也有认识教育等多种意义、功用，但这些功用都不能脱离审美作用，都必须通过审美作用来发挥。比如我们观看齐白石画的虾，不是估量虾值多少钱，更不是认为虾可以一饱口福，而是欣赏艺术家笔下的虾所表现出来的充盈着生命力的形象美。画作也可能表现出某种思想性，但这思想性却不能以纯粹的思想形式出现，而必须通过形象的美学特征来表现，否则，既不能成为艺术，也不能成为美。显而易见，美是艺术不可或缺的特质，艺术如果不美，就不成其为艺术。

再次，艺术集中地表现美。艺术美是现实美的集中反映，是更高形态的美。就生动性和丰富性来说，现实生活中的美不亚于有时甚至超过艺术的美。但现实生活中的美却是分散的、相对的、芜杂的，缺乏内在联系，并不是一个自然协调的整体。它在一定条件下是美的，在另外的条件下就不一定美，而且它总存在这样那样的缺点，不能充分地表现美学特征。艺术中的美却是集中的，它虽然不像生活中的美那样生动、丰富，但由于它把现实生活中分散的美集中起来，经过了作家主观情志的浸染，加以典型化，就显示出内在的联系和协调，体现了特定的审美理想和生活的某些本质规律，能够更充分、更典型地表现美，成为美的最高级、最典型的形态。正因为如此，人们只有通过艺术才能更深刻、更本质地把握人与现实的审美关系。

从社会作用来看，艺术美对人的影响、熏陶最深刻、最强烈，对人的审美和创美能力的提高也最直接、最有效。列宁爱听音乐，对音乐有高度的感受力和鉴赏水平。据说，贝多芬的《热情奏鸣曲》曾使他陶醉不已。有一次他对高尔基说："我不知道还有比'热情奏鸣曲'更好的东西，我愿每天都听一听。它是绝妙的、人间所没有的音乐。我总带着也许是幼稚的夸耀想：人们能够创造怎样的奇迹啊！"[1] 这是对艺术巨大感染力量的充分肯定，也是对艺术创造力的热情讴歌！我国《孝经》说："移风易俗，莫善于乐。"《乐记》云："夫声乐入人也深，其化人也速。"这都是看到了艺术的巨大的审美教育作用。

---

① 列宁：《列宁论文学与艺术》第 2 册，人民文学出版社 1960 年版，第 885 页。

最后，从方法论来看，也应把艺术教育放在重要地位。事物的发展是由低级到高级，由不完备的形式到较完备的形式，而高级的形式总是既包含又超越低级的事物原有的一些特性和发展规律。因此，在科学研究中，先认识较高级形式的比较完备的东西，再掌握较低级形式的不太完备的东西，就容易达到周全精确的地步。马克思说："人体解剖对猴体解剖是一把钥匙。反过来说，低等动物身上表露的高等动物的征兆，只有在高等动物本身已被认识之后才能理解。"① 马克思的这段话，就提出了这样一种精湛的科学研究方法论，对我们正确认识艺术教育在审美教育中的重要地位有指导意义。艺术美是美的最高形态，是人的审美意识的集中体现，人与艺术的审美关系是人与现实的审美关系的最集中、最典型的表现。通过艺术教育了解艺术的规律和美学特征，不仅可以掌握人与艺术的审美关系，提高对艺术美的感受、欣赏、创造能力，而且可以掌握人对自然、对社会的全部审美关系，提高人对现实美的审美能力，激励并促使人们去追求和创造更高、更理想的美。

总之，艺术教育的地位是由艺术、艺术美的本质特征及其在美学、审美对象中的地位决定的。我们应在全方位施行审美教育的基础上，特别突出艺术教育的重要地位。

二　艺术教育的内容

艺术教育有不同于其他形态的审美教育的内容。这些内容主要包括艺术知识的教育、艺术欣赏的教育和艺术创作的教育。

首先，艺术知识的教育是步入艺术殿堂的基础。它具体包括艺术理论、艺术批评和艺术史三个方面。艺术理论的教育着重解析艺术的本质特

---

① 《马克思恩格斯选集》第2卷，人民出版社1995年版，第23页。

征、艺术的作用、艺术与社会生活及其他社会领域的关系，艺术的内容与形式，艺术分类及各艺术门类的特征等。艺术批评的教育重点阐明批评的性质、方法、标准等，力求从分析、评价艺术作品中，指出具有普遍意义的现象，从中概括出某些美学规律，指导文艺欣赏，繁荣文艺创作。艺术史的教育则需要通过对艺术史的分析使人们了解艺术的起源、多种艺术趣味的变迁史、审美观念史、文艺思潮史等。

其次，艺术欣赏的教育主要是引导人们进行直接的艺术欣赏，同时也要经由欣赏让人们懂得艺术欣赏的性质、特点及必要的欣赏知识和欣赏方法。艺术欣赏的性质和特点已如前述，这里着重论析欣赏知识和欣赏方法的教育。

进行欣赏知识的教育是为了让人了解一定的艺术创作规律和技巧，掌握不同门类的艺术语言（如音乐语言、舞蹈语言、电影语言、绘画语言、文学语言、戏剧语言等），熟悉一定艺术流派的艺术宗旨、风格和特点，适当地了解艺术作品的时代背景、作者状况等。不通过教育获得这些知识，就很难谈得上真正的欣赏。比如毕加索的名画《格尔尼卡》，画面形象奇特，没有一定的欣赏知识是很难欣赏的。如果掌握了必要的知识，知道了画面形象的符号象征意义，对画面的理解就会明晰起来。如果进一步了解这幅画的创作背景和毕加索绘画的风格特点，对于这幅画的欣赏就可以顺利进行了。

欣赏方法是达到艺术欣赏最佳效果的手段或途径，是一门学问。要通过欣赏方法的教育，让人了解欣赏对象和欣赏主体两个方面的特点。例如，对不同门类的艺术的欣赏就具有不同的特点，要采用不同的欣赏方法。例如建筑、工艺、音乐、舞蹈、绘画、雕塑、戏剧、电影、文学的欣赏方法；时间艺术、空间艺术、听觉艺术、视觉艺术、再现艺术、表现艺术等的欣赏方法；文学中诗歌的欣赏方法、小说的欣赏方法、散文的欣赏方法等。对每一种体裁，例如诗歌，又可以根据具体样式和历史发展形态归纳出相应的更具体的欣赏方法，如抒情诗、叙事诗、散文诗、格律诗、自由诗等的欣赏方法。

在欣赏的主体方面，如怎样选择艺术欣赏对象，端正欣赏态度，以艺术的眼光看艺术，调整心理活动等，也有一定的特点和规律。通过教育掌握了这些欣赏方法，欣赏才能进入如鱼得水的自由境界，获得最佳效果。

再次，艺术创作教育是以创作实践为基本手段，以培养艺术创造力为目的的教育。具体包括艺术地感受、认识生活的教育和艺术地表现生活的教育两部分内容。

艺术地感受、认识生活的教育是指通过创作规律（如生活与艺术的关系、内容与形式的关系、模仿与创造的关系、创作过程等）的教育，培养正确的审美意识，特别是解决如何使正确的审美意识在实践中转化为创作者自身的血肉，成为其感应的神经，使之对生活的感受认识转化为具有审美意义的艺术内容，为在生活的源泉中获取素材、熔铸成具有审美意义的艺术内容服务。

通过艺术地表现生活的教育，使创作者赋予其对生活的感受认识以艺术的形式。为此首先需要了解和掌握创作的物质材料的特性。不同的艺术门类，需运用不同的物质材料，而不同的物质材料具有不同的特性。如绘画的颜料、纸，雕塑的木石、金属、泥土，音乐的音响，文学的语言等。不通过教育了解不同物质材料的特性，就很难自由地驾驭它们去表现艺术家的审美意识。其次，还要熟练运用艺术创作工具。艺术创作工具是适应创作对象的规律和创作主体艺术经验的产物，对它的掌握也是一门很有讲究的学问。比如绘画所用的毛笔就有几十种之多，每一种各有不同的用法，达到不同的表现目的。与现代科学技术联系密切的艺术工具，如摄像机等，其相关学问就更复杂了。只有通过系统的艺术教育，熟练地掌握创作工具，才有可能得心应手地进行创作。此外，还有创作手法、技巧的教育。艺术创作有自己独特的手法和技巧。不同的艺术门类有不同的手法和技巧。掌握创作手法、创作技巧的规律性，恰到好处地、创造性地予以运用，为塑造艺术形象、表现审美意识服务，才能臻于创作的自由境界。

艺术知识教育、艺术欣赏教育和艺术创作教育相互联系，相互影响，相互补充，相互促进，共同服务于审美能力、创美能力的培养和提高。一般来说，艺术知识教育是基础，艺术欣赏教育是核心，艺术创作教育则是前二者的升华。由于审美教育、艺术教育的主要目的不在于培养多少艺术家，而在于提高人们的审美素养，以审美的态度对待现实、对待生活，所以，以直接欣赏艺术美为核心的艺术欣赏教育，就居于更为重要的地位，应受到高度重视。

三　各类艺术的审美特征与审美教育

艺术对人的审美能力的培养和完美人格的塑造，是通过各类艺术的教育得以具体实现的。因此，欣赏各类艺术作品，了解各类艺术的特征和审美教育功能，是实施艺术教育的中心环节。下面着重阐述常见的艺术种类的特征，并由此入手扼要说明它们各自的审美教育功能。

（一）建筑艺术

建筑原意为"巨大的工艺"。它原是人类建造的居住和活动的场所。建筑艺术是通过建筑物的形体和结构方式，内外空间结合，建筑群组织以及色彩、装饰等方面的审美处理所形成的一种实用艺术。它显示着人类所创造的物质文明和精神文明，凝聚着人类自觉地改造客观世界的直接成果和审美感受。

1. 建筑艺术的审美特征

第一，建筑艺术的本质特点是实用与审美、技术与艺术的统一。建筑艺术一方面要有实用功能，在适合物质材料的性质和规律的前提下，改变物质材料的自然面貌，使它服从于人类社会生活的需要；另一方面又要求有审美功能，具有一定的艺术性，在按照美的规律造型的过程中，积淀人们的审美感受，体现社会生活的意义。它是物质生产与艺术创作的统一，是实用价值与审美价值的统一。虽然建筑艺术在发展过程中经历了由单纯实用到审美因素逐渐增强的过程，虽然建筑艺术实用价值与审美价值的关系呈现出不同的侧重，但在总体上，建筑艺术要求实用与审美、技术与艺术的统一。当然，一般来说，在实用与审美的统一中，建筑艺术是在实用的基础上讲求美观。如建筑的造型美和装饰美都离不开实用功能和材料结构功能。要想造型装饰美就必须在实用功能、结构功能的基础上进行艺术创造，把技术和艺术统一起来。历史上任何成功的建筑，实际上都是技术与艺术的统一体。我国古代建筑中的飞檐，在巍然高耸的屋顶下如翼轻展，使巨大建筑体积形成的沉重感化重为轻，能给人以"如翠斯飞"的强烈美感。但我国古建筑飞檐的创造，本不是为了美观而发明，而是与实用结合在一起的。林徽因在为梁思成《清式营造则例》一书所写的绪论中曾对此作过精辟的分析："因雨水和光线的切要实题，屋顶早就扩张出檐的部分。出檐远，檐沿则亦低压，阻碍光线，且雨水顺势急流，檐下亦发生溅水问题。为解决这两个问题，于是有飞檐的发明。"[1] 即使是偏重于审美功能的建筑形态，也并未完全脱离实用的前提。如公园里的亭子，主要突出审美价值，但仍具有供游人纳凉休憩的功能。审美与实用仍是联系在一起的。古罗马工程师维特鲁

---

[1] 梁思成：《清式营造则例》，中国建筑工业出版社 1981 年版，第 13 页。

威提出的一切建筑物都要考虑到"实用、坚固、美观"的建筑三原则，至今仍保持着其的普遍有效性。

第二，建筑是"石头（建筑材料）写成的历史"。建筑艺术的发展，为一定时代的经济基础和科学技术所决定，同时又深受各种社会意识形态的影响，是一定的社会意识形态和审美理想在建筑形式上的反映。因此，建筑艺术可以通过自身的特点，表现一定时代和一定社会的心理情绪、审美理想和精神面貌，以直观的形式体现一定时代的社会物质和精神文化发展的水平。如风行中世纪欧洲的哥特式教堂建筑，以高耸的尖塔为基本形式，体形颀长，顶端有高耸入云的小尖塔，内部高大明亮，窄而高，修长林立的立柱加上色彩斑斓的彩色镶嵌玻璃大窗，使整个建筑物显得辉煌而神秘，造成一种向上升腾的气势和向往天国的幻觉。它鲜明地体现了超脱尘世、飞升天国的宗教意识，集中反映了当时的宗教观念，是当时神权统治、宗教盛行的时代产物。我国古代的各类建筑，从王城到诸侯城，以及各类人的住房都有严格的等级规定。这就使得我国城市的规模和布局，各类建筑的体量和形式，两千多年来大都整齐划一，轴线贯穿，主从分明，层次井然，有稳定和谐的韵律感和建筑气氛，从南到北，千百年来风格变化不大，突出地体现了封建社会的伦理秩序观念和审美理想。

正因为如此，法国大作家雨果称赞巴黎圣母院是"巨大的石头交响乐"，它的每一个面、每一块石头，"都不仅是我们国家历史的一页，并且也是科学和文化史的一页"。俄国大作家果戈理认为建筑是世界的通鉴，当歌曲和传统缄默了的时候，而它还在讲话！意大利的布鲁诺·赛维在评论建筑艺术的时代精神时简略地指出："埃及式＝敬畏的时代，那时的人致力于保存尸体，不然就不能求得复活；希腊式＝优美时代，象征热情激荡中的沉思安息；罗马式＝武力与豪华的时代；文艺复兴式＝雅致的时代；各种复兴式＝回忆的时代。"① 这些论述的一些具体结论可以商榷，但却有力地说明了建筑艺术是石头写成的历史，是时代精神的一面镜子，是人们通览人类文化史、文明史的一部形象的综合历史"文献"。

建筑艺术不是通过直接模仿自然或再现生活来表现特定的社会意识，而是以巧妙的空间结合和多种多样的艺术手段，特别是象征、隐喻等手法表现出某种高度概括性的宽泛、朦胧的观念、情绪和气氛，如庄严、崇高、活泼、华美、朴实、凝重、轻快、明朗、阴郁等，唤起人们的联想与共鸣。中国古代有天圆地方之说，于是祭天的天坛用圆形建筑，祭地的地坛用方形建筑。1928 年建于南京的中山陵，呈钟形，象征着孙中山领导的民主革命是唤起民众的警钟。古希腊用轮廓刚劲挺拔的陶立克柱式象征男性的雄健，用外形修长轻盈的爱奥尼柱式象征女性的温柔。欧洲天主教堂用十字形平面纪念耶稣基督的受难。恩格斯说过："希腊式的建筑使人感到明快，摩尔式的建筑使人觉得忧郁，哥特式的建筑神圣得令人心醉神迷；希腊式的建筑风格像艳阳天，摩尔式的建筑风格像星光闪烁的黄昏，哥特式的建筑风格像朝霞。"② 这是对西方古典建筑所具有的象征性抽象意蕴的恰当描绘。黑格尔把建筑艺术看作象征型艺术的典型代表，也正是看到了建筑的这一特点。

由于建筑形象表现内容的宽泛性和象征性，其形式往往可以容纳比较宽泛的内容，所以古代一些优秀建筑，在当时虽有较具体的内容，但后世却可以赋予它新的意义。如北京天安门在封建时代是皇权至上的象征，万里长城原为抵御外敌侵入，现在则成为中华民族的象征。

第三，建筑是冻结的音乐。建筑艺术形象是在空间展开的，但也有时间艺术的某些特点。它的物质材料合乎规律的比例组合，空间构成的连续

---

① 布鲁诺·赛维：《建筑空间论》，《建筑师》1981 年第 7 期。
② 《马克思恩格斯全集》第 2 卷，人民出版社 2005 年版，第 256 页。

的流动变化，高低错落有致的、主次映衬烘托的复杂形体体系，造成一种无声的空间凝聚，颇似音乐中的序曲、扩张、渐强、高潮、渐弱、重复、休止一样，具有很强的音乐性。人们在感受建筑形象美的时候，是在运动中通过时间的推移、视角的转换、视线的往返流动，观形类声，感受到多样反复的节奏，产生音乐般的旋律感。如我国的故宫，沿中轴线展开，从天安门、端门、午门、太和门到太和殿、中和殿、保和殿，再至景山，有前奏，有渐强，有高潮，有收煞，犹如一首完整的乐曲。歌德所谓建筑是"冻结的音乐"，贝多芬所谓"建筑是凝固的音乐，音乐是流动的建筑"的说法，都概括了建筑与音乐的相似之处。

第四，建筑是空间造型艺术。建筑以三度空间而存在，它通过空间组合、体型、比例、尺度、质感、色调、韵律等建筑语言，形成建筑形象，构成一个丰富复杂的形体体系，创造一种空间的造型美，体现一定的意境。人们置身于建筑之中，随着空间序列的展开，领略感受其风貌，产生联想和共鸣。如北京的故宫，从正阳门直至景山，从南到北，沿一条长达七公里的中轴线布局，有前序，有过渡，有高潮，有结尾，两侧建筑保持均衡对称，十几个院落纵横穿插，几百所殿宇高低错落，再加上刻意的对比、陪衬、烘托，鲜明生动地突出了太和殿的中心地位，把皇帝的权威渲染得淋漓尽致。若在封建时代，身临其境，自然会产生皇权至高无上、皇帝至尊至贵的感受和联想。

建筑的空间造型美，与周围环境空间有密切关系，因而处理好建筑物与周围环境的关系，使建筑物与周围环境和谐一致、融为一体，就会拓展建筑的意境，强化人们的审美感受，使建筑物与环境相得益彰。如美国建筑大师莱特设计的建于1936年的美国宾夕法尼亚匹兹堡市郊的流水别墅，整体建造在瀑布之上，利用钢筋混凝土的悬挑特点，凌空伸出巨大的阳台，使每层平台如飘浮的盘子似的悬在空中，同瀑布两侧的巨石呼应协调，瀑布经阳台下自然倾泻，建筑与两侧和周围的山石林木、瀑布流水自然交错，相互渗透，融为一体，交相辉映，富有自然情趣。这座建筑曾获得 125 年来美国最佳建筑的盛誉，被人称为现代建筑与自然环境有机结合的典范。澳大利亚悉尼市的水上歌剧院也是一个成功的范例。它坐落在悉尼海港的勃尼郎波因特半岛的前部，阶下海水清澈，碧波荡漾，远处与横跨海湾的悉尼大铁桥遥遥相望，再加上丹麦设计师伍德臣匠心独运，把屋盖设计成高达 50 米的白色薄壳群体结构，使人近观如扬帆待发的船队，远看又像朵朵盛开的白莲，或一群匍匐前行的贝壳，引起人们丰富的联想。人工匠意与天然环境浑然一体、难割难分，被人称为建筑在那里的不可替代的形象。

2. 建筑艺术的审美教育功能

建筑是人类创造的规模最大、最具恒久性的艺术品。它一旦落成，便长久地矗立在大地上，成为人的生活环境的一部分。不管你的意愿或兴趣如何，它都以巨大触目的形象强迫你去感受它，逼迫你对它作出审美评价。因此，建筑艺术的审美教育功能的特点就在于这种"强制性"。正是通过这种"强制性"，建筑艺术使人在自觉不自觉之中受到它的影响，从而发挥其巨大的独特的审美教育作用。

（二）工艺

工艺亦称实用工艺，是最古老的艺术品种之一，通常是指除建筑外，在外部形式上经过艺术化处理，带有明显的审美因素的日常生活用品、装饰品这一类实用艺术。它范围广泛，种类繁多，一般把它分为实用工艺品和特种工艺品或陈设工艺品两大类。前者指经过加工美化的生活实用品，如花布、茶具、餐具、灯具、编织物、家具等，后者则专指供观赏用的陈设品，如象牙雕刻、金银首饰、绢花装饰绘画等。

1. 工艺的审美特征

作为静态的空间造型艺术的工艺，与建筑只有量的不同而无本质差别，它们有着大体相同的审美特性。

第一，同建筑一样，实用工艺一般也是实用与审美的统一。由于实用工艺品的创造服从于人类满足物质生活需要和文化生活需要的双重目的，一般来说，实用工艺品既具有物质的实用功能，又具有精神的愉悦功能；既能满足物质生活需要，又能美化生活。它是物质生产与艺术创作的结合，是物质产品和精神产品、实用与审美的有机统一。例如，一把水壶，为服从实用的需要，在造型上要有装水的壶身、进水的壶口、倒水的壶嘴、执壶的把手，不然就不具有实用价值；为美化生活就要通过形式美法则的运用，表现出一定格调、情趣，使人赏心悦目。实用与审美达到水乳交融，浑然统一。这是实用艺术首要的也是根本的特征，是实用艺术与其他艺术的根本区别之所在。

当然，在不同种类的工艺品中，实用与审美可以有所侧重。实用工艺品有着突出的审美因素，但实用价值居于主要地位，审美必须服从实用的需要。不能照明的台灯，无法写字的钢笔，一穿就破的衣服，外形再美观，也无法满足人的实用需要，当然也就很难谈到审美价值。特种工艺品，主要满足人的精神需要，审美价值则居于首位，实用功能已不明显，有的实用功能甚至完全消失。如挂盘、象牙雕刻、鼻烟壶等工艺品，无论就其特点还是功能来说，都已进入纯艺术领域，视之为纯艺术品也未尝不可。

第二，工艺美的内容侧重于表情，具有象征性和抽象性。实用工艺由于直接与物质生产结合在一起，受实用性和制作条件的制约，往往不直接地客观地模拟再现具体事物，而是侧重表情。它常常通过特定的造型形式，以象征的手法，显示和烘托出一定的趣味、情调和氛围，表现出较为朦胧、含蓄、宽泛的感情色彩，给人以情绪上的感染。例如我国古代青铜器的离奇造型和富于想象的纹样装饰，象征了奴隶主阶级统治的秩序、权威和尊严，欣赏这些青铜器，会感到一种神秘而又威严的气氛以及凝重磅礴的力量。

第三，工艺美主要是形式美。同建筑艺术一样，工艺品的审美因素主要在于造型形式美。造型、材料、色彩、装饰是工艺的艺术语言。其中造型居于主导地位，没有造型，就没有工艺形象。它的造型坚持适用、经济、美观的原则，自由地运用形式美的法则，充分发挥材料的性能和特性。如果说造型是工艺品的"骨架"，材料是工艺品的"血肉"，那么，色彩和图案装饰就是工艺品的"皮肤"了。色彩和装饰图案应服从于、服务于造型的需要，使其锦上添花，而不应画蛇添足。

第四，工艺品的创造直接受物质材料性能和生产技术的制约。任何一种艺术都有自己的物质表现手段，并对内容和形式有某种制约作用。实用工艺的物质材料比其他艺术种类广泛得多，沙石、泥土、竹木、金属、织品、玻璃、塑料都可以作为它的物质材料。不同的材料有不同的性能或特点，有的透明晶莹，有的粗厚浑朴，有的色彩绚丽，有的纹理细腻。运用不同的物质材料造型，就要研究不同物质材料的性能和特点，重视它本身的质美、色美和结构美，因材施艺，显瑜掩瑕，最充分地发挥材料的表达性能或特性。这正是艺术创造性的一种表现。

此外，工艺品的创造还受到生产技术条件的制约。技术的高低，往往直接决定工艺品的特色和审美价值。唐三彩、景泰蓝的别具一格的特色和突出的审美价值，都是与独特的生产工艺分不开的。

2. 工艺的审美教育功能

工艺的审美教育功能主要体现在其普及性和群众性上。作为实用艺术的一种，工艺同人民群众的物质生活和精神生活直接联系在一起，是一种最富大众性的艺术形式。它深入衣食住行、学习工作等社会生活的每一个角落，几乎每时每刻都同人们发生联系。它虽然主要通过造型、色彩、装饰等显示和烘托某种宽泛、朦胧、含蓄的气氛和情调，不具明确的思想和深刻的理性，但却能以其特有的风采和格调美化环境，满足人们多种多样的审美需要，丰富人们的精神生活，在潜移默化中，影响人们的思想、感情，陶冶人们的情操，培养健康向上的审美趣味和高尚品质，使人们更加热爱生活。这是其他任何艺术都无可比拟的。完全可以预期，在科学技术高度发展的现代社会里，随着人类社会文明程度的不断提高，随着人们日益提高的物质生活和精神生活的需要，人们对与自己生活息息相关的各类物质产品的艺术化，对渗透于衣食住行各个方面的工艺美的需求，会越来越广泛，越来越迫切，实用工艺的美学价值和审美教育功能必将变得愈来愈突出，愈来愈重要。

（三）雕塑

雕塑是以石头、金属、木料、泥土等各种物质材料塑造出展现于三维空间的可视可触的艺术形象，表达人们思想感情的一种造型艺术。

1. 雕塑的审美特征

雕塑的独特造型语言，决定了它的审美特征。

第一，雕塑形象具有物质实体性。绘画是在二维空间即平面上创造形象的，虽然通过透视等可以给人以立体感和空间感，产生极为逼真的效果，但实质上绘画艺术形象只是在"虚幻"的空间中塑造的。人们只能运用视觉从特定的角度去欣赏它。雕塑则不然，雕塑在三维空间中创造出真正占有空间位置的具有物质实体性的艺术形象。欣赏者不仅可以用视觉感官去直接感受它，而且可以用触觉感官去感知它。圆雕不仅可以从某一个侧面欣赏，而且可以从前后左右各个侧面感受它，获得丰富的审美享受。

这是雕塑形象与绘画形象的根本区别。例如被誉为美的化身的《米洛的维纳斯》，是希腊化时期的一件不朽的杰作。维纳斯被雕刻成半裸体立像，腿部用生动的富有表现力的衣褶遮住，裸露的上半身与着衣的下半身形成强烈的对照。由于雕像下半身采取着衣处理，使下部显得厚重而稳定，并使整个雕像具有一种纪念碑样的崇高感。上身裸体，雕刻得异常精美，栩栩如生，似乎可以感到皮肤下筋脉的跳动、血液的循环。整个体态呈螺旋状的上升转向，各部分之间相互呼应，起伏变化富有音乐的节奏感。她表情自然大方、不卑不亢，充满内心喜悦而毫无矫揉造作之感。甚至残缺的双臂也没有损伤她的完美，反而诱发人的想象力。人们可以从不同的角度、侧面、距离进行观赏，获得不同的审美效果。这座雕像充满了生命活力和青春之美，体现了希腊人力求外在美和内在美统一的审美理想。千百年来，她以其耐人寻味的诗意和难以捉摸的含蓄美，给人以无限的美感启迪，具有永久的魅力。正因为雕塑有着绘画不可比拟的实体性，人们把它称作"立体的诗"。

第二，雕塑以人体为主要对象。雕塑主要是通过人体的塑造展示人的形体美和精神美，体现人的外在美和内在美的统一。雕塑的产生和发展，从来就是与人体的空间变化语言不可分割的。从古代雕塑到现代雕塑，雕塑的题材虽然多有变化，但人体美却是核心的题材。雕塑家或直接展现人体的力量，如法国布尔德尔的《赫利克里斯》，或以人体为象征，表现对生活的感受，如马约尔的《地中海》《山岳》《空气》《河》。这与被称为人体动作的艺术的舞蹈十分相似。两者的不同在于：舞蹈是人体的动态的时空形象，而雕塑则是静态的空间形象。因此，人们称雕塑是静态的舞蹈，舞蹈是动态的雕塑。

人体之所以成为雕塑的主要对象，其深刻原因一方面在于通过人本身的形体外貌可以集中地认识到人的本质力量的内在的、完备的、概括的存在，即人的精神；另一方面，还因为人体美是自然美的最高表现形态，它本身就具有重要的审美价值。雕塑一般没有背景，很难直接再现人物之间、事物之间以及人物与环境之间的复杂关系，直接表现事物的发展过程。因而雕塑在以物质实体再现人体美的时候就十分重视外部造型的单纯性和思想感情的纯粹性；避免烦琐细节的高度个性化了的特征描写，着力表现高度概括的理想化的单纯性格和精神。莱辛在《拉奥孔》中说："对于雕刻家来说，女爱神维纳斯就只代表'爱'，所以他就须使她具有全部贞静羞怯的美和娴雅动人的魔力……如果艺术家对这个理想有丝毫的改动，我们就认不出他所描绘的是'爱'的形象。结合到庄严而不是结合到羞怯的那种美就会使人认出不是女爱神维纳斯而是雷神后朱诺。"① 当然单纯不是贫乏，更不是单调。实际上杰出的雕塑家总是匠心独运，寓动于静，寓丰富于单纯，使雕塑作品意味深长、含义隽永。例如罗丹的名作《思想者》，高踞于组雕《地狱之门》顶上，面对着各种人物的无尽痛苦与挣扎，巨大的身体形成紧张的折线形，双眉紧蹙，肌肉紧张隆起，脚趾抠进了泥土，浑身充满了巨大的力量，处于高度紧张的状态。雕像的一切细节和整体都鲜明地突出了一个单纯的主题——"思想"。罗丹以外部的极度紧张，暗示出内心思索的急剧、思索的内容的丰富；观众可从静的形象中强烈感受到动的意味；由思想的单纯动作造型，联想领悟到思想的丰富内容。

第三，雕塑是"建筑的衣服"，应与环境协调一致、借以美化环境。雕塑的美不是孤立的。室外雕塑特别是城市雕塑更是常与建筑、环境发生联系。由于雕塑在再现环境和运用色彩上有很大的局限性，在一定程度上影响了雕塑美的发挥，因此，如何使雕塑与周围环境协调一致、融为一

---

① ［德］莱辛：《拉奥孔》，朱光潜译，人民文学出版社1979年版，第54页。

体，就成为雕塑整体艺术构思的一个不可或缺的部分，成为充分地发挥雕塑的美感作用的一个重要问题。黑格尔曾精辟地指出："艺术家不应该先把雕刻作品完全雕好，然后再考虑把它摆在什么地方，而是在构思时就要联系到一定的外在世界和它的空间形式和地方部位。"① 这个问题处理得好，既可以美化环境，又能够大为增强雕塑的空间效果和艺术感染力，充分发挥雕塑的审美教育作用，反之，则会给人以不协调的感受，难以形成很好的审美效果。邢同和指出："注意六面观的空间效果也是雕塑与环境结合的重要因素。四川乐山大佛选址于岷江、青衣江、大渡河交汇口，以山为背景，它那一泻千里的力量、巍峨的气势给人们以强烈的感染。但是，北京工人体育场前的运动员雕塑却受环境影响而不免黯然失色，雕塑的形象被不协调背景破坏。'标枪'应体现方向性的力学美、流畅美，现在它前面却是封闭的空间，树枝在和它'打架'；'掷铁饼'是力量的象征，具有强烈的爆发力，现在它隐居于密林之中，被建筑物不恰当的体量陪衬显得格外渺小。空间的接近完全损害了雕塑的感染力。……城市雕塑，应是融于情和景之中的立体的诗、壮美的画、宇宙的音乐、大地的鲜花。"② 正因为如此，一些能够与环境、历史、地方特点融为一体的雕塑，如广州越秀山上的《五羊雕塑》、巴黎的《马赛曲》、意大利罗马城的《母狼哺乳两个婴儿》、丹麦哥本哈根《美人鱼》雕塑、阿根廷的《阿尔维尔将军纪念碑》，往往成为一个国家、城市、地区的重要标志和象征。

第四，雕塑形象的特点直接受物质材料特点的制约。雕塑形象的魅力来自整体的巧妙的艺术处理和单纯中见丰富的内容，同时也与它所使用的物质材料的特性有直接关系。不同的物质材料适于展现不同内容的雕塑形象，给人以不同的审美感受。如铜具有多变的色调与较强的可塑性与灵活

---

① ［德］黑格尔：《美学》第 3 卷（上册），朱光潜译，商务印书馆 1979 年版，第 111 页。
② 邢同和：《浅谈雕塑与环境》，《美术》1988 年第 3 期。

性，能适应多种表现形式；大理石表面透明，利于产生柔和的轮廓，更适合表现形象的温润秀美；花岗石坚硬耐磨，最适合表现刚强雄劲的形象。雕塑家在塑造形象时总是选择合适的物质材料，使材料特点与形象特色浑然一体，以求达到最佳的艺术表现效果。例如广为人知的《米洛的维纳斯》，是以洁白如玉、温润秀美的大理石制作的，大理石天然的色泽很自然地表现了女性白嫩的皮肤，象征着雕像心灵的纯洁，表现出强烈的生命力，给人以巨大的审美感受。罗丹在欣赏抚摸这尊雕像时曾说过：抚摸这座雕像的时候，几乎会觉得是温暖的。当然，其他艺术形式也需要物质材料，那些物质材料也具有审美意义，如绘画、摄影等的材料，但是雕塑材料却是不仅直接为各具特色的形象塑造服务，而且其本身就是雕塑艺术审美特性的组成部分，与雕塑的形象美交融在一起。

2. 雕塑的审美教育作用

雕塑的审美教育作用与建筑有相似之处，因为它们运用的物质材料都是物质实体性的，都具有永久性的特点，都是强迫人接受的艺术。雕塑艺术与建筑艺术的主要不同在于：建筑艺术以实用为基础，审美必须服从实用，与实用密切结合，因而其审美教育功能就受到实用功能的相应限制；雕塑则完全摆脱了实用功能的束缚，纯粹是为了表现雕塑家的审美意识，满足人们的审美需要而创造的。因而它无论在美的形态的典型性上，还是在审美教育效果的突出性上，都是优于建筑的，具有其他艺术形式难以替代的作用。优秀的雕塑特别是室外城市雕塑，具有纪念性、教育性和装饰性等多重综合功能，它可以装饰美化市容环境，陶冶人们的性情，净化人们的心灵，提高人们的审美能力，历史上的统治者深知雕塑的这种迫人接受、潜移默化的审美教育特点，常利用雕塑宣扬他们的文治武功。随着科学技术的发展，更多的新型物质材料被运用到雕塑设计上，开拓了雕塑与环境自然结合的广阔途径，扩展了雕塑的审美教育功能。雕塑与城市环境装点的不解之缘越来越深厚。现在，雕塑艺术已成为社会物质文明和精神文明不可或缺的重要组成部分，成为一个国家、民族、城市文化的标志和象征。我们伟大的中华民族曾留下丰富的雕塑艺术遗产，今天我们也应该创造更为灿烂的雕塑作品，为建设社会主义物质文明和精神文明服务，为千秋万代留下当代人思想和生活的永恒形象。

（四）绘画（附书法）

绘画是运用色彩、线条、形状等在二度空间中反映社会生活、表达艺术家思想感情的一种造型艺术。

1. 绘画的审美特征

第一，绘画是二度空间的艺术，它以再现为主，也具有较强的情绪表现力。属于造型艺术的雕塑、建筑等都是在实在的三维空间中塑造具有物质实在性的立体艺术形象，鉴赏者既可以凭视觉感官去直接感知它，也可以用触觉器官去抚摸它。绘画则不然，由于绘画采取的物质手段是线条、色彩、形状，并非物质实体，因而，它只能在二度空间（即平面）内再现、描绘人和自然、社会物象。但是绘画可以通过透视（焦点透视、散点透视、线形透视、空气透视）、色彩、光亮、比例等方法，表现事物的纵深和各个侧面，造成视觉上的空间立体感和逼真效果。特别是绘画不像雕塑那样，只利用外来光线造成物象的明暗对比，而可以有意识地把光线表现在画面上，再加上绘画可以把可视的和能够转化为视觉形象的一切摄入画面，因而绘画在再现物象方面具有极大的确定性和表现力，达到了再现艺术的极致，在造型艺术中占有首要地位。如达·芬奇的名画《蒙娜丽莎》，描绘了一位温馨至美的女性形象。画家敏锐地抓住了人物一刹那间微笑的表情，表现了她对生活的喜悦以及微妙的心理活动。画家以柔和细腻的笔调，充分刻画了人物的脸部、胸部和手，并运用明暗法和空气透视法等艺术手段，将环境、空间与人物的关系处理得十分协调，形成一幅精美的艺术作品，具有极强的立体感和逼真效果，给人以无穷的遐想和美的感受。

绘画虽然是以再现为主，但由于线条、色彩、形状具有便于展示具体事件、内心情感的特殊性，因此在造型艺术中，绘画又具有更多的主观性和精神性。黑格尔说："绘画最不同于雕刻和建筑，而较近于音乐，形成了由造型艺术到音调艺术的过渡。"① 这就是说，绘画运用色彩配合、明暗对比、线条形状、色块的节奏以及构图等绘画语言，可以具有较强的情绪表现力。我国画论讲求气韵生动、以形写神，追求意趣、意境、写意，推崇诗中有画、画中有诗、诗画结合，都是为了使再现与表现两种功能结合起来。而工笔画突出地发展了再现功能，写意画则较为明显地发挥了表现功能。西方传统绘画，特别是现实主义绘画，在再现方面曾经达到很高的艺术成就，而现代派绘画则是极度地发展了绘画的表现功能。但是绘画毕竟是以再现为主的造型艺术，不会从根本上舍弃形象的再现。

第二，绘画可以选择最富于孕育性的顷刻，突破时空的局限。绘画虽然比雕塑有灵活多样的造型手段，在描绘再现事物上有更强的确定性，但由于绘画所描绘的是空间展开的静态的艺术形象，单靠画面本身不能再现运动变化的生活流程。因而绘画在表现事物的发展过程方面，就受到一定的局限。要突破这种局限，"就要选择最富于孕育性的那一顷刻，使得前前后后都可以从这一顷刻中得到清楚的理解"②，这样一来，正要过去的和正要到来的东西都凝聚在这一点上。善于捕捉、选择、表现包含着事物发展运动前因后果的那一顷刻，就能够化动为静，以静写动，把动的过程包孕在静的形象之中，给人以驰骋想象的广阔天地。如俄国画家列宾的油画

---

① ［德］黑格尔：《美学》第 3 卷（上册），朱光潜译，商务印书馆 1979 年版，第 229 页。
② ［德］莱辛：《拉奥孔》，朱光潜译，人民文学出版社 1979 年版，第 88 页。

《伊凡杀子》，表现的是伊凡雷帝杀死皇子的情景。据传说，16世纪的沙皇伊凡雷帝性情暴虐，因怀疑其子篡权，盛怒之下，用杖击死儿子。画面表现的是伊凡雷帝把行将死去的儿子抱在怀里，用手捂住儿子额上的伤口，睁大的眼睛因悔恨而显出复杂的心理。画家通过选择这一特定的顷刻，极其巧妙地表现了"杀"的过程和结局，使权力欲和亲子情得到了动人心魄的表现，引发人们深刻的思索和丰富的联想，从而突破了绘画的时空局限，产生巨大的艺术感染力。达·芬奇的《最后的晚餐》、席里柯的《梅杜萨之筏》都是著名的例子。

第三，绘画在造型艺术中题材最广泛，可视的或可转化为视觉形象的事物均可入画。在造型艺术中，绘画再现现实的范围是最为广阔的。无论是人的外貌、神情、姿态、动作，无论是自然风景或静物，无论是生活场景和背景，社会生活中的方方面面，几乎一切可视之物均可入画。想象、幻想中的事物，能化为视觉形象的也可入画。正如黑格尔所说的："画家有可能把无限丰富的题材运用到它的表现领域里，这是雕刻所做不到的。……外在的自然，人类的事情，乃至情景和性格中最流转无常的东西，这一切在绘画里都可找到位置。"[①]

绘画种类繁多。按使用工具和绘画语言可分为中国画、油画、版画、水粉画、水彩画等。从大的方面讲，一般可以把绘画分为东方绘画和西方绘画两大体系。西方绘画以素描为基础，以油画为正宗，传统上注重再现客观世界的真实面貌，通过色彩、明暗、透视等绘画语言，表现物体的光感、质感、体积感和质量感，追求真实的艺术效果；重视绘画的思维、理性、认识作用和形态的写实性。水彩画、水粉画、版画等都属于西方绘画。东方绘画总体上则偏重于抒发感情、写意传神，既不拘泥于写实，又

---

① ［德］黑格尔：《美学》第3卷（上册），朱光潜译，商务印书馆1979年版，第228页。

不完全放弃自然形态，强调"形神兼备""以形写神""妙在似与不似之间"。东方绘画讲意境，主含蓄，富神韵，如中国画中的松、竹、梅、兰等艺术形象，不仅仅是客观世界形象的再现，而且是作者某种感情、气节和精神意境的载体，是作者强烈主观意识的表现。

2. 绘画的审美教育作用

视觉造型艺术的审美教育功能，从总体上看，都是"通过眼睛服务于知解力"，培养马克思所说的能"感受形式美的眼睛"。作为造型艺术之一的绘画也是如此。但是绘画是以线条、色彩、构图等独特物质手段塑造平面上的视觉形象，并且是整个美术的基础，这就决定了绘画审美教育功能的特点以及在培养感受形式美的眼睛方面的重要地位和作用。通过绘画作品和绘画的审美教育，可以使人们了解掌握线条、色彩、构图等绘画语言的特点和功能，培养敏锐的线条感、色彩感和构图感，提高对绘画平面视觉形象的深层把握和领悟能力以及用绘画语言表情达意的创造力。

书法是运用毛笔书写汉字的艺术。文字的书写本来是表达、交流思想感情的一种实用手段，但由于书法的造型形式美，特别是我国汉字象形表意的特点，以及书写工具（笔、墨、纸、砚）的特殊性，使它在本质上已成为一种独特的具有很高审美价值的艺术。

书法艺术的本质特征是强烈的抒情性。它能凭借线条的组合变化，通过形式美规律的自由运用，表现出书法家的胸怀、感情、品格、情操、心境、气度和喜怒哀乐。孙过庭认为书法可以"达其性情，形其哀乐"。唐代韩愈评张旭草书时说："张旭善草书，不治他技，喜怒、窘穷、忧悲、愉佚、怨恨、思慕、酣醉、无聊不平，有动于心，必于草书焉发之。观于物，见山水、崖谷，鸟兽、虫鱼，草木之花实、日月、列星、风雨、水火、雷霆、霹雳、歌舞、战斗，天地事物之变，可喜可愕，一寓于书。故旭之书，变动犹鬼神，不可端倪，以此终其身，而名后世。"① 元代书法家陈铎说得更明确："情之喜怒哀乐，各有分数，喜则气和而字舒，怒则气粗而字险，哀则气郁而字敛，乐则气平而字丽，情有轻重，则字之敛舒险丽，亦有深浅变化无穷。"② 可见，书法艺术是书法家内心意蕴的体现，是显示人的心灵的轨迹。书法家笔下的旋律和心底的波澜是相与起伏、融为一体的。古人所谓："诚于中而形于外"，"字如其人"，"书，心画也"，就是对这一点的生动概括。

书法艺术还吸收、融会了绘画、音乐、舞蹈、建筑等艺术的形式因素，具有突出的形式美的特点。例如书法的结构、布局，犹如三维空间的建筑，富有建筑的结构美。书法的线条、形体，其运动姿态犹如优美多姿的舞蹈，富有一种舞蹈美，因此，人们称书法是纸上的舞蹈。传说草圣张旭观公孙大娘舞剑而悟书法之道，也说明了这一点。书法用笔的轻重缓急、回转游动，犹如音乐中的节奏、韵律，显示出一种音乐美，故被人称为纸上的音乐。不仅如此，书法还与绘画有血缘关系。我国最早的文字既是书又是画，因而两者在以后的发展中，往往相得益彰。所谓书画同源，书画不分家，就是对这种关系的简明表述。书法艺术可以陶冶性情，改变人们的情绪；可以在工作之余、静心养性之时给人带来娱乐；对于培养民族精神和爱国主义的崇高感情，也有独特的作用。

书法是我国传统艺术之一，是东方艺术中的一朵奇葩。今天人们在实际生活中已经很少使用毛笔了，但书法作为民族文化结晶的一种独立的艺术，仍然会存在发展下去，发挥既深且广的审美教育作用。

---

① 童第德选注：《韩愈文选》，人民文学出版社 1980 年版，第 260—261 页。
② 四川社会科学院文学研究所编：《艺术美学文摘》第 3 辑，四川省社会科学院出版社 1984 年版，第 184 页。

（五）音乐

音乐是以有组织的乐音创造艺术形象、传情达意、表现生活的艺术，是人类最古老的艺术种类之一。

1. 音乐的审美特征

第一，音乐是最擅长于表现情感的艺术，是以表现为主的情感艺术。表现情感、以情动人是文艺区别于哲学、社会科学的共同特征。但其他艺术的情感多是通过对具体人物、事件、场景及其情感反应的刻画摹状表现出来的，欣赏者的情感体验也多是通过视觉形象而引发的。唯有音乐能最直接地表现和激发情感，能在声音的运动中直接地、酣畅淋漓地表现音乐家从生活体验中获得的种种情感，最有力地拨动人们的心弦。黑格尔称"音乐是心情的艺术，它直接针对着心情"①，就是看到了音乐直接表现情感、诉诸情感的这一本质特性。当然，音乐可以运用富有特征的声音形象（如钟声、流水声、鸟叫声、浪涛声、马蹄声等）使人产生较明确的艺术联想，可以运用比拟、象征的手法将静静的河流、深邃的星空、激烈的战斗等自然现象和社会现象，化为带感情色彩的声音表现出来。但总的说来，音乐的描写和造型、再现和模拟是服从、服务于表情的。不但大量无标题器乐曲、许多有标题器乐曲是这样，即便具有一定模拟描绘性的标题音乐和有较确定认识内容的词曲结合的声乐曲，也是侧重于情感抒发的。

音乐的直接表情性以及情感表现上所达到的其他艺术不可比拟的程度，主要是由声音与情感的密切对应关系决定的。情感是变化流动的，在时间中运行的，声音也是变化流动的，在时间中运行的，因而它最适合情感的本性，最适宜表达情感、作用于情感。动态的声音刺激能最迅速、最

---

① ［德］黑格尔：《美学》第 3 卷（上册），朱光潜译，商务印书馆 1979 年版，第 332 页。

直接地激起人们的情感，支配人们的情感。例如诗朗诵的声音比起诗的文字符号，一声撕人心肺的哭声比起悲痛万状的容貌更具有撼人心魄的情感表现力。音乐不只是表现瞬间的情感流露，而是在音乐运动中表达了情感的跌宕起伏和发展变化。乐音的激荡回旋、层层推进、反复渲染，最强烈、最细致地表达了情感。声音与情感的这种相似性、对应性，使音乐能表现情感的细微变化和有声有色、有起有伏的发展过程，达到表现情绪的艺术的顶峰，许多艺术家将音乐视为艺术的王冠，不是没有道理的。

第二，音乐以严格的数学结构为形式基石，是"流动的建筑"。音乐形象，是由包括旋律、节奏、和声等要素的音乐语言的有规律的组合构成的。音乐的动人心魄的感人力量又与这种表达方式、艺术形式有关。一方面，作为音乐形式美因素的旋律（乐音的长短、高低、强弱等）、节奏（速度、拍子）等，与人的感情相联系，如音色优美、旋律婉转、节奏徐缓往往使人感到轻松愉快，而音色高亢、旋律上行、节奏急促往往令人兴奋和激动。为此，卢梭称旋律是感情的速写。另一方面，音乐的形式如声音的高低长短、快慢强弱等又与数学结构直接相关。因而，从古希腊的毕达哥拉斯学派起，就曾把音乐与数学联系起来研究，认为音乐的基本原则在于数量关系，音乐节奏的和谐是由高低长短、快慢强弱不同的音调按照一定数量上的比例构成的。莱布尼茨也称音乐是灵魂在数学中不自觉的练习。"正因为音乐的数的结构，能够极为概括地深刻地反映现实世界的广阔多样的数的秩序、和谐，与深刻的情感内容凝合，就使音乐作品能达到和具有哲理性的思想深度"，"可以认为，建筑般的严格的数学结构是音乐美的形式基石"[①]。美学家常根据建筑与音乐在这方面的共同点以及它们在形象展开方式上的不同点，称建筑是冻结的音乐，音乐是流动的建筑。

---

① 李泽厚:《美学论集》，上海文艺出版社1980年版，第399页。

第三，音乐是确定性与非确定性的统一。音乐的内容具有相对的确定性和不确定性。由于音乐素材和乐音运动形式与现实生活有着广泛的比拟性、类似性、必然性的联系，因而音乐能够表现相对确定的内容，也就是表现某种较为确定的情感倾向或情感类型。这就是音乐内容的相对确定性，同时又由于声音的材料和听觉感受的局限性，不能直接表现视觉形象；由于音乐艺术特别富于主观性，因而音乐不能表现确定的事物图像，不能表现是什么事物、在什么情况下、为什么会产生这种感情，他所处的社会生活的背景环境怎样，他和哪些人物有什么具体关系，发生什么具体事件及细节……如此种种，欣赏者可以根据自己的生活、经历和情感进行不同的联想想象，获得不尽相同的情绪感受和体验，这就是音乐内容的不确定性。音乐内容是情感倾向类型的相对确定性，与不同欣赏者不同感受体验的不确定性的统一。例如我国现代使用的哀乐，是一首悲沉、缓慢的商调式乐曲，当人们一听到这首乐曲时，不用解释就知道是在办丧事，它所表现的悲痛的情感倾向或基调是确定的。但乐曲的具体内容却不确定。哀悼的是谁？是男是女？哀悼他什么？他为什么会去世？这些具体细微方面，无论乐曲本身，还是听者的联想想象，都是不明确的。再如流行甚广的《军队进行曲》，聆听音乐的音响、节奏、旋律，通过联想想象，欣赏者可以强烈感受到乐曲所表现的军队不畏枪林弹雨、勇往直前的英雄气概，但到底是什么军队，往哪里前进，去干什么等具体内容却是模糊不确定的。

当然，音乐内容确定性与不确定性的具体表现是十分复杂的。一般来说，声乐内容较确定而器乐较不确定；标题音乐内容较确定而非标题音乐内容较不确定；主要方面较确定而细致方面较不确定；情感倾向类型较确定而具体内涵较不确定。

第四，音乐是最富于国际性的一种艺术。由于音乐的艺术材料（音响）是非概念性的，不需要也不可能翻译，因而能够为各个民族直接感受。美术形象也可以不经翻译而为不同国家不同民族的人们所欣赏，但作为美术形象组成部分的诗词、书法、印章以及标题则要通过翻译才可理解，这些文字部分对欣赏仍有影响。音乐的标题、声乐的歌词虽然也与欣赏有关，但其曲谱的识读、乐曲的欣赏均可直接进行，不懂外语的人可以欣赏任何国家的音乐，音乐的普遍可传达性更为广泛、更为直接。所以音乐是最富于国际性的一种艺术，是世界各民族之间精神文化、思想情感交流的重要桥梁。

2. 音乐的审美教育作用

音乐作为一种特殊的艺术形式，具有巨大而广泛的审美教育作用。音乐独特的物质材料和感受方式，使它在艺术中独当一面，责无旁贷地担负起培养人类的主要审美感官之一——马克思所说的"音乐的耳朵"的重要职责。它通过音响、节奏、旋律、和声，运用丰富多彩的音色和多种多样的音乐技巧，培养人们的听觉感受力、鉴赏力和创造力，使人们的听觉器官愈益精细、敏捷，日趋完善。

音乐独特的特点，使它能最强烈地打动人的感情，极大地调动和自由地发挥审美者的想象力和再创造力，使欣赏者在情感上得到陶冶，思想上得到启迪，精神上得到升华。不仅如此，由于音乐的和谐与人的机体的和谐有密切关系，音乐还可以对人体及神经系统产生重大影响。优美和谐的音乐作用于人的机体，可以解除身心的紧张疲劳，改善劳动环境和情绪，提高劳动效率，调剂生活，治疗疾病，使人心旷神怡、健康长寿。

音乐巨大的独特的审美教育作用，早在古代就已被人所认识。古希腊的毕达哥拉斯学派早就认定，音乐可以陶冶性情，驱除痛苦，保持和恢复心灵的和谐，影响和改变人的性格。柏拉图也认为音乐教育是最重要的教育方式，节奏和曲调会渗透人的灵魂，使之变得优美或丑恶。在我国古代，"乐教"也被放在极为重要的地位。孔子"兴于诗，立于礼，成于乐"的说法，表达了要靠音乐为代表的乐教最后使人的品德臻于完善的思想；荀子"声乐之入人也深，其化人也速"，"乐行而志深……移风易俗，天下皆宁，美善相乐"的论述，揭示了音乐巨大的审美教育作用。《乐记》的"乐者，通伦理也"，"可以善民心，其感人深，其移风易俗易"的表述，也高度概括了音乐的重要作用。古代先哲的这些思想至今仍对我们理解音乐的审美教育作用有重要的启发意义。当今，人们越来越全面深刻地认识到音乐与人的密切关系，认识到音乐不可替代的审美教育作用，当宇宙飞船将音乐播向太空之时，这一点就得到了前所未有的确认。

（六）舞蹈

舞蹈是以经过提炼、加工的人体动作表达人们的思想感情，展现社会生活的一种艺术形式，是最古老的艺术种类之一。

1. 舞蹈的审美特征

第一，舞蹈是人体动作的艺术。苏珊·朗格说："舞蹈艺术与其他艺术之间的区别（以及其他各类艺术之间的区别）就在于构成它们的虚的形象或表现性形式的材料之间的不同。"① 构成舞蹈形象或表现性形式的物质材料是直接的、有生命的、运动中的人体动作。舞蹈以人体为物质手段，按照多变的节奏和丰富的韵律，在时空中形成动静交替、相互映衬的动作和姿态，表现出独具魅力的瞬间美、过程美、变化美、立体美，使欣赏者在灵巧的躯体和躯体的灵巧中得到强烈的感受和浓郁的情感体验。雕塑、绘画也刻画人体动作，但它们表现的人体是没有直接生命的、静态的。作为塑造舞蹈形象物质手段的人体动作一方面来自自然的人体，是人体躯

---

① ［美］苏珊·朗格：《艺术问题》，滕守尧等译，中国社会科学出版社1983年版，第9页。

干、四肢等自然本能的加工，一方面来源于现实生活，是人们在生活中流露的情感类型（如喜怒哀乐）的相应动作和自然事物的动态或"姿势"的规范化、技能化和程式化。它虽来源于生活，但绝不是社会生活具体情景的单纯模拟或直接再现，而是经过提炼、升华、美化了的，具有强烈节奏感和韵律感的艺术动作，是社会生活动作的情感凝聚。舞蹈动作一般可分为表现性动作、说明性动作和装饰性动作三类，其中表现性动作是舞蹈动作的主体和最重要的组成部分。舞蹈以人体动作为塑造形象的物质材料，人体动作的特点就决定了舞蹈与其他艺术的联系和区别，决定了舞蹈艺术的一系列特性。

第二，表情性是舞蹈的本质属性。舞蹈是以人体动作塑造形象的。人体动作具有一定的模仿、再现功能，但由于人体运动能力的局限，人体动作难于像语言、色彩、线条等那样具体描绘、再现社会生活的烦琐细节，难于说明论证某种确凿的认识或明晰的观点。然而，人体动作与人的情感息息相关，是人的生理心理的直接传达，能够细致入微、淋漓尽致地表现语言、文字、色彩、线条难以充分表达的心理内容和情感体验，表现整个灵魂的情感律动。舞蹈中有动物、植物的形象，但都是为表现人的思想感情而设置的。如芭蕾舞《天鹅之死》，演员通过动作、表情表现出来的天鹅只要一息尚存，就要展翅飞翔，不屈服于死神摆布的斗争精神，以及它对生活的热爱，对生命的渴求，实际上是表现人的精神和感情。舞蹈中也有模仿、再现、描写、叙述的因素（虚拟的各种生活活动作、情节、事件、图景等），但在根本上是服从、服务于表现感情的需要的。如采茶舞和丰收舞，虽有采茶、收割动作的再现模仿，但编演者着力表现的不是动作本身，而是劳动的欢愉、丰收的喜悦。虽然舞蹈在自身的发展过程中经历了由古代舞蹈重模拟到现代舞蹈重表情的不同形态，理论上也有过模仿说和表现说的争论，但从总体上来看，舞蹈长于抒情，拙于叙事，长于写意，拙于写实，本质上是一种表情艺术。《诗大序》说："言之不足，故嗟叹之；嗟叹之不足，故永（咏）歌之；永（咏）歌之不足，不知手之舞之，足之蹈之也。"显而易见，古人不仅把以人体动作作为物质手段的舞蹈看作一种表情艺术，而且把它视为情感表达的最高形式。

舞蹈和音乐同以表情性为本质特征，但由各自不同的物质媒介所决定，它们在表现情感上各有千秋。音乐通过乐音的有规律组合的流动的听觉形象，更擅长直接表现丰富而强烈的内在情感体验；舞蹈运用人体动作构成的运动视觉形象，更便于掌握和表现情感的外在形态。

第三，舞蹈是流动的时空艺术，是动态的雕塑、有形的音乐。舞蹈是以人体动作作为媒介表情达意的。舞蹈的人体动作是在时间中进行的；在有节奏、有韵律的连续运动中展现的，它只存在于表演过程中，转瞬即逝，具有流动性的特点。同时，人体又是一个具象性的物质实体，它在运动过程中每一瞬间都显示一定的姿态，必然要占据一定的空间，形成暂时间歇。每一姿态都要讲究造型，高度规范化、美化，具有雕塑的造型美。瞬间的凝定停顿的人体造型，使具有典型意义的动作得到强化，使连续的动作具有了层次感，使动作运动的起点和终点清晰化，使观众在动荡不安的不稳定感中获得片刻的宁静和思索。舞蹈正是在不断流动的时间和间歇展开的空间的互渗交融中，在动静的反复交替中，表现难以言传的、微妙细致的情感体验，产生巨大的艺术感染力。因此，人们常称舞蹈是动态的雕塑、有形的音乐。

第四，舞蹈与节奏有不解之缘。各类艺术特别是抒情性艺术都是有节奏的。但舞蹈的节奏性更强烈、更有特色。格罗塞在《艺术的起源》中说："舞蹈的特质是动作的节奏的调整。没有一种舞蹈是没有节奏的。"又说："舞蹈的审美性质基于激烈的动作少而规则的动作多。我们曾经断言节奏是舞蹈最重要的性质，同时已经说明原始民族的特殊感情，在他们的舞蹈里，他们首先注意动作之严格地合节奏的规律。"① 可见节奏是规范舞蹈动作的重要纽带，是舞蹈不可或缺的审美特质。舞蹈可以没有音乐，但却不能没有节奏。在这个意义上说，节奏是舞蹈的生命。舞蹈的节奏是出于表情的需要。舞蹈的表情离开舞蹈的节奏就不可能存在，舞蹈情感必须循着节奏的规律而运动。不同的节奏、节拍形成舞蹈不同的韵律和风格，表达不同的情绪和感情。如快速而强烈的节奏多表现欢乐、热烈、舒畅的情绪；缓慢而深沉的节奏多表现忧郁、哀伤、缠绵的感情。节奏赋予舞蹈形体动作以神韵和魅力，增强构图画面的动律感和生命活力。正是在这一点上，舞蹈与节奏结下不解之缘。当然有节奏的人体动作并非全是舞蹈，人的劳动动作和自然动作都是有节奏的人体动作，但是却难以归入舞蹈之列。舞蹈动作节奏性的灵魂在于与情感不可分割，它不仅表现于生理节奏，更重要的是依据于心理节奏，并以此作为动作和造型的表现手段和组织形式，从而表现人的情感律动。

2. 舞蹈的审美教育功能

舞蹈具有传达情感、陶冶情操、赏心悦目乃至健身益智等多种社会作用。原始社会的舞蹈，一般具有传授技能、巫术礼仪、军事训练、体育锻炼、激发性爱等方面的实用意义。后世舞蹈渐渐摆脱了其实用功能，但仍然具有活跃个人情绪、消除精神疲劳、强身健体、延年益寿的作用，并在一定群体中发挥着感情上、精神上的交流和维系团结、激励人心的效用。舞蹈为其他艺术形式不可代替的审美教育功能是：舞蹈欣赏特别是跳舞，能使人的心理反应与生理运动，美感愉悦与感官享受、运动快感融为一体，激起人们全身心的呼应和模仿。自由感不仅通过精神，而且通过肢体活动得到满足，从而达到最高的感受程度，产生巨大的感染效果。舞蹈展

---

① ［德］格罗塞：《艺术的起源》，蔡慕晖译，商务印书馆 1984 年版，第 156—166 页。

示的人体动作的动态美、造型美，可以培养优美的身姿体态、举止动作和强烈的动作节奏感，使人形成高贵、协调、优雅的气质，健康高尚的审美趣味。

（七）文学

文学是用语言或言语塑造艺术形象、反映社会生活、表现作家思想感情的一种艺术形式。

各种艺术塑造形象所采用的物质媒介和方式是各不相同的。音乐用音响、节奏、旋律，舞蹈通过人体的动作、姿态、表情，雕塑用黄杨木、象牙、玉石、水泥、石膏、金属等，绘画用色彩、线条、构图等手段，电影戏剧综合运用音乐、舞蹈、美术等多种艺术手段来塑造艺术形象。而文学则是以语言为物质材料来塑造艺术形象的。高尔基说："文学的根本材料，是语言——是给我们的一切印象、感情、思想等以形态的语言，文学是借语言作雕塑描写的艺术。"① "文学就是用语言来创造形象、典型和性格，用语言来反映现实事件、自然景象和思维过程。"② 用语言或言语塑造形象，这是文学与其他艺术形式的根本区别，也是文学的本质特征。所以人们称文学为语言艺术，称大作家为语言大师。在这个意义上说，文学的一系列审美特征都是由语言这一艺术媒介生发出来的。

1. 文学的审美特征

第一，形象的非直观性、间接性。文学以外的其他各类艺术塑造的艺术形象都是直接作用于人们的感官，通过视觉、听觉或触觉可以直接感受到的。而文学的媒介是传达思想感情的语言符号，不是客观事物的形象本

---

① 周扬编：《马克思主义与文艺》，解放社 1949 年版，第 118 页。
② ［俄］高尔基：《论文学》，孟昌等译，人民文学出版社 1978 年版，第 332 页。

身。文学作品中所描绘的自然事物、社会事物和人的体态风貌、言谈举止、思想感情等，无论作者如何绘声绘色，我们都无法直接感受，只能通过语言这一中介符号，经过想象的再现与整合，并加以联想想象，才能浮现在我们的脑海里。不懂得文学作品的语言就无法感受。即使懂得文学作品的语言，并有较高的鉴赏能力，最多也只能达到如闻其声、如见其人、如临其境的地步。在这个意义上说，这是文学的局限。然而这也正是文学的一个突出的长处。由于非直观性，文学形象就不像其他艺术那样定型化，这就为欣赏者提供了驰骋想象、进行再创造的广阔天地。欣赏者可根据作品的描绘，以自己的生活经验补充、丰富作品中的形象，使同一文学形象在不同的欣赏者的头脑中呈现出丰富多彩的姿容。读者的经验和想象力越丰富、情感越活跃、理解力越强，就越能在文学形象中得到更多的体验，受到更大的启迪，获得更加丰富的美感享受。欣赏者的再创造作用，在文学欣赏中表现得尤为突出。

第二，反映生活的广阔性和丰富性。一切艺术都是社会生活的反映。文学外的其他各种艺术在反映社会生活时，都较多地受到特定的物质材料和时间空间的限制。例如，绘画、雕塑只能塑造相对静止的、平面或立体的形象，难以细致入微地展示事物的发展过程，较多受到空间的限制；音乐、舞蹈则受到声响和人体动作的制约，难以描绘客观事物的具体形貌，再现生活的广阔领域；戏剧由于受舞台空间演出时间和表演的制约，不易表现错综复杂、历时长久的生活内容；电影、电视艺术在反映生活的广度和深度上虽可称为佼佼者，但它们仍然受到欣赏条件和时间等的制约。文学则不然，由于语言是思想的物质外壳，是思想的直接现实，凡是人类意识能够达到的地方都可以用语言来表现，文学就最少受物质条件和时间空间的限制，可以灵活自由地、多方面地展示广阔而丰富的社会生活。尤其是小说，具有更多的自由。它既可以叙事状物，又可以议论抒情；既可以描写人物的外貌与言行，又可以解剖人物的内心世界。上至宇宙之大，下至芥豆之微，天堂、人间、地狱，过去、现在、未来，甚至连人的嗅觉和味觉感受，都可以在文学作品中得到表现。一部《三国演义》，描写了整整一个历史时期的多方面的社会生活，表现了数十年间复杂微妙的政治斗争和琐碎细微的日常生活，刻画了上百个人物，展现了宏伟的战争场面，这是其他艺术难以比拟的。一部《红楼梦》，前前后后写了四百多个人物，反映了封建社会末期的政治、经济、文化、道德、宗教以及人与人之间各种错综复杂的关系。既有大量的日常生活的细腻描写，又有不少大场面大事件的广阔画面，展示了巨大的生活容量和丰富的思想内涵，被誉为中国封建社会的百科全书。黑格尔说："语言的艺术在内容上和在表现形式上比起其他艺术都远较广阔，每一种内容，一切精神事物和自然事物、事件、行动、情节、内在的和外在的情况都可以纳入诗，由诗加以形象化。"①

文学在展现人物内心世界方面也有其他艺术不可替代的优越之处。其他艺术形式也可以表现人物的内心世界，然而它们大多是通过人物的外在特征、形态间接地表现，不能揭开人物心灵的奥秘，使人清楚地了解前因后果。绘画、摄影就是如此。戏剧、电影可以通过人物的对话、独白等表现人的内心世界，但这从根本上说已是借助文学因素了。音乐、舞蹈在表现内心活动上各有独到之处，但它们仅侧重人的内心情感的直接抒发。而文学则可以多方面地、直接地、深入地揭示人物的内心世界。它既可以通过人物的言谈举止展示人的内在心理，也可以直截了当地叙述剖析人物的内心活动；既可以描写人的自觉的心理活动，也可以披露人物的潜意识和梦幻。如鲁迅的《狂人日记》，通过对狂人独特的内心活动的描写，表现

---

① ［德］黑格尔：《美学》第 3 卷（下册），朱光潜译，商务印书馆 1979 年版，第 10—11 页。

了他反封建礼教的性格特征，揭露了封建礼教和封建制度的吃人本质，具有发人猛醒的巨大力量。现代意识流小说，则完全以人的内心活动为主要内容。

第三，思想的明确性和深刻性。任何艺术都表现思想，但由于受实体性感性物质材料的限制，雕塑、绘画、音乐、舞蹈在再现生活、表现思想感情上具有较为宽泛朦胧的特点。文学则不然。由于语言符号的实质不在语音和字形，而在它的意义；它不是单纯的物质材料，而是精神性的表象；它已摆脱了感性物质材料的限制，受着比较确定的理性的规范，与理性理解即思想密不可分；由于文学家不仅可以在具体的形象描绘中自然而然地流露出作者的倾向性，而且能够鲜明地甚至直接地表达作者的爱憎和对生活的评价，因此，在思想表达上文学比其他艺术更容易达到深刻明确的思想高度，具有更强大的理性力量和最为突出的认识教育作用。它能引导欣赏者由感受体验迅速地趋向于认识思考，对现实进行理性把握。在这里，形式给予欣赏者的愉悦在审美中的地位相对较低，而形象内容的认识因素则占压倒的优势，表现出不可比拟的理性深度。正因为如此，文学常被人称为思想的艺术，伟大的文学家常常被称为伟大的思想家。

2. 文学的审美教育作用

文学的独特的物质媒介和特点决定了文学在艺术中的重要地位和独特的审美教育作用。

首先，文学与其他艺术的广泛联系，决定了文学审美教育是其他艺术审美教育的基础。文学在艺术领域中有着不可替代的重要地位。它与各种艺术形式有着极为广泛的联系，如声乐、绘画、戏剧、电影等都离不开文学，文学便成为很多艺术的基础。正如黑格尔所指出的："诗则一般力求摆脱外在材料（媒介）的重压，因而感性表现方式的明确性并不至迫使诗局限于某一种特定的内容以及某些特定构思方式和表现方式的窄狭框子里。因此，诗也可以不局限于某一艺术类型；它变成了一种普遍的艺术，可以用一切艺术类型去表现一切可以纳入想象的内容。本来诗所特有的材料就是想象本身，而想象是一切艺术类型和艺术部门的共同基础。"① 别林斯基也精辟地指出：诗表现在自由的人的语言中，这语言又是声音，又是图画，又是明确地清晰地表现出来的观念。因此，诗在自身中包含着其他艺术的一切因素，似乎一下子兼收并蓄地利用了分别给予每一种其他艺术的一切手段。因此，人们常把文学从艺术中突出出来，与艺术并称为"文学艺术"，简称"文艺"。这就决定了文学的审美教育是其他艺术审美教育的基础。只有很好地了解文学，才能行之有效地进行其他艺术形式的审美教育。虽然文学的审美教育不能代替其他艺术的审美教育，但文学审美教育的状况，必然会影响制约其他艺术审美教育的效果。理解了文学，也就在相当程度上理解了文艺较多的共同的东西。当然，掌握了其他艺术形式（如音乐、舞蹈、绘画等）也同样可以促进和加深对文学的审美理解。

其次，文学具有全面的审美教育功能。任何艺术都有认识、教育、审美三方面的社会功能，都既能给人以教育，又能给人以愉悦享受。然而由各自特点所决定，这种社会作用在不同艺术中往往有所偏重，并不均衡。如音乐、舞蹈、工艺等认识教育作用相对薄弱，而情感陶冶、审美娱乐作用则较为突出；绘画、雕塑的再现性的认识功能比较突出，而情感表现、情感陶冶方面相对较弱。文学则全面地具有这些功能。它既可以使人增长知识、开阔眼界、认识生活，又能够培养进步的人生观、高尚的思想品德，还可以陶冶情操、愉悦身心。尤其是在培养审美想象力和审美理解力上，文学有着更为突出的作用。

---

① ［德］黑格尔：《美学》第 3 卷（下册），朱光潜译，商务印书馆 1979 年版，第 13 页。

（八）戏剧（附中国戏曲）

戏剧是由演员扮演角色，运用多种艺术手段在舞台上表现"戏剧冲突"的一种综合艺术。

1. 戏剧的审美特征

第一，综合性。戏剧是一种综合艺术。它兼有文学（剧本）、音乐（唱腔、伴奏、音响等）、美术（布景、灯光、道具、化妆、服饰等）、舞蹈（形体造型）等多种艺术因素。这多种艺术因素在戏剧中不是凑合堆砌的，而是有机融合的。一般来说，文学剧本是一剧之本，是戏剧的基础；导演是全剧创作的总设计师和演出组织者；演员则是戏剧艺术的主要体现者，其表演是戏剧艺术的中心；舞台美术和音乐等是戏剧不可或缺的重要辅助，它们都要围绕表演中心，在导演的统一组织下进行统一的艺术创造。这样，戏剧中的每一种艺术成分，都失去了独立性，各种艺术成分经过有机融合成为戏剧这样一种独立的艺术。多种物质材料和各种艺术形式的有机综合，使戏剧既有时间艺术的优点，也有空间艺术的长处；既可以用视觉欣赏，也可以用听觉感受；既有文学的理性深度，又有绘画等的形象直观；既有再现性艺术反映生活事件的突出认知功能，又有表情艺术的抒情表意的强烈的情感效力，从而具备多方面的审美价值。

第二，没有矛盾冲突就没有戏剧。戏剧必须有"戏"。所谓"戏"，通常是指引人入胜的矛盾冲突。文学作品和表演艺术可以表现矛盾冲突，也可以不表现，但戏剧必须表现矛盾冲突，而且还要以矛盾冲突作为情节发展的主要线索。黑格尔说："因为冲突一般都需要解决，作为两对立面斗争的结果，所以充满冲突的情境特别适宜于用作剧艺的对象。"① 卢那察斯

---

① ［德］黑格尔：《美学》第 1 卷，朱光潜译，商务印书馆 1979 年版，第 260 页。

尔基也说：亚里士多德就说过，话剧没有冲突和突变是不可想象的……没有发展，没有矛盾冲突的剧本，简直是很拙劣的剧本。老舍也曾从写剧本的角度提到这一点："写剧需先找矛盾与冲突，矛盾越尖锐，才越会有戏。戏剧不是平板地叙述，而是随时发生矛盾，碰出火花来，在最后解决了矛盾。"① 显然，戏剧冲突是一出戏的灵魂。戏剧冲突之所以如此重要，是由戏剧艺术的特点所决定的。戏剧不像文学那样，可用叙述人语言来叙述情节描绘性格，因此，一方面，只有通过一定的矛盾冲突，戏中人物的性格才能得到鲜明的表现；另一方面，也只有在人物之间的矛盾斗争的旋涡中，戏剧的情节才能生动地展示出来。戏剧冲突的发展过程，就是戏剧人物行动的过程。

戏剧冲突有时表现为不同性格、意志的人物之间正面的直接的冲突，如《于无声处》主要表现欧阳平与"四人帮"及其爪牙的矛盾斗争。有时表现为人物自身的内心矛盾，如传统剧目《思凡》主要表现青年尼姑思慕凡俗生活而产生的内心激烈斗争。有时则表现为人与自然、环境之间的斗争，如《武松打虎》，在武松与虎的生死搏斗中展现了武松的性格。通常这三种冲突往往交融在一出戏中。如在莎士比亚的名剧《哈姆雷特》中，这三种冲突就纠缠交织在一起。哈姆雷特要为父报仇，但遇到来自新国王等人的种种阻挠和迫害，这是人与人之间的矛盾；王子有巨人的雄心，却只有婴儿的"意志"，这巨大的差异引起他内心的深刻斗争；哈姆雷特与新国王等人发生矛盾斗争，又是与社会环境的冲突。戏剧冲突是社会生活中矛盾斗争的反映，但它又并非一般生活矛盾的翻版，而是经过剧作家的集中、提炼，熔铸了他的独到认识和构思的，是比生活更激烈的戏剧性现实。因此，它比文学再现矛盾冲突更具有"认识的尖锐性和情感的迫切

---

① 老舍：《老舍论创作》，上海文艺出版社 1980 年版，第 188 页。

性"。也正是在戏剧冲突中，主观性格情感与客观动作情节、史诗的客观性和抒情诗的主观性才高度统一起来，形成戏剧特有的魅力。

第三，观众与演员的直接交流。一切艺术作品都有赖于鉴赏者的再创造，有赖于鉴赏者赋予它现实的生命。而这一点在戏剧中表现得尤为突出。在戏剧艺术中，观众对于戏剧演出有着特殊的作用。戏剧演出的过程同时也就是观众的欣赏过程，演员的创作过程同时也就是观众直接参与创作的过程。在戏剧艺术中，创作过程与欣赏过程、创作者与欣赏者、演员与观众是直接统一起来的。人们欣赏其他艺术作品大都通过作品使创作者与欣赏者联系起来、产生交流，而戏剧则是演员与观众的直接交流。戏剧通过舞台上活生生的真人（演员）当场表演，使观众产生立体感、逼真感，从而直接受到感染，随之激起相应的情感反应，形成剧场效果，这种效果又反作用于舞台上的演员，进一步影响、推动舞台创造。这样就使戏剧演出成为一个演员与观众相互反馈、循环交流、共同创造的过程。由观众与演员的直接交流，观众直接参与戏剧创造形成的剧场效果，是整个戏剧创作的重要因素，也是戏剧区别于其他艺术的重要特点之一。

2. 戏剧的审美教育功能

戏剧具有独特的审美教育功能。这是因为，在戏剧表演过程中，观众坐在剧场里，面对面地看到一个活人（演员）在表演着一个活生生的性格，面前发生的行为带有特别的直观性和实感性。这是在实在的空间、实在的时间中感知着实在的人，使人们觉得这仿佛是在真正展开着的事件中感受着一切，从而激起强烈的情感反应，以致不知不觉地进入戏中所表现的境界，忘记是在看戏，甚至还会直接导向现实的实践行动。在外国有枪击雅戈的奇闻，在我国历史上也有手刃曹操、刀劈秦桧的轶事。我国著名演员陈强饰演《白毛女》中的黄世仁，险遭厄运。这种情况在其他艺术欣赏中也有可能发生，但以戏剧为最。

　　戏剧之所以具有如此巨大的艺术感染力和审美教育作用，除了与它用活生生的真人形象直接与观众交流、打动观众有关之外，还由于它将史诗的客观性质与抒情诗的主观原则在实质上统一了起来，使其内容具有高度的理智与强烈的情感相结合的特点，从而有别于其他艺术引起的美感。例如，对静态的绘画的认识只含有朦胧的情感倾向，对动态的音乐的情感只含有宽泛的认识因素。而观赏戏剧则是在认识的基础上激发情感态度，这种情感在情节的发展完成的过程中，始终结合认识的明朗深化而不断延续增强，逐渐达到异常亢奋激烈的境地。"戏剧将理智的是非认识与情感的悲喜感受结合在一起，转化为对具体事物、对象的爱憎利害的伦理判断和理性力量，而直接导向于实践的行动。这就是为什么走出剧场人会觉得高尚些……为什么戏剧具有强大的鼓动人们行动的力量的缘故。"[①] 在我国解放战争时期，歌剧《白毛女》就起过直接的教育鼓舞作用。不少部队就是在看了《白毛女》后，被激发起同仇敌忾的高昂士气，许多解放军战士，就是在战场上高喊着"为喜儿报仇"而奋勇杀敌的。在美学史上，从亚里士多德到狄德罗、车尔尼雪夫斯基都谈到悲剧或戏剧对人的净化、陶冶以及教育作用。例如，狄德罗就曾说过，只有在戏院的池座里，好人和坏人的眼泪交融在一起，在这里坏人会对自己所犯的恶行表示愤慨，会对自己给人造成的痛苦感到同情，会对一个正是具有那样性格的人表示厌恶……那个坏人走出了包厢，已比较不那么倾向于作恶了，这比被一个严厉而生硬的说教者痛斥一顿要来得有效。狄罗德的说法虽然过分夸大了戏剧的审美教育作用，但是却比较细致地描述了戏剧艺术能直接导向实践行为的特点。

　　中国戏曲是世界戏剧艺术中的一颗明珠。它既有戏剧的共同特征，又

---

① 李泽厚：《美学论集》，上海文艺出版社 1980 年版，第 411—412 页。

因表现手段不同而区别于其他戏剧艺术，具有自身的特点。它以唱、念、做、打为基础，把歌舞、杂技、诗剧乃至武术等要素自由地融为一体，具有高度的综合性。它可以自由地处理舞台空间和时间。舞台时空随演员的表演而变动。一个圆场可表示走过了万水千山，几个龙套可代表千军万马。它表现生活不重再现、形似，而特别强调抒情写意，讲究虚中见实、假中见真、以形传神、形神兼备。因而多以象征的手法、虚拟的动作表现角色的思想感情和所处的环境，如以鞭代马，以桨代舟，以旗代车，指天为日，划地为河。《秋江》仅通过一支桨和两个人物的动作，就使人们产生有水和船的感觉，产生神游江上的妙趣横生的审美效果。戏曲中的人物分行当，京剧就分为生、旦、净、丑四大行当，各行当中又分为许多类型。如生行中有老生、小生、武生等；旦行中有青衣、花旦、闺门旦、刀马旦、武旦、老旦等。每个行当在唱腔、表演、化妆上，都有特殊的规则和要求。表演讲程式。程式就是对生活动作进行选择、提炼、艺术加工，使之固定化、舞蹈化、规范化了的舞台动作，如甩发、抬颔、投袖、台步等。作为武将出场的"起霸"程式，就是由演员提甲出场、云手、踢腿、弓箭步、骑马蹲裆式、跨腿整袖、正冠紧甲等一系列舞蹈化、规范化的固定动作格式组成的。我国传统戏曲的这些特色，使它在世界戏剧艺术之中独树一帜，并对西方现代戏剧产生了极大的影响。

（九）电影（附电视艺术）

电影是运用现代科学技术手段，以"蒙太奇"为主要表现手法，在银幕的时空里塑造运动的视觉形象，以表现生活、传达情感的综合艺术。

1. 电影的审美特征

电影自19世纪末问世以来，不断利用科学技术的进步和成就，吸收了多种艺术因素，逐步形成了自己的特殊规律，具有不同于其他艺术的种种特征。

第一，电影是动的视觉形象画面的艺术。在电影艺术中，视觉形象占有主要的地位。无论是世界的沧桑变化、人的成长发展，还是社会生活的风貌底蕴、人的灵魂的呼号震颤，都必须转化为视觉形象。电影可以没有声音，但不能没有视觉画面。电影的美学价值就在于将生活的丰厚底蕴、艺术家的思想感情转化为视觉形象，让人在视觉直感中获得精神满足。"电影的动力在于可视的画面，它构成了经验中的主要部分，听是从属的，这一点早已为许多无声片中的优秀作品所证实"①。电影的视觉形象与其他艺术的视觉形象有所不同。它不是静止的，而是运动的，是将一幅幅连续运动的画面展现在观众面前。马尔丹在《电影语言》中说："运动正是电影画面最独特和最重要的特征。"总之，"动的视觉形象的画面才是电影的本性所在"②。可以说，没有动的视觉画面形象，就没有电影。

第二，电影是蒙太奇的艺术。电影的基本单位是镜头，一部电影是由很多镜头构成的，镜头的剪辑与组接成为电影结构的独特手段。这种手法就叫"蒙太奇"。"蒙太奇"一词是法语 montage 的音译。原是法国建筑学上的术语，意思是构成、装配。电影借用过来，表示镜头的剪辑和组接。蒙太奇不仅使电影的一个个镜头按照艺术家的构思组接为有机的整体，化作直感的流动视觉形象，而且使镜头与镜头组接之后产生了大大超越镜头本身之和的表现力和审美效应，赋予电影艺术在表现时空上的极大自由。无论是时间还是空间，电影可以根据需要任意转换，自由跨越。冰天雪地、春暖花开，过去、现在、未来，天堂、人间、地狱，外在形象、内心奥秘，只要能转化为可供摄影机拍摄的视觉形象，电影都可以自由地加以剪接。不仅如此，电影还可以通过镜头角度、距离等的艺术处理，通过特

---

① 朱狄：《当代西方美学》，人民出版社 1984 年版，第 504 页。
② 李泽厚：《美学论集》，上海文艺出版社 1980 年版，第 414 页。

写、定格、叠印等表现手法的巧妙运用，极大地改变和丰富观赏者与客观事物之间的关系，有意识地变换和开拓观众的眼界。电影的蒙太奇手法种类有几十种之多，其中主要的有平行、交叉、对比、隐喻、复现、叠印、叫板、心理蒙太奇等。蒙太奇赋予电影最大限度地再现现实和最大限度地间接表现内心生活的能力，是电影艺术奥秘之所在。为此，普多夫金称"电影艺术的基础是蒙太奇"，许多电影艺术家也把它视为电影的代名词。

当然，蒙太奇并不等于电影的一切。在蒙太奇理论的运用过程中，有些人不问镜头的内部联系，过分夸大蒙太奇的功能，单纯追求镜头的组接，结果落入玩弄蒙太奇技巧的泥淖。第二次世界大战后出现的以法国影评家安德烈·巴赞为代表的场面调度派或长镜头派，对这种不良倾向提出批评，是有一定道理的。但是他们完全否定蒙太奇在电影中的独特地位，主张以长镜头代替蒙太奇，却又是偏激的。

第三，电影是综合性最强的艺术。电影综合了文学、戏剧、音乐、绘画、雕塑、建筑等多种艺术的特长，将时间艺术和空间艺术、视觉艺术和听觉艺术、再现艺术与表现艺术，熔为一炉，铸成一体。例如，它不仅从文学汲取了叙事形式和刻画人物、结构情节的手法，而且吸取了其中各类体裁的有益成分，如从诗歌中吸取抒情性，从散文中吸取纪实性，从小说中吸取叙述方法，因而形成了不同样式的电影，如诗电影、散文电影和小说电影等。它从绘画、雕塑中吸取了视觉形象的直接感染力，甚至连许多术语（如画面、色彩、线条、透视等）也借用了。它从音乐中吸取音响构成的节奏感和和谐感，并用插曲的形式，直接引入声乐。它同戏剧关系更为密切，吸收的东西也最多，如重视矛盾冲突，通过矛盾冲突刻画人物等。更重要的是电影不仅综合了各种艺术成分，而且同科学技术相结合。它在现代科学技术的基础上产生，随着科技的发展而发展，许多科技新成果被电影吸收，转化为表现生活的新手段。显而易见，在综合性上，电影达到了现有艺术形式的极致。

当然，电影的综合并非机械相加或硬性拼合，而是有机地融会化合。它使每种艺术形式丧失独立性，成为电影的有机组成部分。如电影从绘画、雕塑、摄影中吸取视觉形象的直接感染力，但电影造型却不必选择最富于包孕性的那一顷刻，化动为静，以静写动，它可以用活动的画面去实现运动，从根本上打破了画框的局限。音乐到了电影里必须与画面配合，为剧情发展服务，形成音画结合的形象，以达到增强影片情绪变化、突出影片节奏、创造特定气氛的目的。文学在电影中则必须服从视觉外部造型性，遵循蒙太奇的结构规律，丧失了形象的间接性。正因为各种艺术形式独立性的剥离，电影才成为一种崭新的艺术样式。

第四，电影是最客观又最主观的艺术。真实是艺术的生命，任何艺术都要逼真地表现生活，但由于与摄影技术的血缘关系。电影在一定意义上可以说是摄影的外延，而摄影作品可以酷似生活真实。再加上电影多按生活实景拍摄，并配以物体声音和人物语言，于是，电影在客观逼真的程度上使任何艺术都难以匹敌。电影是有声音、有色彩的活动的画面，因而能确切地再现生活原貌，塑造最接近于客观现实自然形态的形象，使人产生如同在现实生活中的逼真感。20 世纪 50 年代出现宽银幕电影，因画面拓宽，为观众提供广阔的空间，切合人们在现实生活中观察事物的实际感觉，以及逼真性等提高了一步。随着立体电影、全息电影、3D 电影等的出现，电影客观逼真的特点更充分地表现了出来。

电影又是最主观的。因为电影的蒙太奇是剧作家特别是导演越俎代庖，根据自己对生活的理解，按照自己的审美理想和艺术修养来掌握的。不仅镜头的距离、视角、长度是由导演确定的，而且其组接也是由编剧、导演拍板。观众欣赏电影，实际上是被导演牵着鼻子走的。如果导演高明，它所组接的镜头既符合生活逻辑，又适应观众对它的理解，观众在欣赏电影时会感到自然和谐，不知不觉、顺理成章地接受电影导演的创造，反之，观众则有眼睛揉进沙子的感觉，难以进入电影所表现的规定情境。从这个角度说，电影又是最带电影艺术家主观性的艺术。高明的电影艺术家总是十分尊重客观世界，注意将自己的主体意识隐藏在客观的银幕形象后面，渗透于客观再现的画面之中，使"最主观的表现通过最客观的、似乎是现实的如实存在的形式传达出来"①。

2. 电影的审美教育作用

由于电影集多种艺术精粹于一身，并以科学技术为坚强后盾，摄制完毕可以制成拷贝或录像带广泛发行，在许多地点同时放映，供千百万人观赏，还可以通过电视转播更迅速地与广大群众见面，因此，电影是一直被称为具有广泛群众基础的最大众化的艺术。它在传播科学文化知识、进行思想和艺术教育、培养人们综合感知能力、提高艺术审美修养等方面曾显示出巨大的作用。在国际科学文化艺术交流中，也是有力的工具。列宁早就从无产阶级文化建设的角度指出："对于我们来说，一切艺术部门中最最重要的便是电影。"② 电视艺术出现以后，电影的这种地位有所削弱，但是并没有改变其审美教育作用。

电视艺术是最年轻的艺术，迄今只有几十年的历史。电视艺术与电影是姐妹艺术，它们既有联系又有区别。两者都是用平面照相机似的画面表现生活，镜头采用不同的角度、距离，以蒙太奇为主要表现手法。在这些基本方面，它们是相通的。然而在制作、播映、接收等具体环节上，两者又有区别。电影要经过拍摄、洗印、放映才能制成，电视却可以直接播放摄像机录取的画面。电影放映要有供集体观赏的公共场所，电视则可登堂

---

① 李泽厚：《美学论集》，上海文艺出版社 1980 年版，第 415 页。
② 列宁：《列宁论文学与艺术》第 2 册，人民文学出版社 1960 年版，第 928 页。

入室，供家庭或个人欣赏。电影的接受带有"强制性"，一旦放映，观众除非不看，没有选择片子的自由，电视则比较随意，欣赏者可自由地选择电视机所能接收到的任何片子。显而易见，电视比电影更靠近生活，具有更大的灵活性。

电视剧是近年电视艺术最重要的形式。它是依靠电子传播媒介进行创作活动的，集多种艺术（特别是戏剧、电影）的表现手段于一身，创造直观性屏幕形象的综合艺术。一般认为，与电影相比，电视剧具有创作的即兴性、表现的纪实性、容量的自由性、画面的集中性、蒙太奇运用的低频性以及欣赏方式的家庭性和欣赏时间、范围的广泛性等特点。其特点现在还在研究探讨之中。

由于电视剧制作成本低、速度快、效果好、观众人数多、收看方便等特点，已被人们公认是全球性的"家庭艺术"。在当今世界上，它的发展非常迅速，已成为影响最大的艺术样式之一。在我国它也遍及大江南北，深入城市乡村、千家万户。重视研究电视艺术特别是电视剧的审美教育作用是今后美学、艺术研究的重要课题。

需要说明的是，上述各类艺术的特性和审美教育功能都是相对而言的。由于艺术性质的共同性，在现实的形态中，它们的特性和审美教育功能往往是互相联系、互相渗透的。而且随着社会的进步和科学技术的发展，新的艺术媒介和类型不断出现，各门艺术的传统特性和审美教育功能不可避免地发生变化。尤其是近代以来，各类艺术的特性和审美教育功能的渗透融合已成为引人瞩目的趋向，新的艺术之花不断萌生，竞相开放。因此，既要看到各类艺术特性和审美教育功能的独特性，又应注意它们的内在联系和统一性，以便在充分利用各类艺术的特长和独特功能的同时，全面发挥艺术的整体优势和综合效应。

四 艺术教育的效应

所谓艺术教育的效应，简单地说就是艺术教育对社会生活的价值和作用。艺术美在美的形态中的首要地位和优于现实美的种种特点，决定了以艺术美为主要教育内容和手段的艺术教育必然具有重要的价值和作用。一位俄国作者在回答科学知识还是文学艺术更重要的问题时指出："科学书籍让人免于愚昧，而文艺作品则使人摆脱粗鄙；对真正的教育和人们的幸福来说，二者是同样有益和必要的。"① 这个回答虽然比较笼统，但却概括地指明了艺术教育对人生、对社会的价值和重要作用。就艺术教育作用与其他事物的作用相比较，艺术教育的效应可分为一般效应和特殊效应。

艺术教育的一般效应是指艺术教育和其他事物的共有价值和作用，是艺术教育与其他事物效应的共同性。苏联美学家斯托洛维奇在其《审美价值的本质》一书中，对艺术价值作过细致的分析。他认为，艺术价值可以看作一个环状图：创造—生产方面到反映—信息方面组成纵轴，心理方面到社会方面组成横轴，两者构成十字坐标，艺术价值沿着坐标向外扩展，从而形成由多重作用组成的环状图（如多重功用环状图所示）。② 由这个图可以看出，艺术价值是多方面的。它为我们总览艺术价值提供了一个较为详细的参考"清单"，对于我们了解艺术价值的多方面性和一般效应是有帮助的。但斯托洛维奇所列举的这些功用，不仅彼此界限难以区分，而且很难使人准确地把握艺术教育的特殊价值。下面我们就重点论述一下艺术教育的特殊效应。

---

① 转引自［苏］波古萨耶夫《车尔尼雪夫斯基》，钟遗、殷桑译，天津人民出版社1982年版，第5页。

② ［苏］列·斯托洛维奇：《审美价值的本质》，凌继尧译，中国社会科学出版社1984年版，第7章。

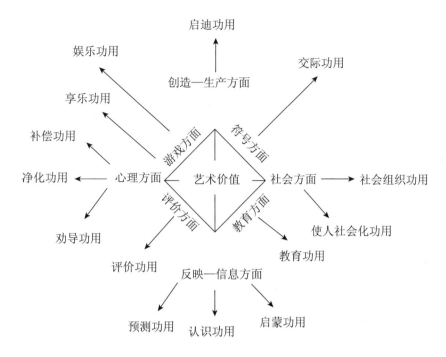

多重功用环状图

艺术教育的特殊效应是艺术教育独具的价值和作用，是艺术教育不可取代的内在依据。艺术教育的特殊效应主要表现在以下三方面。

第一，艺术教育能最有效地培养和提高人们的审美能力。在美的欣赏中，主体审美能力有着极为重要的意义。审美效果与主体的审美能力是成正比的。审美能力越高，就越能感受、发现事物的美。马克思说："任何一个对象的意义（它只是对那个与它相适应的感觉说来才有意义）都以我的感觉所能感知的程度为限。"① 自然美教育、社会美教育、技术美教育、科学美教育等都能有效地提高人们的审美能力，但以艺术美为基本教育手段和内容的艺术教育，在培养和提高人们的审美能力方面却有着不可比拟的优越性。马克思指出："只有音乐才能激起人的音乐感，对于不辨音律

---

① 马克思：《1844 年经济学—哲学手稿》，刘丕坤译，人民出版社 1979 年版，第 79 页。

的耳朵说来，最美的音乐也毫无意义，音乐对它说来不是对象……"① 马克思在主体与对象的相互创造的辩证关系中指明了，只有音乐才能唤起人的音乐感，只有音乐的美才能培养人们对音乐的审美能力。人们创造了艺术，艺术又创造了能够欣赏艺术、具有审美能力的人。人类就是在这种美的创造和美的欣赏的循环往复的过程中，不断培养和提高了自己的审美能力。这就充分肯定了艺术教育在提高人们的审美能力上的关键作用。换句话说，没有艺术生产、艺术作品，就没有具有很高审美能力的审美主体。

第二，艺术教育在培养人的美好心灵方面起着特殊作用。自然美、社会美等在培养人们美好心灵方面都有重要作用，但由艺术美本身的特点所决定，艺术教育在美好心灵的塑造上有着独特的意义。人们在接触观赏优美的文艺作品时，往往会被那焕发着艺术魅力的崇高的思想感情和高尚的道德情操打动心灵，在设身处地的体验和潜移默化中，感情得到升华，性情得到陶冶，心灵得到净化，人格趋于丰富完美。屈原的《离骚》所表达的"虽九死其犹未悔"的爱国激情和"路漫漫其修远兮，吾将上下而求索"的不懈追求精神，千百年来孕育了无数爱国志士仁人。文天祥的《正气歌》唱出的浩然民族气节，使人富贵不能淫，贫贱不能移，威武不能屈，生死置之度外，激励了众多的民族英雄豪杰。陈毅的《冬夜杂咏》，盛赞青松的高洁、红梅的坚定、秋菊的耐寒、幽兰的馨香，把人们带入一个情操优美的境界，有益于培养人们正直、坚定、无私、无畏的高风亮节。在人类自我塑造的历史进程中，中外优秀作品都曾起过巨大的作用。

对于艺术教育在培养人的美好心灵方面的作用，从古希腊的柏拉图到俄国革命民主主义美学家别林斯基、车尔尼雪夫斯基，从我国先秦的孔子、荀子到近代的梁启超、蔡元培，都曾强调过。如亚里士多德提出的

---

① 马克思：《1844 年经济学—哲学手稿》，刘丕坤译，人民出版社 1979 年版，第 79 页。

"悲剧净化"说，尽管对其含义的理解众说纷纭，但是悲剧在给人以强烈的道德震撼中，激发人的意志，提高人的品格，具有深刻的伦理道德作用则是无可怀疑的。我国历史悠久的"诗教""乐教"说，在不同时代和不同理论家那里有不同的侧重和表现形态，但其核心是强调艺术感化人心、澡雪精神、移风易俗、辅翼道德的意义。

美好的心灵既指道德的高尚、才智聪明，也指人的感性与理性、情感与理智、知情意、真善美的高度和谐统一。艺术教育在完善人的内在心理结构方面，起着尤为重要的作用。进化论的创立者达尔文晚年曾为艺术爱好的丧失发出令人深思的慨叹："我的思想似乎已经变成了一种机器，它只是机械地从无数事实和原料中剔取出一般规律。我真不明白为什么对艺术爱好的丧失会引起心灵的另一部分能力——能够产生更高一级的意识状态的那一部分能力——的衰退。我在想，一个具有比我更高级和更为全面统一的意识的人是断然不会像我现在这样的。假如我能够从头再活一次，我一定要给自己规定这样一个原则：一星期之内一定要抽出一定的时间去读诗和听音乐。只有这样，我现在业已退化的那一部分能力才能在持续不断的使用中保持下来。事实上，失去这种趣味和能力就意味着失去了幸福，而且还能进一步损害理智，甚至可能会因为本性中情感成分的退化而危及道德心。"① 由达尔文的亲身体验，我们可以看到艺术教育对于保持和发展高级心理的和谐统一和完善是不可缺少的。

第三，艺术教育通过发挥艺术美自身的特点，推动社会生活前进。推动社会生活前进的根本动力是生产力和革命。但艺术教育负有推动社会生活前进的特殊职能。就是通过发挥自身的特点，影响人们的立场观点和人生态度，激励人们为实现进步的社会理想而斗争，推动社会生活的前进。马尔库

---

① 《达尔文自传》，转引自滕守尧《审美心理描述》，中国社会科学出版社 1985 年版，第351—352 页。

塞说:"艺术不能直接变革世界。但它可以为变革那些可以变革世界的男人和女人的内趋力做出贡献。"这就是说,艺术教育是通过征服人心来鼓舞人心发挥这方面的独特效应的。例如,美国斯托夫人的长篇小说《汤姆叔叔的小屋》,真实生动地描写了美国南方蓄奴制的黑暗和反动,点燃人民心中酝酿已久的愤怒情绪,成为美国废奴战争的导火索,在废奴运动中起到了巨大的推动作用。美国黑奴解放战争的领导人林肯称之为"酿成一场大战"的一部书。俄国作家车尔尼雪夫斯基的小说《怎么办》通过对职业革命家拉赫美托夫顽强毅力和献身精神的真实表现,表达了对新生活的憧憬,激励过许多革命者走上改造社会的道路。列宁曾经激动地回忆说:"这才是真正的文学,这种文学能教导人,引导人,鼓舞人。我在一个夏天里把《怎么办》读了五遍,每一次都在这个作品里发现一些新的令人激动的思想。"① 正是在这个意义上,鲁迅认为文艺是"引导国民精神的前途的灯火"②。郭沫若称文艺"虽然貌似无用,然而有大用存焉,它是唤醒社会的警钟,它是招返迷羊的圣箓,它是澄清河浊的阿胶,它是鼓舞革命的醍醐"③。

艺术教育的一般效应和特殊效应的区分是相对的。它们在现实形态中是交织融合在一起的。不仅如此,一般效应与特殊效应的各个方面也是相互交叉、彼此渗透,很难截然划分。此外,不论是一般效应还是特殊效应,都必须以艺术美的独特性为基础,都要通过艺术的独特方式才能发挥出来。因此,我们在实践中特别突出艺术教育的独特效应的同时,要注意发挥艺术教育的整体效应。

(发表于《审美教育概论》,青岛海洋大学出版社 1991 年版)

---

① 列宁:《列宁论文学与艺术》第 2 册,人民文学出版社 1960 年版,第 897 页。
② 鲁迅:《鲁迅全集》第 1 卷,人民文学出版社 1956 年版,第 332 页。
③ 郭沫若:《论国内的评坛及我对于创作上的态度》,《沫若文集》第 10 卷,人民文学出版社 1961 年版,第 108 页。

自然美与审美教育

　　自然美是美的主要形态之一，它与审美教育有着极为密切的关系。在人与自然的和谐关系得到充分关注、全球性的生态环境问题被前所未有地重视的今天，深入探讨自然美多方面的审美教育价值，准确揭示自然美与审美教育的内在联系，系统总结自然美审美教育的成功经验，对充分发挥自然美的审美教育作用、更好地按照美的规律塑造人自身，无疑十分重要。

一

　　人是自然孕育的精灵，人对自然美有着极为普遍和直接的感受。虽然在对人与自然关系的理解和处理方式上，有所谓中国讲究天人合一、强调人与自然的亲近和谐，西方主张天人相分、强调人与自然的分离对立的区别，但在利用自然美陶冶人的性情、进行审美教育上，无论中国还是西方，都有着悠久的历史。

　　在西方，至少从古希腊的柏拉图开始，就注意到自然美的审美教育价值。柏拉图非常重视优美的环境对人的熏陶。他认为在污秽恶劣的环境里，日久天长，毒素就会不知不觉地渗入人的心灵深处。反之，假如让人们从小生活在风和日暖的地带，在清幽的环境中呼吸新鲜空气，就会有利于性情的陶冶和良好习惯的养成。跨过黑暗的中世纪，当文艺复兴的曙光亮起的时候，意大利著名人文主义教育家维多里诺把自然美教育放在了更为重要的地位。在他看来，为了从事理想教育，首先必须有幽雅美丽的天然条件，使学生处于"大自然的怀抱"之中，时时感受自然美的熏陶。他在兴办"快乐之家"学校的教育实践中，特意把学校建于郊外，处在森林和田野之中，自然环境非常优美。在托马斯·莫尔描绘的乌托邦中，我们也可以清楚地看到他崇尚自然的朴素美，要求严格遵循自然美规律的倾向。此后，卢梭响亮地喊出回到大自然去的口号，把自然美教育提到了前所未有的高度。卢梭从他的哲学及社会思想出发，把自然的美看作真正的美。他说："在人做的东西中所表现的美完全是模仿的。一切真正的美的典型是存在在大自然中的。"[1] 人的美也首先是一种自然美，人的美在于它本身所显出的奕奕神采。卢梭的思想有力地推动了西方自然美审美教育的发展。

中国的自然美审美教育同样源远流长。中国关于自然美的审美观念，大致经历了由"致用"说到"比德"说再到"畅神"说的发展历程。"致用"说从实用方面来看待自然物如动植物的美丑。"比德"说把自然物同人们的精神生活、道德观念联系起来，以自然物的某些特征比附人的道德、情操，以自然物所比附的道德情操价值来评定自然物的美丑。"畅神"说则强调自然美的欣赏可使欣赏者的情感得到抒发、满足，从而精神为之一畅，它所尊重的已不是自然物身上人为外加的道德伦理价值，而是它自身的足以令人舒畅愉悦的审美价值。从审美教育的角度来看，致用说、比德说、畅神说都可以看作既是关于自然美的审美观念，又是自然美审美教

---

① ［法］卢梭：《爱弥儿》，李平沤译，商务印书馆1978年版，第502页。

育的理论。正是在这些理论的推动下，人们才逐步认识到自然美的审美教育价值，才使我国的山水诗画比欧洲早一千多年发达起来，并在其后仍得以长足的发展。它们的不同之处只在于，致用说强调的是自然物由实用功利而来的审美价值，比德说强调的是自然美在人的道德品质上的认同和强化作用，畅神说则突出了丰富多彩、景象万千的自然美所具有的陶冶性情、使人精神舒畅的审美效能。

中外自然美审美教育的简要历史表明，随着人类文明的发展，人类越来越明确地认识到人与自然既矛盾对立，又相互依存的双向制约关系，日益以自由的辩证的精神对待自然，对自然美的追求越来越趋向自觉化、普遍化。

二

人们高度重视自然美审美教育，是由自然美突出的、多方面的审美教育价值决定的。综合来看，自然美的审美教育价值主要体现在以下四个方面。

（一）陶冶性情，培养高尚的品格情操，提高审美能力

人与自然的关系是在相互作用中发展起来的。因此，在人和自然之间就逐步生成了某种"异质同构"关系。我国古代的理论家、艺术家仿佛早就领悟到这一点。北宋画家郭熙在《山水训》中说："春山烟云连绵，人欣欣；夏山嘉木繁阴，人坦坦；秋山明净摇落，人萧萧；冬山昏霾翳塞，人寂寂。"由于自然美的自然形式特征与社会生活、人的品格性情的这种"契合"，人们赋予自然美以种种象征意义。我国古代的比德说就是把自然人格化，以自然物的特征来象征和寄寓人的品格节操。比如松的雪干霜根、柏的苍髯黛色、竹的贞节虚心、菊的冷艳傲霜、梅的雪骨琼枝、荷花

的出淤泥而不染、水仙的冰肌玉蕊、兰花的秀雅清芬等，它们的外形和内涵，能象征健康美好的人格，能寄托和表现正义、正直、坚强、坚韧、乐观、不畏强暴的精神。正因为如此，在中国艺术尤其是诗画创作中，这些事物千百年来被反复表现，历久不衰，对培养人们高尚的情操，对民族文化精神和性格的塑造起到了巨大的作用。

自然美还能够通过其焕发着美的魅力的多种形式特征，提高人的审美能力。自然美的形式特征千姿百态、姿颜各异。它或表现于时间的流动，如旭日东升、星转月移；或呈现于空间的展开，如泰山巍峨、海洋浩瀚；或是个别因素的美，如色彩、线条、形体、音响；或是整体综合的美，如群山起伏、烟波浩渺、云蒸霞蔚等，而且自然美的内涵比较朦胧宽泛，便于驰骋联想，这就有益于发展人的视觉、听视、时间感、空间感、形式感、想象力以及综合感知能力。

（二）增长知识，触动灵感，启迪智慧，激发创造力

自然界是美的世界，也是知识的海洋。它包括诸多性质特点既有联系又有区别的自然事物，蕴藏着自然的法则、宇宙的奥秘。而且自然景观与人文景观往往交融渗透，反映出丰富的历史文化内容。游览名山大川，寻访风景名胜，可以拓展眼界，增长知识。所谓"读万卷书，行万里路"，就是把包括自然美观赏在内的旅行游历看作增长知识的基本途径之一。可以推设，进化论的创始人达尔文如果没有随海军考察船作长达 5 年的环球旅行，就不会有其巨著《物种起源》；哥白尼如果不长期观察斗转星移的太空，也不会有其"太阳中心"说。司马迁 20 岁开始出游，到擢升太史令的 20 年间，东到渤海，西到甘肃，北至长城，东南至会稽，西南至昆明，行迹遍及全国，为他划时代的鸿篇巨制《史记》的写作打下了深厚的根基。明代徐霞客在 30 多年中，游览考察了大半个中国，用一生心血撰写

成《徐霞客游记》，不仅具有美学、文学价值，而且具有极高的科学价值。"足迹几遍域中"的清末学者魏源，甚至提出了"游山学"的思想，得出"一游胜读十年书"的结论。

自然美不仅启迪科学智慧，推动科学创造，而且为艺术家提供创作源泉，激发艺术创造力。古往今来的许多艺术家都以造化为师，在大自然中汲取灵感，创作出千古称颂的佳作。甘愿做"自然的儿子"的达·芬奇，从微风吹起湖水的涟漪中得到灵感，创造出蒙娜丽莎谜一般的微笑。德国音乐大师贝多芬常常在欣赏自然美的时候生发出灵感，他的《第六交响乐·溪畔小景》的创作构思，就是被林间一条潺潺流动的小溪引发的。在我国，"搜尽奇峰打草稿"的石涛，在与崇山峻岭相伴中感受它们的神采和灵气，创作出了大量富有独特个性的山水名画。"一生好入名山游"的李白，以他对名山大川特有的感悟和丰富的想象力，给我们留下了对庐山香炉峰的恣情赞美，对长江三峡的生动描绘，对蜀道之难的诗意夸张。从这个意义上说，达芬奇对艺术家提出"做自然的儿子"的要求，闪耀着真理的光辉。

（三）培养对生活和祖国的热爱，加深对人生的哲理感悟

中华大地，无山不美，无水不秀。中华大地的美好山水是祖国母亲肌体的不可分割的一部分。游历名山大川，欣赏奇峰秀水，可以加深对祖国山河和民族传统的了解，培养和激发热爱祖国的崇高感情。方志敏烈士在《可爱的中国》中曾写下一段感人至深的话："说到中国天然风景的美丽，我们可以说不但是雄巍的峨眉，妩媚的西湖，幽雅的雁荡，与夫'秀丽甲天下'的桂林山水，可以傲睨一世，令人称羡，其实中国是无地不美，到处皆景……这就好像我们的母亲，她是一个天姿玉质的美人，她的身体的每一个部分，都是令人羡慕之美。"祖国的大好河山是多么强烈地激发着方志敏烈士的爱国主义感情啊！脍炙人口、广为传唱的歌曲《我的中国

心》和《龙的传人》，也是通过对黄山、黄河、长城、长江的由衷赞美，尽情倾诉了炎黄子孙热爱祖国、眷恋祖国的拳拳情怀。对大自然的美的倾心爱慕，是热爱祖国、热爱民族的一个极其重要的源泉。

自然景物的外在感性形式蕴蓄着自然规律，并与社会人生有契合之处。它往往能使人睹物兴怀，由情入理，生发无限情思，感悟人生哲理。王之涣由"白日依山尽，黄河入海流"的雄浑景象，感悟到"欲穷千里目，更上一层楼"的人生真谛；苏轼由"月有阴晴圆缺"的自然法则，领悟到"人有悲欢离合，此事古难全"的历史规律；范仲淹由岳阳楼观赏洞庭湖的千姿百态，生发出"先天下之忧而忧，后天下之乐而乐"的壮志豪情；毛泽东由"天地转，光阴迫"的强烈感受，焕发出"只争朝夕"的革命精神。……自然景物给人的启迪是丰富而深刻的。

（四）丰富精神生活，愉悦人的身心

人们需要工作，也需要休息娱乐；需要宽裕的物质生活，也需要丰富的精神生活。自然美本身没有阶级性，它能最为广泛地被人们欣赏，丰富调剂人们的生活，愉悦人的身心。人们欣赏自然美，是一种积极的休息。由色、形、声构成的自然美丰富多彩的感性形式和自然形象，往往体现出比例匀称、对称均衡、韵律和谐等多样统一的形式美法则，能唤起人们生理和精神的愉悦。紧张劳动之后或者失意悒郁之时，扑进大自然的怀抱，去感受天际间脉搏的跳动、美妙的声息，会令紧张工作产生的疲乏懈怠烟消云散。正如恩格斯说的，你会觉得"精神沉入物质之中，言语变成肉体并栖息在我们中间"[1]，"你就会溶化在自由的无限的精神的骄傲意识中"[2]。在现代，生活愈加趋于城市化。城市的喧闹、拥挤、杂乱、污染及

---

① 《马克思恩格斯论艺术》第 4 册，人民文学出版社 1966 年版，第 389 页。
② 同上书，第 394 页。

快速的生活节奏，会给人的心理、心态造成诸多不良影响。作为一种调剂和补偿，自然美丰富精神生活的价值，愈益得到重视和发挥。近年来，世界性的旅游热潮方兴未艾和我国旅游事业的蓬勃发展也是一个证明。

美在于发现，自然美更是如此。由于自然美是自然物的自然性和人的社会性的统一体，它的感性形式特征只有经由审美主体的审美心理结构才能被感受、被发现。因此，主体条件越充分，修养越深厚，就越能发现更多的美，获得更强烈的审美感受。恩格斯在欣赏自然美时曾发出这样的感叹："当大自然向我们展示出它的全部壮丽，当大自然中睡眠着的思想虽然没有醒来但是好像沉入金黄色的幻梦中的时候，一个人如果在大自然面前什么也感觉不出来，而且仅仅会这样感叹着：'大自然啊！你是多么美丽呀！'——那么他便没有权利认为自己高于平凡和肤浅的人群。在比较深刻的人们那里，这时候就会产生个人的病痛和苦恼，但那只是为了溶化在周围的壮丽之中，获得非常愉快的解脱。"① 恩格斯从不同的人对自然美所得的不同感受的对比中，强调了审美主体修养在自然美欣赏中的重要作用。显而易见，精神境界的高低、思想文化修养的深浅，是决定自然美欣赏水平和审美教育效果的关键。只有提高审美主体的人格修养、历史文化修养、文学艺术修养，扩展其精神境界，才能更好地发挥自然美的审美教育作用。

（发表于《理论学刊》1997 年第 6 期）

---

① 《马克思恩格斯论艺术》第 4 册，人民文学出版社 1966 年版，第 389 页。

论语文审美教育的本质和特征

语文审美教育的本质和特征，是语文审美教育论的核心问题，也是语文审美教育论整个理论框架的基础。在某种意义上，对这个问题的回答决定了一种理论的主要取向和基本风貌。对语文审美教育本质特征认识的不同，必然导致对语文审美教育理论各个方面、各个环节、各个层次把握的差异，甚至截然不同。因此，科学地揭示语文审美教育的本质，准确地概括其特征，就具有极为重要的意义，成为语文审美教育理论系统建构的起点。

一　语文审美教育的本质

在一定的意义上，本质是一事物区别于其他事物的质的规定性。任何事物都有自己的本质。语文审美教育的本质是什么呢？这里首先评述国内有代表性的观点，然后正面阐述我们的看法。

（一）关于语文审美教育本质的代表性观点

关于语文审美教育的本质，学术界存在不同的看法。比较有代表性的有下列几种。

1."无关"说。"无关"说认为语文教育就是语文教育，与审美教育无关，中学语文教育的任务就是全力以赴狠抓语文知识的教学和语文能力的培养，强调审美教育只能造成语文教育目的多元化，顾此失彼，无助于语文教育质量和效率的提高。毋庸置疑，这是对语文审美教育的一种偏狭甚至根本否定的认识。从表层原因来看，这种观点是把语文教育与审美教育生硬割裂开来，绝对对立起来，实质是在语文教育中根本排斥审美教育。从深层原因和整个教育大范围来看，则是历史上在教育方针中根本删除美育的思想在语文教育领域的具体表现。在"没有美育的教育是不完全的教育"已越来越成为共识的时候，这种观点的片面性就越来越显露出来。

2."从属"说。"从属"说认为语文审美教育从属于语文政治教育、思想教育和智力教育，是它们的附庸或陪衬。这种观点是审美教育本质说中的从属说在语文教育领域的具体反映。苏联美学家奥夫相尼柯夫和拉祖姆内依主编的《简明美学辞典》中这样写道："审美教育是劳动教育、思想教育、政治教育，特别是道德教育的一部分。"持这种观点的在我国不乏其人。这种观点虽然肯定了语文审美教育与德育、智育的相互联系，但仅仅把审美教育视为达到政治教育目的、思想教育目的或智力教育目的的手段，实际等于从根本上否定了语文审美教育应有的地位和不可替代的作用。

3."方面"说。"方面"说认为如同审美教育是整个教育的一个方面一样，语文审美教育是语文教育的一个方面。这种观点看到了语文教育中审美教育的存在并给予独立的地位，有合理性，但没有看到语文教育与审美教育关系的复杂性，没有揭示语文教育与审美教育复杂关系的内部结构。

4."文学"说。"文学"说认为语文审美教育就是文学教育。因为文学是语文课本中占最大比例的内容，文学属于艺术，是语文构成的三大部分：语言、文章、文学内最典型的美的形态。这种观点是审美教育本质说中"艺术教育说"在语文领域的具体表现。审美教育中的艺术教育说是中外审美教育史上广泛流行的观点。如苏联乌·拉儒姆纳依在《艺术和审美教育》一文中说："通常是把审美教育问题归结为艺术趣味的培养问题。任何人身上都有一种根据美学的理想来创造性地对待生活美和艺术美的能力，但是，只有通过艺术教育才能激起这种能力，才能教会人们去评价高尚艺术的真正的美以及这种艺术所体现的内容的丰富多彩和艺术形式的美妙。"① 日本竹内义雄主编的《美学百科全书》也把美育称为"艺术教育"。无可否认，文学教育在语文审美教育中居于特别重要的地位，可以说语文审美教育主要是通过文学来进行的。忽视了文学教育就在很大程度上忽视了语文审美教育，否定了文学教育也就基本上否定了语文审美教育。但语文审美教育毕竟不能完全等同于文学教育。首先，从语文审美教育的手段来看，语文审美教育要比文学教育广泛，语文审美教育除了通过文学形象予以实施外，还可以借助非文学形象来进行。其次，就实施教育的范围来看，文学教育主要是在文学范围内，而语文审美教育除了文学外，还包括语言、文章领域。再次，就性质来看，文学教育具有更多纯审美性，语文审美教育则很难完全超越实用性。

5. "等同"说。"等同"说认为语文教育就是审美教育，审美教育也就是语文教育。这种观点的合理性在于看到了语文教育与审美教育相互渗透、难以分割的复杂状况，反映了审美教育影响日益扩大的趋向，但把语文教育完全等同于审美教育则是缺乏根据的。首先，它们的范围不同。语文教育仅限于语文领域，即使在语文领域，也并不是所有的教育教学活动

---

① ［苏］乌·拉儒姆纳依：《艺术和审美教育》，《学习译丛》1957 年第 7 期。

都是审美教育。其次，特点不同。如果把语文教育和审美教育差异的两极概括对比的话，我们就会看到：语文教育形象可有可无，审美教育则不能没有形象；语文教育以理智为基础，审美教育则以情感为根基；语文教育具有鲜明的实用功利性，审美教育则超越眼前的直接功利；语文教育效用要求现学现用、立竿见影，审美教育则讲究潜移默化、长期效应，语文教育具有规范性和强制性，审美教育则有自由性和自愿性。

6. "应用"说。"应用"说认为语文审美教育是美学在中学语文审美教育中的具体应用。这显然是化用了蔡元培先生关于美育的定义。蔡元培先生在《教育大辞典·美育》条目中说："美育者，应用美学之理论于教育，以陶养感情为目的者也。"在这个定义中，蔡元培先生把审美教育的本质规定为"情感教育"，但他"应用美学理论于教育"的说法则有明显的缺陷。新时期审美教育刚刚起步之时，很多学校在审美教育以及语文审美教育中以美学的普及代替审美教育和语文审美教育，就是这种观点的具体体现。这种观点看到了语文审美教育与美学的密切联系，看到了语文审美教育要以一定的美学理论为基础、为指导，看到了语文审美教育离不开美学理论的普及，有合理因素。但是把语文审美教育归结为美学之应用却是有缺陷的。因为美学理论的教育只是审美教育的一部分内容。对语文审美教育来说，更重要的是通过实际的审美活动，提高审美主体本身的审美能力和精神素质，不仅使人在理论上懂得什么是美丑，而且要在情感上、行动上热爱美、向往美、憎恶丑、摒弃丑。在语文审美教育中，就是通过进入语文教育领域的千姿百态的美的事物，特别是通过语文美、语文教学美等独有形态的形象吸引和情绪感染，培养健康高尚的审美观，树立正确的审美标准，提高学生的审美能力和语文教育的综合质量，最终培养出全面和谐发展的完美人格。

（二）语文审美教育是文化型的形象化的情感教育

扬弃以上各说的局限，吸收它们的合理因素，着眼于事物质的区别，我们认为，语文审美教育是以美学和审美教育理论为指导，以培养受教者的审美创美能力和审美心理结构为直接目的，以塑造全面发展的完美个性为最终指向，通过各种美的形态特别是语文美和语文教育美所进行的一种文化型的形象化的情感教育。

首先，审美活动的性质决定语文审美教育是一种情感教育。审美活动是在人们摆脱了直接实用功利的束缚，对审美对象采取审美观照态度的前提下产生的，是感知、情感、想象、理解等多种心理因素相互交融、相互作用的综合性心理活动。审美过程的最后成果是审美情感，即审美愉快。这种精神愉快，既不是由生理感官和本能欲望而产生的快感，也不同于因伦理道德和理性追求的实现而产生的精神愉快；既不是纯感性的，也不是纯理性的，而是生理快感的升华和超越，是理性化了的感性和感性形态化了的理性，是一种高级的审美情感。

审美教育通过美学理论的普及特别是以美的形象为手段，引导人们参与审美活动，使人的感觉逐渐淡化狭隘的维持生存的功利性质，成为感受美的社会化的器官；与此同时，也使情感理性化，即对人的心灵进行陶冶和塑造，使人的七情六欲这些自然性的东西获得丰富的理性内容，使个体的、感性的、直观的东西成为社会的、理性的、历史的东西。席勒即持这一类看法。黑格尔曾经予以首肯。黑格尔说："按照席勒的看法，美感教育的目的就是要把欲念、感觉、冲动和情绪修养成为本身就是理性的。"①

---

① ［德］黑格尔：《美学》第1卷，朱光潜译，商务印书馆1979年版，第78页。

其次，将语文审美教育视作情感教育，就把它同德育、智育区别开来。从教育手段来看，美育与德育、智育有明显的区别。德育、智育主要以理论教材、科学著作、实验仪器等为工具，以讲课、报告、讨论等为手段，往往离不开抽象的概念、逻辑的推理。虽然德育、智育也应尽可能借助美的形象，但是形象性的东西在这里毕竟是起辅助作用，德育、智育离开美的形象仍可以基本上达到自己的目的。只有审美教育才以美的形象为主要手段，理论分析和抽象概括只起局部作用；离开了美的形象，就很难实现审美教育的目的。

从教育的效果、作用方面来讲，这一认识从根本上为审美教育确定了独立的领域，即"情感领域"。心理学一般认为，人的心理功能包括知、意、情三个方面。与这三个方面相应，智育主要培养人的逻辑思维能力，开发人的智能；德育主要培养人的道德意志能力，提高人的道德情操；审美教育培养人的审美情感，提高人的审美创美能力。虽然德育、智育中也包含一定的情感因素，但却不是主要的。只有审美教育才主要培养人的美感情操。正是美育的这种独特的作用和独特领域，决定了它在全面发展的人的教育中的重要地位，是其他教育不可替代的。那种在语文教育中以德育、智育取代语文审美教育或把它视为德育、智育附庸的观点，是十分片面的。

当然，审美教育与德育、智育也有着相互联系、相互渗透、相辅相成的关系。正如有人指出的："美育的实质是情感教育，美育中内在地包含着智育与德育，而且是将智育与德育联系在一起的桥梁。情感作为人类把握世界的一种独特方式与认识相伴随，情感又作为人类美好行为的内化与升华同道德相依存。情感融化在知识与道德之中，但情感教育又有比智育与德育更为复杂的特殊规律。总之，智育、德育、美育三者是互相渗透的，就各自特点而言，德育是各育的灵魂与方向，智育是各育的前提与基础，美育是前两者的桥梁及各育的内在动力。"① 语文审美教育作为一种文化型的审美教育，与审美教育和德育、智育的这种一般关系相比，就表现得更加复杂。也正因为有这种复杂密切的关系，审美教育在语文教育中才能起到全面整体的作用。为此，我们在看到语文审美教育的情感教育本质的同时，也要看到这种复杂性。

二 语文审美教育的特征

语文审美教育的特征是语文审美教育本质的外部表现，是由语文审美教育的本质所决定、派生、引申出来的。语文审美教育的特点可以概括为形象生动性、情感愉悦性、自由创造性、个性鲜明性以及和谐统一性。

（一）形象生动性

语文审美教育的形象生动性是指语文审美教育主要依靠具体可感的生动形象打动、吸引、感染受教者，以达到教育目的的特性。语文审美教育的这一特点与智育、德育有明显的不同。智育的主要目的是使受教者提高智能，掌握科学文化知识，因而主要运用概念、判断、推理、论证等，它偏重于抽象概括，以抽象思维为特点；德育主要传播政治思想、伦理道德观念，在有效的约束中，使人树立科学的世界观，遵守正确的道德行为规范，它偏重于理性说教，带有较强的约束性。无可否认，智育、德育也可借助形象的手段来达到智育、德育的目的，但在智育、德育中，形象只是辅助手段，没有形象，智育、德育仍可施行，而在语文审美教育中，生动的美的形象则是主要的审美媒介。通过它，语文审美教育才能很好地发挥效用。这里既有进入语文课文范围内的五光十色、多彩多姿的审美形态和

---

① 桑新民：《对"五育"地位及其相互关系的哲学思考》，《中国社会科学》1991年第6期。

审美范畴，也有语文独有的语文美。如汉语言的音乐美，汉字的形美、意美，文章的结构美、意蕴美，特别是文学作品中塑造的鲜活灵动、呼之欲出的生动形象，更是语文独有的美的表现。如唐人张志和的《渔歌子》："西塞山前白鹭飞，桃花流水鳜鱼肥。青箬笠，绿蓑衣，斜风细雨不须归。"诗中那翱翔自如的白鹭，艳红如火的桃花，碧绿流动的春水，往来倏忽的游鱼，斜风细雨中乐而忘归的渔者，只要我们积极调动起想象力，这些就可以化为具体可感、鲜明生动的形象浮现在我们的脑海。这里还有充分显现了教师教学自由创造的本质力量的教学美。如教学过程美、教学内容美、教师教态美、教学节奏美、教学板书美、教学语言美，都莫不以具体生动的形象引人入胜。例如特级教师于漪在教《春》一课时，是这样开讲的：

我们一提起春呀，眼前就仿佛展现出阳光明媚，东风浩荡，绿满天下的美丽景色！一提到春，我们就会感到有无限的生机，有无穷的力量！所以古往今来，很多诗人多用彩笔来描绘春天的美丽景色。你们想想看，杜甫是怎样用绝句来描绘春天的？学生齐背："两个黄鹂鸣翠柳，一行白鹭上青天。窗含西岭千秋雪，门泊东吴万里船。"再想想看，王安石也有一首诗是怎样描绘春天的？学生又齐背《泊船瓜洲》："京口瓜洲一水间，钟山只隔数重山。春风又绿江南岸，明月何时照我还？"

正当学生回忆描绘春景的旧知识时，教师趁势引导，启发学生：

今天我们学习朱自清的散文，其中写春的内容可多啦，像草、花、风、雨、山、水、树、蜜蜂、蝴蝶等。我们读的时候要想一想，朱自清先生在这篇文章中，是怎样写春天景物的，我们现在正欢乐地生活在阳春三月里，对文章中这些景物你是怎样观察的？看一看朱自清先生又是怎样写的？

这样启发引导，不仅能很自然地把学生带入描绘春天景色的意境中去，迅速导入新课，而且能促使学生细读课文，认真思考，找到自己与作者观察春天的差距，从中得到借鉴。可以说离开了活生生的形象，离开了生动形象的直接感染，语文审美教育就不复存在，更谈不上实现语文审美教育的目的了。

语文审美教育的这一特点是由美的形象性和美感的直观性所决定的。车尔尼雪夫斯基说，形象在美的领域中占着统治地位。形象性是美的首要特性。无论自然美、社会美、艺术美、科技美，还是崇高、滑稽、优美，都不能脱离具体可感的形象，都是通过栩栩如生的形象呈现出来的。泰山的雄伟，华山的险峻，黄山的奇特，峨眉的秀丽，西湖的妩媚，雁荡的幽雅；尊老扶幼，助人为乐，先人后己，见义勇为，热情洋溢，豁达大度，文明礼貌，谦虚谨慎，勇于进取，大胆革新；舞蹈的姿态，乐曲的声音，绘画的色彩线条，电影的画面……可以说没有形象就没有美。因此，在审美活动中，无论欣赏哪一种类型的美，无论通过什么方式途径去欣赏美，我们都是从对美的事物的形象直观起步，通过对具体可感的形象的直接感受，才进而领悟其内在意蕴，获得审美愉悦。比如观赏桂林山水，首先映入我们眼帘的便是它的山光水色。韩愈"江作青罗带，山如碧玉簪"的诗句，正是对桂林山水光、色、形等形象的审美感受的生动表现。

总之，形象生动性是语文审美教育的基本特点之一，是美育与智育、德育在教育方式上的不同点。正是这一特点，决定了语文审美教育不能以抽象说教或逻辑论证的方法为主。

（二）情感愉悦性

语文审美教育的情感愉悦性是指语文审美教育以情感人，以情动人，最大限度地激发教和学的积极性，在情情相融之中，既使情感本身得到陶冶升华，又达到乐教乐学的教学境界，获得理想的教学效果的特性。

情感是人们对客观事物是否符合自己的需要、愿望和观念而产生的一种态度和内心体验。智育、德育也都包含着情感因素，但它们或运用抽象的概括论证，或通过理性说教，主要作用于人的理智，以理服人，情感因素都不是本质的。在语文审美教育中，情感却是核心，是灵魂。语文审美教育主要以情感人，以情动人，它通过美的事物激发人们的情感，形成审美体验，唤起情感共鸣，使人在情感上受到陶冶，得到升华。在审美活动中，无论是喜笑颜开、心旷神怡，还是伤心落泪、忧郁悲愤，都是一种融合着多种心理因素的情感状态。古罗马美学家郎吉弩斯对语文审美教育的这一特点，曾作过生动的描述。他说，文章"不仅打动听觉，而且打动整个的心灵，所以把人凭资禀和修养本来就有的那些文辞、思想、行动以及美与和谐的意象都鼓动起来，通过文字本身的声音的错综复杂的关系，把作者的情感传到听众的心里，引起听众和作者共鸣。就是这样通过由文辞建筑起来的巨构，作者能把我们的心灵完全控制住，使我们心醉神迷地受到文章中所写出的那种崇高、庄严、雄伟以及其他一切品质的潜移默化"①。郎吉弩斯主要分析了阅读活动中作为审美客体或对象的文章情和作为审美主体的读者情的心灵沟通和情感共鸣。其实语文审美教育活动中的情包括文章情、教师情和学生情，只有三情交融，和谐共振，才是语文审美教育情感作用发挥的极致。特级教师于漪的教学为我们提供了成功的范例。她每教一篇课文，都要先体会作者的思想感情。她在准备《周总理，你在哪里》这首诗时，浮想联翩，想到周总理为国家大事日理万机，昼夜操劳；想到周总理对人民疾苦时刻牵挂，关怀备至；想到周总理临终时还要关照把自己的骨灰撒到祖国的大江南北……想到这一切，她情不自禁地

① ［希腊］郎吉弩斯：《论崇高》，北京大学哲学系美学教研室编《西方美学家论美和美感》，商务印书馆1980年版，第50页。

热泪横流。她说她那份教案是用泪水写成的。课文情激发起教师情，于老师在教这首诗时，就调动各种手段激发学生感情，紧扣学生的心弦，把他们自然而然地步步引向感情的深处，使学生耳边仿佛响起高亢悲壮的旋律，进入群山回响，大海呼啸，天地万物共悼总理英灵的诗情境界。结果，课堂上一片啜泣之声，诗歌情、教师情、学生情融为一体。学生受到强大情感力量的震撼，在潜移默化中受到教育。

这种情感愉悦性在效果上的突出表现就是教师乐教、学生乐学。教师乐教是因为启动真情，而且有自由创造的天地。学生乐学从审美心理和教学心理上讲，是因为一旦为激情所吸引、所打动，就有了强大的内部推动力，就会把繁重的学习任务由衷地当作一种乐趣，从而最大限度地发挥学的积极性和主动性。所谓知之者不如好之者，好之者不如乐之者就是对其生动的概括。例如有位教师在朱自清的散文《荷塘月色》的教学中，以情激情，"三情"交融；乐教乐学同臻理想境界，获得极佳的教学效果。朱自清这篇脍炙人口的散文全文虽然只有 1500 余字，却把静夜里的荷塘和月色写得千姿百态，生趣盎然，饱含浓郁的诗情画意。这位教师选用了与该文意境近似的我国古典名曲《春江花月夜》作为该文的配乐，首先在课堂上播放这首乐曲，收到了相得益彰、异曲同工之功效。乐曲从在黄昏的江岸听到远处的钟声写起，逐步推开，写出了月下江上的种种景色。熟悉的古曲以其和谐的节奏和优美的旋律将同学们带入一个美的意境之中。在乐曲的熏染下，同学们的感情得到陶冶和升华，沉醉在美的愉悦之中。这时，教师用此曲作配乐，声情并茂、绘声绘色地朗读课文，进一步调动学生的情感，初步沟通了作品情、教师情和学生情。而后，教师又分别请几位同学跟着音乐反复朗读课文，促使课堂气氛更加活跃，同学们的思绪已随着作品内容的起伏而起伏，情感随着作者情感的波动而波动，感情上与作者产生了强烈的共鸣。"大家仿佛跟着作者，踏上幽静的小路，漫游荷塘。好像沐浴着如水的月光，看见了那隐约的远山、婀娜的杨柳，闻到了微风吹送的缕缕荷香，聆听那一声声知了的鸣叫和青蛙的歌唱……"① 此时此刻的课堂已变成情景交融的画面。教师抓住同学情绪高涨的时机，及时启发诱导、提纲挈领、画龙点睛地概述课文的艺术构思、思想内容、语言特色、修辞手法等，在定向讨论的基础上引导同学们吟诵咀嚼，探究文脉，把握精髓，使他们在积极主动地参与之中，不仅汲取了大量知识，探入作品的深层奥区，而且获得情感的滋养和美的享受。

语文审美教育的这一特点是由美的情绪感染性、美感的情绪愉悦性和审美教育的情感教育本质所决定的。

凡是美的事物，都具有一种感染人、愉悦人的特性，这种特性使美的事物焕发出巨大的魅力，使人们接触美的事物的时候，能迅速被它吸引，心驰神往，在感情上产生某种激动，获得精神上的愉悦和满足，有时甚至达到如醉如痴如狂的地步。孔子在齐国欣赏《韶乐》后，三个月不知肉味，赞叹说："不图为乐之至于斯也！"这就是说的音乐美的巨大感染力：它使人陶醉、使人心旷神怡，得到感情上的极大愉悦和满足。高尔基阅读福楼拜的短篇小说《一颗纯朴的心》时，完全被这篇小说迷住了，好像聋了和瞎了一样，深为它的艺术魅力而惊奇，觉得作品里一定隐藏着不可思议的魔术，以致他多次把书页对着光亮映照着瞧，想在字里行间找出魔术的秘密。贝多芬著名的《第九交响乐》于 1824 年 5 月 7 日在维也纳首次演出，获得空前成功。罗曼·罗兰曾描述过观众被乐曲所激动的极其感人的场面："情况之热烈，几乎含有暴动的性质。当贝多芬出场时，受到群众五次鼓掌欢迎；在如此讲究礼节的国度，对皇族的出场，习惯也只用三次的鼓掌礼。因此警察不得不出面干涉。交响曲引起狂热的骚动。许多人

---

① 吴洪成主编：《现代教学艺术论》，西南师范大学出版社 1994 年版，第 286 页。

哭起来。贝多芬在终场以后感动得晕过去；大家把他抬到兴特勒家，他朦朦胧胧地和衣睡着，不饮不食，直到次日早上。"① 美的事物所以能感染人，固然与美的形式有关，但从根本上是由于其内在品格，即蕴含在美的事物中的人自身的创造品格和力量，美的事物的这种特质，是形成审美教育情感性的客观基础。

美感是包含了感知、联想、想象、幻想、情感、理解等多种心理功能的综合性心理活动。但从本质上说，美感是一种情感愉悦。"登山则情满于山，观海则意溢于海"；"感时花溅泪，恨别鸟惊心"；"遵四时而叹逝，瞻万物而思纷；悲落叶于劲秋，喜柔条于芳春"。古人的这些名诗佳句是对美的情感愉悦性的生动写照。美感的这种愉悦性，是形成审美教育情感性特点的主观依据。

审美教育的本质和目的也决定了它的情感性的特点。审美教育本质上是一种情感教育，它以美的形象为手段，通过情感陶冶，沟通人的知、情、意各种心理因素，使人的各个方面得以全面和谐的发展。这就从本质上规定了审美教育情感愉悦性的特点。

总之，美的情绪感染性是语文审美教育情感愉悦性的客观基础，美感的情绪愉悦性是语文审美教育情感愉悦性的主观依据，审美教育的情感教育本质是语文审美教育情感愉悦性的内在规定。可以说，情感愉悦性是语文审美教育的根本特点之一。没有情感，不诉诸情感，就没有语文审美教育。

（三）自由创造性

语文审美教育的自由创造性是指语文审美教育能够充分发挥教师和学

---

① 转引自［苏］凯尔什涅尔《贝多芬传》，杨民望、杨民忻译，上海文艺出版社1961年版，第114页。

生按照美的规律教和学的主观能动性，形象显现他们创造性的本质力量的特性。

美、审美和自由创造是密不可分的。所谓美，就是体现人的自由创造的生动形象。无论是丰富多彩的社会美，还是千姿百态的艺术美，都离不开人的创造。即使是未经人类加工改造的自然美，如高山大海、太阳月亮、宇宙星空、荒漠戈壁等，对它们的欣赏，也都依赖于人类社会创造性的历史实践，依赖于人的自由创造力的整体发展。正如高尔基所说："我们世界上最美好的东西，都是由劳动、由人的聪明的手创造出来的。劳动不仅创造了美的物质，而且创造了美的精神。"自由创造性是美的精髓，也是语文审美教育的根本特征之一。

这里的"自由"，不是指随心所欲，恣意妄为，而是有着特定的含义。首先是指对规律性或对必然的认识、掌握和运用，即按照客观规律进行实践活动。在语文审美教育中，就是在符合教育的客观规律、符合审美教育客观规律的基础上，充分发挥教师、学生的主观能动性，形象地显示他们创造性的本质力量。

语文审美教育的自由创造性表现在整个教育的方方面面，但大体包括了教材含蕴的自由创造性、教师教学的自由创造性和学生学习的自由创造性三个方面。

就教材来说，选入的文质兼美的文章，尤其是文学作品，堪称中外文学史上的经典之作，都比较充分地体现了作者卓越的创造才能。这里既有"笔落惊风雨，诗成泣鬼神"的"诗仙"李白的佳作，也有被盛赞为"史家之绝唱，无韵之离骚"的司马迁的《史记》；既有世界短篇小说大师莫泊桑、契诃夫的名篇，也有中国古典长篇小说的最高代表《红楼梦》。课文篇目虽然不多，但基本上建构起了中外文学史上著名作家塑造的典型人物形象的长廊。

就教师教学来看，同样显示着自由创造性。语文审美教育活动是语文知识的传授和语文能力的训练，是语文素质的培养和学生美好心灵的全面雕塑，更是教学美的自由创造。这种合规律的自由创造，从构成因素来看，至少包括了形象性的示范表演、人格风范的暗示启迪、环境气氛的熏陶、师生之间心灵的交流、撞击和融合等内容。在语文审美教育中，教师承担着多重任务，扮演着多重角色。他既是导演又是演员，既是主角又是配角；既要对教材入乎其内，又要为讲课出乎其外；既要体验传达，又要组织管理。对教学内容的处理、教学方案的设计、教学方法的选择、教学过程的组织、教学技巧的运用，都既不能照搬别人的经验，也不能年复一年地重复自己，更不能用刻板如一的现成模式去解决所有问题。这一切都只有靠教师因人因事、因时因地制宜，追新求异，自由创造。

自由的第二层含义是指灵活多样性。语文审美教学是有意识、有计划、有章可依、有序可循的，有时又是随机的、即兴的、偶发的、可变的。即使是经过深思熟虑的周密细致的教学设计和安排，也很难毫发不漏地把各个可能变数和随机变量全部预测准确，总是或多或少地暗含着一些空白处或未定点。在审美教学实施中，随着教学活动的开展，这些不在原教学设计或方案之内，事先未曾预料到的情况就会随机偶发。在这种情况下，教师就应审时度势，随机应变，因势利导，充分发挥自己的情感、直觉、灵感的作用，从而使教学灵活多样、千变万化、生动活泼、兴味盎然。这种灵活性体现在教学的各个环节上。如处理教材活、教学设计活、教学过程活、教学手段活、课堂气氛活等。这种特点在各种教育活动中都不同程度地存在，但是由于语文审美教育比一般教学形式更强调教育活动的形象性和情感性，更注重形象思维，这种特点就表现得更加突出、更为普遍、更为典型。

总之，无论是创造性地教，还是创造性地学，都是人的自由创造力的生动表现。在创造性的语文审美教育中，教师和学生都能积极主动地充分显示出他们的潜能、智慧和才华，从而有力地促进受教育者创造能力的全面发展。苏霍姆林斯基曾充满激情地说："我一千次地确信：没有一条富有诗意的情感和审美的清泉，就不可能有学生全面的智力发展。儿童思维的天性本身要求富有诗意的创造性。美与活生生的思维如同太阳和花儿一样，有机地联系在一起。富有诗意的创造开始于美的幻想……唤醒创造性思维，以独特的体验充实着语言。"① 这是对富有诗意的创造性教育的由衷赞美，也是对富有诗意的创造性教育的深情呼唤。

（四）个性鲜明性

语文审美教育的个性鲜明性是指语文审美教育能够凸显作者、教师、学生的个性并能最有效地培养受教者的个性的特征。

个性是一个人独特的心理特征的总和。个性意味着独特性。积极有益的个性特征是创造性的内在依据。在其他条件相同的情况下，个性越鲜明，创造力就越强。鲜明、独特、有益的个性通过具体可感的形式表现出来，就成为个性美。语文审美教育个性鲜明性的特征主要表现在课文展示的作者的个性、教师教学的个性和学生学习的个性三个方面。

语文课本选入的文章都是文质兼美的佳作。作为作者的独特创造力的表现，它们千姿百态，各具神韵风采。尤其是为数众多的文学作品，更是一个五彩缤纷、百花齐放的个性美的世界。仅以语言来说，不同的作家就表现出不同的个性色彩。如鲁迅的语言幽默、冷峻、犀利、深刻，嬉笑怒骂皆成文章；朱自清的语言优美、清丽、隽永，善用博喻、通感等多种修辞手法；老舍的语言准确、鲜明、风趣，选词用字十分考究；茅盾的语言

---

① ［苏］苏霍姆林斯基：《教育的艺术》，肖勇译，湖南教育出版社 1983 年版，第 161 页。

峻峭明快、刚健柔婉；巴金的语言绮丽繁丰，疏淡相间，富于激情；杨朔的语言清新凝练，诗意醇厚；秦牧的语言浓重沉着，谈天说地，哲理蕴藉；刘白羽的语言热情火辣，摄神理形，惟妙惟肖；赵树理的语言通俗朴实，善用方言口语等，都在一定意义上显示了作者的个性。所谓文如其人，风格就是人，就是对这种个性风采的实质的概括。作者凝结在作品中的个性，是语文审美教育要着力开掘并大加张扬的课文本身的审美属性之一，是个性培养的最生动的教材。

教师的教学也是一种富于个性特征的创造性教育活动。由于教师的思想认识、气质性格、知识结构、审美修养和教学能力不同，因而在语文审美教育中，就总是会表现出他自己的精神面貌，表现出他对教学内容、教育对象的独特感受、认识和情感，表现出他与众不同的审美修养。如有的教师循循善诱，巧于设疑；有的论证严密，具有逻辑的雄辩力量；有的语言风趣，富有幽默感；有的激情横溢，长于情绪感染。教师自身的个性品质是形成其教学个性的内在依据。个性不同的教师，即使教学内容相同，教学条件相似，他们的教学也会各具不同的特色。如果说形成独特的艺术风格是作家创作上臻于成熟的标志，那么在教学上表现出鲜明的个性色彩则是教师教学走向成熟的典型特征。如果说文学创作是"文如其人"，"风格就是人"，那么个性化教学则是"教如其人"，"课如其人"。无个性即无成功的文学创作。同样，无个性即无成功的语文审美教育。教师的个性在语文审美教育中起着极为重要的作用，正如苏联学者阿里宁娜指出的："教材的内容和依据美的法则组织起来的教学过程不会自动起作用，而要通过教师的个性。"① 在遵循语文教育规律的基础上，教师的个性展现得越丰富多彩，语文审美教育效果就越好。例如被称为语文教学"审美派"或

---

① ［苏］阿里宁娜：《美育》，刘伦振、张谦译，教育科学出版社1989年版，第53页。

"情感派"代表人物的于漪老师，属情感型教师。不仅文学作品她能讲得流光溢彩、情趣盎然，就是一般人觉得枯燥无味的课文，她也能挖掘出丰富的情感内蕴，讲得娓娓动听、引人入胜。从而形成了她情真意切，情深意长，以情感人的总体教学风格特色。不仅如此，由于课文的不同特点，由于她的个性的多面性等原因，使她在处理不同感情基调的课文时，扣情、导情、移情、固情的侧重点多种多样。例如教《茶花赋》时热情明快，讲《记念刘和珍君》时深沉悲愤，教《〈指南录〉后序》时荡气回肠，可以说千变万化，但又万变不离其宗，始终紧扣一个"情"字，全方位地体现了她的个性风采。教师合乎语文审美教育规律的丰富多彩的个性表现，会给学生留下深刻印象，直接影响教学效果，对学生个性、心理、品质的发展，具有潜移默化的作用。

在语文审美教育中，学生也有更多更好的条件和机会表现出千差万别的个性。因为在对待个性问题上，以智力为中心的教育与审美教育有较大区别。智力教育也讲究因材施教、尊重个性，但是与审美教育相比，它更看重一般知识的传授、一般逻辑思维能力和实践技能的训练和培养。一般来说，智力教育可以有比较具体的定性定量分析指标，以确定智力教育效应所达到的程度。智力教育大体由传授知识、训练技能、发展智力这三个基本要素构成整体。在实现这三方面的教育过程中，施教者必须按照教育、教学的统一标准、统一尺度去要求受教者，受教者也必须努力实现这些要求。

智力教育注重智力的一般发展，而审美教育则注重审美个性的陶冶、塑造。审美教育对受教者的审美施教是以极其灵活和自由的形式完成的。受教者的审美感受，经过施教者的定向引导、审美媒介的感染，虽然可以发生基本或大体一致的趋向，却无处无时不充满着活跃多样的差异性。因此，审美教育无法明确提出像知识和技能教育那样整齐划一、定质定量的指标，而总是允许和承认审美经验及其效应的非共时性和选择性。因为审美教育的媒介即审美对象往往存在某种多义性、模糊性和不确定性，这就给受教者留下了广阔的选择空间，受教者的审美心理条件各具个性特征，无法同一，同时受教者又无不以自身的独特性去自由地在审美对象中"直观自身"，从而产生几乎无法统一的审美感受。比如同是梅花，在陆游的笔下，是寂寞苦闷"独自愁"的形象；在毛泽东的词里，则成为傲霜斗雪、乐观进取的化身。能够激发出这些鲜活灵动、新颖独特的审美感受，正是审美教育不可替代的作用。也正因为如此，审美教育不是抹杀个性，而是尊重个性、发展个性，使一般个性变为审美个性，也就是具有多样性和丰富性的人，并最终指向全面和谐发展的个性。当然这并不是说语文审美教育没有定向审美共性的培养，这里只是说，在语文审美教育中审美个性的表现更为突出，审美个性的培养也更为重要。

（五）和谐统一性

和谐统一性是指语文审美教育以审美为纽带，有机整合了语文审美教育系统中多种因素、多个侧面、多种矛盾对立的内容，使之成为完美统一体的特性。

和谐统一为美，是中外美学史上一个占据中心地位的源远流长的美学观念，几千年来经久不衰，至今仍焕发着强大的理论魅力。我国当代著名美学家周来祥在中外美学思想的基础上，对和谐统一为美的思想做了系统的研究。他认为，和谐作为一个深刻的美学和哲学范畴，起码包括紧密联系的五层含义。第一，形式和谐。即人、物、艺术品及其外在因素的大小比例、质地及其组合的均衡和谐（形式美）。第二，内容和谐。即主观与客观、心与物、情感与理智的和谐（内容美）。第三，内容与形式的和谐统一。内容的和谐要求着形式的和谐，并制约着内容与形式的和谐（这是现实美特别是艺术美的主要要求）。第四，审美对象与审美主体之间的和谐。和谐的对象规定着审美主体，而只有和谐的审美主体，才有可能观照美的对象，这种主客体的浑然统一，成为人们追求的一种最高境界。第五，上述所说的和谐又取决于人与自然、个体与社会和谐自由的关系，这种和谐自由的关系又集中体现在全面和谐发展的具有完美个性的人身上（在艺术中则体现为理想的典型和意境）。概括地说，和谐就是主体与客体、人与自然、个体与社会、感性和理性、实践活动的合目的性与客观世界的规律性的和谐统一，归根结底是以全面和谐发展的新人为最高理想。

语文审美教育以人的全面和谐发展为最高目标的审美立美的特质决定了它必然追求和谐统一性。无论是形式和谐、内容和谐、内容与形式的和谐，还是审美对象与审美主体之间的和谐，乃至人与自然、人与社会等整体和谐统一，都是语文审美教育的基本特质或内在要求。不仅如此，由于语文教育系统的特殊性，语文审美教育的和谐统一性还有不同于普遍要求的自身内容和特色。审美对象与审美主体的关系和人与自然、人与社会的和谐等问题我们放在后面相关章节论述，这里仅选择几个侧面略作阐释。

1. 形式和谐。在形式美的意义上，和谐就是多样统一。它是形式美的最高法则，是对立统一规律在人的审美活动中的具体表现。"多样"，是指构成整体的各个部分形式因素的差异性；"统一"，是指这种差异的彼此协调或整体联系。因此，多样统一就是寓多于一，多统一于一，就是在丰富多彩中，表现出某种一致性。只有多样而不统一，就会显得杂乱无章；只有统一而无多样，则会显得呆板单调。在多样中见统一，在统一中显多样，多种多样的因素有机融合为一个和谐统一的整体，才能收到最佳的审美教育效果。在语文审美教育中最能体现形式和谐特点的，就是语文审美教学节奏。语文审美教学节奏的安排与教学内容并非毫无关系，但它总体上属于形式因素，主要体现为形式和谐。教学节奏的安排既要使整个教学过程结构严密紧凑，力避松散拖沓，又要波澜起伏，切忌平淡无奇，必要时还可以弹拨弦外之音，生发言外之意，甚至可以巧设"空白"，给学生以驰骋想象、回味的广阔天地，收到不言之言、不动之动、此时无声胜有声的效果，从而使整个教学活动动静交替、张弛相辅、疏密相间、错落有致、主次分明、隐显兼容，形成多样统一的和谐整体。

2. 内容与形式的和谐。内容与形式的和谐突出地表现在教学方法的运用与语文审美教育内容的关系上。教学方法的运用不能为方法而方法，为了表面热闹而花样翻新，这样虽然能使学生眼花缭乱，实际上是一种舍本求末的做法。在语文审美教育中，教育过程的内容与形式，应当是和谐统一的整体，犹如一首交响乐，尽管节奏、旋律不断变化，但它们却相互交融、浑然一体。就像特级教师李吉林所说的，每曲交响乐都有其主旋律，每篇课文都有一定的中心，扣住主旋律，千百个音符便成为乐章；突出中心，各种教育手段才能糅合为有机的整体。如在教《桂林山水》一课时，李老师紧扣桂林山水之美、祖国河山秀丽这一中心，先后运用了多种教学手段。李老师先出示地图，指出桂林在祖国地图上的位置，使学生知道桂林是祖国的一部分。接着李老师通过"桂林山水甲天下"一句中"甲"的讲解，点出桂林山水在世界游览胜地和祖国风景名胜中所具有的独特的美，激发学生一游为快的欲望。继而李老师又不失时机地展示放大的桂林山水挂图，用假想旅行方式把学生带进"江作青罗带，山如碧玉簪"的"奇山秀水"之中。随后，李老师以导游的身份声情并茂地范读全文，真可谓未成曲调先有情，一开始，就渲染了气氛，激发了美感，为全文的审美化教学作了成功的情绪铺垫。在讲课文主体部分时，教师视听手段兼用，一方面引导学生欣赏图画，让学生通过视觉感知漓江水静、清、绿的特点，另一方面轻轻哼唱《让我们荡起双桨》的歌曲，使学生陶醉于荡舟漓江的神游之中，体会祖国河山的美好。在讲到桂林的山时，教师又根据课文的描述，用简笔画勾勒了桂林山形的一些轮廓，以直观形象突破了此节课文成语集中的难点，突出传达了桂林的山奇、秀、险的审美特征。在整个教学过程中，教师分别运用了假想、挂图、旅行、朗诵、音乐、简笔画等多种教学手段，但多而不杂、多而不乱，始终围绕着"桂林山水甲天下"这一中心，形成诸多手法、诸多环节同整个教学过程的和谐统一，既达到了各形式要素的有机融合，也体现了内容与形式的和谐统一，获得了开阔眼界、陶冶情操、培养爱国挚情的综合审美教育效应。①

3. 教与学、立美主体与审美主体的和谐统一。语文审美教育活动主要包括教师的教和学生的学两个方面。语文审美教育的根本标志是师生双方在最大限度地发挥各自主动性和创造性的基础上达到一种和谐统一的状态。在这方面有许多成功的范例。如上文提到的于漪老师关于《春》和《周总理，你在哪里》的教例；李吉林老师关于《桂林山水》的教例等，都堪称典范。

在教与学的和谐统一、立美主体与审美主体的协调一致上有上述成功的范例，也不乏失败的教训。捷克教育家夸美纽斯在担任中学校长时，受一位中学教师之邀去听他上的一堂公开教学课。在课堂上，这位教师像一位口才超众的演说家，从始至终滔滔不绝。他从荷马史诗讲起，讲到希腊悲剧、但丁《神曲》，还穿插了历史知识和民间传说，真是眉飞色舞、口若悬河。开初，学生们觉得新奇，听起来还有些味道，但是后来，他们的脸上渐渐地出现了茫然的神情。再加上教师为了完成预定的教学任务，越

---

① 李吉林：《教学艺术的多样与风格》，《福建教育》1986 年第 11 期。

讲越快，学生听得头昏脑涨、索然无味，最终收获甚微。下课之后，那位教师掏出手帕擦了擦满是唾沫的嘴角，眼睛里迸发出得意的光芒。同事们交口称赞，有的说他学识渊博、语言优美，有的说他备课充分、资料丰富……最后，大家都把目光集中到夸美纽斯身上，想听听校长对这堂课的评价。夸美纽斯对违背教学规律而故意卖弄的做法深恶痛绝，丝毫不留情面地当着一些教师说："谁要是想教学生，却不按照他们能领会多少，而是按照教师所希望的多少，这完全是愚笨的行动。学生所要求的是扶持，而不是压迫；而且教师，就好像医生一样，只不过是病人的仆役，而不是其主人翁。"① 黑格尔说得好："在和谐里不能有某一差异面以它本身的资格片面地显出，这样就会破坏协调一致。"②

显而易见，真正的语文审美教育活动，必定是教与学、立美主体和审美主体情绪高涨、交感共鸣、彼此协调、配合默契，双方活动处于高度融合状态，从而使语文审美教育活动形成完美和谐的统一体。

4. 各矛盾对立因素的整体和谐统一。除前述已涉及的各对立面的统一外，在语文审美教育中还涉及诸多矛盾对立面。如科学性与艺术性、实用性与审美性、工具性和人文性、手段与目的、智力发展与情操陶冶、抽象思维与形象思维、课内与课外、校内与校外等。这些对立矛盾的因素，都是语文审美教育应在相应的教育环节、层次、意义上辩证整合为一体的。

总之，语文审美教育是一个复杂的统一体，它包含着多种多样的甚至矛盾对立的因素，这些因素只有按照各个层面的教育目的，按照一定的秩序即语文审美教育规律协调一致，形成整体的和谐统一，才能最大限度地发挥语文审美教育的作用。正如人体，没有任何一个部分可以离开其他部

---

① 何齐宗：《教育美学》，重庆出版社 1995 年版，第 47—48 页。
② ［德］黑格尔：《美学》第 1 卷，朱光潜译，商务印书馆 1979 年版，第 181 页。

分而独自拥有价值，而所有部分的相互配合、有机交融，才能构成一个完美和谐的统一体。犹如别林斯基在论及绘画时所说的："没有偶然的和多余的东西，所有的部分都从属于一个整体，一切趋向一个目的，一切都有助于形成一个美丽的、完整的、独特的东西。"① 这是语文审美教育渴望达到的理想境界。

（发表于《感应与塑造——语文审美教育论》，青岛海洋大学出版社1998 年版）

---

① ［俄］别林斯基:《别林斯基论文学》，梁真译，新文艺出版社 1958 年版，第 126 页。

语文审美教育目的论

教育是一种有目的、有计划、有组织地培养人的活动。教育目的则是对教育所要培养造就的人的质量规格的设计或理想的蓝图。它关系到对理想的人的追求，具体回答应该培养什么样的人的问题，是学校中一切教育教学活动的出发点和归宿；它指导和制约着学校的一切教育教学活动，因而成为教育思想和教育实践中的核心问题。教育是一个复杂而庞大的有机系统，包含着不同阶段、不同方面、不同类别的教育种类。与此相对应，就构成了多维、多层立体网络式的教育目的体系。

在语文审美教育中，语文审美教育的目的也居于同样的地位，有着复杂的形态。但由于审美教育在教育方针中的地位恢复的时日尚短，"没有美育的教育是不完全的教育"成为多数人的共识还为时不久，审美教育理论本身有待完善，因而关于语文审美教育目的的研究就极为薄弱，以致许多人把语文审美教育的目的仅仅视为提高审美能力。这无论从目的的普遍性还是从特殊性来看，都是不全面的。我们认为，作为教育系统和审美教育系统中的一个子系统，语文审美教育的目的也应是一个多维多层的系统。为了论述的方便，我们拟按照由一般到特殊，由远及近，由抽象到具体的逻辑顺序，把它分为终极目的、一般目的和特殊目的三个层次加以研究。

一　语文审美教育的终极目的

语文审美教育的终极目的，就是语文审美教育最终或最高的指向。它由语文审美教育的本质所决定，直接关系到如何看待语文审美教育的根本作用，关系到怎样确定语文审美教育在整体教育中的地位。因此，站在什么基点上，站在什么高度来看待语文审美教育就成为极为重要的问题。我国著名美学家童庆炳先生对这个问题做了相当深刻的回答。他说："应该从怎样的高度看待中学语文教学呢？可以有两个高度。第一个高度，认为语文教学的基本任务是通过教学活动，使学生能读会写，培养学生的语文能力……从这一高度来看待中学语文教学诚然是必要的、不可或缺的，但我认为还不够。中学的语文教学不仅要培养学生的语文能力，而且还要为培养德、智、体、美、劳全面发展的人，肉体与精神、感性和理性和谐发展的人，尽一分力量。语文教学可以而且应该同马克思提出的共产主义的理想相联系。马克思的共产主义理想，从根本上说，就是关于人的理想。"[1] 童先生不仅指明了语文审美教育的终极目的是"培养德、智、体、美、劳全面发展的人，肉体与精神、感性和理性和谐发展的人"，而且揭示了奠定语文审美教育这一终极目的的理论基础，即语文审美教育与马克思关于共产主义理想、关于人的理想的内在联系。因此，要真正理解语文审美教育的终极目的，就必须简要了解马克思关于共产主义和全面自由发展的人的理想。

（一）马克思提出共产主义理想和人的理想的主要动因

马克思、恩格斯生活在资本主义原始积累时期，他们深刻地看到，在

---

[1]　童庆炳：《语文教学与审美教育》，《专家谈中学语文教学》，山西教育出版社 1995 年版，第 130 页。

资本主义条件下，工人的劳动已变成了"异化劳动"。"劳动者生产的财富越多，他的产品的力量和数量越大，他就越贫穷。劳动者创造的商品越多，他就越是变成廉价的商品。随着实物世界的涨价，人类世界也正比例地落价。"① 由于这种异化劳动，劳动所生产出来的产品，对劳动者来说，不但不感到亲切、亲近，相反，被视为"异己的东西"。因为他们的劳动产物都被资本家掠夺去了，结果"劳动者在自己的劳动中并不肯定自己，而是否定自己，并不感到幸福，而是感到不幸，并不自由地发挥自己的肉体力量和精神力量，而是使自己的肉体受到损伤、精神遭到摧残"。更进一步说，劳动者"只是在执行自己的动物机能时，亦即在饮食男女时，至多还在居家打扮等等时，才觉得自己是自由地活动的；而在执行自己的人类机能时，却觉得自己不过是动物。动物的东西成为人的东西，而人的东西成为动物的东西"②。这样，人变成非人，人也就"自我异化"。劳动者"自我异化"了，资产者的人性也片面化，即他们富了还想更富，他们欲壑难填，他们的精神完全被享有感、拥有感、占有感所控制。人——包括劳动者和资本家——一切都变成了非人，都变成了动物。这是多么可悲的事啊！马克思、恩格斯正是从人的这种悲剧命运出发，提出了消灭私有制，提出了共产主义的理想。因为正是私有制使人异化，而共产主义则要在消灭私有制的条件下，使人重新成为人，成为"全面的人""丰富的人"。

对于马克思所批判的异化、分裂现象，生活于 18 世纪的德国思想家、作家席勒，在人类工业文明刚刚露出曙光之际，就一针见血地指出工业文明可能带来的弊病。他说："现在国家与教会、法律与习俗都分裂开来，享受与劳动脱节、手段与目的脱节、努力与报酬脱节。永远束缚在整体中一个孤零零的断片上，人也就把自己变成了断片了。耳朵里所听到的永远

---

① 马克思：《1844 年经济学—哲学手稿》，刘丕坤译，人民出版社 1979 年版，第 44 页。
② 同上书，第 48 页。

是由他推动的机器轮盘的那种单调乏味的嘈杂声，人就无法发展他生存的和谐；他不是把人性印刻到他的自然（本性）中去，而是把自己仅仅变成了他的职业和科学知识的一种标志。"① 现代工业发展带来的某些弊病，已经历史地、雄辩地证实了席勒的观点。现代工业的一大特征，就是分工过细，在工业流水线中，每一个人都被束缚在一个工序上，成年累月重复着同一个动作，人成了机器的一部分，人的全部的知、情、意的潜能都被抑制，人就这样走向单一化、残缺化、片面化。就连进化论的创始人达尔文在晚年也曾对此发出过深沉的感慨。他说："我的思想似乎已变成了一种机器，它只是机械地从无数事实和原料中剔取出一般规律。我真不明白为什么对艺术爱好的丧失会引起心灵的另一部分能力——能够产生更高一级的意识状态的那一部分能力——的衰退。我在想，一个具有比我更高级和更为全面统一意识的人是断然不会像我现在这样的。假如我能够从头再活一次，我一定要给自己规定这样一个原则：一星期之内一定要抽出一定的时间去读诗和听音乐。只有这样，我现在业已退化的那一部分能力才能在持续不断的使用中保持下来。事实上，失去这种趣味和能力就意味着失去了幸福，而且还能进一步损害理智，甚至可能会因为本性中情感成分的退化而危及道德心。"② 席勒针对人的单一化、残缺化和片面化，提出了通过审美教育全面发展人的感性和理性的观点。他认为感性的人只有经过审美教育，变为审美的人，最终才能成为道德的人，即全面的人、丰富的人。

马克思早期思想显然受过席勒的影响。不过马克思扬弃了席勒观点中的主观空想成分，而把自己的思想奠基在历史唯物主义之上，科学地指明了真正消灭人的异化的现实道路。

---

① ［德］席勒：《美育书简》，徐恒醇译，中国文联出版公司1984年版，第50—51页。
② 转引自滕守尧《审美心理描述》，中国社会科学出版社1985年版，第351—352页。

（二）马克思关于共产主义理想和人的理想的主要内容

马克思关于共产主义的第一个定义是："共产主义是私有财产即人的自我异化的积极的扬弃，因而是通过人并且为了人而对人的本质的真正占有；因此，它是人向自身、向社会的即合乎人性的人的复归，这种复归是完全的、自觉的和在以往发展的全部财富的范围内生成的。这种共产主义，作为完成了的自然主义＝人道主义，而作为完成了的人道主义＝自然主义，它是人和自然界之间、人和人之间的矛盾的真正解决，是存在和本质、对象化和自我确证、自由和必然、个体和类之间的斗争的真正解决。"① 这就是说，共产主义的理想从根本上说是为了人，为了"人而对人的本质的真正占有"，为了"合乎人的本性的人的自身的复归"，换言之，就是克服人因异化产生的残缺化、片面化、贫弱化，使人走向全面化、完整化、丰富化，或曰全面和谐自由地发展。具体分析，它至少包括了人与自身、人与社会、人与自然三方面的和谐。

1. 人与自身的和谐。人与自身的和谐包括肉体与精神、感性与理性的和谐。这里主要论析感性与理性的和谐。感性和理性对于一个全面自由发展的人来说都是不可或缺的。失去了感性，人的活生生的生命活动就会变成机械刻板的运动，人就变成机器；失去了理性，人的感性冲动就会失去节制而堕落为兽性。但是理性作为人的感性生命所具有的一种自我意识机能，既可能成为对感性生命发现和实现的召唤力量，也可能成为控制和压抑感性生命的暴君，以社会化的教条性、保守性和有限性去固定和扭曲个体活泼的感性生命。同样，感性作为实践创造活动的原动力，既具有反抗和突破旧有理性规范，拓展扩大人类理性的领域及其

---

① 《马克思恩格斯全集》第3卷，人民出版社2002年版，第297页。

成果的作用，也可能对人类的理性规范产生极大的破坏性，甚至能使悠久的文明文化毁于一旦。因此，如何处理好感性与理性的关系，扬长避短并使它们在更高层次上统一起来，是人类面临的一个千古难题。无数的思想家、教育家为此耗尽心血。马克思不仅提出了感性与理性的高度统一是全面自由发展的人的重要特征，而且通过他所创立的历史唯物主义，在人类社会历史实践的基础上，为达到这种高度统一铺平了道路。语文审美教育在促成这种统一中可以发挥重要作用。语文审美教育的审美对象特别是文学作品都是感性与理性的统一体。一方面，它向受教者呈现出丰富多彩、五光十色、绚丽多姿的感性具体图画，通过对象感性世界的全面性、丰富性和多样性，生成主体的感性世界的全面性、丰富性和多样性；另一方面，它通过受教者形式化、符号化能力的培养，通过艺术形式把人的生命活力、情感体验和各种感性冲动纳入其中而使之得到理性的调节与升华，最终使人的感性成为融入了理性规范的新感性，使理性成为浸透了感性的新理性，逐步达到感性理性化和理性感性化，即感性与理性高度和谐的理想境界。

2. 个人与社会的和谐。个人与社会的和谐是千百年来历代思想家追求的目标。语文审美教育可以从三方面达到这一目的。语文课本特别是其中的文学作品都是以独有的艺术魅力和不可重复的风采跻身教材之中的，因此，语文审美教育可以使受教者的个性在熏染陶冶中得到充分自由的发展。语文作品也最具社会性。不仅语言是社会的，作家是社会的，作品负载着社会性的思想感情，而且教育本身就是社会的，因而能使受教者的社会性得到充分的培养。在充分个性化的社会性和充分社会化的个性的双向互渗中，语文审美教育就有助于培养出这样一种关系：在这种关系中每个人都感到他人是对自己的肯定，自己也是对他人的肯定，"个人完全感性具体地认识和体验到，他与别人相互依存的社会性的本质，即是他个人的真正自由的本质，两者不是互相对立和外在的东西"①。如"海内存知己，天涯若比邻"，表达的是个人与他人的和谐；"先天下之忧而忧，后天下之乐而乐"，体现的是个人与社会的和谐。在这样的作品的陶冶下，受教者就会像在文学创作中充分表现个性那样，自觉地去实现自己的社会化，从而成为个体与社会相统一的人。

3. 人与自然的和谐。人与自然的关系是人与外部世界诸多关系中最基本的关系之一。在人类漫长的历史进程中，这种关系是在自然的人化或自然向人生成和人向自然回归的矛盾对立中向前发展的。自然的人化使吃、性等纯自然生存本能变成了人的美食、爱情，使越来越多的自然事物被人所征服、所改造。但是人来自自然，自然是人类的根，这就使人与自然有割舍不断的血脉相连，往往产生回归自然的冲动。人类希望征服自然，有时又渴望回归自然。在某种意义上说，人类社会的历史就是在这种矛盾对立中发展的。在人类与自然关系的处理上，人类确实走过曲折坎坷的道路，并且为此付出了惨重的代价。如果说以往我们对人与自然的和谐还有些犹豫、彷徨的话，那么在付出惨重代价以后，我们已变得更加坚定；如果说以往我们还有更多的所谓历史必然性的客观原因可以强调的话，那么面向21世纪，人与自然的和谐已成为无可争议的世纪强音。语文教材中，人类对自然的征服，人类向自然的回归的主题都有反映，但更多的却是人与自然和谐的颂歌。如杜牧的《山行》就是人与大自然和谐的诗意写照。"远上寒山石径斜，白云深处有人家。停车坐爱枫林晚，霜叶红于二月花。"这里人与自然美景没有任何矛盾冲突、对立，那寒山、石径、白云、人家，特别是红于二月花的枫林霜叶，展示着迷人的魅力，唤起人们强烈的亲近爱恋之情，使诗人流连忘返，沉浸、陶醉在大自然美景的怀抱，达

---

① 刘纲纪：《美学与哲学》，湖北人民出版社1986年版，第29页。

到了物我两忘、物我交融的和谐境界。这样的作品，在语文教材中数量极多，充分开掘它们的内在美质和精神含蕴，将对培养学生在自然的人化和人向自然回归的对立统一中，追求人与自然和谐的价值取向，产生潜移默化的深远影响。

马克思指出的人的全面自由和谐发展，是语文审美教育的终极目的，也是一切教育的终极目的，是人类进入共产主义社会才能真正实现的远大目标。作为实现这一远大目标过程的一个历史环节，在社会主义初级阶段，我们要坚决贯彻落实德、智、体、美、劳全面发展的教育方针，努力把受教者培养成有理想、有道德、有文化、有纪律的一代社会主义新人。

二　语文审美教育的一般目的

语文审美教育是人的全面和谐发展的教育的一个重要组成部分，它应该坚定不移地把全面和谐发展的教育目的作为自己的最终目标。但是语文审美教育又是一种特殊形式的教育。它必须将最高的抽象的教育目的具体化，并与本学科的特征相结合。这种特殊性表现在：一方面，它以自身性质的多元特征和全面整体性而与德育、智育和审美教育紧密相连，本身就具有德育和智育的内容，尤其是审美教育的内容；另一方面，它又不同于德育和智育，甚至也不同于一般的审美教育。这样就使语文审美教育既有与德育、智育、审美教育相联系、相一致的目的，又有其不可替代的、独有的目的。前者即语文审美教育的一般目的，后者为语文审美教育的特殊目的。这里着重论述语文审美教育的一般目的。

（一）语文审美教育一般目的的基本内容

由于我们把语文审美教育视为语文教育的理想形式，由于语文教育与审美教育在语文教学活动中难解难分、血脉相通，因此，语文审美教育实际涉及了语文教育的几乎所有主要内容。只不过由于立足点和根本视角的转换，语文审美教育对这些内容及其相互关系的认识与以往有较大差别。在这个意义上，党和国家教育主管部门制定的有关文件和颁布的有关大纲、法规所列的语文教育目的的内容，都可看作语文审美教育的一般目的。如1992年国家教委颁布的《九年义务教育全日制小学、初级中学课程计划（试行)》规定语文教学的基本目的和要求是：

> 小学阶段使学生学会汉语拼音和2500个左右的常用汉字，掌握常用词语和一定的写字技能，会说普通话，会使用常用字典，打好听、说、读、写的基础，使学生从小热爱祖国语言文字，发展观察和思维能力，受到生动的思想、政治、品德教育和审美教育。

> 初中阶段使学生掌握现代语文的基础知识，学一点文言文，扩大识字量和常用词汇，较熟练地使用字典、词典等工具书。通过听、说、读、写的基本训练，提高理解和运用语言文字的能力，进一步发展观察和思维能力，受到较深刻的政治教育、思想教育和审美教育。

1996年国家教委颁布的《全日制普通高级中学语文教学大纲（初审稿)》规定的高中语文教学的目的是：

> 高中阶段的语文教学，要在初中的基础上，进一步提高学生正确理解和运用祖国语言文字的水平。要对学生进行有效的语文训练，指导学生学好课文和必要的语文知识，使他们具有适应实际需要的现代文阅读能力、写作能力和听说能力，具有初步的文学鉴赏能力和阅读浅易文言的能力；掌握基本的学习方法，养成自学和运用语文的良好习惯，具有分析问题、解决问题的能力。在教学过程中，指导学生进一步开阔视野，增长知识，陶冶情操，发展智力，发展个性和特长，培养学生热爱祖国语言文字、热爱中华民族优秀传统文化的感

情，培养健康高尚的审美情趣和一定的审美能力，培养社会主义思想道德和爱国主义精神。

据参与高中教学大纲起草的庄文中先生概括，中学语文学科的教学目的包括了智育目的、德育目的和审美教育目的。

1. 智力教育目的。智力教育目的包括知识教学目的、能力培养目的和智力开发目的三个层次。①知识教学目的。知识是形成能力、发展智力的基础。语文知识是一个以语言为核心的多元应用知识体系。②能力培养目的。包括高中生应该具有的理解和运用语言的能力；适应实际需要的现代文阅读能力、写作能力、听说能力；初步的文学鉴赏能力；阅读浅易的文言文能力；自学语文的能力。③智力开发目的。包括观察力、记忆力、思维力、想象力等智力的发展，它们与教学原则中"要重视思维方法的学习、思维品质的培养和思维能力的发展"相对应，有助于知识的理解与能力的培养。发展个性和特长的目的是适应社会和自身发展的需要，给中学语文教学带来新的任务和活力。

2. 道德教育目的。道德教育目的是使学生热爱祖国语言文字，热爱中华民族优秀传统文化，培养社会主义品德和爱国主义精神。

3. 审美教育目的。审美教育目的是指培养"健康高尚的审美情趣和一定的审美能力"①。

高中语文教学大纲颁布较晚，吸收了很多新的研究成果，应该说较多地体现了语文教育发展的新趋向。对这些教学目的的制定，我们总体上没有截然不同的看法，但有几点需要说明。

第一，这些教学目的的分类有交叉情况，有些内容完全可以归入其他

---

① 庄文中：《语文的性质和语文学科的地位、教学目的——学习〈全日制普通高级中学语文教学大纲（初审稿）〉的体会》，《语言文字应用》1996 年第 1 期。

分目下。如文学鉴赏能力，是一种能力，但这种能力就其性质而言是一种地地道道的审美能力。再如个性培养问题，也主要不是智育问题，而是审美教育问题。因为在实际塑造中，只有性格才能塑造性格，只有个性才能塑造个性。与自然科学强调客观性、规范性、标准化不同，文学作品如同太阳照耀下的一滴水，映射出绚丽的风采，展现出作家独特的个性魅力和精神世界。所以，真正能够对个性形成起根本作用的，还是审美教育。

第二，在语文审美教育中，无论达到智力教育目的，还是落实道德教育目的，在总体上，都应以审美为桥梁和内在动力，实现教学审美化，才能不仅使语文教育高质高效，而且真正达到全面培养人、塑造人的目的。例如，要真正"使学生热爱祖国的语言文字"，怎样才能做到呢？都德的《最后一课》给了我们形象生动的回答。作品通过对民族语言的深情赞美（"法国语言是世界上最美的语言——最明白，最精确"，"美丽的圆体字"），通过民族语言对民族存亡的重要意义的揭示（"亡了国当了奴隶的人民只要牢牢记住他们的语言，就好像拿着一把打开监狱大门的钥匙"），通过韩麦尔老师和小佛朗士的言行心理，把对祖国及祖国语言的挚爱之情表达得深沉炽烈。这是典型的审美教育。这种教育深入骨髓，溶进血液，浸透灵魂。我们要使学生真正"热爱祖国的语言文字"，也必须如此。培养爱国主义感情，也不是单凭说教就能奏效的。在根本上还得通过活生生的形象、有血有肉的事物，拨动学生心弦，激发其深情，耳濡目染，潜移默化，才会情真意切、情深意厚。实际上我国古代早就从教育境界和效果上，对不同教育方式作了区分。所谓"知之者不如好之者，好之者不如乐之者"，所谓"兴于诗，立于礼，成于乐"，这些言论都不仅仅讲一般的学习，都是把审美提高到培养人、塑造人的高度，提高到修身齐家、治国平天下的高度来看待的。这对我们今天在语文审美教育中更好地发挥以美启真、以美导善的作用，仍是很有启发意义的。

第三，应对语文审美教育的目的作更细致的划分。因为语文审美教育不仅培养一般的审美能力，更重要的是培养特定的审美能力——语文特别是文学审美能力。虽然文学审美能力与一般审美能力有互通性和相似性，但毕竟还有重要的区别。作为一个特定门类的审美教育，就不能忽视这些差异。

（二）语文审美教育的一般审美教育目的

语文审美教育一般目的中的审美教育目的，是指通过各种形式的审美教育如自然美教育、社会美教育、各类艺术美教育都能达到的审美教育目的。由于它体现的是语文审美教育目的与一般审美教育目的的共同性或一致性，不是语文审美教育独有的目的，所以我们把它放在语文审美教育的一般目的里论析。它主要包括培养健康高尚的审美观、培养审美感受力、培养审美鉴赏力和审美创造力四个方面的内容。

1. 培养健康高尚的审美观。审美观是人们对美和审美的总的看法，是世界观的一个组成部分，是世界观在审美领域的具体体现。审美观指导、制约着人们对世界的审美把握和审美感受，是审美活动的中枢或司令部。审美活动，无论自觉不自觉，实际上都受一定的审美观的支配。语文审美教育的首要任务或者中心环节，就是以焕发着真善美光辉的美的事物为生动教材，帮助学生树立正确、健康、进步、高尚的审美观。

审美观人皆有之，但却有正确与错误、健康与病态、进步与落后、高尚与卑下之别。比如有的人把审美看作物质享乐、生活奢侈的代名词，千方百计寻求感官刺激，肆无忌惮地挥霍钱财；有的人把审美当作主观主义的同义语，完全否认审美活动的客观性和社会性；有的人把审美与猎奇时髦视为一回事；有的人则把美与劳动对立起来。

由于审美观存在这种种差别，通过审美教育树立健康高尚的审美观就有着极为重要的意义。只有树立健康高尚的审美观，才能谈得上审美能力和创美能力的提高。

树立正确的审美观必须吸引学生参加多种多样的审美活动，接受体现出正确健康的审美观的美的事物的感染熏陶，同时也需要按照美的规律引导学生初步树立以下几个观点。

第一，树立自由劳动创造了美的观点。任何美的事物都直接或间接地和劳动相联系，都对象化了人类的自由创造活动和本质力量。懂得和坚信劳动创造了美，才能在这一前提下提高审美感受力、鉴赏力，激发用劳动创造美的热情。

第二，树立审美活动具有客观社会性的观点。审美活动虽然有极强的主观性，但都受客观的社会历史条件的制约。审美活动不是随意的、不确定的个人行为，而是社会精神生活的有机组成部分。不仅具体的审美活动受客观社会条件的制约，而且审美评价的最终标准也应是客观的、社会的。

第三，树立美是历史的发展的观点。美是人类社会实践的产物。随着社会历史的发展，人的审美观也必然发生变化。因此，我们一方面要继承人类以往的审美意识的积极成果，并把它发扬光大；另一方面又不能墨守成规，而应该使审美观跟上时代前进的步伐。

当然，正确的审美观的树立还要和审美感受、鉴赏、创造能力的培养相结合，使审美观渗透于审美之中。

2. 培养审美感受力。所谓审美感受力，是指经由感觉器官进入心理活动而对美的事物进行感知的能力。它包括对美的事物的外在形式（色、形、声等）及其内在的情感表现、象征意义等的感知能力两个方面。

培养审美感受力是十分重要的。因为审美感受能力是人们进行审美活动的出发点和"门户"，是其他审美能力发展的前提和基础，只有通过审美感受力这个大门，人们才能与美的事物发生关系，进入审美过程，进而获得美感。人的审美感受力在细致性、敏捷性和统摄力方面是有差异的。梅林曾说："如果一个澳洲的布希种人和一位文明的欧洲人同时听一个贝多芬的交响曲，或是看一幅拉斐尔的圣母像，感觉的心理过程在两种情形下应该是相同的，无论这过程在自然科学中是怎样说明，因为作为自然生物，他们俩是一样的。可是他们俩所感觉到的什么却大不相同。因为作为社会成员，作为历史情景的产物，他们俩却大不一样。"① 基于这一点，席勒曾指出："感受能力的培养是时代最迫切的需要，这不仅因为它是一种改善对人生洞察力的手段，而且因为它本身就会唤起洞察力的改善。"如果审美者缺乏对美的敏锐的感受能力，他就不可能获得丰富多彩的审美享受。试想：读诗不能感受到音节韵律美，看电影不能感受到多种蒙太奇的美，听音乐不能感受到节奏旋律美，欣赏自然风光不能感受到形、声、光影的美，这样岂不是"身在美中不知美"？其结果，势必使美感的广度和深度大受影响。

　　人的审美感受力的形成与先天因素有关。但是先天因素仅仅是一种条件或潜能，它只不过为审美感受力的形成提供了一种可能。审美感受力的形成主要在于后天的训练和培养，由后天的社会实践、审美实践所决定。马克思说："不仅是五官感觉，而且所谓的精神感觉、实践感觉（意志、爱等等）——总之，人的感觉、感觉的人类性——都只是由于相应的对象的存在，由于存在着人化了的自然界，才产生出来的。"② 马克思、恩格斯还说：像拉斐尔这样的个人是否能顺利地发展他的天才，这就完全取决于需要，而这种需要又取决于分工以及由于分工产生的人们所受教育的条件。这说明先天因素能否得到发挥，发挥到什么程度，完全是由后天的社

---

① 梅林：《论趣味》，转引自哈拉普《艺术的社会根源》，朱光潜译，新文艺出版社1951年版，第88—89页。

② 马克思：《1844年经济学—哲学手稿》，刘丕坤译，人民出版社1979年版，第79页。

会条件决定的。古今中外历史上流传着许多关于神童的故事。其实，"神童"不过是天资聪颖一些，如果没有后天的审美教育，他们是不会有令人瞩目的成就的。例如被欧洲人称为"神童"，看作"18世纪的奇迹"的音乐家莫扎特。应该说，莫扎特的天才素质是他成功的基础或前提。然而起决定作用的却是后天的社会条件和长期不懈的审美教育。如果没有人类族类的五官感觉的历史形成，没有音乐的悠久的历史发展，没有音乐之都、音乐摇篮维也纳，没有达到很高音乐造诣并精通音乐教育的父亲的严格培养，特别是没有他本人的勤学苦练和当时各国最有声望的音乐家们的教育帮助，恐怕莫扎特的耳朵也只能停留在非音乐的耳朵的水平上，根本就无法展露才华、创造奇迹。

既然审美感受力主要是由后天实践所决定的，那么提高审美感受力的唯一办法就是狄德罗所说的通过"反复实践"，也就是长期的审美锻炼。这就要经常有计划地接触各个艺术门类的珍品佳作，不断体味。这样久而久之，审美感受的灵敏性、直觉性、细致性、统摄力就会自然而然地提高。

3. 培养审美鉴赏力。审美鉴赏力是指对美的事物的分辨识别和整体领悟评价的能力。它主要包括两个方面：一是对美丑的分辨能力，对美的事物的性质、类型、程度的识别能力；二是对美的事物整体领悟评价的能力。审美鉴赏是比审美感受力层次更高的审美能力。培养审美鉴赏力比培养审美感受力有更重要的意义。

首先，它可使人分清美丑。在现实世界中，美与丑常常鱼龙混杂，难分难辨。诚如雨果所说："丑就在美的旁边，畸形靠近着优美，粗俗藏在崇高的背后，恶与善并存，黑暗与光明相共。"① 如果没有辨别美丑的能

① 北京大学哲学系美学教研室编：《西方美学家论美和美感》，商务印书馆1980年版，第236页。

力，就会以美为丑或以丑为美。例如《米洛的维纳斯》，是世界公认的"美和爱的女神"，她匀称、和谐、温柔、矜持、端庄、典雅，表现了古希腊女性美的审美理想。她虽双臂残缺，但那丰腴的躯体，端庄大方的容貌，栩栩如生的姿态，仍焕发着巨大的魅力。就是这样一个美的典型，在美丑颠倒的十年浩劫中却被视为"洪水猛兽""伤风败俗的女妖"而被统统砸烂。新时期改革开放打开国门，有些青年不顾民族文化传统的种种差异，以洋为美，唯洋是美，一味模仿外国人和海外侨胞的打扮、装束，甚至有意炫耀蛤蟆镜上的外国商标，被人辛辣地嘲讽为"假洋鬼子""业余华侨"。凡此种种，都是缺乏美丑鉴别力的表现。相反，审美能力强的人可以很敏锐地看出艺术和自然界一切丑陋的事物，并强烈地表示厌恶；但是一看到美的东西，他就会赞赏它们，很快乐地把它们吸收到心灵里。

其次，它可以使人识别美的性质、类型和程度。在美的大千世界中，美的事物千姿百态，各呈异彩。从实践中主客体关系的性质特点来看，有以客体压倒主体为特征的崇高，有以主体压倒客体为特点的滑稽，也有主客体高度和谐统一的优美。从形态来看，有天公造化的自然美，直接体现人的本质力量的社会美，源于生活而又高于生活的艺术美，焕发着智慧光辉的科学美和实用与审美结合的技术美等。同一形态的美又会呈现出种种不同的特色，就是同一形态、同一类型的美的事物也往往会表现出上下高低的不同或细微的差别。美的类型、程度的多样性和丰富性，要求人们必须培养和提高识别能力。因为不能识别美就谈不上欣赏美、领悟美、理解美；只知其美，却不知其何以为美，就不可能深刻地领略美，获得更多的审美享受。

最后，它可以使人敏锐地捕捉事物的外在形式特征，善于透过有限领悟无限，得到韵味无穷的审美享受。《列子·汤问》中记载的伯牙高山流水遇知音的故事，就是典型的例子。钟子期之所以被伯牙引为"知音"，他之所以能透过伯牙的琴声领略其中的深层意蕴和艺术境界，就是因为他深谙音律，对音乐具有很高的鉴赏能力。如果没有这种整体领悟评价的能力，就很难真正去鉴赏美。

审美鉴赏力的培养，不是一朝一夕的事，需要长期的多方面的努力。首先，要大量接触美的事物和艺术品，经常参加鉴赏活动，不断总结鉴赏经验，善于对美和丑进行比较，天长日久，耳濡目染，鉴赏力就会逐步提高。在这方面前人总结了很多经验。如歌德说："鉴赏力不是靠观赏中等作品而是要靠观赏最好作品才能培育成的。所以我只让你看最好的作品，等你在最好的作品中打下牢固的基础，你就有了用来衡量其他作品的标准，估计不至于过高，而是恰如其分。"① 休谟则认为从一门特定的艺术着手最为有效，要想提高或改善这方面的能力最好的办法莫过于在一门特定的艺术领域里不断训练，不断观察和鉴赏一种特定类型的美。这些经验之谈，可供我们参考。

其次，要提高思想文化水平和艺术修养。审美鉴赏力是一种综合的能力，能集中地反映出一个人的文化、道德和艺术修养。世界上许多艺术珍品，如果缺乏必要的修养和应有的知识，就无法很好地去鉴赏它。例如意大利画家达·芬奇的名画《最后的晚餐》，取材于《圣经》中犹大出卖耶稣的故事。据传说，耶稣曾在耶路撒冷的神殿上痛斥过伪善的人是毒蛇的子孙，于是那些伪善的家伙对耶稣更加痛恨了，一心要陷害他，置他于死地。门徒犹大接受了祭司长的 30 枚银币，答应做内奸，帮助敌人捉拿耶稣。在逾越节之夜，耶稣预知自己将被坏人陷害，死期即将来临，就召集他的 12 位门徒共进晚餐。正在进餐时，耶稣突然说："我告诉大家，你们中间有一个人出卖了我！"这幅画就是抓住了这样一个特定的时刻，表现

---

① [德] 爱克曼辑录：《歌德谈话录》，朱光潜译，人民文学出版社 1978 年版，第 32 页。

了不同的人物在这一瞬间神态各异的心理反应，具有很强的包容性。像这样一幅名作，如果对它的故事及文艺复兴的历史背景缺乏应有的了解，那是不可能真正理解它的艺术美的。

4. 培养审美创造力。审美创造能力指的是审美主体在实践中按照美的规律，表现美、创造美的能力。按照美的规律改造客观世界和主观世界，是人类社会实践活动的本质。社会越发展，要求按照美的规律美化人类自身和建设世界的活动就越具有自觉性和明确的目的性。人们认识世界是为了改造世界，同样，人们感受美和鉴赏美是为了更好地表现美、创造美，是为了创造更加美好的人和生活。因此，上述审美教育功能的最终实现，都要落实到人们表现美、创造美的社会实践。

培养审美创造力要破除两种观念。一是破除认为美的创造只是少数天才的专利品的观念。有些人把创造美的能力看得很神秘，似乎只有少数具有天赋的艺术家才有这种能力。这种看法是片面的。高尔基说过，照天性来说，人都是艺术家，他无论在什么地方，总是希望把美带到他的生活中去。……他已经在自己的周围创造了被称为文化的第二自然。实际上，在日常生活中，人们都是根据自己的审美理想和经验，不同程度地创造着美。例如，工人造出实用、经济、美观的产品，使万丈高楼平地起；农民在秃山修成层层梯田，为荒地披上茵茵绿装；科技人员给生产力安上翅膀，把卫星送入太空；教育工作者呕心沥血，培养出德、智、体、美全面发展的"四有"新人……当然，现实中人们创造美的能力是有差别的。这种差别，有的是由于社会历史原因造成的，有的则主要是由于缺乏审美创造力的教育。今天我国已从根本上消灭了人剥削人的制度，人民已当家做主，这就为充分发挥每一个社会成员的创造力开辟了广阔的道路。因此，提高人们的审美创造力就显得特别迫切和重要。看不到这一点，不利于审美创造力的培养。

　　二是破除认为美的创造只存在于艺术领域的观念。诚然，艺术美是现实美的集中和概括，艺术美的创造是美的创造的最典型的领域，它为美的创造活动开辟了广阔的道路。但是美的创造并不是艺术的专利品。马克思提出的人类按照美的规律来建造的命题，实际上是指人类一切合规律性、合目的性的实践活动，首先就是指的生产劳动。美的创造渗透于社会生活的各个方面。哪里有生活，哪里就有美的创造。它既包括与人的社会生活实践直接联系的生产劳动的美化，又包括人自身的美化、人与人关系的美化、生活环境的美化、自然的美化等，范围十分广阔，内容非常丰富。把美的创造禁锢在艺术领域，同样有碍于审美创造力的培养。

　　创造力是人与动物的主要区别之一，是人类智慧的最高表现，也是衡量一个民族、一个人素质状况的直接标志，人自身素质的高低，是和他的创造能力的强弱成正比的。审美教育的目的之一，就是提高这种创造能力。在审美中，审美主体处于一种最自由的状态，它使人的个性得以最充分地展开，想象得以最广阔地驰骋。这就为个性的发展和想象力的培养提供了最佳机遇。一个人如果没有个性的充分发挥，没有丰富的想象力，只会循规蹈矩、亦步亦趋，创造力就难以形成和发展。

　　科学史上的无数事例证明，美不仅是促使科学家追求真理、发现真理的重要动力，而且通过审美艺术实践培育起来的敏锐的感知力、丰富的想象力、突出的直觉顿悟能力，是科学家进行探索的智慧源泉之一，是科学发明的诱发剂。审美的敏感、直觉常常转化为科学鉴赏力和科学创造力，成为科学家取得科学成就的助力。我国著名地质学家李四光，就是从庐山的怪石奇峰中找出了"横看成岭侧成峰，远近高低各不同"的秘密，确认庐山是中国第四纪冰川的典型地区。天文学家开普勒由于受到了家乡巴伐利亚民歌《和谐曲》的启示，进而发现了行星运动的定律。

　　审美教育对艺术创造力的培养更为直接和突出。通过审美教育使人们了解艺术创造的特殊规律，获得必要的审美修养和艺术技巧的训练，是进行艺术创作的基础和前提。古往今来杰出的艺术大师，无不受过良好的审美教育。没有铁杵磨成针的勤学苦练和一生好入名山游的经历，就没有李白光照千古的诗篇；没有转益多师为吾师的功夫和语不惊人死不休的刻意追求，就没有杜甫辉映日月的佳句。审美教育必然使人们增长和发展自己美的创造的能力和才干，激励人们按照美的规律去美化生活，创造未来。

语文审美教育一般审美教育目的的上述四个方面是互相联系、密不可分的。一般来说，审美观是中心，审美感受力是前提和基础，审美鉴赏力是审美能力的发展和深化，审美创造力是审美能力的升华和归宿。它们互相依赖、互相渗透，最终达到美化客观世界和主观世界的目的。

三　语文审美教育的特殊目的

语文审美教育的一般目的，是它与德育、智育、一般审美教育相联系的目的，而语文审美教育的特殊目的，则是其自身所要实现的、其他教育无法替代实现的目的，这就是语文审美能力。一般情况下，能欣赏和创造文学作品，就能欣赏和创造一般的语文美。因此，语文审美能力就其典型形态来说，就是文学审美能力。关于这个特殊目的，新颁布的高中语文教学大纲已作了明确表述：通过高中阶段的语文审美教育，应该使学生"具有初步的文学鉴赏能力"。由于大纲是对教学的普遍要求，并且是对所有学生都适用的，所以在文学审美能力方面的要求把握得比较适度。但从语文审美教育的实际来看，从语文审美教育三级目的有机联系及用发展的眼光来看，我们倾向于把包括文学感受能力、文学鉴赏能力和文学创造能力的文学审美能力作为一个整体来论析，全面认识语文审美教育的特殊目的。既然审美能力是人们发现、感受、鉴赏、评价和创造美的能力，那么文学审美能力就是人们发现、感受、鉴赏、评价乃至创造文学美的能力的总称。它虽与一般审美能力的基本要求相通，但又有自己的特殊规律和要求。这些要求大致如下。

(一) 培养文学审美感受能力

文学审美感受方式受文学塑造文学形象的方式和使用的物质媒介的特点制约。与其他艺术相比，文学是语言或言语的艺术，是运用语言文字来塑造形象、反映社会生活、表达作家的思想感情的。语言是思想的物质外壳，是思想的直接现实，这就使文学形象具有非直观性或间接性。面对文学作品，读者看不到形象，看到的只是语言符号。读者只有识字并掌握了文字的意义，再借助联想和想象，才能在头脑中把作品转化为具体可感的相应形象。也就是说，读者是借助语言符号才感受到文学作品中所塑造的文学形象的。在创作中，作家通过语言把形象固定下来，而读者只能依据作家的语言才能唤起有关现实和情感的表象经验，从而把握文学形象，"破译"其中的意义。这就决定了文学的特点，也决定了文学感受的特点和途径：只有在识字的基础上，通过联想、想象，才能把语言符号所描绘的形象再创造出来，才能进入作品创造的艺术境界，形成如闻其声、如见其人、如临其境、栩栩如生、呼之欲出的审美效果，领悟作品诗情画意中蕴含的情思内涵和人生哲理，获得醇浓悠远的审美愉悦。例如《荷塘月色》文字不长，但却通过静态、动态描写，把荷塘、荷叶、荷花的线条、色彩、光线、形体、香味全写了出来，既生动传神，又形象优美，达到了惟妙惟肖的艺术境地。我们欣赏时，就必须把各种感受器官全部调动起来，一齐投入那"曲曲折折、田田、袅娜、羞涩、清香、舞如裙、白花、明珠、碧天、星星、出浴美人"等线、形、色、香的世界中去，并调动情感、想象、理解等一系列心理要素积极参与，作品的诗情画意才会非常具体、形象、生动地呈现在我们面前，使我们如见其形、如闻其香、如临其境，获得丰富的美的享受。因此，对语言感受的灵敏性、直觉性、细致性和统摄力，特别是通过语言所表征的色彩、线条、形体、音响等的感知进行联想、想象的能力，就在文学审美感受力中占据极为重要的地位，成为文学审美感受力所着力培养的主要内容。具体来说，至少包括以下主要因素。

1. 培养吟诵、"美读"能力。吟咏朗读是提高文学审美感受力的传统方法。其要义在于通过对作品音声节奏的感受，由文入情，由文本世界进入作者世界，达到与作者神气相通、心灵感应的审美境界。

培养吟咏朗诵的能力，受到古代文人的高度重视。清仇兆鳌《杜诗详注·序》说："是故注杜诗者必反复沉潜，求其归宿所在，又从而句栉字比之，庶几得作者苦心于千百年之上，恍然如身历其世，面接其人，而慨乎有余悲，悄乎有余思也。"① 这就是说，要了解杜甫，注释其诗歌，必先反复吟咏，沉潜于诗中，然后一字一句地加以推敲、玩味，返回到作者之世，恍惚如历其境，如见其人，而后才会慨然有所悲，悟然有所思，进入作者的世界。自唐韩愈开始，古文学家莫不倡导吟诵，主张从声响处学。不过，提倡最为有力的还是清代的桐城派。刘大櫆在《论文偶记》中说，写好文章"其要只在读古人文字时，便设以此身代古人说话，一吞一吐，皆由彼而不由我。烂熟后，我之神气即古人之神气，古人之音节都在我喉吻间，合我喉吻者，便是与古人神气音节相似处，久之自然铿锵发金石声"。刘大櫆的弟子姚鼐强调阅读理解应从"声音证入"。他说："大抵学古文者，必要放声疾读，又缓读，只久之自悟。若但能默看，即终身作外行也。"② 疾读求整体的气势，自始至终，一口气

---

① （清）仇兆鳌：《杜诗详注》，中华书局 1979 年版，（原序）第 2 页。
② （清）姚鼐：《与陈硕士》，《惜抱轩尺牍八卷》卷七，宣统元年（1909 年）小万柳堂据海源阁本重摹刊，第 13 页。

读毕；缓读求其韵味，一字一句低回吟诵。通过诵读则作者之思想、人格、气度，便约略可见。

我国现代学者不仅高度重视吟诵能力，而且还运用现代科学理论对它作出新阐释，或根据古代经验对它进行概括。前者以朱光潜为代表，后者以叶圣陶为典范。

朱光潜先生在《文艺心理学》等著作中曾运用现代科学方法如生理学、心理学原理和美学方法，对吟咏朗诵的生理、心理机制及审美、审美教育效果有过精辟的分析。他说，朗读也是一种模仿，就像写字、绘画要模仿手腕筋肉活动的技巧一样，它要模仿作者喉舌筋肉活动技巧。朗读久之，则作者之神气、音节和声调，拂拂然似与我之喉舌相应，即"在我的喉舌筋肉上留下痕迹"。这种痕迹一旦加深，到了作文时，痕迹就会复活，词句会自然地从口中溢出，写来左右逢源、得心应手。不仅如此，这种对音调节奏、抑扬顿挫的感受还能直达深层的情思内涵，产生强烈的心物感应、主客统一的审美效果。所谓"感应"，是指审美主体与审美对象之间契合无间，从而使欣赏者（读者）产生一种如痴如醉的审美心理效应，即读者为一种知觉对象所全盘吸引和投注，达到内情与外物融为一体，"物我感应"的境界。朱光潜在谈读李白《经下邳圮桥怀张子房》的体验时写下了如下文字："常常高声朗读。朗诵时心情是振奋的，仿佛满腔热血都沸腾起来了，特别读到最后'唯见碧流水'四句，调子就震颤起来，胸襟也开阔起来，仿佛自己心中也有无限的豪情胜概，大有低徊往复，依依不舍之意。"① 这里谈的显然是在欣赏高潮阶段，主体与审美对象之间的感应及其彼此界限的消融，是由朗诵的声音节奏之美达于作品的深层情思，造成全身心的感动震颤，形成主体与对象的感应，自我与世界的交融，物我

---

① 朱光潜：《读李白诗三首》，《朱光潜全集》第 10 卷，安徽教育出版社 1993 年版，第 124 页。

合一、物我两忘的审美境界。

叶圣陶先生则创造性地提出了"美读"法。他说："所谓美读，就是把作者的感情在读的时候传达出来。这无非如孟子所说的'以意逆志'，设身处地，激昂处还他个激昂，委婉处还他个委婉，诸如此类。美读的方法，所读的若是白话文，就如戏剧演员读台词那个样子。所读的若是文言，就用各地读文言的传统读法，务期尽情发挥作者当时的情感。美读得其法，不但了解作者说些什么，而且与作者的心灵相感通了，无论兴味方面或受用方面都有莫大的收获。"① 叶先生所谓"美读"，其实就是强调通过对音声节奏之美的感觉，设身处地、深入课文深层意蕴的情感思想，达到"与作者心灵相感通"，即神相遇、气相通、心相印、情相融的欣赏境界。

吟诵"美读"在历史上培养了一代代文人的语文审美感受力，今天仍然可以作为我们培养文学审美感受能力目的的重要内容和途径。

2. 培养"语感"。在艺术教育界，流行着听觉艺术培养"乐感"，即"音乐的耳朵"；视觉造型艺术培养空间"形式感"，即"感受形式美的眼睛"的说法。文学培养什么呢？文学是语言的艺术，为此很多人认为就是培养"语感"。在这里，"语感"实际上成了对语言文学从形式到内容的审美感受的灵敏性、直觉性、细腻性、综合性、整体性及联想、想象能力的总称。这种含义接近了我们下文要谈的具有理性直觉色彩的审美的"敏感"，这里暂不拟论，此处只想对我国著名学者夏丏尊在语文教育中提出的"语感"培养问题，略作分析。

夏丏尊在《我在国文科教授上最近的一个信念——传染语感于学生》中作了如下论述：

---

① 叶圣陶：《叶圣陶语文教育论集》（上册），教育科学出版社 1980 年版，第 125 页。

我有一次曾以《我的家庭》为题，叫学生作文。学生所作的文字都是"我家在何处，有屋几间。以何为业，共有人口若干……"等类的文句，而对重要的各人特有的家庭情味，完全不能表现。原来他们把"家庭"只解作一所屋里的一群人了！"春"，"黄昏"，"故乡"，"母亲"，"夜"，"窗"，"灯"，这是何等情味丰富诗意充溢的话啊，而在可怜的学生心里，不知是怎样干燥无味煞风景的东西呢！……在语感敏锐的人的心里，"赤"不但只解作红色，"夜"不但只解作昼的反对吧。"田园"不但只解作种菜的地方，"春雨"不但只解作春天的雨吧。见了"新绿"二字，就会感到希望焕然的造化之工、少年的气概等等说不尽的情趣。见了"落叶"二字，就会感到无常、寂寥等等说不尽的诗味吧。真的生活在此，真的文学也在此。①

由这番话可以看出，夏先生所谓"语感"是指一定的"语象"在特定的"语境"中所生成的一定含义和一定的情调。其实质是强调通过对语言文字独创组合的敏锐感受，唤起并生发丰富多彩的联想和想象，进行诗意的再创造。有这种敏锐的"语感"，欣赏作品可以使由形式到内容、由艺术到生活的感受更加丰富细腻，天地更加自由广阔。撰写作文则能令文章作品个性鲜明、情味丰富、诗意充溢。这种"语感"是我们培养语文审美感受力不可忽视的。

3. 培养文学审美通感。"通感"一词通常有三义：一是指由对某一门类的艺术感受连带勾起对其他相关艺术门类的感受。通常称为"艺术通感"。如读诗歌有绘画感，观绘画有诗感，观画读诗有音乐感等。这是由于相关艺术有共同规律、共同审美特征所激起的通感。二是指艺术创作中由于外界事物的启发、诱导，勾起对艺术构思、艺术手法的顿悟。

---

① 夏丏尊：《夏丏尊文集》（第二卷文心之辑），浙江文艺出版社1983年版，第116—117页。

如王羲之从鹅的形态、动作悟到书法的执笔、运笔的法则，执笔时食指需如鹅头昂扬微曲，运笔时需如鹅掌拨水，挥洒自如。这种感悟近似于创作灵感。三是指审美活动中各种感觉的相互挪移、交互为用。审美通感与前面两种通感紧密联系，但主要指第三种含义。文学审美通感的特殊性主要在于它是通过语言描写而引发的，因而更需要感受的敏捷性和活跃性，需要联想、想象的积极参与。文学中利用通感达到最佳审美效果的例子比比皆是。例如宋祁《玉楼春》："绿杨烟外晓寒轻，红杏枝头春意闹。"看到绿杨如烟是视觉形象，却连带勾起了"寒"的感觉，又由"寒"勾起了"轻"的重量感，看到红杏盛开是视觉形象，却连带引起了"闹"的听觉感受。这是由视觉向温度觉、重量觉、听觉挪移。多种感官的相辅相成，使审美感受具有综合性和整体性。《老残游记》描写听了歌女的歌唱后，感觉她那歌声宛如一条飞蛇，绕着黄山盘旋穿插，顷刻周匝数遍。又把听觉形象挪移为视觉形象，声波感转移为光波感。《红楼梦》中林黛玉读《西厢记》时，"但觉词句警人，余香满口"；听《牡丹亭》时，"细嚼'如花美眷'、'似水流年'的滋味"，则由视、听形象转为"香"和"滋味"的嗅觉、味觉体验。由于文学审美通感调动了多种感官同时运动，积淀了丰富的审美经验，并且进行了能动创造，因此文学审美通感不仅可以为对象的美锦上添花，而且可以使人在审美通感中通过局部感知，把握整体，从虚中见实，实中见虚，强化审美感受，增强审美效果。中学语文课文如《荷塘月色》等不少作品都有绝妙的通感描写，我们应充分利用这些审美对象，通过有意识的审美定向诱导，使受教者真正把握这些美质，深入体会其中奥妙，使他们的文学审美通感能力得到应有的培养。

4. 培养审美的"敏感"。通常的理论都过于看轻感受，认为它无非是感性的东西，属于认识的低级阶段或低级形式。其实这是一种偏见。因为感受可以分为浅层和深层两种。浅层感受只是一种单纯的生理、心理感觉，它仍属于纯感性的低级阶段，而深层感受却是认识的高级形式，它在感受中积淀着理性，在直觉中渗透着理解，在直观中融合着认识，是一种对于对象从表层形象直接穿透到深层意蕴的理性感受能力。黑格尔把这种感受称为"敏感"。他说："'敏感'这个词是很奇妙的，它用作两种相反的意义。第一，它指直接感受的器官；第二，它也指意义、思想、事物的普遍性。所以'敏感'一方面涉及存在的直接的外在的方面，另一方面也涉及存在的内在本质。充满敏感的观照并不很把这两方面分别开来，而是把对立的方面包括在一个方面里，在感性直接观照里同时了解到本质和概念。"① 王昌龄也早就认识到这种深层感受的特点，而且概括得更加简练，他说："目击其物，便以心击之，洞穿其境。"

5. 培养文学审美感情力。"感情"在这里不是名词，而是动宾词组，即感应、感觉、感受情感的意思。文学作品是作家情感思想的物化实体，具有丰富的情感价值。在语文审美教育中，文学作品的情感信息自然而然会向受教者释放。与此相对应，受教者就要具备接受作品情感信息、感应情感的能力。这种感应情感的能力，就是所谓"感情力"。文学审美感情力是文学审美感受力的重要组成部分。文学是"人学"，也是"情学"，感情力直接影响文学接受的品质和效应。感情力越丰富、细腻、敏感、深沉，就越有利于文学作品的审美情感把握。

（二）培养文学审美鉴赏能力

文学鉴赏是对文学审美对象的鉴别与评价。文学审美鉴赏的层次高于文学审美感受。文学审美感受力的诸多内容，如"美读"能力，作为审美

① ［德］黑格尔：《美学》第 1 卷，朱光潜译，商务印书馆 1979 年版，第 166—167 页。

联想、想象的"语感"，文学审美通感，文学审美"敏感"，文学审美感情力等，基本都属审美感受这个层次，是初级性的文学审美活动。而文学鉴赏能力则是在较深刻的审美领悟、品味、感受的基础上，理性因素相对突出的高层次文学审美能力。这种能力高度发展的标志是共性与个性的统一，既在文学鉴赏中表现出鲜明的个性，又能在这种鉴赏评价中体现出较普遍的客观社会理性内容。它以文字表达的内容为想象的出发点，以对文字表达内容的理解为展开想象的前提，通过表层理解，达于深层理解，即对于对象的整体把握和全面占有。在感知、感受的基础上达到对对象意味、意蕴、意义的心领神会。由于这种鉴赏能力与人生阅历和整体文化素养联系极为密切，作为在校学习的中小学生很难真正达到这个高度，为此，这里只是约略提出，不再充分展开。

（三）培养文学审美创造力

在语文教育现状的考察中我们可以看出，当前语文审美教育尤其是文学作品审美教育大多停留在引导学生赏美、寻美的感性领悟阶段，而忽视甚至无视学生表现美、创造美的深层性审美培养。这与大纲是有关的。大纲考虑对学生普遍性的要求仅提到培养学生初步的文学鉴赏能力，而没有列入培养创造力的内容。我们认为，作为一种对所有学生的要求不列入是持之有据的，但从基础教育与专门教育接轨，从人才发展的连续性，从发展学生个性特长的角度来看，寻美赏美仅仅是审美过程的起步和发展而并非最终指向。我们应当在语文审美教育中重视启迪学生创造美的灵性，挖掘学生丰富的创造潜质，点燃他们审美智慧的火花，使他们在语文审美实践中能有所发现，有所创造，培养出创造美的能力。要达此目的，至少要重视以下审美教育环节。

1. 重视培养学生语文美创造的意识。古人谈创作强调"意在笔先"，虽然谈的是创作过程，其实对于整个创造活动来说都有普遍意义。即创造活动是以创造主体有了强烈的创造意识、创造愿望和创造追求为动力和前提的。创造意识的强弱往往成为创造潜质开掘和发挥程度的重要标尺。李白若没有"清水出芙蓉，天然去雕饰"的审美创造追求，就不会写出那么多清新自然、如行云流水的盖世杰作。杜甫没有"语不惊人死不休"的审美创造愿望，也不会留下那么多字字珠玑、掷地有声的千古绝唱。因此，创造意识的培养有着极为重要的意义。虽然学生只是初登美的创造的门槛，但自古就有"入门须正，立意须高"的经验。刚开始入门，如果不重视培养创造意识，为真正的创造作准备，那么当模仿从众、人云亦云、依葫芦画瓢成为心理定式和行为习惯时，再想矫正就非常困难了。美的创造的核心是独特个性合乎美的规律的自由发挥。初学创造，模仿是必不可少的，但应在此基础上强调养成独特个性，追求发出自己的声音。文学史上很多创作实例可成为鲜活的教材。如追求语言的独特性上有福楼拜教莫泊桑的经验之谈，所谓第一个用花朵来形容姑娘的是天才，第二个是庸才，第三个是蠢材。它们对成长中的学生来说，有潜移默化地培养学生的独特个性和创造意识的重要意义。没有创造的意识、愿望和追求，就不会有创造的实践和硕果。

2. 了解语文美创造的条件，学习创造美的方法和技巧。语文美创造需要具备生活、思想、方法和技巧上的诸多条件。就生活而言，应有一定的，最好是深厚的生活基础，它既包括生活积累，也包括感情积累。要注意在生活中观察、体验、比较、分析。没有生活的沃土，很难进行真正的语文美创造，更谈不上长成文学的参天大树。现在很多学生写作文，瞎编乱造，无病呻吟，天下范文一大抄，写不出真情实感，都与生活空间狭小、患"生活贫血症"有关。

就思想来说，要培养学生追求敏锐、深刻的思想和宽广博大的胸襟。

因为在各类艺术中，文学是思想性最强的艺术，伟大的文学家几乎都是伟大的思想家。文如其人，首先指的就是撰文者精神境界和胸襟气度的独特性。我国古代讲文品出于人品，强调的也是一种思想人格的涵养。叶圣陶先生甚至把文章修改都不看作纯形式问题，而认为修改文章就是修改思想，是使思想更完美。

特别要注意的是，使学生在具体的语文审美活动中，不仅要明白是作者创造的课文中的美，而且要深入认识作者是如何创造这些美的，进而学到表现、创造语文美的方法和技巧。如孙荪的《云赋》，在这篇散文中，作者放开思路，自由驰骋，去构想天姿天色，从而创造了一种恢宏壮丽而又和谐的意境美。那么，作者是怎样创造这种意境美的呢？教学中就应当从两个方面引导学生去认识作者创造美的技法：其一，是物境的三个结合。先是将云景与天景结合，云天合写，云浮而幻象，天借云而生姿，构成了一个浩渺阔大的独特景象；继之将动美和静美结合。乌云进攻，游云溃散，都是动；淡云飘浮，由动转静，似动若静；彩云幻象，玉月停飞，这是静。这样动静相生，使意境幽深、屈曲有致。再是将实境与仙境结合。写乌云有神煞妖魔之形；写淡云，有仙画银羽之姿；写彩云，有天宫、天物之状。由此在实境上笼罩一层仙境的光辉，显示出意境恢宏的神韵。其二，是情境的三种状态。作者写乌云、游云处处有"我"在，"我"时而焦急，时而慨叹，动情动容，这是"以我观物"，是"有我之境"。写淡云、彩云，也写"我"有时像"驾着祥云遨游九天的神仙"，有时在"默默地体味这空蒙的仙境中片刻的静美"。这里既有"我"在，又忘"我"形，是"忘我之境"。写云外青天，则意出尘表，既无云在，又无"我"在，只画出青天月牙图，超然旷现，此谓之"无我之境"。"有我""忘我""无我"这三种境界融合一体，显示了意境的丰富蕴含和纵深发展的层次性。在教学中这样引导学生深入认识作者是怎样创造美、表现美的，不仅能够启迪学生创造美的智慧，培养学生的审美创造意识，而且能使学生深入文章内部的审美世界，学到创造美、表现美的写作艺术技法。

3. 引导学生按照美的规律进行语文审美创造实践活动。作文是综合性很强的审美创造力培养活动。它不仅讲究思想内容美，而且讲究语言形式美。学生要写出一篇"文质兼美"的佳作，除了必须具有高尚、深刻、美好的思想感情外，还必须掌握语文表达的方法，用美的语文形式表现美的思想感情内容。因此，在作文审美教育中，就应刻意启迪学生创造美的智慧，给他们插上创造美的翅膀，鼓励他们摆脱鹦鹉学舌、人云亦云，勇于创新求异、独辟蹊径，把张扬个性的创造意识落到实处。如有位老师让学生以"雪"为题作文，绝大多数学生因循传统命题立意为"赞雪"，赞颂雪的洁白无瑕、瑞雪兆丰年等。但有个学生却立意为"贬雪"：写雪的虚伪，即以其洁白的外衣掩盖世间的污秽，见不得阳光，写雪的穷凶极恶，即依仗狂风，耀武扬威，不可一世；写雪的残忍无情，即雪压冰封，万木萧条。最后抒写自己"不怕风雪严寒"的意志和"迎接春天到来"的信心，揭示了与雪的洁白相对的另一种美的精神。面对立意如此相对的作文，这位老师毫不含糊地赞赏了这位学生的作文：观点明确、立意新颖、独辟蹊径，是审美创造的智慧闪光，富有创造美的能力。同时，作为"范文"在全班赏读，充分肯定了那位学生的创造精神，因此，使全班学生受到在作文中创造美、表现美的启发，培养了学生作文的审美创造意识，启迪了他们在作文中创造美的智慧。

此外，从21世纪社会发展的特点和语文审美教育发展的趋势来看，用口头表达创造美的能力的培养也是不可忽视的。这也是一种综合审美创造能力的培养活动。声情并茂的朗诵、针锋相对的辩论、震撼人心的演讲、生动活泼的即兴发言，是展示这种美的创造的主要形式。对口头表达美的创造力的培养，可以改变历史悠久的重笔不重口、重文不重语的不均衡局面，使学生语文美的创造能力更加全面。当然要真正达到上述目的，任重而道远。

（发表于《感应与塑造——语文审美教育论》，青岛海洋大学出版社1998 年版）

论语文审美教育的原则

教学原则是按照教学规律，依据教学目的，考虑教学内容的特点，所制定的处理教学中的主要矛盾并对教学方法起指导作用，为教学活动所必须遵循的基本要求和一般原理。制定教学原则应该符合教学规律，体现教学目的，反映教学的基本要求，并指导教学方法的选择、设计和运用。

教育教学是一个非常复杂的系统。教学原则也因此具有极为多样的形态，根据不同的标准可以作出不同的概括。有学者依据由一般到特殊的逻辑关系，把教学原则概括为体现教学总体素质特征和普遍规律的一般教学原则，体现学科群本质、特点、规律的学科群教学原则，以及体现具体学科特点、规律的学科教学原则三个层次。这三个层次，逻辑上是由一般到特殊，由抽象到具体，范围上由大到小，由宽到窄，较好地体现出三个层次的教学原则既相联系又相区别的关系。本文所要进行的语文审美教育原则研究主要是在第三个层次上进行的，可以说是第三个层次研究的丰富和深化。由于语文审美教育是美学、教育学、审美教育和语文教育多层次交叉融合的结晶，这就决定了语文审美教育必然有自身的特点和规律。

语文审美教育的原则，严格地讲，是语文教育原则与审美教育原则的有机融合，并不能简单地理解为语文教育原则的特殊化或具体化。由于语文审美教育是美学和教育学，审美教育和语文教育多层次交叉融合的结晶，由于审美教育也有自身的教育原则，如有学者提出的审美情境创设原则、相互交流原则、审美观照与审美操作相结合原则、多样性和循序渐进原则等，因此作为这种多层次交叉融合产物的语文审美教育原则，就必然具有交叉融合的色彩。

一 科学性和艺术性的统一

科学性和艺术性或者说教学是一门科学还是一门艺术，是在历史上长期论争，至今仍然是一切教学都会遇到的矛盾因素，语文审美教育也不例外。

关于"科学"，1987 年版的《中国大百科全书·哲学卷》将它规定为："以范畴、定理、定律形式反映现实世界多种现象的本质和运动规律的知识体系。"1989 年版的《辞海》将它规定为："关于自然、社会和思维的知识体系。"综合这些规定的共同点，似乎可以说，广义的科学就是以理性的手段，对确定的对象进行客观、准确认识的活动及其成果。关于语文教育的所谓科学性，有人认为，就是既能反映语文学科自身的内在规律，又能反映学习语文和教学语文的内在规律，以保证教学内容的准确合理，从而防止违背科学规律的弊端发生的特征。有人认为，进行教学必须以科学理论为指导，并遵循教学理论的规范和要求。可见，所谓语文审美教育的科学性大体是指教育教学活动必须掌握规律，按教育规律办事，并且在正确总结教育规律的科学教育理论的指导下进行。科学性在现代教育活动中占有极其重要的地位，有人把它列为首要特征，认为教育首先是科学然后才是艺术。一切教学都应以科学性为基础，科学性是教育教学成功的基本条件。我们认为语文审美教育同样应以科学性为基础，在语文审美教育中，科学性的地位和意义丝毫不亚于任何学科。语文审美教育在教学实施中，除了遵循一般规律和语文教育的普遍规律外，还要深刻认识、自觉遵循语文审美教育的客观规律。如果忽视或者无视这些客观规律，轻者会影响语文审美教育的效果，重者将导致整个教学活动的失败。可以说在哪里违背了科学性，就会在哪里跌跤付出代价。当然，由于语文课本中包含数量众多的文学作品，文学作为独立的艺术形式有其自身的特点和规律，对语文审美教育的科学性就不能按自然科学的观点去看待，而只能用文学的眼光去把握。

有人不懂这一点，因此闹出了不少笔墨官司。例如唐朝诗人杜牧的《江南春》：

> 千里莺啼绿映红，水村山郭酒旗风。
>
> 南朝四百八十寺，多少楼台烟雨中。①

这首诗并不深奥，也不晦涩，即景抒情而已。千里莺啼，绿树红花，水村山郭，酒旗轻扬，渲染出江南无处不春、春浓如酒的意境，勾勒出一幅江南春景图。诗中的"千里"云云，并非实写，只是常见的夸张之辞；"四百八十寺"也非实数，而是极言寺多。南朝统治者、狂热地信奉佛教，作者描绘春景，附带捎上一句寺庙，若隐若现、若有若无地对当时的皇帝加以委婉的讥讽。诗写得清新明丽，轻松好读，含蓄蕴藉，颇可玩味，不失为一首好诗。可是明代大学者杨慎却不以为然。他挑剔说："千里莺啼，谁人听得？千里绿映红，谁人见得？若作十里，则莺啼绿红之景、村郭、楼台、僧寺、酒旗皆在其中矣。"因此，他认为杜牧的原诗应为"十里莺啼绿映红"，所谓"千里"云云乃传抄之误。这里，显然不是传抄之误，而是评家用科学的眼光看诗，失之拘泥，胶柱鼓瑟了。

---

① （唐）杜牧：《江南春》，汤国元等编《古诗文译析》，广东高等教育出版社 1991 年版，第 40 页。

再如杜甫《古柏行》中的名句"霜皮溜雨四十围，黛色参天二千尺"，曾遭到宋代大科学家沈括的责难，沈括经过精细的数学计算指出，四十围乃是径七尺，而高竟有二千尺，"无乃太细长乎？"因此他斥之为"此亦文章之病也"。当然也有人不同意沈括的批评。如《缃素杂记》的作者黄朝英就从古制与今制的差别上为杜甫辩护，说杜甫是按古制算的，若以古制定，则径四十围长二千尺是非常恰当的，根本说不上"太细长"。黄朝英认为杜甫号称诗圣，岂能胡说八道，他的诗都是有根据的。黄的用心良好，竭力维护诗圣名誉，但其辩护显然也是不得法的。双方都拨算盘珠，可惜作诗非算术，以数衡诗等于是开锁找错了钥匙。当然懂艺术的人也还是有的。宋代学者葛立方在他的著作《韵语阳秋》里就说："余谓诗意止（只）言高大，不必以尺寸计也。"宋人王观国也说："四十围二千尺者，姑言其高且大也。诗人之言当如此，而存中（沈括字——引者注）乃拘拘然以尺记校之，则过矣。"他们二人的话都很对，杜甫通过夸张描写孔明庙前古柏高大挺拔的气势来象征其智慧、品德、功勋都超过常人的高大形象，并抒发自己"志士幽人莫怨嗟，古来材大难为用"的感叹。

杨慎、沈括都是当时一流的学问家、科学家，但对于某些诗歌的理解却出了偏差。原因就在于他们不懂得从情感的角度看诗，眼光太拘于一隅，以致与欣赏对象产生隔膜。正如鲁迅先生所说的："诗歌不能凭仗了哲学和智力来认识，所以感情已经冰结的思想家，即对于诗人往往有谬误的判断和隔膜的揶揄。"①

艺术一般有三层含义：一是指用形象反映现实，表现艺术家思想感情的一种审美的社会意识形态，如文学艺术等；二是指富有创造性的工作方式方法；三是指形状独特而美观的事物。在这三层含义之中，教学艺术论

①　鲁迅：《鲁迅全集》第 7 卷，人民文学出版社 1981 年版，第 236 页。

主要是与后两个层面的含义有关。所谓艺术性或一般教学艺术是指为达到最佳教学效果而采用的带有艺术特点的方法和技巧。语文审美教育作为一种融艺术与审美为一体的教育形式，有着极为显著的优势。它不仅采用的总体教育方式是审美的、艺术的，而且审美媒介中大多数是文学作品。文学作为一种纯艺术形式，本身就是审美、艺术一体化的。因此，在语文审美教育中，增强艺术性就不是题外之意，而是题内之旨，不是人为附加的，而是本身固有的，不仅仅作为手段技巧，而且是作为目的。可以说教学艺术所要求的，语文审美教育都应达到而且都能达到。

关于科学性与艺术性的统一，现代教育家俞子夷先生在《教学法的科学观和艺术观》一文中，对教学中科学性与艺术性的关系作过精审的概括。他说："我们教学生，如果没有科学的根据，好比盲人骑瞎马，实在危险。但是只知道科学根据而没有艺术的手腕处理一切，却又不能对付千态万状、千变万化的学生。因此：教学法一方面要把科学做基础，一方面又不能不用艺术做方法。"① 显而易见，俞子夷先生把教育看成科学与艺术的统一，要求教师在保证教学的科学性时，还要注意教学的艺术性。一位俄国作家在回答科学知识与文学艺术哪个更重要这一问题时指出："科学书籍让人免于愚昧，而文艺作品则使人摆脱粗鄙；对真正的教育和人们的幸福来说，二者是同样有益和必要的。"② 我们认为，在面向 21 世纪的教育中，科学性和艺术性应该达到统一。语文审美教育尤其如此。由于语文学科的特殊性，由于语文审美教育本质特征的要求，以科学性为基础、以艺术性为主导的统一是语文审美教育的最好选择。

---

① 董远骞等编：《俞子夷教育论著选》，人民教育出版社 1991 年版，第 75 页。
② 转引自［苏］波古萨耶夫《车尔尼雪夫斯基》，钟遗、殷桑译，天津人民出版社 1982 年版，第 5 页。

二　实用性和审美性的统一

所谓实用性，是指语文审美教育具有培养受教者听说读写的实际应用能力的性质和功能，这一点在传统语文教育中得到了突出的强调。叶圣陶先生曾反复指出：语文教育的任务就是教会学生听说读写。

俞子夷先生谈到教师工作的特点时，认为教师的活动比戏剧家、文学家、美术家等的活动更困难、更复杂。在他看来，戏剧家的艺术是把剧本的内容用言语姿势尽情地表现；文学家的艺术是把自己的感情用文字尽情地表现；美术家的艺术是把自然的美或自己理想的美用色彩和图案或其他东西尽情地表现。他们虽然也要顾及听戏的、看文学作品的、鉴赏艺术品的人们，但是他们的表现却重在自己的主观方面。而教师却不能这样。"他一方面要尽情表现，一方面又不能不把学生当中心。听戏，看文艺，鉴赏美术，是随意的。听得懂就听，听不懂就不妨走；看得懂就看，看不懂就不妨换一种；以为好就赏鉴，以为不好就不管它。教员却不能。学生听不懂，要改到学生一定听得懂，而且愿听；学生看不懂，一定要设法使他懂，而且愿看。所以教育的艺术，是一种介绍、传达、引导的艺术，比文学家、美术家稍不同，比戏剧家似乎相像而更困难。"①

教师的活动为什么比戏剧家、文学家、美术家等更困难、更复杂？俞先生把它归结为戏剧家等重在尽情地表现主观，不受其他限制，而教师则"一方面要尽情地表现，一方面又不能不把学生当中心"，应该说是很深刻的。但我们认为还有一个更为重要、更为深层的原因：创作和欣赏都是超越眼前的功利无直接实用功利目的，是纯自由的，它不能勉强，更不能强迫，想创作就创作，想欣赏就欣赏。鲁迅先生就说过："看客的取舍是没

① 董远骞等编：《俞子夷教育论著选》，人民教育出版社1991年版，第74页。

法强制的，他若不要看，连拖也无益。"而教师的教学活动则受到实用功利的束缚，不能教会学生，不能使学生具备应有的语文实际应用能力，就没有完成语文教学的基本要求、实现基本价值。在教育规范意义上说，教师不能不教，当然学生实际上也不能不学。现在的九年制义务教育已有法律规定。教师的主观能动性、创造性只能在这个基础上尽情发挥。在这个意义上，如果说文学家、戏剧家、美术家的创作活动是展开双翼自由翱翔的话，那么，教师的活动则是戴着脚镣的舞蹈。教师的活动所以更难、更复杂，原因大概就在这里。语文审美教育的难度，大概也在这里。

关于语文教育的实用性，张志公先生也多次强调：语文知识要精要、好懂、有用、管用。在1996年高中语文教学大纲的制订中他又提出："要学以致用。今天学习，明天就要用。现在是学以致用的时代。知识有用、管用，就有兴趣。……过去，知识难而无用，没有实效。要教必要的知识，力求不难而管用。要改造过去的知识体系，改造成应用系统，而不是纯理论系统。"①

展望21世纪，实用性仍然是语文教育的重要目标。人民教育出版社中学语文室根据国家教委1996年颁布的《全日制普通高级中学课程计划（试用）》和《全日制普通高级中学语文教学大纲（供试验用）》，发表的《面向21世纪全面提高学生的语文素质——全日制普通高级中学教科书语文（实验本）介绍》② 一文中，仍把"突出实用性，培养学生的语文实用能力"作为重要目标导向之一。文章指出："新编的这套高中教材，面向21世纪的表现之一就是突出实用性，注意培养适应21世纪需要的语文能力。"并从三个主要方面分析了对语文实用能力的要求。从对阅读能力的

---

① 吴波涛：《谈谈〈全日制普通高级中学语文教学大纲〉的编订》，《语言文字应用》1996年第1期。

② 《中学语文教学》1997年第6期。

实用要求来看，当今社会已进入信息社会，科学文化知识日新月异，呈几何级增长。因此 21 世纪所要求的阅读能力，一是会吸收信息，二是要吸收得多、快。语文教学必须承担起培养这种能力的任务。21 世纪的写作要求是适应社会生活工作的高效率、快节奏。要求人们不仅要会写，还要写得快，最好是"下笔千言，倚马可待"。要具备撰写应用文和处理生活及实际工作中的实际问题的写作能力。21 世纪的口语交际能力要求更高，因为 21 世纪传声技术、人机对话、"说写"方法将有更大的发展，这就对人们的口头表达能力提出了更高的要求，必须更有力地转变我国历史上重视书面表达而轻视口头表达的状况。毋庸置疑，无论回顾过去还是面向未来，实用性都是语文教育不可或缺、不可抹杀的属性和价值。达不到实用目的，语文学科的最低价值就无法实现。

所谓审美性，是指语文审美教育活动的各个环节、要素，能够以生动的形象蕴含或展示人的自由创造的本质力量，具有美的属性和价值，给人带来情感上、精神上的愉悦，产生多侧面、全方位的深刻影响。

"用审美的眼光来观察，语文课就是一个琳琅满目的美的世界！用审美的心灵来感受，语文课就是一个满足人的精神需要的无尽的宝藏！"①。构成这个琳琅满目的美的世界的每个领域、每个方面、每个层次、每个环节，我们都能感受到美的温馨，寻觅到美的情影。就审美客体而言，这里有语言美。鲁迅先生谈到汉字之美时曾说过，它具有三美："意美以感心，一也；音美以感耳，二也；形美以感目，三也。"② 这里有文章的美。凡文章皆合美的规律，皆为人的创造，它们同文学一样也是审美对象，具有内涵丰富的外形美和内质美。诸如语言的音乐美、文字的绘画美、词句的含

---

① 王钦韶主编：《琳琅满目的美的世界——语文课美学现象分析》，教育科学出版社 1989 年版，第 24 页。

② 鲁迅：《鲁迅全集》第 9 卷，人民文学出版社 1981 年版，第 344 页。

蓄美、段落的匀称美、层次的节奏美、篇章的完整美、文面的行款美、事物的实在美、人物的心灵美、意旨的哲理美、情感的真挚美、道德的崇高美等，它的确是一个琳琅满目的美的世界。这里还有文学美。文学是一种纯艺术，而且是艺术中最大的一类。艺术的重要特点是美（广义的美）。其他事物没有美照样存在，艺术则不然，没有美则没有艺术。文学也是如此。因此，美和审美性就成为文学的本质特征。换句话说，如果不从美和审美的角度审视文学、对待文学，就根本违背文学的本质特点，违背文学的规律，教就会教不到点子上，学也不会学到根底里。有的学者提出把文学作品当作普通文章来教，让文学教育服从于文章教育。我们认为这是十分不妥的，甚至可能是有害的。试想：用文章的规律如何能说明艺术的虚构和幻想？如何能解释得通文章的真实和艺术的真实？脱离了文学的特殊规律和文学形象塑造的整体，又如何能真正艺术地把握各种艺术手段和技巧的价值呢？仅仅一个沾着文学边的报告文学的真实性问题，就已经令研究者使出浑身解数都说不清，更不必说更复杂的问题了。

由于以美为根本特征的文学在语文课文中占绝大部分，有人认为占60%，多数人认为约占80%，在新编高中语文试验教材中占60%，但高三占80%，高二则全部是文学作品，所以仅从数量上看，语文审美教育就应以审美为主导。

除客体美外，还有教学美、教师美，包括教师在教的过程中显示的自由创造力如教学方法美、教学过程美、教学风格美、教学节奏美、教学环境美等。

罗丹说生活中处处都有美，在语文审美教育中更是如此。

显而易见，实用性与审美性都是语文本身固有的属性和要求，都不是人为附加上的。因此，我们要反对两种偏向：一种是以实用性排斥审美性，可称为唯用派。就其合理性而言，语文确实该有用，人总得会听说读写才能更多地摆脱愚昧状态，取得较好的生存条件。但这种观点目光短浅，看不到或忽略了语文含有更高的价值和更大的作用。另一种是以审美排斥实用，可称为唯美派。其合理性在于重视语文的审美教育功能，对传统语文教育观念起到了冲击作用。但它凌空高蹈，架空并切断了通向更高价值阶梯的道路。我们认为，面向 21 世纪的语文审美教育可以而且应该以实用性为基础，以审美性为主导，把实用性与审美性统一到培养全面发展的和谐个性的目标上来。除上面所论外，还有以下理由。

首先，历史上很多艺术种类就实现了实用与审美的统一。而总的特点是在实用性的基础上不断提高审美性和审美价值。

其次，在当今世界，实用与审美的统一已成为主要潮流。由美向生活的泛化开始，逐步走向生活审美化、审美生活化的双向对流。原有的生活与艺术、实用与审美、雅文化与俗文化、大众文化与精英文化等壁垒森严的界限已经初步打破，国内审美文化研究热潮的兴起，与这种发展趋势息息相关。

最后，面向 21 世纪的语文教育也显示出这种发展趋势。人民教育出版社中学语文室新编高中语文教材（试验本），在突出强调实用性的同时，把审美能力、文学欣赏能力的培养放在极为重要的地位，可以视为这一趋向的典型代表。

三 手段和目的的统一

这里的目的是指前述语文审美教育的多层级目的系统，但重在根本目的，这里的手段即方式、方法，它本身也是一个系统，但重在根本方法，即由目的和内容所决定，与内容不可分割地联系在一起的手段化的目的、形式化的内容。这就是审美的方式、方法或手段。语文审美教育的根本目的是培养具有"四有"品质的开拓型、创造型、综合型人才，塑造出全面发展的和谐个性。我们认为，正是这样的目的，必然要求采用审美教育的方式，而只有这样的方式方法，才能塑造出具有这种特质的理想人格。在这里，目的与手段、内容与形式内在地、不可分割地联系在一起。因为语文审美教育既不是单纯地作为教育的外在手段，也不仅是作为教育的内在目的，而是作为语文审美教育所要追求的一种全新境界，从而完成教育目的与手段的完美融合。它要实现的不仅是最佳的教学效果，而且是整个语文教育的审美改造和人生意义的根本达成。

目前国内一些研究趋向主要是在方法、手段的意义上理解审美对于语文教育的意义，如教学艺术论和教学美学，都主要把艺术、审美看作达到传授知识、开发智力目的的一种手段，它们仅仅具有方法、手段、技巧的价值。如有人认为，"所谓教学艺术，就是教师运用语言、动作、表情、色彩、音响、图像（包括文字、符号、图表、模型、实物、标本）等手段，遵循教学规律，运用教学原则，创设教学情境，为取得最佳教学效果而组合运用的一整套娴熟的教学方法、技能和技巧。""对教学艺术来说，审美仅仅是手段，它从属于教学效益，并以教学效益作为取舍的标准。"[1]有论者认为："教学艺术的含义应该是：教师激励学生乐学，为达到最佳教学效果而采用的手段、方法、技术、富有个性形象的完美综合。"[2] 有的把教学美学理解为关于教学艺术的理论："教学美学是当代教育科学中的一门新的边缘学科。它主要是关于教学艺术的理论，也是从新的角度对教学问题所作的一种综合研究。"[3] 正是在这种思想指导下，教学美学制定的教学原则是以美启真，以美扬善，以美育体，总体上都是借美育人，而不是立美育人。

---

① 王北生：《关于建立教学艺术论问题》，《教育研究》1990 年第 2 期。
② 韦志成：《语文教学艺术论》，广西教育出版社 1996 年版，第 6 页。
③ 钟以俊等：《教学美学导论·后记》，广西教育出版社 1991 年版。

　　我们无意否定教学美学和教学艺术论（包括语文教学艺术论）研究近年来取得的显著成绩及在教育实践中收到的良好效果。比起根本不讲教学艺术的填鸭式满堂灌教学，讲究和研究教学艺术已经是一个很大的进步。但我们同时又认为，仅仅把美和审美作为呼之即来，挥之即去，可用可不用的方法、手段和技巧，并没有充分反映出审美和审美教育在语文教育中的应有地位，没有抓住语文审美教育的根本，没有看到在不同教育方法、手段背后的根本目的和观念的重大差异。正如只有个性才能塑造个性，只有性格才能培养出性格一样，在填鸭式满堂灌的教育方式下，只能出现被动式人格；在机械复制的教育方式下，只能形成模式化、标准化的人格；在科学分解主义的教育方式下，只能培养出片面畸形发展的人格。我们很难相信，千人一面、千部一腔、众口一词、模板化、公式化、雷同化的东西能培养出千姿百态、丰富多彩的个性；我们也很难相信，迷宫式的题海、支离破碎的知识、死记硬背的方式、非此即彼的思维能够塑造出全面和谐发展的理想人格。如果说一般教学艺术论，面对包括理科学科和文科在内的整个教学，仅仅在方式手段上提出教学是艺术还情有可原的话，那么在语文教育中，在课文都是文质兼美的文章并且以文学作品为主体的情况下，仅仅把艺术性、审美性视为方式、手段，显然就没有充分反映和揭示出语文教育本体的内在本质规定性。如果说，对其他学科我们还不能断定审美的方式是必然的方式，是培养全面发展的和谐个性的必由之路的话，那么至少在语文学科的范围内，我们可以很有信心地说，审美教育的方式不是可有可无、可用可不用的方式、手段，而是语文审美教育本质的内在要求，是语文教育目的和内容的本质规定在教育方式方法上的必然要求。正因为如此，我们强调在语文审美教育中，塑造全面发展的和谐个性的目的，与审美的根本方式方法，应该水乳交融、浑然一体，达到目的化的手段和手段化的目的、内容化的形式和形式化的内容的有机统一。

四 抽象思维和形象思维的统一

抽象思维和形象思维的统一是处理语文审美教育中各种思维方式关系的原则。

语文审美教育涉及现代思维科学中的种种思维形式。但从它们在语文审美教育中的地位和作用来看，占据重要地位并发挥重要作用的主要是形象思维和抽象思维。抽象思维和形象思维是人类思维活动的两种基本方式。它们既有一些共同点，又在思维的过程、形式和结果上有很大区别。在最高的层次上，它们实际上是人类掌握世界的两种不同的方式。抽象思维是理论地掌握世界的方式，而形象思维则是形象地、艺术地掌握世界的方式。这两种思维方式、两种掌握世界的方式对人类、对个体都不可或缺。理想的境界是二者的协调发展。但是由于学科特性、把握对象等方面的不同，这两种思维方式各有侧重。例如科学活动主要运用抽象思维，文艺活动则主要运用形象思维。在学校教育中，理科课程主要运用抽象思维，艺术及语文课程则主要运用形象思维。

语文审美教育应以形象思维为主导。从现有基础教育学科课程的宏观格局来看，除音乐、美术等纯艺术课程外，真正在整体上以形象思维为主的就是语文，特别是占课文大部分比例的文学作品。语文审美教育特别是其中文学审美教育的根本优势在于发展学生的形象思维。

众所周知，文学创作要用形象思维，文学作品是作家运用形象思维进行创造性实践活动的产物。阅读欣赏文学作品，同样需要形象思维，而且主要是用形象思维。虽然文学创作和文学欣赏在活动过程的方向上，一个由生活到艺术，由内容到形式，是创造；一个由艺术到生活，由形式到内容，是再创造，有明显区别，但在主要运用形象思维这一点上并无二致。在这个意义上，可以说没有形象思维就没有文学创作和文学欣赏。因此培养欣赏文学作品的能力，也就是培养形象思维的能力。而形象思维无论是对科学发明还是对文艺创造来说都是极为重要的。关于形象思维对科学创造的重要意义，许多著名的科学家和教育家都发表过精辟见解。爱因斯坦说："想象力比知识更重要，因为知识是有限的，而想象力概括着世界上的一切，推动着进步，并且是知识进化的源泉。"钱学森认为，逻辑思维和形象思维虽然各有特点，但在认识世界和改造世界的过程中，它们往往是互相促进、相辅相成的。针对忽视形象思维的倾向，他以自己的感受为例说明，正是他的夫人介绍的音乐艺术里所含蕴的诗情画意和对人生的深刻理解，使他学会了艺术的、广阔的思维方法，想问题就更宽更活，从而避免了机械唯物论。在他看来，科学思维源于形象思维，一个科学家搞设计，首先要有形象思维。当代著名语文学家张志公先生在谈到文学教育时，也特别强调了它对开发智力、培养形象思维的重要作用。不过，爱因斯坦、钱学森和张志公先生都更多地从开发发展智力意义上强调形象思维的重要性。其实，形象思维还有更重要的意义。这就是它始终与活生生的生活、生命的原生形态联系在一起，与有血有肉的感性生命存在联系在一起。这就使它对于激发生命潜能，保持生命活力和完整状态，使生活、生命之树常青，具有不可替代的价值。当前的语文教育偏重于认知、理性、规范、抽象的逻辑思维的培养，而对想象能力、创造能力、形象思维能力的培养掉以轻心，甚至有意无意地加以抑制，这对于发展学生健全的思维能力，是十分不利的。加强语文审美教育，促进形象思维的培养，就能在很大程度上改变这种状况，使逻辑思维和形象思维结合起来，协调发展，形成学生的全面思维能力。不过就语文学科本身的特性和其在基础教育整体格局中的位置来看，语文审美教育更多的或主要承担的应是发展学生形象思维能力的任务。

上述原则或侧重语文审美教育内部属性的总体关系，或侧重某些方面要素的矛盾关系，都在一定范围和程度上反映了语文审美教育的规律。如果我们把这四条原则每条包括的前后两个方面分别排列，就会看到两个价值系列：一个系列是科学性、实用性、手段、智力、抽象思维；一个系列是艺术性、审美性、目的、情意、形象思维。这并不是巧合，而是恰好在语文审美教育原则上具体体现了20世纪科学主义和人文主义两大教育观的矛盾对立。面向21世纪，这两大倾向应该统一，而且对于语文审美教育来说，应该是以科学主义为基础，以人文主义内容为主导的统一。正如有学者指出的：社会的发展、人性的要求以及人类所面临的种种深刻危机决定了科学人文主义必将成为21世纪代表世界发展方向的社会思潮，而这一点又必然地决定了科学——人文主义教育目的观将成为21世纪占主导地位的教育目的观，其中，科学主义是未来教育观的基础，人文主义是未来教育观的价值取向或灵魂。① 如果能对21世纪教育发展的总体趋势作如是观，那么，语文审美教育在科学基础上更多地承担起弘扬人文的重任，就成为责无旁贷的历史使命。

（发表于《感应与塑造——语文审美教育论》，青岛海洋大学出版社1998年版）

---

① 扈中平等：《挑战与应答——20世纪的教育目的观》，山东教育出版社1995年版，第470页。

语文审美教育与教师审美素养

语文审美教育必须有施教者。在学校教育中，语文教师是语文审美教育的主导。无论是语文审美化教学，还是课外的语文审美教育活动，都离不开教师的组织、实施，特别是离不开语文教师审美素养的作用和影响。卢梭在《爱弥尔》中曾勉励教师说："你要记住在敢于担当培养一个人的任务以前，自己就必须要造就成一个人，自己就必须是一个值得推崇的模范。"这段话对于语文教师的审美素养也同样适用。因此，研究审美素养的实质及意义、基本内容和要求，探求提高审美素养的有效途径，就成为落实语文审美教育极为重要的理论环节。

一 审美素养的实质及意义

（一）审美素养的实质

素养即素质、修养，通常是指人们在思想、道德、心理、行为、个性、学术、文化艺术等方面所进行的自我锻炼、培养和陶冶的功夫，以及由此获得的能力和品质。语文教师的审美素养则指他们为获得按照美的规律塑造自身、塑造学生的品质和能力所进行的主动的自我教育、自我锻炼、自我陶冶和自我提高的过程及成果。其实质是按照美的规律所进行的符合个性发展，符合语文教师职业需要的自我完善、自我塑造。它包括不可分割的两个方面：一是自我锻炼、自我陶冶的活动、过程；一是锻炼、陶冶的效应、成果。这两个方面交织在一起，互为条件、互为因果、相互渗透、相互影响。前者重在动态描述，后者重在静态表达，共同构成语文教师审美素养的整体。

（二）语文教师审美素养对语文审美教育的意义

在审美活动中，在其他因素相同的情况下，审美教育主体的审美素养是决定其审美效果的关键因素。在语文审美教育中，语文教师的审美素养同样居于举足轻重的地位。它不仅关系到整个语文教师队伍素质的自我完善，而且关系到亿万学生的全面成长，关系到学校语文审美教育的成败。换句话说，语文教师的审美素养是实施和落实语文审美教育的基本前提和根本保证，语文教师如果没有深厚的审美素养，语文审美教育就是一句空话。具体来说，其重要意义主要表现在以下两个方面。

首先，没有语文审美素养就看不出或发现不了语文美。

生活中处处都有美。但美在于发现。正如罗丹所说："美是到处都有的，对于我们的眼睛，不是缺少美，而是缺少发现。"① "所谓大师，就是这样的人，他们用自己的眼睛去看别人见过的东西，在别人司空见惯的东西上能够发现出美来。"② 发现美的前提就是审美主体必须具有相当的审美素养。一般来说，审美素养的有无与能否发现美，审美素养的高低与能够发现什么美、发现多少美是成正比的。没有审美素养，就会对美视而不见、听而不闻，身在美中不知美。马克思指出："只有音乐才能激起人的

---

① 《罗丹艺术论》，人民美术出版社 1978 年版，第 62 页。
② 同上书，第 65 页。

音乐感；对于没有音乐感的耳朵来说，最美的音乐毫无意义，不是对象，因为我的对象只能是我的一种本质力量的确证，就是说，它只能像我的本质力量作为一种主体能力自为地存在着那样才对我而存在，因为任何一个对象对我的意义（它只是对那个与它相适应的感觉来说才有意义）恰好都以我的感觉所能及的程度为限。"[1] "如果你想得到艺术的享受，那你就必须是一个有艺术修养的人。"[2] 对于语文美的发现也是如此。一位语文教师如果没有语文审美素养，即使语文世界中的美异彩纷呈、琳琅满目，他也会无动于衷、麻木不仁。发现不了语文美，根本就谈不上实施语文审美教育。当然，现在的语文教师大多具备一定的审美素养，但是要想独具慧眼，"在别人司空见惯的东西上能够发现出美来"，发现更多的美，出色地完成语文审美教育工作，尚需进一步锻炼"眼力"，提高审美素养。

其次，没有深厚的审美素养就不能按照美的规律地传达语文美，创造教学美。

对一般社会成员来说，具备感受、鉴赏语文美的一般能力和修养就达到了文化审美素质的基本要求了，对语文教师来说则不然。他不仅要能敏锐地发现语文美，出色地鉴赏评价语文美，而且必须能把所感受、体验、鉴赏、判断的语文美合乎语文审美教育规律地传达出来，在某种意义上也就是在作者、课文、自身三者结合的基础上把它创造出来，形成语文教学美。这种审美的传达和创造，既包括体现着语文教师主体审美素养从悦耳悦目到悦心悦意再到悦志悦神发展的各个层次的内容，也涵盖着语文美、教学美的方方面面。传达创造的结果和语文教师的审美素养水平成正比关系。教师的审美素养越全面、越深厚，传达创造的水平就越高，审美教育的效果就越好。作家何为曾用生动细腻的笔触写下了中学语文教师对他的

---

[1]　《马克思恩格斯全集》第 3 卷，人民出版社 2002 年版，第 305 页。
[2]　同上书，第 364 页。

巨大感染和影响。

> 孙（太禾）先生是我在初中一年级和二年级的国文女教师。在我记忆的画廊里，她永远是一个富有魅力的女性形象……由于她的指引，我开始涉猎一些世界文学名著，从童话的幻想天地进入一个引人入胜展示人类灵魂的精神世界。她的文学修养根底很深，而且有自己的精辟见解。我们班上除了每周两小时作文课外，还有定期的课外读书随笔，先写内容提要，然后再写读后感。往往我做了一篇作文或一篇读书随笔之类的作业，她总是在后面写了一大篇批语，有时长达两三页之多。那不是老师例行的课卷批语，而是一种热情的倾谈。她的文字优美，很有文学性，而且带着浓郁的感情色彩。她又写得一手好字，尤其是她的毛笔字，刚健峻拔，不像出自一个女教师之手。回想起来，每次发下课卷，我是多么热切地寻找她的批语，又从中得到多大的鼓舞和启示啊![1]

这位女语文教师，知识广博，感情浓郁，文学修养深厚，形象富有魅力，文笔酣畅优美，书法刚健峻拔，以自身审美素养所形成的整体综合审美效果，给学生留下了刻骨铭心的印象和终生难忘的影响。这种语文美的传达和教学美的创造，可以说是语文教师审美素养重要作用的集中表现。

二 语文教师审美素养的基本内容和要求

如前所述，审美素养实质是符合个性发展、符合语文教师职业需要的按照美的规律的自我完善、自我塑造。它包括自我锻炼、自我陶冶的活

---

① 何为：《老师对我说》，《少年文艺》1979 年第 4 期。

动、过程和效应、成果两个不可分割的方面。因此，语文教师的审美素养也就包括了由低到高的动态层级要求和不可或缺的横向构成内容两大系列。下面我们分别论析。

（一）审美素养的纵向逐级升华

从纵向角度来看，审美素养是审美主体自我锻炼、自我陶冶、自我教育的动态发展过程。这个过程总体上遵循事物由低级到高级、由肤浅到深刻、由简单到丰富的一般规律。审美素养这种动态发展过程所达到的高低层级就是"审美境界"。

"境界"本为空间概念，原指物体的界限、地理的疆界，后移用于精神领域，遂有道德境界、宗教境界、人生境界、审美境界等概念的产生。在美学中，审美境界是指审美过程所达到的阶段和状态，在审美教育学中则是指审美教育、审美修养的积极成果的不同层级和状态，标志着其所达到的成熟完满程度。就审美境界的本质来说，它是感性与理性、情感与理智、个人与社会、人与自然和谐交融的心灵自由状态。因此，按照审美素养所达到的审美经验状态和和谐自由的显示程度，可以把审美境界即审美素养发展的层级大体分为由低到高的三个阶段或层次。

1. 悦耳悦目的审美境界。所谓悦耳悦目，包括以耳、目为主的一切审美感官所感觉到的愉快。这种审美的境界，偏重于以感性直觉能力直接感受社会、自然、艺术中的审美对象，仿佛无须借助思考，便不假思索地唤起感官的满足和喜悦，进入感性愉快的审美经验状态。例如面对青山绿水、鸟语花香，立刻生发赞叹、欣喜；读一首诗，即使还没有深究它的内容和主题，便由其形式因素获得美的享受；听一支乐曲，也许并不清楚它表现着什么，但悦耳的旋律已使人陶醉。所谓"眼睛一看到形状，耳朵一听到声音，就立刻认识到美、秀雅与和谐"①，"一眼见到就使人愉快"，都是对这种由对审美对象的感官直觉而生愉快的状态的生动描述。

由于这种审美境界突出的是感官愉悦，包含较强的生理快感的因素，与生理欲念有较多的联系，因而往往缺乏持久性，多有变异性（易变性）。它突出地表现为审美上的喜新厌旧、追奇求异。有的学者把这种变异性概括为和缓式变异和急剧式变异两种类型。前者如服装领子的大小、方圆、高低变化，裙子的长短、肥瘦、紧松更替等；后者如绿军装变为牛仔裤，流行歌曲由"西南风"转为"西北风"等。但这种感官的追新求异，并不是单纯动物性的感官生理愉快，这种不假思索，也不等于没有理性因素的介入。实际上，它在生理本能快感中已融入渗透了社会历史内涵，在感性直观中已经暗含积淀了理性。正如李泽厚所指出的，无论是和缓性的变异，还是急剧性的变异，对我们的眼睛和耳朵都是一种培养、锻炼、陶冶和塑造。它具体地表明了，人的自然生理性能与社会历史性能直接在五官感知中的交融会合。人类正是这样使自己的内在自然日益丰富起来。耳目愉悦的范围、对象和内容的日益扩大，具体标志着陶冶性情、塑造人生、建立新感性的不断前进。它是人类的心理—情感本体的成长见证。人类个体成长史是族类成长史的浓缩或重演，因此，这当然也是审美个体审美素养成长的见证。

悦耳悦目的审美境界，虽然重在培养人的感性能力，处于审美境界的较低层次，但它也是感性与理性的协调活动，是一种特定层面上人的心灵自由状态。它体现着感性能力培养的积极成果，是进入更高层次的审美境界必不可少的跃升环节。

2. 悦心悦意的审美境界。这种审美境界"通过耳目愉悦走向内在心

---

① 北京大学哲学系美学教研室编：《西方美学家论美和美感》，商务印书馆 1980 年版，第 95 页。

灵"，即通过诉诸人们的视觉和听觉的有限形象，捕捉和领悟到审美对象内含的某些深刻意蕴，从而产生一种精神愉悦，获得悦心悦意的审美效果。

悦心悦意是审美经验最常见、最大量、最普遍的形态，几乎全部的文学作品和绝大部分的艺术作品都呈现为这种审美形态。它不像耳目愉悦受感官生理的制约局限，心意的范围和内容要宽广很多。它的所谓"精神性""社会性"显得更加突出，它的多样性、复杂性也更为明显。例如"看齐白石的画，感到的不仅是草木虫鱼，而能唤起那种清新放浪的春一般的生活的快慰和喜悦；听柴可夫斯基的音乐，感到的也不只是交响乐，而是听到那种如托尔斯泰所说的俄罗斯的眼泪和苦难，那种动人心魄的生命的哀伤。也正因为这样，你才可能对着这些看来似无意义的草木鱼虫和音响，而低回流连不能去了。读一首诗、看一幅画、听一段交响乐，常常是通过有限的感知形象，不自觉地感受到某些更深远的东西，从有限的、偶然的、具体的诉诸感官视听的形象中，领悟到那日常生活的无限的内在的内容，从而提高我们的心意境界①。

如果说悦耳悦目表现单纯感官的快适，一般是在生理基础上但又超出生理的一种社会性的愉悦，突出的是感性特点，主要调动感性能力，那么悦心悦意则表现为心思意向的享受，一般是在认识基础上、观念上的喜悦，突出的是理解的特点，主要调动知性和理性能力。

在这种精神愉悦的审美境界中，理解和想象因素居于突出地位。以理解力和想象力为主的各种心理因素和谐自由的组合运动可以使人超越目观之景、耳闻之声，看到所谓象外之象、景外之景，听到所谓韵外之致、弦外之音，进而"超以象外，得其环中"，把握其中深刻丰富的意蕴，收到

---

① 李泽厚：《美学四讲》，生活·读书·新知三联书店 1989 年版，第 162 页。

神领意会的效果。它所激发的审美领悟具有朦胧多义的特点，常常令人反复领悟玩味，品味愈深，精神享受愈大，甚至可以调动起整个心意乃至臻于忘我的地步，达到"味之者无极，闻之者动心"的境界。

这是一种更高级的心灵自由和谐的状态。达到这种审美境界的人，通常都经过了一般的文化修养和基本的审美教育及审美修养，一般都具有较强的理解力和丰富的想象力，在这样的基础上才有可能形成超越直接实用功利的审美态度和人生态度。这种审美境界的出现，标志着审美主体的审美理解力和审美想象力的成熟，标志着他已进入更高的心灵自由的境界，为向更高层次的审美境界的升华，奠定了坚实的基础。

3. 悦志悦神的审美境界。悦志悦神的审美境界"是人类所具有的最高等级的审美能力"的表现。"悦耳悦目一般是在生理基础上但又超出生理感官愉悦，它主要培育着人的感知。悦心悦意一般是在理解想象诸功能配置下培养人的情感心意。悦志悦神却是在道德的基础上达到的某种超道德的人生感性境界。"① 所谓"悦志"，是对某种合目的性的道德理念的追求和满足，是对人的意志、毅力、志气的陶冶和培育；所谓"悦神"则是投向本体存在的某种融合，是超道德而与无限同一的精神感受。所谓超道德，并非否定道德，而是一种有规律而不受规律的束缚，有道德而不受道德强制的自由感受。

悦志悦神与崇高有关，是一种崇高感。黑格尔在《历史哲学》中曾说："大海给我们以无际与渺茫的无限观念，而在海的无限里感到他自己的无限时，人类就被激起了勇气要去超越那有限的一切。"描述的就是这种崇高感。高级的艺术作品，如陀思妥耶夫斯基的小说、贝多芬的音乐，以及许多中外著名建筑、雕刻等都可以使人产生这种崇高感。大自然中的

---

① 李泽厚：《美学四讲》，生活·读书·新知三联书店 1989 年版，第 165—166 页。

很多现象和景象如暴风骤雨、狂涛巨浪、险峰峻岭、无垠沙漠……在具有一定文化教养的人那里，也都可以唤起悦志悦神的审美愉快。这种悦志悦神的审美感受之所以不同于悦耳悦目、悦心悦意，在于它不只是耳目器官，也不只是心志情感的感受理解，而且还是整个生命和存在的全部投入。大自然之令人魂销骨蚀，即在于此。这种悦志悦神，即对宇宙规律性以合目的性的领悟感受。在西方，它经常与对上帝的依归感相联系，从而走向宗教。在中国，则呈现为与大自然相融合的"天人合一"的精神境界。共同点在于：人追求超越个体生命存在的有限性，追求超越这个感性的个体存在，而期待、寻求那永恒的本体或本体的永恒。不同在于：在西方这个不朽的本体永恒是上帝，从而追求灵魂不死，超越感性时空，进入一个纯精神的永恒本体。在中国，则不追求这种超时空的精神本体，而寻求就在此时空中达到超越和不朽，即在感性生命和此刻存在中求得永恒，这也就是与宇宙（整体大自然）的"天人合一"。孔子所谓"逝者如斯夫"，孟子所谓"上下与天地同流"，庄子所谓"天地有大美而不言""独闻和焉"，《乐记》所谓"大乐与天地同和"等，都是指只有当人与自然完全吻合一致，才能达到所谓"极乐""至乐"的审美境界。它是在感性自身（包括对象的整体自然和主体的生命自然）中求得永恒。①

总之，悦志悦神是审美境界和审美修养的最高层级。这种审美境界之所以高居于审美修养的巅峰，是因为它真正体现了感性与理性、情感与理智、人与自然、个人与社会、主体和对象的高度和谐统一，最充分地显示了心灵自由和人性完满。就族类来说，它是人类社会进步的历史足迹的形象标尺；就个体来说，它始终是审美修养梦寐向往的理想境界。这种审美境界是可以通过审美教育、审美修养达到的，但并非每个人都能达到，也

---

① 李泽厚：《美学四讲》，生活·读书·新知三联书店1989年版，第168页。

不是一个人任何时候都能达到的。但它永远是个体审美修养不懈追求的最高目标。

当然，上述三种审美境界，有时是很难截然分开的。李泽厚在谈到自己审美能力及审美修养的发展时，就曾现身说法，分析了三者的内在联系。他说："我少年时喜欢读词，再大一些喜欢读陶渊明的诗，这也说明心意的成长，太年轻是很难欣赏陶诗的。读外国小说时，记得开始喜欢屠格涅夫，但后来读陀思妥耶夫斯基的《卡拉玛佐夫兄弟们》，看完后两三天睡不好觉，激动得不得了，好像灵魂受到了一次洗涤似的，这也说明悦心悦意所'悦'的已有不同。实际上这种悦心悦意已进入悦志悦神的范围了。悦耳悦目、悦心悦意和悦志悦神三者虽然确有区别，却又不可截然划开，它们都助成着也标志着人性的成长、心灵的成熟。对人类如此，对个体也如此。今天能够观赏抽象艺术和所谓'丑'的作品，实际表明心灵的接受量包容量的扩大，它不只是耳目感官的'进步'，毋宁更是心灵境界的提高，是人的审美能力（趣味、观念、理想）的扩展。"①

如果紧扣文学来看的话，德国文艺理论家姚斯从宏观角度分析文学接受过程提出的阅读的三级模式，实际上，也可以理解为三个层级的阅读境界。姚斯认为，对文学作品意义的解释可分为三个步骤，它表现为三个层级不同的阅读和三种不同的视野。一级阅读在审美感觉的视野内进行，所以也称感觉阅读或审美性阅读。这一级阅读主要是对作品形式因素及其所包含的情感进行直观把握，把作品中的可能性空间加以具体化展开，从而在读者意识中形成文本的完整形式。二级阅读是在反思和解释的视野内进行的，故也称反思性阅读或阐释性阅读。它的首要任务是思考审美阅读遗留下来的问题并找出答案，同时对原已搞清楚的部分作更深入的再思考，

---

① 李泽厚：《美学四讲》，生活·读书·新知三联书店 1989 年版，第 164—165 页。

从而对形式真正有了完整的认识。也只有到此时，读者才可能从意义的个别组成要素中，通过解释建立起来意义层次上的完成体，这是与作品形式相符合的意义的完成。三级阅读也叫历史性的阅读，它是在接受史的视野内进行的，即要考察从文本产生的背景和传统，作者本人的理解一直到本次阅读之前人们所赋予作品的意义的整个历史发展过程。这是一种历史性重建的阅读，不过这种阅读已经不是对作品的阅读，而是以作品为中心，扩散到对各种研究资料的阅读了。它不是一般读者的任务，而是研究者的工作。由于历史是未完成式的，因此，作品的意义整体也就永远处在不断的建构之中。从历史的纵向发展来说，作品的意义整体是一种无限的可能性构成，而读者的每一项阅读都是这个整体意义的有限实现。

姚斯的三级阅读模式理论与审美境界三层次有明显的不同，但也有若干相似之处，对我们从文学的角度理解审美素养的不同层级颇富启发意义。

（二）审美素养的横向静态构成

根据"教育要面向现代化，面向世界，面向未来"的需要，根据语文教师工作的特点和语文审美教育实施的全面要求，从横向静态构成来看，我们认为语文教师的审美素养应包括以下不可或缺的内容。

1. 完美的人格和健康的审美情趣。"人格"一词，源于拉丁语 Personz，含有个性、性格、品格的意思。从伦理学观点来看，人格是指人的品格。从现代心理学的观点来看，人格是指人的性格、气质、个性，即某个人所具有的独特的个性心理特征，是个人在一定的生理基础上，受家庭、学校和社会环境的影响，而逐步形成的气质、能力、意志、兴趣、爱好、习惯和性格等心理特征的总和。在现代心理学中，人格和个性含义基本上是一致的。如果说有差异的话，那就是人格重在显示个性之间行为的风格差异，包括人的尊严和自尊心。例如民族英雄岳飞英勇抗金，置个人生死于度外，大义凛然，有崇高的人格；奸臣秦桧贪生怕死、两面三刀，表现出卑劣人格。个性则侧重于个体性格等心理特征的差异，如有的人机智勇敢，有的人热情活泼，有的人沉默寡言，有的人脾气暴躁，有的人性情温柔。从美育的观点来看，人格同品格、性格、气质的内涵具有交叉关系。人格体现了人的本质、人的价值。人的思想意志、道德情操、行为态度、性格气质，均可从人格上显示出来。

人格美，是指人的思想品格、道德情操和聪明才智的美。举凡忠诚老实、正直无私、襟怀坦荡、谦虚谨慎、光明磊落、舍己为人、廉洁奉公、热爱祖国、追求真理、坚韧不拔、任劳任怨、朴实厚道、豁达乐观，都属于人格美。

完美的人格，即理想的人格。它具有鲜明的社会历史规定性，社会环境和社会关系往往在理想人格上打下不同的烙印。社会主义审美教育的目的，就是培养我们时代的理想人格，即有理想、有道德、有文化、有纪律的全面发展的"四有"新人。这样的人，必然是道德高尚、性格完美、个性和谐发展的。作为要培养这样一代新人的语文教师，毫无疑问首先应当具有这样的特质。因为在教育劳动过程中，教师的人格往往作为一种重要的教育因素，成为他们对学生进行教育的一种特殊而重要的工具手段。苏联教育家乌申斯基曾经指出：在教育中，一切都应当以教育者的个性为基础，没有教育者个人对受教育者的直接影响，就不可能有深入性格的真正教育。只有个性才能影响个性的发展和定型，只有性格才能养成性格。一个没有高尚品格和个性特点的教师，绝不会培养出具有这样素质的学生。教师的人格对学生有着潜移默化的长久影响和作用。鲁迅在他的散文《藤野先生》中追忆藤野先生以其无私而严格的师道给自己一生的重要影响时说："他的性格，在我眼里和心里是伟大的，虽然他的姓名并不为许多人所知道。"鲁迅把藤野先生的照片挂在北京寓居书桌对面的墙上。"每当夜间疲倦，正想偷懒时，仰面在灯光中瞥见他黑瘦的面貌，似乎正要说出抑扬顿挫的话来，便使我忽又良心发现，而且增加勇气了，于是点上一支烟，再继续写些为'正人君子'之流所深恶痛疾的文字。"①

审美趣味是审美主体在美的欣赏和判断中所表现出的一种特殊的"判断力"，它通常以强烈的情感倾向以及个人的主观喜爱和偏好等形式体现出来。由于人们的人生态度、文化教养、性格禀赋、生活经历等的不同，导致思想观念和心理结构的万千差异，形成了各自不同的审美情趣。例如有人喜爱"大江东去"，有人欣赏"小桥流水"，有人喜爱威武雄壮的进行曲，有人欣赏优美轻柔的轻音乐，有人喜爱错彩镂金，有人更欣赏芙蓉出水……这种审美情趣的多样性，符合人的生活需要，有利于充分展示人的精神个体的丰富多样。如果强求一律，横加干涉，那就违背了审美规律和人们的合理需求。在这个意义上，西方流行的谚语"讲到趣味，无可争辩"是有一定道理的。但这并不意味着人们的审美情趣毫无区别。

审美情趣，作为一种社会性的美好趣味，总是直接或间接地反映着一个人的性格心理特征，泄露其精神世界的奥秘，表现其对生活的态度和追求，是观测一个人精神面貌、衡量其审美能力发展水平的标尺。因此，审美情趣不但有高低之分、雅俗之别，而且有健康与病态、进步与落后的差异。美是社会实践的产物，是人们自由创造的结晶，与人们热爱、追求和创造美好的生活紧密联系在一起。因此，健康、纯正、高尚、全面的审美情趣具体表现为对美的事物和现象的敏感和喜爱，对一切真善美的关注和倾心；这样的审美情趣，有利于集众美于一身，促进人的身心的全面发展和完善，有利于创造美好的生活。相反，病态、庸俗、低级、偏狭的审美

---

① 鲁迅：《鲁迅全集》第 2 卷，人民文学出版社 1981 年版，第 307—308 页。

情趣，或表现为对美的事物全无情趣、熟视无睹、无动于衷；或嗜痂成癖、情趣低级，单纯追求感官刺激和心理麻醉；或情趣偏狭、怪僻，囿于一家一派一孔之见，视不合己者为异端。这些都有害于身心健康，有损于美好生活的创造。

正因为审美情趣对人有如此重要的影响，所以杰出的思想家、教育家都把培养健康、纯正、高尚、全面的审美情趣看作审美教育的主要目的之一，视为一个人审美素养的重要内容。对于语文教师来说就更是不容忽视、不可或缺的了。

2. 广博精深的文化知识和身正是范的榜样力量。广博精深的文化知识和丰富的生活经验是审美的重要条件和基础，也是审美修养的又一重要内容。黑格尔认为，审美的感官需要文化修养，借助修养才能了解美、发现美。狄德罗说："在自然和模仿自然的艺术里，愚钝和冷心肠的人看不出什么东西，无知的人只看出很有限的东西。"① 任何人都应具备一定的文化、知识素养，这对于语文教师来说，就更为重要，要求也更高。

首先就教师素养的自我完善来说，具有广博的科学文化艺术知识有利于形成完美的人格。现实生活一再表明：思想的空虚与知识的贫乏形影不离，智慧和觉悟与学问丰富难舍难分。学识渊博往往谦虚谨慎，愚昧无知却常常夜郎自大。正如英国哲学家培根所说："求知可以改进人的天性……人的天性犹如野生的花草，求知学习好比修剪移栽。"② 他精辟地总结道："读史使人明智，读诗使人聪慧，演算使人精密，哲理使人深刻，道德使人高尚，逻辑修辞使人善辩。总之，'知识能塑造人的性格'。"③ 高尔基说得更好："只有知识才是力量，只有知识能使我们诚实地爱人，尊

---

① 伍蠡甫主编：《西方文论选》（上卷），上海译文出版社1979年版，第394页。
② ［英］弗兰西斯·培根：《培根论人生》，何新译，上海人民出版社1985年版，第13—14页。
③ 同上书，第15页。

重人的劳动，由衷地赞赏无间断的伟大劳动的美好成果；只有知识才能使我们成为具有坚强精神的、诚实的、有理性的人。"① 人的知识越多，人的本身也愈臻完善。教师是学生心目中最完美的偶像，要成为名副其实的楷模，没有广博精深的科学文化知识是难以成就的。

其次，从教师工作的角度来说，具有广博的科学文化知识是教师为师的基本要求。教师的基本职责是"传道，授业，解惑"，培养德、智、体、美全面发展的有理想、有道德、有文化、有纪律的"四有"新人。这就决定了教师必须闻道在先，"术业有专攻"，具有广博的科学文化知识和精深的专业知识，如果"道之未闻，业之未精，有惑而不能解，则非师矣"②。教育实践表明，教师如果知识功底厚、专业造诣深、兴趣爱好多样、知识全面系统；既涉猎广泛，又学有专长；既掌握了扎实的经典性知识，又了解专业领域内的新成果、新知识、新动向，做到文理渗透、中外交融，就能在教育实践中居高临下、左右逢源、驾轻就熟、深入浅出，取得明显的效果。如陕西省合阳中学的教师雷烽，知识丰厚，人称"活字典"。他长期教高中语文，也能教史、地、生、音、体、美，并对古籍、天文、美学有研究；他精通英语，能阅读俄文，并可译写浅近的法文，以其渊博的知识，赢得了学生的厚爱。在学校里，学生最敬重的，往往是那些有完美人格和渊博学识的教师。他们总是以敬仰甚至崇拜的心情来对待这些教师，即使这些教师在个性、仪表、态度等方面存在一些缺点，学生也往往并不计较。这些教师严谨的治学态度、勤奋的学习精神、精益求精的优良学风，在学生心目中留下难以磨灭的美好印象。相反，教师在知识上的错误、在文化素养上的浅薄，不仅会误人子弟，而且会在学生脑海中留下不

---

① ［苏］密德魏杰娃编：《高尔基论儿童文学》，以群、孟昌译，中国青年出版社 1956 年版，第 86 页。

② （清）黄宗羲：《续师说》，毛礼锐、沈灌群主编《中国教育通史》第 3 卷，山东教育出版社 1987 年版，第 541 页。

好的形象。这不仅是业务问题、道德问题，也是审美问题。马卡连柯说，学生可以原谅教师的严厉、刻板甚至吹毛求疵，但不能原谅他的不学无术。假如你的工作总是一事无成，总是失败，假如处处都可以看出你不通业务，假如你做出来的成绩都是"废品"和"一场空"，那么除了蔑视以外，你永远也不配得到什么。① 教师只有通过勤奋学习，具备广博精深的知识，并不断丰富拓展、精益求精，才能满足学生强烈的求知欲望，才能适应教育"三个面向"的需要，才能赢得学生崇敬的感情，给他们留下美好的印象。

所谓"身正是范"，是指教师要严于律己、以身作则，既要言教，又要身教，身教重于言教，以自身的典范美，成为学生效法的表率和学习的楷模。这是语文教师审美素养的又一重要内容。

古今中外的教育家都强调教师言传身教、以身作则、为人师表的重要性。在我国，孔子第一个提出了身教重于言教，他说："其身正，不令而行；其身不正，虽令不从。""不能正其身，如正人何?"② 墨子提出"以身戴行"③，孟子认为"教者必以正"④。扬雄则干脆称："师者，人之模范也。"⑤ 他们的主张都强调了教师身正的重要意义。在外国，德国著名教育家第斯多惠曾指出，教师本人是学校里最重要的师表，是直观的最有教益的模范，是学生最活生生的榜样。夸美纽斯说得更明确："教师的急务是用自己的榜样来诱导学生。"⑥ 榜样的力量是无穷的。教师的榜样作用，主要是建立在师生之间和心灵的关系上，并通过学生的尊师敬师情感发生作用。青少年正处在思想性格成长的时期，具有很强的可塑性。他们对教师

---

① ［苏］马卡连柯：《教育诗篇》（第1部），磊然译，人民文学出版社1957年版，第239页。
② 《论语·子路》，杨伯峻译注《论语译注》，中华书局1980年版，第138页。
③ 李渔叔注释：《墨子今注今译》，天津古籍出版社1974年版，第9页。
④ 《孟子·离娄（上）》，杨伯峻译注《孟子译注》，中华书局1960年版，第178页。
⑤ 汪荣宝撰，陈仲夫点校：《法言义疏·学行》，中华书局1987年版，第18页。
⑥ 转引自曹孚《外国教育史》，人民教育出版社1979年版，第97页。

有着天然的敬仰之情，这种敬仰甚至超过对待他们的父母。教师的世界观、思想境界、道德情操、品行性格、文化造诣、对每一事物的态度等，都直接或间接地影响着学生，在他们心灵深处留下不可磨灭的痕迹，产生不可低估的潜移默化的作用。康克清同志在纪念第一个教师节发表的《为教师讴歌》一文中谈道："我曾多次听到小学生在某一问题上与父母发生争执时，他会理直气壮地说：'这是老师说的。'言下之意，老师是神圣不可侵犯的。很多中学生，崇敬自己的老师，一切以老师为表率，就是已经走上了工作岗位的同志，一谈起自己的老师，往往也会肃然起敬的，感激之情油然而生。有些事业上很有成就的专家、学者，每当谈起自己的成长过程，总是念念不忘老师的功绩。"① 乌申斯基曾对教师这种表率作用作过这样生动、形象的比喻："教师个人的范例，对于青年人的心灵，是任何东西都不可能代替的最有用的阳光。"② 语文教师要成为学生的师表、学习的模范，最主要的是树立先进的世界观、人生观，具有高尚的道德情操和优良的思想品质，并以此去影响学生，促进他们健康地成长。在治学方面应学而不厌、勤奋探索、精益求精，因为"使学生对教师尊敬的唯一源泉在于教师的德和才"③。此外，教师在言谈举止等方面也应成为学生的表率。只有教师在各个方面以身作则、为人师表，才能激发学生对美好理想的追求，对真善美的热爱，使学生在语文审美教育中得到全面发展。

3. 高雅的风度仪表和准确生动的语言表达。风度是指人的言谈举止及态度，是一个人的德才体貌或衣着服饰、言谈举止、文化素养、品格情趣和精神特点综合表现所形成的独特风貌，是人的全部生活姿态所提供给人们的综合印象。通常所谓风姿、风采、风格、风韵，大致都是从不同侧面

---

① 《中国教育报》1985 年 9 月 10 日。

② 转引自［苏］杰普莉茨卡娅《教育史讲义》，华东师范大学教育系教育学研究班翻译室译，华东师范大学出版社 1957 年版，第 375 页。

③ 转引自《纪念爱因斯坦文集》，赵中立等编译，上海科学技术出版社 1979 年版，第 68 页。

对风度的概括。

风度美是人的美的重要表现，是人类遵循美的规律，实现自我认识、自我完善的结果，历来为人们所重视。别林斯基说，讲究风度，这种必要性不是来自社会身份或等级地位的虚假观念，而是来自崇高的人类称号；不是来自礼仪体面的虚假观念，而是来自人类尊严的永恒观念。教师的风度仪表是其内在世界的显现，反映着其自身的知识素养、审美情趣、审美追求，体现着他对人和社会是否尊重，是否自爱、爱人、爱生活、爱事业。它本身就是一种强有力的审美教育因素。教师个体形象，包括音容笑貌、举止言谈，几乎在学生的心灵中铭记终身，潜移默化地产生长久深远的感染、熏陶作用。它直接影响学生品行的培养、课堂教学的效果，甚至一定社会风范的形成，在不同侧面、层次上产生其他任何职业难以比拟的广泛而深刻的社会作用。它是语文教师审美素养的重要组成部分。

教师的活动从形式到内容是丰富多彩的，教师的年龄、情趣、社会阅历等也多种多样。教师的风度仪表就必然依据各自不同的心理、形体、气质、爱好、习惯等形成千姿百态的独特风采，并没有绝对的、固定的模式。但是教师的风度仪表从整体上看，并不是纯属个人的兴趣、爱好和习惯，而是受到职业制约的具有社会性的意识和行为。如果从语文教师审美素养的自我完善、职业特点和语文审美教育的要求来看，其风度仪表应该是高雅优美的，具有如下大致相同的特殊要求。

衣着服饰朴实、整洁、大方、庄重。衣着是文化的象征。教师的衣着服饰又是学生瞩目的重点。为此，教师的衣着服饰应该朴实、整洁、美观、大方，显现出一种庄重的美，具体来说要做到合体、合适、有个性。合体即量体裁衣，根据自身形体条件去选择最合适的服装；合适即合乎场合、地点、情境、季节、年龄、对象等；"有个性"即衣着服饰式样、色调等的选择，能更好地突出自己的性格特点，使衣着服饰与自身性格特点表里相符、相得益彰。这样就能于朴实大方中见出高雅的情趣，于整洁得体中显露深厚的涵养，给学生以美的启迪和熏陶。反之，浓妆艳抹、尚怪求奇、衣冠不整、邋遢龌龊，都会给学生不端庄、不稳重的感觉，造成不良的影响。

表情自然丰富。教师的表情系统并非是与教育无关的修饰，它具有输出传达感情信息的功能，是一种不言之言，本身就是教育艺术的重要组成部分。教师教育、教学活动的主要场所在课堂。在课堂教学中，教师的神态、表情自然丰富，会产生相应的魅力，感染学生的情绪，诱发其美感，有助于形成轻松和谐的人际关系和课堂气氛，牵动学生勃勃生发的思绪，叩响其共鸣的心弦。如果呆板单调或忸怩作态，必然会加大师生的心理距离，阻碍感情的交流，窒息乃至封闭学生思维想象的活力。

举止稳重端庄。即行为适度，动作得体，庄重潇洒，不卑不亢，落落大方。坐要有"坐相"，切忌抖腿和跷二郎腿。站要有"站样"，体现出坚定的信心，表现出安定感和力度，切忌懒散、拖沓、无精打采，以稳定学生情绪，振奋其精神。行要有"行态"，无论是疾步如飞，还是徐行慢走，都应有条不紊、从容自然，切忌一溜斜歪、毛里毛躁。手势应能正确地表达感情，切忌势不达意，或指手画脚、盛气凌人。稳重端庄的举止，能给学生以严肃亲切的精神影响力，提高"身教"的效果。如果不拘小节或过分做作，甚至养成轻浮、散漫、滑稽、粗俗的动作习惯，那就很难胜任教师的工作。对此，马卡连柯曾明确强调过，他认为，高等师范学校应采用其他办法来培养我们的教师。如怎样站，怎样坐，怎样从桌子旁边的椅子上站起来，怎样提高声调，怎样笑和怎样看等"细枝末节"……这些，我们就会触及众所周知的深刻方面以及舞蹈方面的技巧，运用嗓子的技巧，音调、视线和动作上的技巧。这一切，对教师来说都是很有必要的。如果没有这些技巧，那就不能成为一名好教师。

语言是思想的物质外壳、思想的直接现实，是人们进行社会交际、思想感情交流的媒介，也是教师传道、授业、解惑的工具。言为心声，语言美是社会文明的标志，是良好的自我修养的结果，是风度美的一个重要组成部分。它在最大范围内和最细致的程度上体现了一个人的内心世界。

语文教师的语言美是其审美素养的重要表现，有着较高的独特的要求。它一方面应清晰准确、逻辑严密、含蕴深刻、富有哲理、情感真挚、谦逊文雅、词汇丰富、充实健康，既能动人以情，又可晓人以理；另一方面应在掌握运用逻辑、语法、修辞手段和知识的基础上自由地驾驭语言，做到形象生动、幽默风趣、富于变化、合乎规范、语调适度、语音正确、口齿清楚、字正腔圆、抑扬顿挫、快慢适中、自然流畅、娓娓动听，融语调美、音色美、语势美为一体。

苏霍姆林斯基认为，对语言美的敏感性，这是促进孩子精神世界高尚的一股巨大力量，这种敏感性是人的文明的一个源泉所在。教师的语言美不仅可以活跃教育气氛，增添学习情趣，使学生乐于接受科学知识，而且可以使他们得到高尚的精神陶冶和强烈的美的享受，从而达到最佳的审美教育效果。如果教师口拙语讷、词不达意、表述含糊、拖泥带水，或单调呆板、枯燥乏味，甚至满口粗话脏话、强词夺理、恶语伤人，那就不仅在一定意义上反映出其内在修养的浅薄，而且很难达到预期的教育目的，甚至会污染学生的灵魂，产生恶劣的影响。

语言不是随便可以学好的，非下苦功夫不可，语文教师要从一点一滴做起，努力提高自己的语言美素养，以便更好地发挥语言在语文审美教育中的重要作用。

4. 较高的审美能力。审美能力是人们发现、感受、鉴赏、评价乃至创造美的能力，即对各种事物的审美价值进行分辨、品评时所必需的感受力、想象力、理解力和创造力。它是一个综合结构，是欣赏力与创造力的有机融合，是理解、认识、判断与直觉、体验、想象的辩证统一，是先天禀赋与后天学习的相互渗透，是人类独有的能力。

在现实生活中，正常的人都能感受和鉴赏美，都有一定的审美能力。但人与人之间审美能力各不相同，存在各种级差。有的人对审美对象往往视而不见、听而不闻；有的人则独具慧眼，善于捕捉美、发现美；有的人只乐于接受审美对象感性形式的吸引和诱惑，只满足于感性愉快；有的人则从形式美的感受中引发丰富的联想和想象，认识美的价值，感悟生活真谛；有的人美丑不辨，阳春白雪和下里巴人不分，阴柔与阳刚不识；有的人则能在美丑共存、良莠杂处、崇高与滑稽的相糅互渗中，准确区分美的种类，鉴别美的程度。观水中亭亭玉立的荷花，有人只觉荷花姿色赏心悦目，有人却由此联想到出淤泥而不染的精神品格；同是一处名胜古迹，有人只觉新鲜好奇，有人却浮想联翩，感慨万千，从中感悟人生哲理。有的人不仅能感受美、鉴赏美，而且能够按照美的规律，自由地创造美。

这种种差别的形成，与人的世界观、审美观密切相关，更与审美能力的高低紧密相连。一个人审美能力的高低，直接影响其智力发展，制约其情感的丰富程度和精神境界的高低。较高的审美能力，是深厚的审美素养的集中表现，是审美观成熟的主要标志。具有较高审美能力的人，有一种"审美的敏感"和"统摄力"，能在感知、联想、想象、情感、理解多种心理功能的综合运动中，迅速发现美，准确区分美丑，鉴别美的种类，区分美的程度，通过审美对象丰富多彩的感性形式发掘领悟其社会人生的深沉意味。比如听音乐，不仅感受乐曲的动听，而且体会乐曲深含的情感韵味；看绘画，不仅感受色彩、线条的耀眼，而且领悟画面中的意境；读小说，不仅感受故事情节的曲折动人，而且把握其展现的社会情绪氛围和深蕴的人生哲理，从而引起情感和心灵的振荡，得到精神的升华和情感的陶冶。

只有性格才能塑造性格，只有能力才能培养能力。语文教师要适应、满足立美育人、全面地塑造理想人格的需要，就必须具有较高的审美能力。

三 提高语文教师审美素养的途径

语文教师审美素养对语文审美教育的重要意义极为雄辩地显示了提高语文教师审美素养的必要性和迫切性，向广大语文教师提出了提高审美素养的时代要求。要实现审美素养的不断提高，达到更高的审美境界，就必须了解提高审美素养的基本途径。我们认为，行之有效的基本途径有如下三条。

（一）自觉系统地学习美学、审美教育理论知识

科学的理论是实践经验的正确总结和理性思考的智慧升华。自觉系统地学习相关的理论，不仅可以知语文审美教育其然，而且能够知其所以然，从而明显提高按照美的规律进行语文审美教育的自觉性、主动性和创造性，收到显著的实践效果。

1. 学习美学理论。美学是语文审美教育最基本的理论基础之一。一个教师对美学理论了解得多少，掌握得深浅，直接关系到其审美素养的水平。虽然目前国内美学理论体系诸家异彩纷呈，对什么是美学，什么是美等难解之谜的回答也不完全一致，但在根本上，它们都涉及诸如美的本质、美的基本特征、美的表现形态和范畴、美感的本质和特征、美感心理、美的欣赏和判断、美的创造等基本问题，都论及审美、艺术对人生、对社会发展的重要价值和意义，而且它们都以比较系统严谨的理论体系的形态出现，整合、包容了古今中外丰富的美学理论和知识。这样，通过学习美学，就能较为迅速有效地了解关于美和审美的一般理论，为审美素养

的提高提供有利的条件。目前国内高等师范院校汉语言文学专业，普遍把美学作为专业必修课设置，主要就是出于这方面的考虑。

当然，鉴于美学是一门交叉性的综合学科，它与哲学、伦理学、文艺学、心理学、社会学、历史学、教育学乃至自然科学都有多种多样的联系，学习美学时，最好与这些学科有关知识的掌握结合起来，才能收到事半功倍的理想效果。

2. 学习审美教育理论。审美教育学是教育学和美学交叉形成的边缘学科。它既是教育学中的有机组成部分，又是美学不可分割的重要内容。自从席勒第一次系统地提出审美教育理论以来，教育学与美学就密切地联系在一起。审美教育是美的规律在教育领域里的实际应用和具体体现，也是美学的出发点和归宿。美学虽是审美教育的重要理论基础之一，但却不能代替审美教育理论。与美学理论比较起来，审美教育理论与语文审美教育有着更为直接、更为紧密的联系。语文教师只有掌握审美教育的基础知识和基本理论，懂得审美教育在全面发展教育中的地位和功能，懂得审美教育的性质和特点，懂得审美教育实施的一般原则和方法，懂得审美教育的途径，才能在语文审美教育的各个环节发挥其主导作用。因此，在系统掌握美学理论的同时，重点学习审美教育理论知识，对提高语文教师审美素养，有着更为迫切、更为重要的意义。

总之，系统学习相关理论知识，就可以在语文审美教育中高屋建瓴，在宏观总体上显出开阔视野，在细微之处见出全局精神，就会更自觉地进行审美活动，有意识地进行自我审美陶冶和锻炼。虽然并非不学习美学理论知识就不能进行审美修养，美学理论的学习也不就是审美修养的全部，但古今中外审美修养的实践证明，学习相关的理论知识，是提高审美素养的一条重要途径。

（二）经常主动地参加审美实践

实践出真知，实践长才干。要想学会游泳，就必须真正下水试一试；要想知道梨子的滋味，就必须亲口尝一尝。对于提高审美素养来说，亲身参加审美实践活动比一般学习审美理论和知识具有更为重要而且不可替代的作用。由审美活动的本质特性所决定，审美活动的很多精彩微妙之处，往往只可意会，难于言传甚或不可言传。宋代词人张孝祥就曾深深地体验过这种审美心态，生动抒发过难以言说的感慨。其《念奴娇·过洞庭》词的上阕是：

> 洞庭青草，近中秋，更无一点风色。
>
> 玉鉴琼田三万顷，着我扁舟一叶。
>
> 素月分辉，明河共影，表里俱澄澈。
>
> 悠然心会，妙处难与君说。①

临近中秋的洞庭月夜，素月分辉，明河共影，光明一片，表里澄澈。何等辉煌！何等壮丽！这令人心醉神驰的美景作者早已"悠然心会"，然而却苦于无法传达，"妙处难与君说"。很显然，这种很难言说的神妙体验，只能通过审美主体（个体）在自觉的审美实践活动中感受、揣摩、领会、参悟。没有这种"心有灵犀一点通"的功夫，就永远不能步入审美奥妙的殿堂，把握美之为美的精髓。在这个意义上，如果说学习美学美育理论知识是进行审美修养的重要渠道，那么身体力行的审美实践活动则是提高审美素养的根本途径。

根据高低层次关系，审美实践活动包括审美观照和审美创造两种主

---

① （宋）张孝祥：《念奴娇·过洞庭》，木斋《唐宋词评译》，广西师范大学出版社 1996 年版，第 270 页。

要类型。

1. 在审美观照活动中提高审美素养。审美观照是一种通过对现实和艺术中的审美对象的感受、鉴赏、品味、评价，使审美主体的感受力、想象力、理解力和情感优化组合，完善主体审美心理结构，提高其审美素养的特殊精神活动，是审美实践的最基本的方式。

大千世界，美无处不在，无时不有。它绚丽多姿、异彩纷呈。仅就自然美而言，其形态就气象万千、风神各异。它们或表现于时间的流动，如旭日东升、昙花一现、星转月移、风云变幻；或呈现于空间的展开，如泰山如磐、松柏参天、草原辽阔、海洋浩瀚；或表现为个别因素的美，如"日出山花红胜火，春来江水绿如蓝"，是色彩的美；"大漠孤烟直，长河落日圆"是形状的美；"江作青罗带，山如碧玉簪"是二者兼而有之；"澄江静如练，余霞散成绮"是静态的美，"细雨鱼儿出，微风燕子斜"是动态的美，"明月松间照，清泉石上流"，则是动静结合的美；或体现出整体综合美，如群山起伏、碧水东流、月明星稀、云蒸霞蔚，"横看成岭侧成峰，远近高低各不同"的庐山，"水光潋滟晴方好，山色空蒙雨亦奇"的西湖。就是山也各有其美。所谓泰山天下雄，华山天下险，峨眉天下秀，青城天下幽，黄山天下奇即是生动的概括。不仅如此，自然景物的自然形式特征，与社会生活、人的品格情操多有相似契合之处，人们常常以物比德，赋予自然美以种种象征意义。例如，松的雪干霜根，柏的苍髯黛色，竹的贞节虚心，菊的冷艳傲霜，梅的雪骨琼枝，荷花的出淤泥而不染，水仙的冰肌玉蕊，兰花的秀雅清芬，它们的外形和内涵，都能象征健康美好的人格，寄托正义、正直、坚强、乐观、不畏强暴的精神。所以人们称松竹梅为"岁寒三友"，将竹菊梅兰叫作"四君子"。人们倾慕高山的巍峨雄伟、大海的浩瀚壮阔，礼赞傲岸挺拔的白杨、展翅搏击长空的雄鹰，也都是以物拟人、以物比德，赞美远大的志向、高尚的人格、坚贞的节操、宽广的胸怀。

自然景物的外在形式还往往使人睹物兴怀，由情入理，生发无限情思，感悟人生哲理。王之涣由"白日依山尽，黄河入海流"的雄浑壮丽景象，感悟到"欲穷千里目，更上一层楼"的人生真谛；苏轼由"月有阴晴圆缺"的自然法则，领悟到"人有悲欢离合，此事古难全"的生活规律；范仲淹由岳阳楼上观赏到的洞庭湖的千姿百态，生发出"先天下之忧而忧，后天下之乐而乐"的壮志豪情；毛泽东由"天地转，光阴迫"的强烈感受，焕发出只争朝夕的革命精神。

可见，审美观照活动的内容是丰富多彩的。可以说，美的海洋有多么浩瀚，审美观照活动的疆域也就有多么广阔。

但是，需要特别注意的是，由于各种美的事物的性质特点的差异，它们在审美观照活动中所占的地位和所起的作用并不完全相同。对于提高审美素养来说，最主要的，占据审美观照活动中心地位的应是艺术美。从审美教育史，从艺术本身的性质特点，从艺术美和其他形态的美的比较等方面来看，都是如此。

从审美教育史来看，无论是中国还是西方，重视艺术，甚至把审美教育等同于艺术教育的观点长期存在。这种观点固然失之狭隘，但强调艺术美在审美教育中的重要地位，则是持之有据的。

从现实美与艺术美的关系来看，艺术美具有优于现实中的自然美和社会美的种种特点。例如，现实美有易逝性，艺术美则具有永久性；现实美是分散的、芜杂的，艺术美则是集中的、典型的。在现实美中，自然美侧重形式、侧重真；社会美侧重内容、侧重善；而艺术则达到了内容与形式、真善美的高度统一。现实事物的主要特点不在美，而美是艺术不可或缺的特质等。这种种优点决定了艺术美在提高人的审美素养上的重要价值。

从美感效用来看，艺术美对人的影响最强烈、最深刻，对人的审美、创美能力即审美素养的提高也最全面系统、最直接有效。各类艺术似乎有不同的分工，从不同方面或整体上对应着人们的审美感官。例如从审美感受的途径来看，音乐或听觉艺术着重培养人的"音乐的耳朵"；绘画、雕塑等空间造型艺术主要培养人的"能感受形式美的眼睛"；文学这种以语言塑造形象的想象的艺术则侧重培养人的想象力和理解力；而把视听、时空融为一体的综合艺术则全面培养人的审美能力和审美素养。不仅如此，艺术美所包容的真善美统一的特质，使其具有认识作用、教育作用和美感作用，对人的思想、情感、道德意志即知、情、意心理结构产生最全面的影响。

从方法论来看，对艺术美的观照也是提高审美素养的最重要的方式。马克思曾经说过，人体解剖对于猴体解剖是一把钥匙。低等动物身上表露的高等动物的征兆，反而只有在高等动物本身已被认识之后才能理解。艺术美是美的最高形态，是人的审美意识的集中体现，而人与艺术的审美关系则是人与现实的审美关系最集中、最典型的表现。因此，通过艺术美的审美观照认识艺术的规律和美学特征，不仅可以掌握人与艺术的审美关系，提高对艺术美的感受、鉴赏能力，而且可以为掌握人对自然、对社会的全部审美关系提供一把钥匙。

艺术美既然在美的形态中居于如此重要的地位，我们就应把步入艺术的殿堂放在首要的地位，积极参与各种艺术欣赏活动，广泛接触五彩缤纷的艺术形式，敞开心扉去接受艺术的熏陶，竭尽全力去汲取艺术的营养。已故美学家朱光潜先生曾说："不通一艺莫谈艺。"作为语文教师，得天独厚，至少对文学有所了解，但这对于出色地完成语文审美教育的任务来说又是很不够的。不仅对语言文学的认识仍需拓展深入，而且由于中国语言文学的特殊性，由于各类艺术之间的相互联系、相互渗透极为显著，所谓诗中有画、画中有诗、书画同源，建筑是凝固的音乐、音乐是动态的建筑，雕塑是静态的舞蹈、舞蹈是动态的雕塑，就是对这种内在联系的生动写照，因此尽可能多地接触几门艺术就显得格外必要。此外，在学校教育中，语文学科是最接近古代传统文化的。在古代传统文化教育中，古代文人在精通诗词歌赋和文章写作的同时，尚且把通晓琴棋书画作为必要的修养，就是看到了各种艺术形式之间的内在联系。作为面向21世纪的语文教师，虽不必拘泥于传统文化的规范，但如能在知晓语文的基础上，兼通一种甚或几种相关艺术，无疑能有效地提高审美能力和素养。

2. 在审美创造活动中提高审美素养。审美创造活动是通过审美形式的创造以达到思想感情的传达和审美自由精神的表现的活动，与审美观照活动相比，它是一种更高级而又基本的审美实践活动。如果说审美观照活动侧重于静观体验，那么，审美创造活动则侧重于动态操作，它与审美创造力直接相连，在本质上是一种创造活动中的审美修养。语文教师通过参加各种审美创造活动，不仅可以更好地提高审美感受力、审美鉴赏力，而且可以在手脑并用、各心理因素协调运作的审美实践创造活动中，既表现自身已有的审美创造力，又能加深对创造活动过程的深切感受，使自己的审美表现力和审美创造力得到进一步培养和提高。

审美创造活动的形式是多种多样的。文艺创作、游览娱乐、生产劳动等，都属于审美创造的领域。当然最典型的还是艺术创造活动。对于语文教师来说，特别要参加书法、文学作品创作、演讲辩论会和文艺表演等活动，在这些实际的艺术创造中，了解创作的甘苦，得到具体的审美锻炼，培养和提高艺术表现的技能，使自己具有一定的表现美和创造美的能力。由于创造活动比审美观照活动要求更高、难度更大，因此，开始不宜把摊子铺得太大，最好先通晓一种艺术的创作和技巧，然后再逐步拓展。

（三）积极追求，持之以恒

审美修养实质上是一种内在的主动的、自觉的自我审美教育，是自己利用各种可能的手段，通过各种可能的途径对自己的教育。这种性质本身就决定了无论采用什么手段，通过什么途径实施审美修养，都必须以自我有这种内在的需要为基础，以主动性和持久性为前提。没有这种主动追求的动力和持之以恒的精神，审美修养的提高就只是空中楼阁。

事物发展都有一个由低到高、由浅入深、由简单到丰富的过程，审美修养的提高同样如此。较高的审美能力和审美修养虽以一定的生理和心理条件为基础，但在根本上来自日积月累的艰苦磨炼和水滴石穿的恒久追求，很难一蹴而就。所谓"操千曲而后晓音，观千剑而后识器"即言此意。因此，持之以恒、锲而不舍就成为提高审美修养的基本方法或途径。这种高度的自觉性和持久性，来自对美的渴望、对美的追求。马克思说：社会的进步就是人类对美的追求的结晶。人类社会的进步发展是与对美的向往和追求不可分割地联系在一起的，个人审美修养的提高更是如此。没有自觉恒久的审美追求，就是处在美的世界中，也无法改变"审美贫困户"的出身，甚至难以摘掉"美盲"的帽子。树立审美修养的自觉性和持久性，关键在于提高对审美修养重要价值和意义的认识，不仅要把它看作语文审美教育的需要，更重要的是要把它视为社会和个人理想生活的必然要求，视为个人全面发展、个人与社会和谐发展的必由之路。只有这样，审美素养才能横向不断扩展，纵向不断升华，逐步臻于理想境界。

（发表于《感应与塑造——语文审美教育论》，青岛海洋大学出版社1998 年版）

论师范院校学生应具备的美育素养

卢梭在《爱弥尔》中曾勉励教师说:"你要记住在敢于担当培养一个人的任务以前,自己就必须要造就成一个人,自己就必须是一个值得推崇的模范。"① 这话对于师范院校学生的美育素养也同样是适用的。作为未来人类灵魂的工程师,人类文明与美的播种者和培育者,师范院校的学生都应在系统学习专业理论、知识技能的同时,努力按照美的规律塑造自己,具备深厚的美育素养。

师范院校学生的美育素养指他们为获得符合美的规律的品质和按照美的规律塑造自身、塑造学生的能力所进行的自我教育、自我锻炼、自我陶冶、自我提高的过程。其实质是符合个性发展、符合教师职业需要的按照美的规律的自我完善、自我塑造。它包括不可分割的两个因素:一是自我锻炼、自我陶冶的活动、过程;二是锻炼、陶冶的效应、成果。这两个因素交织在一起,互为条件,互为因果,相互渗透,相互影响,前者重在动态展现,后者重在静态呈示。它们的区别也是相对的。从纵向动态角度来看,美育素养随锻炼、陶冶的不断深化,大致经历悦耳悦目到悦心悦意再

---

① [法]卢梭:《爱弥尔》上卷,李平沤译,商务印书馆1978年版,第99页。

到悦志悦神三种审美境界。每一层次，都显示人性完整自由的程度。本文侧重从静态角度，论述师范院校学生应具备的美育素养。

一　完美的人格和健康的审美情趣

从现代心理学的观点来看，人格指人的性格、气质、个性，即某个人所具有的独特的个性心理特征，是一个人在一定的生理基础上，受家庭、学校和社会环境的影响，逐步形成的气质、能力、意志、兴趣、爱好、习惯和性格等心理特征的总和。从美育的观点看，人格与品格、性格、气质的内涵具有交叉关系。人格体现了人的本质、人的价值。人的思想意志、道德情操、行为态度、性格气质都可从人格上显示出来。

人格美，指人的思想品格、道德情操和聪明才智的美。完美的人格，即理想人格，它具有鲜明的社会历史规定性，社会环境和社会关系往往在理想人格上打下不同的烙印。社会主义审美教育的目的，就是培养我们时代的理想人格，即有理想、有道德、有文化、有纪律的全面自由发展的"四有"新人。这样的人，必然是道德高尚、性格完美、个性和谐发展的。作为将要培养这样一代新人的师范院校的学生，毫无疑问应当首先具有这样的特质。因为在教育劳动过程中，教师的人格往往作为一种特殊而重要的手段或工具。苏联教育家乌申斯基曾经指出：在教育中，一切都应当以教育者的个性为基础，没有教育者个人对受教育者的直接影响，就不可能有深入性格的真正教育。只有个性才能影响个性的发展和定型，只有性格才能养成性格。一个没有高尚品格和鲜明个性特点的教师，绝不会培养出具有这样素质的学生。教师的人格对学生有着潜移默化的长久影响和作用。藤野先生因其无私而严格的师道风范就曾给鲁迅先生的一生以重要影响。①

---

① 楼适夷、朱正编：《鲁迅读本》（下），开明出版社 1991 年版，第 199 页。

审美趣味是审美主体在美的欣赏和判断中所表现出的一种特殊的"判断力",它通常以强烈的情感倾向以及个人的主观喜爱和偏好等形式具体地体现出来。由于人们的人生态度、文化教养、性格禀赋、生活经历等的不同,导致思想观念和心理结构的万千差异,形成了各自不同的审美情趣。这种审美情趣的多样性,符合人的生活需要,有利于充分展示人的精神个性的丰富多样。如果强求一律、横加干涉,那就违背了审美规律和人们的合理要求。

审美情趣,作为一种社会性的趣味,总是或直接或间接地反映着一个人的性格心理特征,泄露着其精神世界的奥秘,表现着其对生活的态度和追求,是观测一个人的精神面貌、衡量其审美能力发展水平的标尺。因此,审美情趣不仅有高低之分、雅俗之别,而且有健康与病态、进步与落后的差异。因此,健康、纯正、高尚、全面的审美情趣具体表现为对美的事物的敏感和喜爱,对真善美的关注和倾心。这样的审美情趣,有利于集众美于一身,促进人的身心的全面发展和完善,有利于创造美好的生活。相反,病态、庸俗、低级、偏狭的审美情趣,或表现为对美的事物视而不见、听而不闻、无动于衷;或情趣低级、嗜痂成癖,单纯追求感官刺激和心理麻醉;或情趣褊狭、怪僻,囿于一家一派一孔之见,视不合己者为异端;或以奇为美,以怪为美。这都有害于身心健康,有损于美好生活的创造。

正因为审美情趣对人有如此重要的影响,所以杰出的思想家、教育家都把培养健康、纯正、高尚、全面的审美情趣看作审美教育的主要目的之一,视为一个人审美素养的重要内容。对于师范院校的学生来说,就更是不容忽视、不可或缺的美育素养了。

二 广博精深的文化知识和"身正是范"的榜样力量

广博精深的文化知识、美学理论知识和生活经验是审美的重要条件和基础，也是美育素养的又一重要内容。黑格尔说，审美的感官需要文化修养，借助修养才能了解美、发现美。狄德罗也说："在自然和模仿自然的艺术里，愚钝和冷心肠的人看不出什么东西，无知的人只看出很有限的东西。"① 任何人都应具备一定的文化知识素养，这对于未来的教师来说，就更为重要，要求也更高。

首先，就教师素养的自我完善来说，具有广博的科学文化艺术知识有利于形成完美的人格。正如英国哲学家培根所说："求知可以改进人的天性……人的天性犹如野生的花草，求知学习好比修剪移栽。"② "知识能塑造人的性格。"③ 高尔基也说："只有知识才是力量，只有知识能使我们诚实地爱人，尊重人的劳动，由衷地赞赏无间断的伟大劳动的美好成果；只有知识才能使我们成为具有坚强精神的、诚实的、有理性的人。"④ "人的知识越多，人的本身也愈臻完善。"⑤ 教师是学生心目中最完美的偶像，要成为名副其实的楷模，没有广博精深的科学文化知识是难以成就的。

其次，从教师工作的角度说，具有广博精深的科学文化知识是教师为师的基本要求。教师的基本职责决定了教师必须闻道在先，"术业有专攻"，具有广博的科学文化知识和精深的专业知识，如果"道之未闻，业之未精，有惑而不能解，则非师矣"⑥。教育实践表明，教师如果既掌握了扎实的经典性知识，又了解专业领域内的新成果、新知识、新动向，做到文理渗透、中外渗透，就能在教育实践中居高临下、左右逢源、驾轻就

① 伍蠡甫主编：《西方文论选》上卷，上海译文出版社1979年版，第394页。
② ［英］弗兰西斯·培根：《培根论人生》，何新译，上海人民出版社1985年版，第13—14页。
③ 同上书，第15页。
④ ［苏］密德魏杰娃编：《高尔基论儿童文学》，以群、孟昌译，中国青年出版社1956年版，第86页。
⑤ 臧乐源主编：《教师学》，天津人民出版社1987年版，第167页。
⑥ （清）黄宗羲：《续师说》，毛礼锐、沈灌群主编《中国教育通史》第3卷，山东教育出版社1987年版，第541页。

熟、深入浅出，取得出色的效果。学生最敬重的往往是那些有完美人格和渊博学识的教师。即使这些教师在个性、仪表、态度等方面存在一些缺点，学生也往往并不计较。他们严谨的治学态度、勤奋的学习精神、精益求精的工作形象，在学生心目中留下难以磨灭的美好印象。相反，教师在知识上的错误，在文化素养上的浅薄，不仅会误人子弟，而且会在学生脑海中留下十分恶劣的形象。这不仅是业务问题、道德问题，也是审美问题。马卡连柯说，学生可以原谅教师的严厉、刻板甚至吹毛求疵，但不能原谅他的不学无术。① 教师只有通过勤奋学习，不断丰富拓展，精益求精，才能满足学生强烈的求知欲望。

所谓"身正是范"是指教师要严于律己、以身作则，既要言教，又要身教，身教重于言教，成为学生效法的表率和学习的楷模。这是师范院校学生美育素养的又一重要内容。

三　高雅的风度仪表和清晰准确的语言表达

风度是一个人的德才体貌或衣着服饰、言谈举止、文化素养、品格情趣和精神特点综合表现所形成的独特风貌，是其全部生活姿态所提供给人们的综合印象。通常所谓风姿、风采、风格、风韵，大致都是从不同侧面对风度的概括。

风度美是人的美的重要表现，是人类遵循美的规律，实现自我认识、自我完善的结果，历来为人们所重视。别林斯基说，讲究风度，这种必要性不是来自社会身份或等级地位的虚假观念，而是来自崇高的人类称号；不是来自礼仪体面的虚假观念，而是来自人类尊严的永恒观念。教师的风度仪表是其内在世界的显现，反映着其自身的知识素养、审美情趣、审美

---

① ［苏］马卡连柯：《教育诗篇》（第1部），磊然译，人民文学出版社1957年版，第239页。

追求，体现着对他人和社会是否尊重，是否自爱、爱人、爱生活、爱事业。它本身就是一种强有力的教育因素。教师的个体形象，包括音容笑貌、举止言谈，几乎在学生的心灵中铭记终身，潜移默化地发挥长久深远的感染和熏陶作用。它直接影响学生品行的培养、课堂教学的效果，甚至一定社会风范的形成，在不同侧面、层次上产生其他任何职业都难以比拟的广泛而深刻的社会作用。它是师范院校学生美育素养理所当然的重要组成部分。

教师的活动从形式到内容都是丰富多彩的，教师的年龄、专业、情趣、社会阅历等也多种多样。这样，教师的风度仪表就必然形成千姿百态的独特风采，并没有绝对的、固定的模式。但是从整体上看，教师的风度仪表并不纯属个人兴趣、爱好和习惯的意识行为，而是受到职业制约的具有极突出的社会性的意识和行为。从师范院校学生自我完善和职业特点的要求来看，其风度仪表应该是高雅优美的，具有如下普遍的基本要求。

衣着服饰朴实、整洁、大方、庄重。衣裳是文化的象征。教师的衣着服饰是学生瞩目的重点。为此，教师的衣着服饰应该朴实、整洁、美观、大方，显现出一种庄重的美。

表情自然丰富。教师的表情系统具有输出传达感情信息的功能，是一种不言之言，是教育艺术的重要组成部分。教师的神态、表情自然丰富，就会产生强大的魅力，感染学生的情绪，诱发其美感，有助于形成轻松和谐的人际关系和课堂气氛，牵动学生勃勃生发的思绪，叩响其共鸣的心弦，收到事半功倍的效果。如果呆板单调或扭捏作态，必然会加大师生的心理距离，阻碍感情的交流，窒息乃至封闭学生思维想象的活力。

举止稳重端庄。即行为适度，动作得体，庄重潇洒，不卑不亢，落落大方。师范院校学生有了稳重端庄的举止，将来走上工作岗位才能给学生以严肃亲切的精神影响力，提高"身教"的效果。如果不拘小节或过分做作，甚至养成轻浮、散漫、滑稽、粗俗的动作习惯，那就很难胜任教师的工作。对此，马卡连柯曾明确强调过，他说："高等师范学校应采用其他办法来培养我们的教师。如怎样站，怎样坐，怎样从桌子旁边的椅子上站起来，怎样提高声调，怎样笑和怎样看等等'细枝末节'。……这些，我们就会触及众所周知的深刻方面以及舞蹈方面的技巧；运用嗓子的技巧，音调、视线和动作上的技巧。这一切，对教师来说都是很有必要的，如果没有这些技巧，那就不能成为一个好教师。"[①]

语言是思想的物质外壳、思想的直接现实，是人们进行社会交际和思想感情交流的媒介，也是教师传道、授业、解惑的工具。言为心声，语言美是社会文明的重要标志，是良好的自我修养的结果，是风度美的主要组成部分。它能充分深入地体现一个人的内心世界。

教师的语言美是其美育素养的重要表现，有着较高的独特的要求。它一方面应清晰准确、逻辑严密、含蕴深刻、富有哲理、情感真挚、词汇丰富、谦逊文雅、充实健康，既能动人以情，又可晓人以理；另一方面应在掌握运用逻辑、语法、修辞手段和知识的基础上，自由地驾驭语言，做到合乎规范、富于变化、形象生动、幽默风趣、语调适度、语音正确、口齿清楚、字正腔圆、抑扬顿挫、快慢适中、自然流畅、娓娓动听、融语音美、音色美、语势美为一体。

苏霍姆林斯基认为：对语言美的敏感性，这是促进孩子精神世界高尚的一股巨大力量，这种敏感性是人的文明的一个源泉所在。教师的语言美不仅可以活跃教育气氛、增添学习情趣，使学生乐于接受科学知识，而且可以使他们得到高尚的精神陶冶和强烈的美的享受，从而达到最佳的教育效果。如果教师口拙语讷、词不达意、表述含糊、拖泥带水，或单调呆

---

① ［苏］马卡连柯：《马卡连柯全集》第 5 卷，刘长松、杨慕之等译，人民教育出版社 1959 年版，第 229 页。

板、枯燥乏味，甚至满口粗话脏话、强词夺理、恶语伤人，那就不仅在一定意义上反映出其内在修养的浅薄，而且轻者很难达到预期的教育目的，重者必然污染学生的灵魂，产生恶劣的影响。语言不是随便可以学好的，非下苦功夫不可。师范院校的学生要从一点一滴做起，努力提高自己的语言美素养，以便将来更好地发挥语言在教书育人和审美教育中的重要作用。

四　较高的审美能力

审美能力是人们发现、感受、鉴赏乃至创造美的能力，是对各种事物的审美价值进行分辨、品评时所必需的感受力、想象力、理解力和创造力。它是一个综合结构，是欣赏力与创造力的有机融合，是理解、认识、判断与直觉、体验、想象的辩证统一，是先天禀赋与后天学习的相互渗透，是人类独有的专利。

在现实生活中，正常的人都能感受和鉴赏美，都有一定的审美能力。但人与人之间审美能力各不相同，存在着种种级差。有的人对审美对象往往视而不见、听而不闻；有的人则独具慧眼，善于捕捉美、发现美……同是一处名胜古迹，有人只觉新鲜好奇，有人却浮想联翩、感慨万千，从中感悟人生哲理。有的人不仅能感受美、鉴赏美，而且能够按照美的规律自由地创造美。

这种种差别的形成，与人的世界观、审美观密切相关，更与审美能力的高低紧密相连。一个人审美能力的强弱，直接影响其智力发展，制约其情感的丰富程度和精神境界的高低。较高的审美能力是深厚的美育素养的集中表现，是审美观成熟的主要标志。具有较高审美能力的人，有一种"审美的敏感"和"统摄力"，能在感知、联想、想象、情感、理解多种心理功能的综合运动中，迅速发现美，准确区分美丑，鉴别美的种类，判定美的程度，通过审美对象丰富多彩的感性形式发掘领悟其社会人生的深沉意味。只有性格才能塑造性格，只有能力才能培养能力。师范院校学生要适应和满足教书育人，全面地塑造理想人格的需要，就必须具有较高的审美能力。艺术、汉语言文学专业等文科如此，理科也应如此。

"操千曲而后晓声，观千剑而后识器。"① 较高的审美能力虽以一定的生理和心理条件为基础，但在根本上来自日积月累的磨炼和多方面的培养。师范院校学生要遵循事物由低到高、由浅入深、由简单到丰富的发展规律，积极投身于丰富多彩的审美实践，积累生活经验和美感经验，丰富文化历史知识，加深艺术修养，培养观察体验能力、联想想象能力、理解判断能力和自由创造力，使自己的审美能力不断达到新的境界。

（发表于《社会科学家》1998 年第 4 期；人大报刊复印资料《职业技术教育》1998 年第 5 期全文转载）

---

① （南朝·梁）刘勰：《文心雕龙·知音》，陆侃如、牟世金《文心雕龙译注》（下册），齐鲁书社 1981 年版，第 389 页。

论提高语文教师审美素养的意义和途径

语文审美教育必须有施教者。在学校教育中，语文教师是语文审美教育的主导。无论是语文审美化教学，还是课外的语文审美教育活动，都离不开教师的组织、实施，特别是离不开语文教师审美素养的作用和影响。卢梭在《爱弥尔》中曾勉励教师说："你要记住在敢于担当培养一个人的任务以前，自己就必须要造就成一个人，自己就必须是一个值得推崇的模范。"① 这话对于语文教师的审美素养也同样适用。因此，研究审美素养的意义，探求提高审美素养的有效途径，就成为落实语文审美教育极为重要的理论环节。

一 提高语文教师审美素养的意义

素养即素质、修养，通常是指人们在思想、道德、心理、行为、个性、学术、文化艺术等方面所进行的自我锻炼、培养和陶冶的功夫，以及由此获得的能力和品质。语文教师的审美素养则指他们为获得按照美的规律塑造自身、塑造学生的品质和能力所进行的主动的自我教育、自我锻

---

① ［法］卢梭：《爱弥尔》上卷，李平沤译，商务印书馆1978年版，第99页。

炼、自我陶冶和自我提高的过程及成果。其实质是按照美的规律所进行的符合个性发展，符合语文教师职业需要的自我完善、自我塑造。它包括不可分割的两个方面：一是自我锻炼、自我陶冶的活动、过程；二是锻炼、陶冶的效应、成果。这两个方面交织在一起，互为条件、互为因果、相互渗透、相互影响。前者重在动态描述，后者重在静态表达，共同构成语文教师审美素养的整体。从审美素养纵向逐级升华的角度看，它大体包括从悦耳悦目、悦心悦意到悦志悦神三个层级的由低级到高级、由肤浅到深刻、由简单到丰富的审美境界。从横向静态构成来看，语文教师的审美素养应包括完美的人格和健康的审美情趣、广博精深的文化知识和身正是范的榜样力量、高雅的风度仪表和准确生动的语言表达及较高的审美能力等内容。

在审美教育活动中，在其他因素相同的情况下，审美教育主体的审美素养是决定其审美效果的关键因素。在语文审美教育中，语文教师的审美素养同样居于举足轻重的地位。它不仅关系到整个语文教师个人和整个语文教师队伍素质的自我完善，而且关系到学校语文教育的成败，关系到亿万学生的全面成长，关系到学校语文审美教育的成败。换句话说，语文教师的审美素养是实施和落实语文审美教育的基本前提和根本保证，语文教师如果没有深厚的审美素养，语文审美教育就是一句空话。具体来说，其重要意义主要表现在以下三方面。

（一）没有审美素养就无法全面贯彻国家的教育方针

国家的教育方针是国家根据政治、经济的要求和社会发展的需要，为实现教育目的所规定的国家教育工作的总任务、人才培养的总目标及基本途径。它是国家规定的教育工作的根本方向，是国家对教育要求的集中体现，是对不同时代教育实践经验的高度总结，是教育政策的总概括，是国家人才培养的核心纲领，是教育领域所有方面、所有环节、所有课程都必须坚定不移、不折不扣地努力贯彻和落实的。教育方针也是一个动态概念、历史范畴。新中国成立后我国的教育方针有多种不同的称谓，不同历史时期也有与时俱进的重要变化。我国现行的教育方针是 2002 年在第十六次全国人民代表大会报告中提出来的："坚持教育为社会主义现代化服务，为人民服务，与生产劳动和社会实践相结合，培养德智体美全面发展的社会主义建设者和接班人。"这个新教育方针的表述，继承了新中国成立以来教育方针变革的积极成果，也是对新中国成立以来教育方针理论与实践的又一次总结。其中一个极为重要的变化，是"德智体美全面发展"的首次完整提出，进一步明确了美育即审美教育在教育工作中的地位和作用，同时也表明国家在新的历史时期对人才素质的新要求。语文教师是语文教育领域国家教育方针的贯彻者、执行者和落实者。显而易见，如果没有审美素养，就无法全面贯彻落实国家的教育方针；如果没有全面深厚的审美素养，就无法很好地全面贯彻落实国家的教育方针。换句话说，语文教师应具备全面深厚的审美素养，是全面贯彻落实国家教育方针的需要。

（二）没有语文审美素养就看不出或发现不了语文美

生活中处处都有美，但美在于发现。正如罗丹所说："美是到处都有的，对于我们的眼睛，不是缺少美，而是缺少发现。"[1] "所谓大师，就是这样的人，他们用自己的眼睛去看别人见过的东西，在别人司空见惯的东西上能够发现出美来。"[2] 发现美的前提就是审美主体必须具有相当的审美素养。一般来说，审美素养的有无与能否发现美，审美素养的高低与能够发现什么美、发现多少美是成正比的。没有审美素养，就会对美视而不

[1]　[法]罗丹：《罗丹艺术论》，沈琪译，人民美术出版社 1992 年版，第 58 页。
[2]　同上书，第 4 页。

见、听而不闻，身在美中不知美。马克思指出："只有音乐才能激起人的音乐感；对于没有音乐感的耳朵来说，最美的音乐毫无意义，不是对象，因为我的对象只能是我的一种本质力量的确证，就是说，它只能像我的本质力量作为一种主体能力自为地存在着那样才对我而存在，因为任何一个对象对我的意义（它只是对那个与它相适应的感觉来说才有意义）恰好都以我的感觉所能及的程度为限。"[1] "如果你想得到艺术的享受，那你就必须是一个有艺术修养的人。"[2] 对于语文美的发现也是如此。一位语文教师如果没有语文审美素养，即使语文世界中的美异彩纷呈、琳琅满目，他也会无动于衷、麻木不仁。发现不了语文美，根本就谈不上实施语文审美教育。当然，现在的语文教师大多具备一定的审美素养，但是要想独具慧眼，"在别人司空见惯的东西上能够发现出美来"，发现更多的美，出色地完成语文审美教育工作，尚需进一步锻炼"眼力"，提高审美素养。

（三）没有深厚的审美素养就不能按照美的规律传达语文美，创造教学美

对一般社会成员来说，具备感受、鉴赏语文美的一般能力和修养就达到了文化审美素质的基本要求，对语文教师来说则不然。他不仅要能敏锐地发现语文美，出色地鉴赏评价语文美，而且必须能把所感受、体验、鉴赏、判断的语文美以合乎语文审美教育规律的方式传达出来，在某种意义上也就是在作者、课文、自身三者结合的基础上把它创造出来，形成语文教学美。这种审美的传达和创造，既包括体现着语文教师主体审美素养从悦耳悦目到悦心悦意再到悦志悦神发展的各个层次的内容，也涵盖着语文

---

[1] 《马克思恩格斯全集》第 3 卷，人民出版社 2002 年版，第 305 页。
[2] 同上书，第 364 页。

美、教学美的方方面面。传达创造的结果和语文教师的审美素养水平成正比关系。教师的审美素养越全面、越深厚，传达创造的水平就越高，审美教育的效果就越好。作家何为曾用生动细腻的笔触写下了中学语文教师对他的巨大感染和影响。

> 孙先生是我在初中一年级和二年级的国文女教师。在我记忆的画廊里，她永远是一个富有魅力的女性形象……由于她的指引，我开始涉猎一些世界文学名著，从童话的幻想天地进入一个引人入胜展示人类灵魂的精神世界。她的文学修养根底很深，而且有自己的精辟见解。我们班上除了每周两小时作文课外，还有定期的课外读书随笔，先写内容提要，然后再写读后感。往往我做了一篇作文或一篇读书随笔之类的作业，她总是在后面写了一大篇批语，有时长达两三页之多。那不是老师例行的课卷批语，而是一种热情的倾谈。她的文字优美，很有文学性，而且带着浓郁的感情色彩。她又写得一手好字，尤其是她的毛笔字，刚健峻拔，不像出自一个女教师之手。回想起来，每次发下课卷，我是多么热切地寻找她的批语，又从中得到多大的鼓舞和启示啊！①

这位女语文教师，知识广博，感情浓郁，文学修养深厚，形象富有魅力，文笔酣畅优美，书法刚健峻拔，以自身审美素养所形成的整体综合审美效果，给学生留下了刻骨铭心的印象和终身受益的影响。这种语文美的传达和教学美的创造，可以说是语文教师审美素养重要作用的集中表现。

---

① 何为：《老师对我说》，《少年文艺》1979 年第 4 期。

二 提高语文教师审美素养的途径

语文教师审美素养对语文审美教育的重要意义极为雄辩地显示了提高语文教师审美素养的必要性和迫切性，向广大语文教师提出了提高审美素养的时代要求。要实现审美素养的不断提高，达到更高的审美境界，就必须了解提高审美素养的基本途径。我们认为，行之有效的基本途径有如下三条。

（一）自觉系统地学习美学、审美教育理论知识

科学的理论是实践经验的正确总结和理性思考的智慧升华。自觉系统地学习相关的理论，不仅可以知语文审美教育其然，而且能够知其所以然，从而大大提高按照美的规律进行语文审美教育的自觉性、主动性和创造性，收到显著的实践效果。

1. 学习美学理论。美学是语文审美教育最基本的理论基础之一。一个教师对美学理论了解得多少，掌握得深浅，直接关系到其审美素养的水平。虽然目前国内美学理论体系诸家异彩纷呈，对什么是美学，什么是美等难解之谜的回答也不完全一致，但在根本上，它们都涉及诸如美的本质、美的基本特征、美的表现形态和范畴、美感的本质和特征、美感心理、美的欣赏和判断、美的创造等基本问题，都论及审美、艺术对人生、对社会发展的重要价值和意义，而且它们都以比较系统严谨的理论体系的形态出现，整合、包容了古今中外丰富的美学理论和知识。这样，通过学习美学，就能较为迅速有效地了解关于美和审美的一般理论，为审美素养的提高提供有利的条件。目前国内高等师范院校汉语言文学专业，普遍把美学作为专业必修课设置，主要就是出于这方面的考虑。当然，鉴于美学是一门交叉性的综合学科，它与哲学、伦理学、文艺学、心理学、社会

学、历史学、教育学乃至自然科学都有多种多样的联系，学习美学时，最好与这些学科有关知识的掌握结合起来，才能收到事半功倍的理想效果。

2. 学习审美教育理论。审美教育学是教育学和美学交叉形成的边缘学科。它既是教育学中的有机组成部分，又是美学不可分割的重要内容。自从席勒第一次系统地提出审美教育理论以来，教育学与美学就密切地联系在一起。审美教育是美的规律在教育领域里的实际应用和具体体现，也是美学的出发点和归宿。美学虽是审美教育的重要理论基础之一，但却不能代替审美教育理论。与美学理论比较起来，审美教育理论与语文审美教育有着更为直接、更为紧密的联系。语文教师只有掌握审美教育的基础知识和基本理论，懂得审美教育在全面发展教育中的地位和功能，懂得审美教育的性质和特点，懂得审美教育实施的一般原则和方法，懂得审美教育的途径，才能在语文审美教育的各个环节发挥其主导作用。因此在系统掌握美学理论的同时，重点学习审美教育理论知识，对提高语文教师审美素养，有着更为迫切、更为重要的意义。

总之，系统学习相关理论知识，就可以在语文审美教育中高屋建瓴，在宏观总体上显出开阔视野，在细微之处见出全局精神，就会更自觉地进行审美活动，有意识地进行自我审美陶冶和锻炼。虽然并非不学习美学理论知识就不能进行审美修养，美学理论的学习也不就是审美修养的全部，但古今中外审美修养的实践证明，学习相关的理论知识，是提高审美素养的一条重要途径。

（二）经常主动地参加审美实践

实践出真知，实践长才干。要想学会游泳，就必须真正下水试一试；要想知道梨子的滋味，就必须亲口尝一尝。对于提高审美素养来说，亲身参加审美实践活动比一般学习审美理论和知识具有更为重要而且不可替代的作用。由审美活动的本质特性所决定，审美活动的很多精彩微妙之处，往往只可意会，难于言传甚或不可言传。宋代词人张孝祥就曾深深地体验过这种审美心态，生动抒发过难以言说的感慨。其《念奴娇·过洞庭》词的上阕是：

> 洞庭青草，近中秋，更无一点风色。
>
> 玉鉴琼田三万顷，着我扁舟一叶。
>
> 素月分辉，明河共影，表里俱澄澈。
>
> 悠然心会，妙处难与君说。①

临近中秋的洞庭月夜，素月分辉，明河共影，光明一片，表里澄澈。何等辉煌！何等壮丽！这令人心醉神驰的美景作者早已"悠然心会"，然而却苦于无法传达，"妙处难与君说"。很显然，这种很难言说的神妙体验，只能通过审美主体（个体）在自觉的审美实践活动中感受、揣摩、领会、参悟。没有这种"心有灵犀一点通"的功夫，就永远不能步入审美奥妙的殿堂，把握美之为美的精髓。在这个意义上，如果说学习美学美育理论知识是进行审美修养的重要渠道，那么身体力行的审美实践活动则是提高审美素养的根本途径。

根据高低层次关系，审美实践活动包括审美观照和审美创造两种主要类型。

（1）在审美观照活动中提高审美素养。审美观照是一种通过对现实和艺术中的审美对象的感受、鉴赏、品味、评价，使审美主体的感受力、想象力、理解力和情感优化组合，完善主体审美心理结构，提高其审美素养的特殊精神活动，是审美实践的最基本的方式。

---

① （宋）张孝祥：《念奴娇·过洞庭》，木斋《唐宋词评译》，广西师范大学出版社 1996 年版，第 270 页。

大千世界，美无处不在，无时不有。它绚丽多姿、异彩纷呈。仅就自然美而言，其形态就气象万千、风神各异。它们或表现于时间的流动，如旭日东升、昙花一现、星转月移、风云变幻；或呈现于空间的展开，如泰山如磐、松柏参天、草原辽阔、海洋浩瀚；或表现为个别因素的美，如"日出山花红胜火，春来江水绿如蓝"，是色彩的美；"大漠孤烟直，长河落日圆"是形状的美；"江作青罗带，山如碧玉簪"是二者兼而有之；"澄江静如练，余霞散成绮"是静态的美，"细雨鱼儿出，微风燕子斜"是动态的美，"明月松间照，清泉石上流"，则是动静结合的美；或体现出整体综合美，如群山起伏、碧水东流、月明星稀、云蒸霞蔚，"横看成岭侧成峰，远近高低各不同"的庐山，"水光潋滟晴方好，山色空蒙雨亦奇"的西湖。就是山也各有其美。所谓泰山天下雄，华山天下险，峨眉天下秀，青城天下幽，黄山天下奇即是生动的概括。不仅如此，自然景物的自然形式特征，与社会生活、人的品格情操多有相似契合之处，人们常常以物比德，赋予自然美以种种象征意义。例如，松的雪干霜根，柏的苍翠黛色，竹的贞节虚心，菊的冷艳傲霜，梅的雪骨琼枝，荷花的出淤泥而不染，水仙的冰肌玉蕊，兰花的秀雅清芬，它们的外形和内涵，都能象征健康美好的人格，寄托正义、正直、坚强、乐观、不畏强暴的精神。所以人们称松竹梅为"岁寒三友"，将竹菊梅兰叫作"四君子"。人们倾慕高山的巍峨雄伟、大海的浩瀚壮阔，礼赞傲岸挺拔的白杨、展翅搏击长空的雄鹰，也都是以物拟人、以物比德，赞美远大的志向、高尚的人格、坚贞的节操、宽广的胸怀。自然景物的外在形式还往往使人睹物兴怀，由情入理，生发无限情思，感悟人生哲理。王之涣由"白日依山尽，黄河入海流"的雄浑壮丽景象，感悟到"欲穷千里目，更上一层楼"的人生真谛；苏轼由"月有阴晴圆缺"的自然法则，领悟到"人有悲欢离合，此事古难全"的生活规律；范仲淹由岳阳楼上观赏到的洞庭湖的千姿百态，生发出"先天下之忧

而忧，后天下之乐而乐"的壮志豪情；毛泽东由"天地转，光阴迫"的强
烈感受，焕发出只争朝夕的革命精神。可见，审美观照活动的内容是丰富
多彩的。可以说，美的海洋有多么浩瀚，审美观照活动的疆域也就有多么
广阔。

但是，需要特别注意的是，由于各种美的事物的性质特点的差异，它
们在审美观照活动中所占的地位和所起的作用并不完全相同。对于提高审
美素养来说，最主要的，占据审美观照活动中心地位的应是艺术美。从审
美教育史，从艺术本身的性质特点，从艺术美和其他形态的美的比较等方
面来看，都是如此。

从审美教育史来看，无论中国还是西方，重视艺术，甚至把审美教育
等同于艺术教育的观点长期存在。这种观点固然失之狭隘，但强调艺术美
在审美教育中的重要地位，则是持之有据的。

从现实美与艺术美的关系来看，现实美是美的最基本的领域，是艺术
美产生的基础和源泉，它无比生动、无比丰富、无比广阔，在这个意义
上，是任何艺术美都难以比拟和企及的。尤其是近年来所谓艺术日常生活
化和日常生活艺术化，或审美日常生活化和日常生活审美化的双向对流现
象，更是突破了艺术与生活、艺术美与现实美的传统界限，表现出生活与
艺术、现实美与艺术美趋于融合的趋向。应该说这标志着人类总体生活质
量的提高，具有重要的积极意义。为此，有学者提出生活与艺术的界限已
不复存在，当下生活的标志已是生活与艺术的同一的看法。我们认为并不
能完全这样理解。因为生活与艺术、现实美与艺术美的融合可能是一个漫
长的历史过程，甚或是人类自我激励的一种永恒追求。至少在目前乃至较
长时间内，艺术美与现实美相比，仍然在一定意义上显示出优于现实美的
种种特点。例如，现实美有易逝性，艺术美则具有永久性；现实美是分散
的、芜杂的，艺术美则是集中的、典型的。在现实美中，自然美侧重形

式、侧重真；社会美侧重内容、侧重善；而艺术则达到了内容与形式、真善美的高度统一。现实事物的主要特点不在美，而美是艺术不可或缺的特质等。这种种优点决定了艺术美在提高人的审美素养上的重要价值。

从美感效用来看，艺术美对人的影响最强烈、最深刻，对人的审美、创美能力即审美素养的提高也最全面系统、最直接有效。各类艺术似乎有不同的分工，从不同方面或整体上对应着人们的审美感官。例如从审美感受的途径来看，音乐或听觉艺术着重培养人的"音乐的耳朵"；绘画、雕塑等空间造型艺术主要培养人的"能感受形式美的眼睛"；文学这种以语言塑造形象的想象的艺术则侧重培养人的想象力和理解力；而把视听、时空融为一体的综合艺术则全面培养人的审美能力和审美素养。不仅如此，艺术美所包容的真善美统一的特质，使其具有认识作用、教育作用和美感作用，对人的思想、情感、道德意志即知、情、意心理结构产生最全面的影响。

从方法论来看，对艺术美的观照也是提高审美素养的最重要的方式。因为事物的发展是由低级到高级、由不完备的形式到较完备的形式，而高级的事物总是既包括又超越低级的事物原有的一些特性和发展规律。马克思曾说，人的解剖使我们有可能去理解猴子的解剖。这启示了一种很精湛的方法论。因为在科学研究中，把较高级形式的比较完备的东西先认识清楚，然后再回看较低级的比较不完备的东西，这样就容易得到更周全、更精确的认识。艺术美是美的最高形态，是人的审美意识的集中体现，而人与艺术的审美关系则是人与现实的审美关系最集中、最典型的表现。因此，通过艺术美的审美观照认识艺术的规律和美学特征，不仅可以掌握人与艺术的审美关系，提高对艺术美的感受、鉴赏能力，而且可以为掌握人对自然、对社会的全部审美关系提供一把钥匙。

艺术美既然在美的形态中居于如此重要的地位，我们就应把步入艺术的殿堂放在首要的地位，积极参与各种艺术欣赏活动，广泛接触五彩缤纷的艺术形式，敞开心扉去接受艺术的熏陶，竭尽全力去汲取艺术的营养。已故美学家朱光潜先生曾说："不通一艺莫谈艺。"① 作为语文教师，得天独厚，至少对文学有所了解，但这对于出色地完成语文审美教育的任务来说又是很不够的。不仅对语言文学的认识仍需拓展深入，而且由于中国语言文学的特殊性，由于各类艺术之间的相互联系、相互渗透极为显著，所谓诗中有画、画中有诗、书画同源，建筑是凝固的音乐、音乐是动态的建筑，雕塑是静态的舞蹈、舞蹈是动态的雕塑，就是对这种内在联系的生动写照，因此尽可能多地接触几门艺术就显得格外必要。此外，在学校教育中，语文学科是最接近古代传统文化的。在古代传统文化教育中，古代文人在精通诗词歌赋和文章写作的同时，尚且把通晓琴棋书画作为必要的修养，就是看到了各种艺术形式之间的内在联系。作为走进 21 世纪的语文教师，虽不必拘泥于传统文化的规范，但如能在知晓语文的基础上，兼通一种甚或几种相关艺术，无疑能有效地提高审美能力和素养。

（2）在审美创造活动中提高审美素养。审美创造活动是通过审美形式的创造以达到思想感情的传达和审美自由精神的表现的活动，与审美观照活动相比，它是一种更高级而又基本的审美实践活动。如果说审美观照活动侧重于静观体验，那么，审美创造活动则侧重于动态操作，它与审美创造力直接相连，在本质上是一种创造活动中的审美修养。语文教师通过参加各种审美创造活动，不仅可以更好地提高审美感受力、审美鉴赏力，而且可以在手脑并用、各心理因素协调运作的审美实践创造活动中，既表现自身已有的审美创造力，又能加深对创造活动过程的深切感受，使自己的审美表现力和审美创造力得到进一步培养和提高。

---

① 朱光潜：《怎样学习美学》，《美学讲演集》，北京师范大学出版社 1981 年版，第 1 页。

审美创造活动的形式是多种多样的。文艺创作、游览娱乐、生产劳动等，都属于审美创造的领域。当然最典型的还是艺术创造活动。对于语文教师来说，特别要参加书法、文学作品创作、演讲辩论会和文艺表演等活动，在这些实际的艺术创造中，了解创作的甘苦，得到具体的审美锻炼，培养和提高艺术表现的技能，使自己具有一定的表现美和创造美的能力。由于创造活动比审美观照活动要求更高、难度更大，因此，开始不宜把摊子铺得太大，最好先相对通晓一种艺术的创作和技巧，然后再逐步拓展。

（三）积极追求，持之以恒

审美修养实质上是一种内在的主动的自觉的自我审美教育，是自己利用各种可能的手段，通过各种可能的途径对自己的教育。这种性质本身就决定了无论采用什么手段，通过什么途径实施审美修养，都必须以自我有这种内在的需要为基础，以主动性和持久性为前提。没有这种主动追求的动力和持之以恒的精神，审美修养的提高就只是空中楼阁。

事物发展都有一个由低到高、由浅入深、由简单到丰富的过程，审美素养的提高同样如此。较高的审美能力和审美素养虽以一定的生理和心理条件为基础，但在根本上来自日积月累的艰苦磨炼和水滴石穿的恒久追求，很难一蹴而就。所谓"操千曲而后晓音，观千剑而后识器"① 即言此意。因此，持之以恒、锲而不舍就成为提高审美修养的基本方法或途径。这种高度的自觉性和持久性，来自对美的渴望、对美的追求。马克思说：社会的进步就是人类对美的追求的结晶。人类社会的进步发展是与对美的向往和追求不可分割地联系在一起的，个人审美素养的提高更是如此。没有自觉恒久的审美追求，就是处在美的世界中，也无法改变"审美贫困

① （南朝·梁）刘勰：《文心雕龙·知音》，陆侃如、牟世金《文心雕龙译注》（下册），齐鲁书社 1981 年版，第 389 页。

户"的出身，甚至难以摘掉"美盲"的帽子。形成审美修养的自觉性和持久性，关键在于提高对审美素养重要价值和意义的认识，不仅要把它看作语文审美教育的需要，更重要的是要把它视为社会和个人理想生活的必然要求，视为个人全面发展、个人与社会和谐发展的必由之路。只有这样，审美素养才能横向不断扩展，纵向不断升华，逐步臻于理想境界。

（发表于《山东师范大学学报》2009 年第 6 期；人大报刊复印资料《高中语文教与学》2010 年第 6 期全文转载）

后　记

日月如梭，人生在世最突出的生命感受恐怕就是时间性体验。所谓"天地转，光阴迫"；所谓"子在川上曰：'逝者如斯夫！'"我出第一本文集（《美学探索》，山东文艺出版社 2003 年版）时年 48 岁，曾在该书的后记中以"光阴似箭"启首。到出这第二本论文集，慨叹之音似乎犹在，我已过了所谓知天命和耳顺之年，时年六十有一了。处在此一人熏蒸点，既可能油然而生独怆然而涕下式的深沉感慨，也可能昂然焕发老骥伏枥、烈士暮年的阔大情怀，抑或兼而有之，乃至百感交集。雁过留声，人过留名。天行健，君子以自强不息。君子乎？不敢自诩，自强不息则是必须的。在此意义上，朽既有我人生时间性流逝的见证，也是我学术生涯蹒跚前行的留影。

本书主要是从 2003 年以来发表的文艺美学研究论文及发表时时跨度很大的审美教育研究成果中选录出来的。根据选题内容侧重点的同，大体编为美学前沿问题反思、古代审美文化求索和审美教育探究三辑。其中，审美教育的研究成果是首次选入本人的文集。审美教育特别是语文审美教育是师范类院校中文化专业人才培养及对口研究的重要对象，也是我尝试把文艺美学研究与学校特点和专业需求结合起来的一个重要研究领域，起步很早，也有较多积累。编选第一本文集时，虑及容量及重点，忍痛割爱，一直是心头一大憾事。近年又陆续发表了一些相关成果，原拟假以时日单独成书，恰逢本书出版，就择要成辑，一并编入，了却了一桩心愿。

本书选入的23篇论文，发表时间跨越20余年，所涉问题有些似已"与时俱进"，有些观点或材料在当下似已不十分新鲜，有些内容稍有交叉，但总体来看，都似有一得之见、一斑之窥或一点之用，都是我特定学术存在的真实写照。为尽可能保持原貌，本次编选仅作了如下处理：有些发表时因篇幅限制而删节的，大都予以恢复；有些文字和形式规范根据成书的需要，作了必要的技术处理。论文的基本内容和观点一如既往。这些论文发表后，有10篇被《新华文摘》"中国人民大学复印报刊资料"等报刊年鉴全文转载、摘要或收录，引起学界的关注。为便于了解，本书均在相应文末一一注出。

较之《美学探索》，本书名之为《美学追求》，既包括了探寻、求索等较为理性的内容，也涵盖了体验、憧憬等颇富情感的意蕴。在近40年的文艺美学教学和研究中，我越来越强烈地感受和认识到，此生能与文艺美学教学和研究结缘，幸莫大焉！因为与自然科学和社会科学研究以理智认识为主，讲求客观、冷静，且研究对象是外在于研究者不同，美学研究对象本身就具有具体形象性、情绪感染性或愉悦性、自由创造性和暗含功利的超功利性等特点，本身就是人的生活和应当如此的生活，是人的情感价值世界和理想追求。这样，在这种研究中，就使研究者及其研究在一定意义上具有了双重品格：他既是在研究对象，也是在研究自己；既是在研究人的生活，也是在研究自己的生活；既是在研究人的情感世界和理想追求，也是在研究自己的情感世界和理想追求；既是对人生意义、价值、理想的叩问和解答，也是对自己人生意义、价值、理想的叩问和解答。这样就使这种思考，不能不打上思考者自己情感的烙印；就使这种探索不能不带有探索者自身体验的表征。相对于自然科学研究乃至社会科学研究，人文科学研究或多或少都有这种特性，但相比较而言，这种特点在美学上表现得尤为突出。不仅如此，真、善、美作为人类追求的三大最高价值，它们在一定意义上各有特性和区别，但在最高层面和境界上又是融合统一的。就连大众文化也把它作为人生的最高目标。流行歌曲《小城故事》的歌词"人生境界真善美"，通过邓丽君甜美清新的演唱，不胫而走，脍炙人口，深入人心，成为最著名的大众话语之一。美学就更毋庸置疑了。在一定意义上说，美学就是从特定角度对真、善、美的整体叩问和执着追求。虽然美学作为一门哲学性多边性的人文科学，是对包含美、美感、审美、艺术和美的创造及审美教育等主要内容的审美活动或审美关系的一种抽象把握或理论研究，并非一般民众直观理解为的能给人带来特定愉悦的美和审美，但显而易见的是，由于美和审美及美学研究的这种特性，就使研究者能把本职工作与生活叩问，把学术探究与人生追求高度结合乃至统一起来。在一定意义上使二者一而二，二而一，你中有我，我中有你，相辅相成，相得益彰，相互渗透，浑然一体。人生大概很少有这样的机会，我三生有幸，恰逢其适。有鉴于此，从"探索"到"追求"，就不是单纯的词语转换，而是我对美学研究整体认识的深化和情感体验的升华的必然选择。

正如"每逢佳节倍思亲"一样，每当我的新书出版，我都会饮水思源，由衷感谢在人生的各个发展阶段培养过我的老师们，特别是我的专业进修导师北京师范大学的黄药眠先生，硕士导师山东师范大学的李衍柱先生，博士导师山东大学的周来祥先生。由衷感谢我一向崇敬的前辈学者钱中文先生、童庆炳先生、胡经之先生、曾繁仁先生、聂振斌先生、陆贵山先生、杜书瀛先生、阎国忠先生、朱立元先生、孔范今先生、朱德发先生、朱恩彬先生、夏之放先生，以及英年早逝的我的硕士学位论文答辩委员会主席狄其骢先生。没有他们的学术滋养和悉心关爱，我很难步入文艺美学的神圣殿堂且积累跬步。由衷感谢与我年龄相仿的师友滕守尧、高建平、王岳川、金元浦、曹顺庆、王一川、周宪、赵宪章、徐岱、杨春时、张法、蒋述卓、高楠、党圣元、尤西林、李春青、张节末、胡亚敏、欧阳友权、徐碧辉、陈炎、谭好哲、王德胜、姚文放、杜卫、张政文、傅瑾、王杰、彭修银、牛宏宝、封孝伦、张玉能、柯汉琳、李西健、王汶成、张永清、祁志祥、王建疆、吴子林、刘方喜、刘悦笛、李凤亮、丁国旗、刘彦顺等中青年著名学者，他们的学术存在和热情帮助，是激励我竭尽驽钝的强大动力。

感谢山东师范大学校领导及文学院领导对我的关心、支持、理解和谅解，使我在承担文学院院长管理工作期间，能有一定时间从事教学和研究，卸任后，能有一个优良的学术环境潜心学术探讨，在学科建设上也发挥了应有的作用。感谢我所在的山东省强化建设重点特色学科山东师范大学文艺学学术团队的所有同人，没有这个团结进取的群体的关心和支持，想要有所成就是难以想象的。

感谢《文学评论》等报刊的主编和编审党圣元、吴子林、周玉宁、宋淑芳、武卫华、陆晓芳、张玉璞、朱兰芝、王敏、孙昕光等给予本书中论文难得的发表机会。感谢中国社会科学出版社领导和责任编辑郭晓鸿女士玉成本书的出版，他们为保证本书高质量付梓倾注了大量心血。感谢山东省强化建设重点特色学科经费的出版资助。我的学生和同事董龙昌博士及教研室的和磊副教授为本书的出版做了大量的工作。在此一并致谢！

特别要感谢的还是我的人生知己夫人费利群。她是山东大学教授、博士生导师，承担着繁重的教学和科研工作。但长期以来，为了给孩子和我创造充分发展的空间和温馨祥和的家庭环境，多次放弃了极为重要的发展机会，主动承担了几乎所有培养孩子和操持家务的工作。这份感情，是我今生今世都会铭刻于心，倾情回报的。

生也有涯，学无止境。我会一如既往，在所钟爱的文艺美学研究领域不懈耕耘。

周均平

2016 年 1 月 9 日于山东师大高层楼寓所见山厅